NORA
ROBERTS

LIEUTENANT EVE DALLAS • 49

CRIMES POUR VENDETTA

W0203933

Traduit de l'anglais (États-Unis)
par Guillaume Le Pennec

J'AI LU

Titre original
VENDETTA IN DEATH

Éditeur original
St. Martin's Press, New York

© Nora Roberts, 2019

Pour la traduction française
© Éditions J'ai lu, 2021

Au très magique Griffin,
la plus récente des lumières
et des amours en date dans ma vie,
qui est venu au monde et a passé
du temps dans mes bras
tandis que j'écrivais ce livre.

Ne soupirez plus, gentes dames, ne soupirez plus.

Les hommes furent toujours des trompeurs.

William SHAKESPEARE

La justice sans la force est impuissante.
La force sans la justice est tyrannique.

Blaise PASCAL

1

Il fallait qu'il meure.

Elle avait passé plus d'un an à chercher, analyser, planifier le qui, le quand, le comment et le pourquoi avant de décider que Nigel B. McEnroy serait le premier.

Âgé de quarante-trois ans, il était marié à la même femme depuis onze ans et avait deux enfants, des filles de neuf et six ans. Au fil des dix-huit dernières années, il avait monté, avec deux associés, son propre cabinet de chasseurs de têtes pour cadres dirigeants. En tant que PDG de Parfaitement Placé, il se chargeait du recrutement à la fois sur Terre et hors-planète.

Si son quartier général demeurait à Londres, il voyageait beaucoup. Parfaitement Placé disposait de bureaux à New York, Washington, Tokyo, Madrid, Sydney, New Los Angeles, Dubaï, Hong Kong, Vegas II et avait tout récemment établi une antenne sur Olympus.

Il vivait bien, savait recevoir et s'était forgé la réputation d'identifier à la perfection les besoins exacts d'un client pour organiser ce qu'il considérait comme un mariage idéal.

En affaires, Nigel B. McEnroy était méticuleux, exigeant, respectueux de la déontologie et appliqué.

Rien qui l'empêche, en privé, d'être un menteur, un mari infidèle et un violeur en série.

Cet homme était, sans le moindre doute, un porc. Et l'heure était venue de le saigner.

Elle avait hâte, convaincue d'avoir bien choisi sa première victime.

Il aimait batifoler avec des rousses, de préférence avec une poitrine opulente et – la plupart du temps – situées aux échelons inférieurs de la hiérarchie sociale. Quand il ne pêchait pas dans le vivier de sa propre entreprise, il partait en chasse dans les boîtes de nuit les plus chics.

Et comme si cela ne suffisait pas, sachant qu'il avait une femme et deux enfants, il avait pris l'habitude de droguer la boisson de sa proie pour s'assurer qu'elle coopère. Et capitule.

Peut-être pire encore, en une occasion au moins (elle suspectait que ce n'était pas la seule), il avait drogué une candidate potentielle pour un poste qu'il avait ensuite pris un malin plaisir à attribuer à un *homme*, comme une cerise perverse sur le gâteau.

La pauvre fille n'avait évidemment rien pu prouver, elle se rappelait à peine son agression et avait eu trop peur pour lancer une quelconque accusation contre ce salopard.

Mais *elle* avait recueilli suffisamment de témoignages d'autres victimes, plus qu'assez pour commencer à enquêter, épier et prendre le porc en filature jusqu'à le voir en action. Par deux fois elle avait pu observer de près ses méthodes de violeur.

Ses préparatifs enfin achevés, elle s'examina longuement dans la psyché de son atelier.

Ses longs cheveux d'un roux flamboyant, ses yeux soigneusement maquillés et teintés par des lentilles d'un vert profond et lumineux. Ses lèvres repulpées et d'un rouge aussi flamboyant que sa chevelure.

Elle avait travaillé un bon moment pour que son nez ait l'air légèrement retroussé et son menton un peu plus pointu.

Ses faux seins temporaires paraissaient parfaitement naturels à la vue comme au toucher ; elle y avait mis le prix. En guise de touches finales, elle s'était légèrement rembourré les fesses et avait appliqué un autobronzant au hâle doré des plus discrets.

La robe qu'elle s'était choisie, d'un vert qui s'accordait à son regard, la mettait en valeur comme une seconde peau. Les escarpins, pailletés d'argent, la faisaient paraître plus grande, surtout secondés par ses fines talonnettes.

Nigel le porc atteignait le mètre quatre-vingt-cinq. Une fois chaussée, elle ferait un mètre quatre-vingts. De quoi faire la paire.

Elle apparaissait sculpturale, audacieuse, sexy.

Avec sa perruque, les rajouts esthétiques et le maquillage, même sa propre mère ne l'aurait pas reconnue.

Elle fit un nouveau tour complet devant le grand miroir triptyque, redonna un peu de volume à la perruque.

— Wilford, activation.

Le droïde, conçu pour ressembler à un sexagénaire d'origine caucasienne distingué aux cheveux poivre et sel et à la fine moustache assortie, ouvrit ses yeux d'un bleu paisible.

— Oui, madame ?

Elle avait programmé sa voix pour lui donner un accent britannique et snob, et l'avait habillé d'un costume noir, d'une chemise d'un blanc immaculé et d'une cravate foncée.

— Va chercher la voiture, ordonna-t-elle. La grande berline. Tu vas m'escorter jusqu'à une discothèque qui s'appelle *L'Endroit*, puis tu te gareras pour attendre mes instructions.

— Vos désirs sont des ordres, madame.

— Prends l'ascenseur. Je l'ai débloqué.

Tandis qu'il obéissait à ses instructions, elle vérifia le contenu de son sac avant de s'approcher des moniteurs.

Sa grand-mère – Dieu la bénisse – dormait paisiblement sous le regard protecteur du droïde médical. Sa mamie adorée dormirait à poings fermés jusqu'au matin, aidée par le relaxant léger discrètement versé dans le verre de brandy qu'elle sirotait chaque soir.

— Je reviens vite, assura-t-elle en adressant un baiser au moniteur.

Elle emprunta ensuite l'ascenseur jusqu'au rez-de-chaussée de cette merveilleuse vieille demeure qu'elle adorait presque autant que sa grand-mère.

Toujours prudente, elle bloqua de nouveau l'ascenseur puis, dans un cliquetis de talons délectable, traversa le salon et sortit dans la fraîcheur de cette soirée d'avril, non sans refermer soigneusement la double porte d'entrée derrière elle.

Elle fut parcourue d'un léger frisson sous l'effet d'un mélange de froid et d'excitation. Mais Wilford lui tenait déjà la portière ouverte. Elle se glissa à l'intérieur de la voiture et croisa les jambes.

« Le 11 avril 2061 », songea-t-elle.

Le jour qui marquerait l'avènement de Lady Justice.

Nigel était en chasse, prêt à célébrer une longue journée de travail couronnée de succès. Son épouse et ses filles étant parties sous les tropiques pour les vacances de printemps, il avait une semaine entière de liberté devant lui. Même pas la peine d'inventer des raisons de travailler tard quand lui prendrait l'envie d'une petite aventure.

Il appréciait *L'Endroit* pour sa discrétion (pas de caméras), ses espaces VIP à l'écart de la populace, ses excellents martinis et sa musique de choix. Et, bien sûr, son large éventail de femmes séduisantes elles aussi à la recherche d'une petite aventure.

Il avait bien entendu réservé un box VIP mais consacra la première heure à aller et venir sur les dalles argentées du sol et dans les escaliers roulants qui reliaient les trois étages, balayant des yeux la piste de danse éclaboussée de lumières changeantes.

Dans son esprit, cette partie de la soirée constituait la chasse, et il en tirait un immense plaisir.

Il avait fait une très belle prise la veille avec un duo – rien que ça – de blondes vénitiennes ravies de partager leurs attributs pendant quelques heures dans son pied-à-terre new-yorkais.

Il aurait sans doute pu rappeler l'une ou l'autre – voire les deux – pour remettre le couvert mais il avait envie de chair fraîche. De toute façon, il avait effacé leurs numéros. Comme à son habitude.

Il avait opté pour une tenue flatteuse pour sa silhouette entretenue : pantalon noir, ceinture cloutée, pull du même bleu pâle que ses yeux. Il portait une montre élégante qui témoignerait de son aisance financière aux yeux de quiconque s'y connaissant un peu.

Il aurait pu se payer une compagne licenciée de luxe. Il l'avait déjà fait quand ses choix s'étaient trouvés restreints par le manque de temps. Mais il préférait largement le plaisir de la chasse... et de la conquête.

Dans l'immédiat, il lorgnait sur une rouquine qui ondulait sur la piste de danse. Un peu jeune par rapport à ses cibles habituelles, il devait l'admettre, et avec une coupe de cheveux – taillés court et coiffés en pics – qui manquait de sophistication.

Mais cette façon d'onduler...

Sans la quitter du regard, il entreprit de faire le tour de la piste. Il n'avait plus qu'à trouver une ouverture et...

Quelqu'un le heurta légèrement par-derrière. Comme il lançait un vague coup d'œil en arrière, la personne laissa échapper un « *excusez-moi* [1] » rauque.

Au velouté ronronnant de cette voix, il se retourna tout à fait. Il en avait complètement oublié la danseuse sur la piste.

— *Ce n'est rien*, répondit-il en français.

Il prit la main de l'apparition et la porta à ses lèvres, geste récompensé par un sourire voluptueux.

Il garda sa main dans la sienne sans qu'elle y trouve à redire.

— *Vous êtes ici toute seule ?*

— *Eh bien... Oui*, répondit-elle d'une manière qu'il perçut très clairement comme une invitation. *Et vous ?*

---

1. En français dans le texte. *(N.d.T.)*

Il retourna la main de l'inconnue pour lui effleurer le poignet du bout des lèvres.

— Plus maintenant, je l'espère, reprit-il en anglais.

— Oh, un Britannique. Vous parlez très bien français, répondit-elle en faisant de même.

— J'espère que vous me laisserez vous offrir un verre. Puis nous pourrons parler dans la langue de votre choix.

Elle passa les doigts de sa main libre dans sa magnifique cascade de cheveux roux, tête penchée.

— Avec plaisir, dit-elle.

« C'est parti », songea-t-il.

Il la guida à travers la foule, contourna les tables et passa devant l'un des nombreux bars pour rejoindre son espace réservé.

— J'espère que ça ne vous dérange pas. Je préfère avoir un peu d'intimité.

Le rideau s'ouvrait sur un grand divan en demi-cercle généreusement garni de coussins aux ourlets argentés. Elle s'assit, croisa ses superbes jambes et se laissa légèrement aller en arrière. Juste ce qu'il fallait.

— J'aime bien ces banquettes, lui dit-elle. Ces rideaux qui nous permettent d'observer ce qui se passe dehors sans que personne puisse voir ce que nous faisons à l'intérieur. C'est... émoustillant, non ?

— Tout à fait.

Il s'installa à côté d'elle, estima le tempo à adopter. Pas trop rapide, décida-t-il. Cette beauté aux yeux verts connaissait les ficelles, elle s'attendrait à un minimum de sophistication.

— Et qu'est-ce qui vous ferait plaisir ?

— Tellement de choses...

Il se sentit durcir mais se contenta d'un petit rire.

— Tout comme moi. Mais comme boisson ?

— Une vodka martini, avec juste une larme de vermouth et deux olives. J'ai une préférence pour la Romanov Five.

— Moi aussi.

— Ah, ça nous fait un point commun.

— Le premier d'une longue liste.

Il commanda sur le menu informatisé, laissa son regard dériver sur elle, savoura les mouvements que l'on devinait derrière le voile occultant au rythme des basses bourdonnantes. Émoustillant, en effet.

— Je m'appelle Nigel…

Elle lui plaqua un doigt sur les lèvres.

— Arrêtons-nous aux prénoms, d'accord ? Pour préserver un peu de mystère. Moi, c'est Solange.

— Solange, répéta-t-il. Et qu'est-ce qui t'amène à New York ?

— Si je te répondais, on perdrait le mystère. Alors je dirais que c'est… peut-être ce moment. New York me plaît pour ces nombreux plaisirs et son… (Elle parut chercher un instant le mot juste.) Ah, oui, son anonymat. Et toi, Nigel, qu'est-ce qui te plaît ?

— Ce moment précis.

Elle éclata de rire en ramenant ses cheveux en arrière.

— Dans ce cas, nous devrions le savourer, ainsi que ceux qui sont encore à venir. Ce soir, je suis venue pour… oui, pour mettre entre parenthèses la journée écoulée, toutes mes contraintes et autres obligations. Et m'abandonner, à la place, à ce qui me fait plaisir. Une nuit rien qu'à moi, tu vois ?

— Oui. Je partage ce sentiment. Encore un point commun.

— Bien, dit-elle en sortant de sa pochette un minuscule poudrier. Ce soir, nous vivrons dans l'instant. Tous les deux.

Comme il se penchait lentement vers elle, la trappe de livraison des boissons bipa et s'ouvrit.

— Nous devrions trinquer à ce moment.

Le voyant se tourner pour prendre les martinis, elle laissa tomber sa pochette par terre. Il posa les boissons sur la table et se pencha pour la ramasser. Elle en profita pour verser dans son verre le contenu de la fiole qu'elle venait de prélever dans le poudrier.

— Merci.

Elle récupéra la pochette et y rangea le poudrier. Puis elle prit le verre qu'il lui tendait et le fit doucement tinter contre le sien.

— À ce moment, dit-elle.

— Et aux plaisirs innombrables à venir.

Elle lui décocha un regard brillant par-dessus son verre.

— Et si tu me parlais de l'un des innombrables plaisirs que tu recherches…

— Je dirais… Une femme magnifique qui désire la même chose que moi.

Tout en le regardant boire, elle lui posa une main sur la cuisse et déplaça lentement ses doigts vers la bosse de son entrejambe.

— Mais comment pourrais-tu rechercher ce que tu as déjà trouvé ?

Il s'inclina pour l'embrasser mais elle l'arrêta d'une main plaquée sur sa poitrine.

— *Pas si vite*. D'abord, buvons à ce moment, savourons l'excitation qui accompagne les plaisirs à venir. Tu les vois derrière le rideau, qui bougent, s'effleurent ? C'est comme un rituel nuptial, n'est-ce pas ? Certains iront au bout tandis que d'autres non. Et nous, nous pourrions faire ce qui nous plaît ici, sans être vus.

— Émoustillant, commenta-t-il.

La tête lui tournait un peu. Bizarre.

— Vide ton verre et viens avec moi, lui souffla-t-elle. Je connais un endroit encore plus adapté. Un lieu dédié à d'innombrables plaisirs.

Il s'empressa de terminer sa vodka martini et prit la main qu'elle lui tendait.

— Mon appartement n'est pas loin, dit-il.

— Je connais un endroit, répéta-t-elle.

Il avait à présent l'impression de se déplacer au cœur d'un brouillard argenté. Il ne la vit pas tapoter sur sa montre pour prévenir le droïde, entendit à peine la musique tonitruante comme elle le conduisait jusqu'au rez-de-chaussée pour ressortir dans la nuit.

Elle le fit monter dans la voiture. Une fois à l'intérieur, il tâtonna pour lui toucher les seins et chercha ses lèvres avec les siennes.

Il crut l'entendre parler d'une voix différente :

— Retour direct à la maison, Wilford.

Mais il était déjà en train de sombrer, de sombrer avec elle, au cœur des plaisirs.

Au cœur de l'obscurité.

Il s'éveilla avec un mal de tête insistant, la gorge en feu. Lorsqu'il tenta de bouger, les muscles de ses bras hurlèrent de douleur. Il ouvrit ses yeux secs en clignant des paupières et grimaça face à la lumière.

Il se trouvait dans une grande pièce avec plusieurs établis, des moniteurs, des écrans et une énorme station de travail. Rien de tout ça n'était logique.

Il lui fallut presque une minute entière pour recouvrer suffisamment ses esprits et s'apercevoir qu'il était nu, les mains menottées et retenues au-dessus de sa tête par une chaîne suspendue au plafond. Ses pieds touchaient à peine le sol.

Kidnappé ? Drogué ? Il voulut tirer sur ses liens mais renonça avec un grognement de douleur.

Non, non, la boîte de nuit. Il s'était bien rendu là-bas. La Française. Solange. Le souvenir était flou et lorsqu'il s'efforça de se concentrer, ses maux de tête redoublèrent.

« Pas de fenêtres », constata-t-il, le corps parcouru d'une sueur froide.

Il distingua un escalier qui montait jusqu'à une porte qu'il pouvait apercevoir en tendant suffisamment le cou.

Il tenta d'appeler à l'aide ; seul un croassement franchit ses lèvres.

Plaisirs innombrables. Il se souvenait d'avoir évoqué des plaisirs à venir, après quoi elle...

Il perçut un mouvement derrière lui, suivi d'une terrible décharge de douleur. Le croassement qui jaillit se changea en hurlement.

Puis elle entra dans son champ de vision.

Ce n'était pas la Française.

Qui était cette femme, cette créature souriante qui portait un masque argenté, aux cheveux bruns saupoudrés d'un peu de gris et à la silhouette moulée de noir ?

Elle arborait des bottes argentées et une sorte... mon Dieu... une espèce de plastron en cuir noir orné d'un L et d'un J argentés, comme les bottes.

— Qui êtes-vous ? Qu'est-ce que vous me voulez ?

— Je veux mes innombrables moments de plaisir.

Un soupçon d'espoir réapparut au cœur de la peur.

— Solange ? Ne va…

— J'ai l'air d'être Solange ?

Avec un grondement, elle pressa son aiguillon électrique à quelques centimètres de son pénis. Il se convulsa de douleur sous l'effet de la décharge brûlante.

— Je suis Lady Justice, espèce de salaud infidèle ! Et l'heure est venue pour toi de payer pour tes crimes, Nigel B. McEnroy.

— Arrêtez, arrêtez, non… Je peux vous payer. La somme que vous voudrez, j'ai de quoi payer.

— Oh, tu vas bel et bien payer, crois-moi. Pour ta femme…

Elle fit claquer l'aiguillon sur son ventre.

— Pour tes filles…

Sur son torse.

— Pour toutes les femmes que tu as violées…

Sur ses fesses.

Les hurlements de douleur se succédèrent à travers la pièce.

— Non, non, non. Je n'ai violé personne. Vous faites une terrible erreur !

— Vraiment ? Vraiment, Nigel ?

Elle le gratifia d'une courte décharge sur les testicules et songea que seuls les chiens auraient pu capter la montée dans les aigus qui s'ensuivit.

Elle récita la liste de ses victimes en accompagnant chaque nom d'un nouveau choc électrique.

Il se mit à bafouiller puis s'effondra, mais elle était patiente. Après lui avoir brisé des sels sous le nez pour le ranimer, elle se remit au travail.

Il la supplia – oh, quelles suppliques ! –, il la maudit, il sanglota, hurla et se pissa dessus.

Oh, oh, oh, quels moments de plaisir !

— Pourquoi... pourquoi vous faites ça ?

— Pour toutes les femmes que tu as trahies, humiliées, maltraitées. Avoue, Nigel, avoue tes crimes !

— Je n'ai jamais fait de mal à personne !

Elle fit violemment claquer l'aiguillon électrique sur ses fesses. Lorsqu'il fut de nouveau capable de parler, ses mots se firent implorants.

— J'aime ma femme. Je l'aime, mais j'ai besoin d'autre chose. Je suis désolé. Ce n'était que du sexe. Je vous en supplie...

— Tu as drogué des femmes.

— Je n'ai jamais... Oui ! Oui ! s'exclama-t-il d'une voix aiguë pour échapper à la souffrance. Pas toujours, mais je suis désolé. Vraiment désolé.

— Tu as profité de ton ascendant pour intimider des femmes qui cherchaient un travail, pour les inciter à coucher avec toi.

— Non... Si ! Oui ! J'ai des besoins. Je vous en supplie.

— Des besoins ?

Elle saisit une matraque souple et le frappa au visage, assez fort pour lui briser la pommette.

— Tes besoins étaient plus importants que leur libre arbitre, que leurs envies, que leurs besoins à elles ? Que ton serment de fidélité à ta femme ?

— Non, non... Je suis désolé. Je suis vraiment navré. Je... J'ai un problème. Je vais me faire aider. Je vais avouer. J'irai en prison. Je ferai tout ce que vous voulez.

— Dis mon nom.

— Je ne sais pas qui vous êtes. Je vous en supplie...

— Je viens de te le dire !

Elle l'électrocuta de nouveau et sut à la manière dont il convulsait qu'elle n'était plus très loin de la fin.

— Je suis Lady Justice, reprit-elle. Dis mon nom !

— Lady Justice, marmonna-t-il, à peine conscient.

— Et justice sera faite.

Elle alla chercher le seau et le couteau qu'elle avait préparés très à l'avance, puis plaça le seau entre les jambes de sa proie.

— C'est pour quoi, ça ? Qu'est-ce que vous faites ? J'ai avoué. Je suis désolé. Ô mon Dieu... Oh ! Je vous en supplie, non !

— Ça va aller, Nigel, répondit-elle en souriant devant son visage horrifié et ses yeux pleins de larmes. Je vais combler tes besoins. Pour la dernière fois.

Elle le garda en vie aussi longtemps que possible et, une fois sa tâche accomplie, alors qu'il pendait inerte et silencieux, elle laissa échapper un long soupir.

— Voilà. Justice est faite.

Alors que les premières lueurs de l'aube s'étendaient sur la ville, le lieutenant Eve Dallas vint se poster devant le corps nu et mutilé. Le vent matinal agita ses cheveux coupés court et fit claquer les pans de son long manteau de cuir pendant qu'elle lisait les mots imprimés sur la pancarte soigneusement punaisée à l'endroit où se trouvaient auparavant les organes génitaux de la victime.

Il a trahi ses vœux de mariage,
Dénigré la femme sans ambages.
Il misait sur le pouvoir et l'argent
Pour profiter d'êtres innocents.
Il violait pour le plaisir,
Il m'a obligée à sévir.
LADY JUSTICE

Eve sortit son kit de terrain et se tourna vers l'agent en uniforme, première arrivée sur les lieux.

— Qu'est-ce que vous pouvez me dire ?

La métisse au front saillant se redressa, presque au garde-à-vous.

— L'appel à police-secours a eu lieu à 4 h 38. Une limousine a déposé une dénommée Tisha Feinstein au coin de la 88e Rue et de Columbus Avenue. Feinstein a déclaré qu'après avoir fêté son enterrement de vie de jeune fille avec quatorze de ses amies, elle avait envie de marcher, de prendre un peu l'air. Ce faisant, elle a remonté trois pâtés de maisons jusqu'à la 91e Rue où elle a vu le corps étendu sur le trottoir. Elle s'est précipitée à l'intérieur – c'est ici qu'elle vit, lieutenant – pour réveiller son fiancé, un certain Clipper Vance. Lequel est sorti, a vu le corps et prévenu la police.

» Mon équipier et moi sommes arrivés à 4 h 40, nous avons sécurisé les lieux avec l'aide de deux droïdes que nous avons demandés en renfort. L'agent Rigby est à l'intérieur avec les témoins.

— Très bien. Merci. Restez sur place.

Une fois ses mains et ses pieds soigneusement isolés au Seal-It, Eve s'accroupit près du corps et ouvrit son kit. Elle pressa le pouce de la victime sur sa tablette d'identification et lut les informations à haute voix, pour l'enregistrement.

— La victime est identifiée comme étant Nigel B. McEnroy. Quarante-trois ans, caucasien, citoyen britannique. Parmi ses multiples lieux de résidence, on trouve un appartement au 145 de la 91e Rue, à New York. Le même immeuble que celui de Tisha Feinstein, qui a découvert le corps.

Eve examina le visage.

— Rien d'étonnant à ce qu'elle ne l'ait pas reconnu même si elle le connaissait. Nombreuses contusions et marques de brûlure, très probablement d'origine électrique, sur le visage et le corps. Des marques de ligature profondes sur les deux poignets indiquent que la victime était attachée et s'est débattue durant la torture.

Elle chaussa ses microlunettes pour observer de plus près les entailles et les hématomes sur les poignets.

— À en juger par l'angle, je dirais qu'il a été suspendu les bras attachés au-dessus de la tête. Le médecin légiste confirmera. On lui a tranché les organes génitaux.

Elle se pencha et souleva la partie inférieure de la pancarte pour mieux l'examiner.

— Pas de signes visibles d'hésitation. Un travail presque chirurgical. Peut-être l'œuvre de quelqu'un qui a de l'expérience ou des connaissances médicales.

Elle sortit ses appareils de mesure.

— Heure du décès : 3 h 12. Causes potentielles du décès : hémorragie liée à la castration ou arrêt cardiaque à la suite de chocs électriques. Peut-être une combinaison des deux.

Elle se mit en position accroupie.

— On l'a donc ligoté, torturé et tué ailleurs – un endroit nécessairement isolé – avant de le déposer ici. Il n'a pas été abandonné au hasard, dans la précipitation, mais déposé avec soin, quasiment sur son pas-de-porte. Accompagné de ce petit texte poétique. Lady Justice. Quelqu'un vous avait vraiment dans son viseur, Nigel...

Elle préleva dans le kit une petite pince et deux pochettes pour pièces à conviction. Alors qu'elle retirait la première punaise, elle entendit le claquement familier des santiags roses de son équipière sur le trottoir.

Peabody présenta son insigne aux droïdes patrouilleurs puis franchit le cordon de sécurité. Elle lança un rapide coup d'œil à la dépouille.

— Celui-là a dû passer un sale quart d'heure, dit-elle.

— Comme vous dites.

Eve se souvenait d'une époque, pas si lointaine, où Peabody aurait verdi en découvrant le corps. Mais deux années au sein de la Criminelle avaient tendance à vous endurcir.

— Dès que j'aurai détaché ce mot d'amour... Voilà. Peabody, appelez les équipes de la morgue et de la police scientifique. Faisons en sorte qu'il soit emporté et remis au légiste avant que les habitants de ce charmant et paisible quartier sortent promener leur chien ou faire leur jogging.

Elle fit signe à l'agent en uniforme.

— Aidez-moi à le retourner pour terminer mon examen de terrain.

Le dos, les fesses, les cuisses, les mollets comptaient de nombreuses brûlures, dont beaucoup avaient suinté durant la torture.

— Ça a forcément pris un certain temps, murmura-t-elle. Impossible de faire tout ça sans prendre le temps. Et qu'est-ce que Lady Justice a bien pu faire du sexe et des testicules ?

Eve se releva et se tourna vers sa coéquipière. Peabody arborait son manteau rose auquel s'ajoutait une fine écharpe bleue décorée – évidemment – de fleurs roses. Elle avait rassemblé ses cheveux bruns en une courte queue-de-cheval.

— Les témoins sont à l'intérieur. Restez sur la scène de crime, indiqua-t-elle à l'agent. Où habite Feinstein ?

— Appartement 603, lieutenant.

Flanquée de Peabody, Eve se dirigea vers l'entrée de l'immeuble de grès brun d'une quinzaine d'étages, très digne et joliment restauré. Pas de portier de nuit, constata-t-elle, mais un solide système de sécurité.

Elle présenta son insigne au droïde qui gardait la porte.

Le hall d'entrée se révéla tout aussi digne, avec un damier de dalles couleur crème et bleu marine, des murs bleus aux plinthes couleur crème elles aussi, un discret bureau d'accueil – actuellement déserté –, deux grands bancs incurvés et molletonnés et des fleurs printanières fraîchement coupées dans de hauts vases élégants.

Eve appela l'ascenseur tout en résumant la situation à Peabody :

— Notre témoin rentre chez elle après une fête entre filles, elle découvre McEnroy sur le trottoir et va chercher Vance, son fiancé. Il sort, confirme que le type est bien mort et prévient police-secours. L'appel a été reçu à 4 h 38, les premiers agents sont arrivés deux minutes après. La victime habitait également l'immeuble, ou en tout cas y possédait un appartement. C'est un Britannique, propriétaire avec des associés d'une espèce de cabinet international et interplanétaire de chasseurs de têtes. Marié, deux enfants.

— Sa femme, dit Peabody.

— Bien sûr, répondit Eve en s'engageant dans l'ascenseur. On va voir si elle est sur place après avoir parlé aux témoins.

— « Il a trahi ses vœux de mariage », dit Peabody. Si c'est elle, elle a laissé un très gros indice avec cette note.

— Oui, mais les gens font des choses bizarres sous le coup de la colère. Et cette Lady Justice était très en colère. Quoi qu'il en soit, à moins d'être une imbécile, l'épouse va avoir un alibi en béton.

Eve sortit de l'ascenseur et traversa à longues enjambées le couloir désert. Elle nota la présence de caméras au plafond.

— Les vidéos de surveillance nous apprendront peut-être quelque chose.

Elle sonna au 603 et présenta son insigne à l'agent aux traits juvéniles qui lui ouvrit.

— Je prends le relais, agent Rigby. Contactez le responsable de la sécurité ou le gérant de l'immeuble. Il nous faut les vidéos de surveillance pour l'étage de la victime, les ascenseurs, le hall d'entrée et l'extérieur.

— Sur quelle période de temps, lieutenant ?

— Quarante-huit heures, si possible. Après quoi vous pourrez commencer à interroger les voisins.

— Compris, lieutenant.

Elle le laissa partir et tourna son attention sur le couple blotti au creux d'un grand sofa d'un vert chatoyant.

La femme, pas encore trentenaire, avait de longs cheveux bouclés aux reflets cuivrés. On voyait à ses yeux, presque de la même couleur, qu'elle avait pleuré. Le choc se lisait encore sur son visage pâle et dépouillé du maquillage qu'elle portait certainement à l'occasion de cette soirée.

Vêtue d'un pantalon gris sans chichis, d'un tee-shirt à manches longues et de chaussons, elle se cramponnait à un métis musculeux à peu près du même âge qu'elle.

L'homme leva vers Eve des yeux marron très expressifs.

— J'espère que ce ne sera pas long. Tish a besoin de repos.

— J'ai peur de fermer les yeux. Je sais que je vais revoir…

La jeune femme nicha son visage contre l'épaule massive de Vance.

— Je sais que la situation est difficile, madame Feinstein, et nous ferons aussi vite que possible. Je suis le lieutenant Dallas, voici l'inspecteur Peabody. Nous sommes de la Criminelle.

— Je m'en doutais. Le frère de mon amie Lydia est policier dans le Queens. J'ai failli l'appeler. On est plus ou moins sortis ensemble au lycée, mais…

— Et si vous nous racontiez ce qui s'est passé ? En commençant par là où vous vous trouviez ce soir.

— Oh, on a pas mal bougé, commença à dire Feinstein.

— Pardon, interrompit Vance. Asseyez-vous, je vous en prie. Vous voulez un café ou autre chose ?

— Ce serait parfait.

Et cela lui donnerait surtout quelque chose à faire, estima Eve.

— Noir pour moi, lait et sucre pour ma coéquipière, précisa-t-elle.

— Je te refais du thé, ma mimi ?

Feinstein sourit.

— Merci, Clip. Je ne sais pas ce que je ferais sans toi.

— Et tu n'auras jamais à le découvrir. J'en ai pour une minute.

Il se leva et quitta silencieusement la pièce. Feinstein se recroquevilla sur elle-même, visiblement sur la défensive.

— Alors, cette soirée ?

— Comme je vous le disais, on a beaucoup bougé. C'était mon enterrement de vie de jeune fille. On se marie vendredi prochain. La limousine est venue me chercher vers 21 heures. On était quatorze et on a visité plusieurs boîtes d'affilée. Vous savez comment ça se passe. Demain soir, c'est le tour de Clip. Bref, on a fini par la revue masculine de chez *Spinner*, au centre-ville. Dit comme ça, ça sonne comme...

— ... un bon moment entre copines, termina en souriant Peabody.

— C'est ça, répondit Feinstein, les larmes aux yeux. C'est exactement ça. Certaines d'entre nous sont amies depuis toujours et je suis la première du groupe à me marier. Alors on a fait les choses en grand. On a beaucoup bu, on a beaucoup ri et puis la conductrice de la limousine a commencé à nous raccompagner. J'étais la dernière et je lui ai demandé de me laisser au coin de la rue. Je voulais marcher un peu, prendre l'air. Je me sentais tellement heureuse, tellement sur mon petit nuage, tellement bien. Je ne voulais pas que ça s'arrête. Et puis...

Elle s'interrompit en voyant Vance revenir avec des tasses sur un plateau.

— Clip.

— Ça va aller. T'en fais pas, mimi. Ça va aller.

Il posa le plateau et lui passa un bras autour des épaules. Eve prit la tasse de café noir. À l'odeur, elle estima qu'elle avait déjà bu pire. Mieux aussi, c'était certain, mais elle avait bu pire.

— Si j'avais demandé à Shelly, la conductrice, de me déposer devant l'immeuble, c'est elle qui l'aurait vu en premier. C'est affreux à dire mais j'aurais préféré ça. Il était étendu là. Pendant une seconde, je me suis dit que c'était juste une très mauvaise blague. Et puis j'ai vu... Je crois que j'ai crié. Je n'en suis pas sûre, mais je suis partie en courant. J'ai à peine réussi à me servir de ma carte magnétique et de mon code pour entrer tellement je tremblais. Et je suis directement allée trouver Clip.

— J'ai cru qu'il y avait eu un accident. Elle n'arrivait pas à m'expliquer. Après quoi je me suis dit qu'elle était bien éméchée et que tout ça n'était peut-être que le fruit de son imagination. Mais elle était tellement secouée...

Il avait gardé son bras autour d'elle et lui caressait gentiment l'épaule.

— Je me suis habillé en vitesse et je suis descendu. Et là, j'ai vu que ce n'était pas son imagination qui lui avait joué des tours. J'ai appelé les secours et la police est arrivée.

— Vous avez reconnu la victime ?

— Non.

Vance se tourna vers Feinstein, qui secoua la tête.

— Je n'ai pas vraiment regardé, ajouta-t-elle. Je sais bien qu'il était pile sous le réverbère mais je n'ai pas vraiment regardé son visage. Il était tout... je sais pas... brûlé. J'ai vu la pancarte, le mot, et que juste en dessous on lui avait...

— J'ai vu la même chose, ajouta Vance en s'apercevant qu'elle n'arrivait plus à parler. Quelqu'un l'a castré.

— Puis-je savoir depuis combien de temps vous habitez dans l'immeuble ?

— Deux mois et demi, répondit Feinstein.

Un début de sourire réapparut sur ses lèvres et elle prit la main de Vance.

— On voulait avoir notre propre appartement avant le mariage. Notre premier foyer à deux.

2

— La victime habite au dernier étage, indiqua Eve à Peabody en repartant vers l'ascenseur. Peu probable que nos témoins l'aient connu, lui ou sa femme. Présents depuis deux mois seulement, huit étages plus bas, vingt et quelques années de moins.

— Et la victime avait plusieurs autres résidences, ajouta Peabody. Il n'était donc pas ici en permanence.

— Assez longtemps toutefois pour se faire tuer. Allons voir si sa famille est sur place.

Elles montèrent.

— Notre tueur est une tueuse, ou du moins veut qu'on l'imagine ainsi, dit Peabody. Si on en croit le message laissé, ce pourrait être une personne avec qui il a trompé sa femme ou qu'il a violée. Mais... il avait beau être mince, il a fallu une certaine force physique pour charger et décharger le corps dans un véhicule – il y avait forcément un véhicule –, et l'étaler comme ça sur le trottoir. Peut-être qu'elle – si c'est bien une femme – n'a pas agi seule.

— C'est tout à fait possible. L'angle des marques de ligature sur ses poignets indique qu'on lui avait attaché les mains au-dessus de la tête de façon à supporter au moins une partie de son poids. Des muscles ou une poulie auront été nécessaires pour le hisser dans cette position. Après quoi on a pu le descendre sur une sorte de chariot, le faire rouler jusqu'à son véhicule sur une rampe d'accès et le sortir de la même façon. Ça fait beaucoup de matériel mais notre suspect s'était soigneusement préparé. Il ou elle savait où la victime logeait à New York et quand elle serait ici. Et je n'ai pas identifié de lésions défensives.

Le dernier étage accueillait six grands appartements. Celui des McEnroy occupait le coin nord-est, auquel on accédait par une grande double porte.

Caméra, capteur d'empreinte palmaire, carte d'accès, verrous solides.

Eve actionna la sonnette.

— *Les McEnroy ne reçoivent actuellement pas de visiteurs. Veuillez laisser votre nom, le motif de votre visite et un moyen de vous contacter. Merci.*

Eve leva son insigne.

— Dallas, lieutenant Eve et Peabody, inspecteur Delia, ici dans le cadre d'une enquête de police. Nous devons nous entretenir avec toute personne actuellement présente à ce domicile.

— *Merci de patienter pendant la vérification de votre identité.*

Eve maintint son insigne levé puis patienta une minute jusqu'à entendre les verrous cliqueter.

Un droïde domestique ouvrit le panneau gauche de la double porte. Il se tenait bien droit – avec la même dignité que l'immeuble lui-même – dans son costume noir. À son corps massif, Eve comprit qu'il pouvait aussi facilement servir de garde du corps.

Il s'exprima dans un anglais britannique tout aussi digne que le reste en détaillant Eve et Peabody de son regard bleu d'une fixité troublante :

— Je suis navré, lieutenant, inspecteur, mais M. McEnroy n'est pas encore revenu d'un rendez-vous à l'extérieur. Mme McEnroy et les enfants sont partis en vacances et ne reviendront pas avant cinq jours. Puis-je vous être utile en quoi que ce soit dans l'immédiat ?

— Oui, tu peux nous indiquer où se trouve Mme McEnroy et le meilleur moyen de la contacter.

— De nouveau, je suis navré, mais cette information est confidentielle.

— Plus maintenant. M. McEnroy ne reviendra pas de son rendez-vous à l'extérieur. Il est en route vers la morgue.

Elle vit ciller ses yeux bleus et fixes comme il digérait l'information inattendue.

— Voilà qui est très fâcheux.

— Comme tu dis. Nous allons entrer.

— Oui, je vous en prie.

Il s'écarta puis referma la porte derrière elles.

Le grand hall d'entrée s'ouvrait sur une spacieuse salle de séjour. De l'autre côté des hautes fenêtres, Eve aperçut les reflets d'argent du fleuve Hudson.

Un grand écran encastré surmontait une longue et élégante cheminée. Le mobilier, tout en nuances pastel de bleu et de vert, était complété par des paysages urbains et quelques photos de famille encadrés avec soin. Rien ne traînait dans la pièce.

— À quelle heure M. McEnroy a-t-il quitté les lieux ?

— Hier soir à 21 h 18.

— Où se rendait-il ?

— Je ne dispose pas de cette information.

— Il était seul ?

— Oui.

— Comment était-il habillé ?

Elle vit le droïde cligner de nouveau des yeux comme il fouillait ses banques de données.

— Un pantalon noir de la marque Vincenti, un pull bleu clair de chez Box Club, mélange de soie et de cachemire, une veste en cuir noir Leonardo, des mocassins en cuir noir de la marque Baldwin, avec la ceinture assortie.

Le niveau de détail de la description rappela à Eve que les droïdes s'avéraient parfois bien utiles.

— Quand le reste de la famille a-t-il quitté New York ?

— Il y a deux jours, à 8 heures. Un véhicule du service de transport Virée Urbaine est venu chercher Mme McEnroy, les enfants et leur tutrice pour les transporter jusqu'à leur navette. De là, ils ont voyagé jusqu'à Tahiti et passent à présent leurs vacances au complexe hôtelier Les Mers du Sud, dans la villa de plage baptisée « Paradis ».

« Oui, bien utiles », songea Eve.

— M. McEnroy a-t-il reçu des invités en leur absence ?

— Je ne dispose pas de cette information. Je suis habituellement désactivé quand M. McEnroy quitte les lieux et réactivé lorsqu'il souhaite profiter de mon assistance.

— Il y a une caméra à l'entrée. Il me faudra une copie de la vidéo.

— Bien sûr. Le système de sécurité se trouve juste à côté de la cuisine.

— Occupez-vous-en, Peabody. Les coordonnées pour joindre Mme McEnroy ?

Cette fois, le droïde récita le numéro sans aucun temps d'hésitation.

— Quelle heure est-il à Tahiti ?

Il cligna des yeux.

— Il est actuellement minuit et trente-trois minutes à Tahiti.

— C'est complètement idiot, maugréa Eve.

— Je ne comprends pas.

— Moi non plus. Je vais faire venir la police scientifique pour passer ce logement au peigne fin et la DDE pour récupérer tout l'équipement électronique. Y a-t-il d'autres droïdes sur place ? Des employés de maison, humains ou non ?

— Il y a plusieurs petits droïdes utilitaires pour le nettoyage des sols et autres tâches d'entretien. Et une tutrice pour les enfants mais, comme je vous l'ai indiqué, elle est également partie en vacances avec Mme McEnroy. L'assistant administratif de M. McEnroy et d'autres employés de son entreprise sont régulièrement conviés ici, mais en général, lorsqu'il se trouve à New York, M. McEnroy travaille depuis son quartier général dans la Tour Connors du quartier des affaires.

— Voyez-vous ça. Bon, je te dirai si j'ai d'autres questions. Qu'est-ce que ça donne, Peabody ? demanda-t-elle au retour de son équipière.

— Il est sorti à l'heure indiquée par le droïde, vêtu comme il nous l'a décrit. Personne ne s'est présenté à la porte jusqu'à notre arrivée. La vidéo s'enregistre par-dessus la précédente après soixante-douze heures mais il n'y a pas eu de manipulation d'après ce que j'ai pu voir. La DDE pourra regarder ça de plus près.

— Appelez McNab et faites venir les techniciens de la police scientifique.

Eve se rendit ensuite jusqu'à la chambre parentale. Là aussi, couleurs douces et de bon goût et tableaux du même tonneau. Si la tête de lit formait un éventail digne d'une queue de paon, elle était recouverte d'un tissu doux et élégant, d'une nuance pêche discrète légèrement plus claire que la couette épaisse, elle-même plus claire que les housses décoratives des oreillers et le dessus-de-lit disposé avec style.

Mais le plus remarquable restait la caméra omnidirectionnelle placée sur un trépied au centre de la pièce.

Elle l'examina, constata qu'elle était réglée pour être contrôlée par la voix et ne contenait aucun enregistrement.

Elle ressortit de la pièce pour appeler le droïde.

— Par ici !

— À votre service.

Il monta l'escalier et la suivit dans la chambre. Elle désigna la caméra.

— Ça se trouve habituellement ici, ça ?

— Non. Je n'avais jamais vu cet appareil auparavant.

— Dans cette chambre ou bien en général ?

— En général, lieutenant.

— D'accord. Tu peux repartir. Reste à disposition.

Elle s'intéressa au contenu des tables de chevet. Elle trouva des liseuses dans les deux, qu'elle étiqueta à l'intention de la DDE, des préservatifs dans celle côté fenêtres, une lime à ongles et une crème pour les mains dans celle côté salle de bains.

Ni sex-toys ni pilules destinées à améliorer les performances.

Intéressant.

Curieuse, elle retourna la couette, passa une main sur les draps, se pencha, renifla. Les draps étaient propres, soigneusement repassés, avec un léger parfum de lavande.

Elle retourna auprès du droïde.

— Les draps dans la chambre parentale. Quand ont-ils été changés ?

— Hier matin, à 10 heures.

— C'est un changement habituel ou une demande de M. McEnroy ?

— Quand M. McEnroy séjourne seul ici, les draps sont changés quotidiennement.

— Et quand sa famille est présente ?

— Deux fois par semaine.

— Où sont les draps que tu as retirés hier matin ?

— Ils ont été remis au teinturier.

— Dommage. Peabody, on va commencer par la chambre parentale.

— McNab est en route. La police scientifique devrait être là d'ici vingt minutes. Eh ben..., ajouta Peabody en entrant dans la chambre et en découvrant la caméra.

— Oui. Une caméra omnidirectionnelle, réglée pour être dirigée à la voix, en plein milieu de la chambre. Linge de lit changé deux fois par semaine quand sa femme est avec lui, chaque jour quand elle n'est pas là.

Peabody fit la moue.

— Il se tape ses maîtresses dans le lit conjugal et filme le tout ?

— C'est ce que j'en conclus. Et je parie qu'il a des jouets cachés quelque part. Commencez par sa penderie. Je dois parler à sa femme.

Elle contacta d'abord l'hôtel et obtint confirmation de la présence sur place de Geena McEnroy, de ses filles et d'une certaine Frances Early, ainsi que de leurs dates d'arrivée et de départ programmées.

Puis elle composa le numéro donné par le droïde et se prépara à annoncer le décès aux proches de McEnroy.

Geena répondit à la troisième sonnerie d'une voix ensommeillée, vidéo coupée.

— Allô, oui ?

— Geena McEnroy.

— Oui, c'est moi.

— Ici le lieutenant Dallas de la police de New York.

— Quoi ? Ô mon Dieu !

La voix se fit alerte et une femme apparut aussitôt à l'écran. Elle était jolie, les traits encore froissés par le sommeil, avec une chevelure brune en bataille et des yeux bleus inquiets.

— On a été cambriolés ?

— Non. Madame McEnroy, j'ai le regret de vous annoncer que votre mari est décédé. Son corps a été retrouvé un peu plus tôt dans la matinée. Je vous présente toutes mes condoléances.

— Quoi ? Quoi ? Qu'est-ce que vous racontez ? Ce n'est pas possible. J'ai parlé à Nigel cet après-midi. Ici même. Je... Ce... C'est-à-dire dans la soirée à New York. Vous vous êtes trompée.

— Je suis navrée, madame McEnroy, il n'y a pas d'erreur. Votre mari a été tué tôt dans la matinée, vers 3 heures du matin, et officiellement identifié.

— Mais ce n'est pas possible ! Vous dites qu'il n'y a pas eu d'effraction chez nous. Or à cette heure-là Nigel était à la maison, au lit.

— D'après la déposition de votre droïde et les caméras de sécurité de votre domicile, votre mari a quitté votre appartement de la 91e Rue peu après 21 heures hier soir. Sa dépouille a été retrouvée… il y a peu, termina Eve en estimant que l'heure n'était pas aux détails sanglants. Encore une fois, toutes mes condoléances.

— Mais…

La confusion mâtinée d'agacement et de pure incrédulité commença à se muer en stupeur, puis la stupeur en effroi.

— Qu'est-ce qui s'est passé ? Qu'est-il arrivé à Nigel ? Un accident ?

— Non, madame McEnroy. Votre mari a été assassiné.

— Assassiné ? Assassiné ? Mais vous délirez !

Sa voix était brusquement montée dans les aigus, mais elle parut se reprendre et porta une main à sa bouche.

— Comment ? Qui ? Pourquoi ?

— Madame McEnroy, il serait peut-être préférable que vous reveniez à New York. Nous venons tout juste de commencer notre enquête. Y a-t-il quelqu'un que je puisse contacter de votre part dans l'immédiat ?

— Je… Non. Je… Attendez.

La vidéo devint floue comme Geena quittait la chambre au pas de course, son communicateur à la main. Eve eut un aperçu du séjour – des couleurs tropicales et chatoyantes, un bout de lune derrière la vitre –, puis de pieds minces et allongés aux ongles rose pastel.

— Francie !

Elle avait chuchoté d'une voix tremblante. Les larmes n'allaient pas tarder à jaillir, calcula Eve.

— Mon Dieu, Francie, j'ai besoin de vous.

— Je suis là, je suis là !

Une lumière s'alluma.

— Vous êtes malade ?

Geena tendit le communicateur à la femme encore allongée puis s'assit et éclata en sanglots.

Apparut à l'écran le visage scandalisé d'une métisse d'une cinquantaine d'années aux yeux noisette brillants de colère.

— Qui êtes-vous ?

— Ici le lieutenant Eve Dallas de la police de New York…

— Oh, arrêtez les conneries ! J'ai lu le livre et vu le film. Dallas est…

Elle cligna des paupières avant de se frotter les yeux.

— Ô mon Dieu. Qu'est-ce qui s'est passé ? Qui est mort ?

Elle s'était redressée en parlant, révélant une silhouette solide. Elle était vêtue d'une chemise de nuit rose – pas pastel, celui-là – sur laquelle gambadait une licorne.

— Ça va aller, Geena. Je vais vous chercher un verre d'eau. Je vais m'occuper de tout ça, d'accord ? Qu'est-ce qui s'est passé ? demanda-t-elle de nouveau tout en marchant.

— Nigel McEnroy est décédé. Il a été tué tôt ce matin.

— Oh non. Comment… Non, laissez tomber.

À ce qui se passait à l'image, Eve comprit que la femme avait rejoint une cuisine et versait de l'eau pétillante et des glaçons dans un verre.

— Elle a besoin de moi. Les filles ont besoin de moi, donc ces détails-là attendront. Elles l'aimaient. Je prends la situation en main ici. On va rentrer à New York au plus vite. C'est arrivé dans l'appartement ?

— Non.

— D'accord. Donc retour direct à la maison, dès qu'on sera prêtes.

— Votre nom, madame ?

— Francie... Frances, corrigea-t-elle. Frances Early. Je fais la classe aux filles. Il faut que j'aille m'occuper de Geena.

— Merci de reprendre contact avec moi à votre arrivée à New York.

— Geena vous appellera. Elle aura retrouvé son sang-froid d'ici là. Pour les filles. Mais là, il faut que j'aille m'occuper d'elle, répéta-t-elle avant de raccrocher.

Eve reporta ses pensées sur l'enquête. Elle commença par faire une rapide recherche au sujet de Frances Early.

— La tutrice, annonça-t-elle à voix haute en entrant dans ce qui tenait plus du double dressing mixte que du simple placard. Frances Early, mariée puis divorcée, pas d'enfants. Cinquante-six ans, professeur, dont vingt-deux ans passés dans l'arène de l'école publique. Originaire de New York où elle a vécu toute sa vie. Sept ans auprès des McEnroy, d'abord en tant que tutrice pour la plus âgée des filles, puis désormais pour les deux. Accompagne la famille quand ils voyagent. Habite ici ou chez sa sœur quand ils sont à New York. Dispose d'une suite à elle dans leur maison londonienne et d'un espace personnel dans tous leurs autres lieux de résidence. Côté casier, une plainte pour violences déposée par son ex, puis retirée. Elle semble solide.

— Je n'ai rien trouvé ici en dehors de beaux vêtements, pour lui comme pour elle, et d'excellents produits de maquillage et de soin. Mais il y a un coffre-fort, remarqua Peabody.

Après examen, Eve s'estima capable de l'ouvrir. Elle avait appris auprès d'un (ancien) cambrioleur de haut vol qui se trouvait aussi être son mari.

— Sans doute des bijoux, supposa-t-elle. L'épouse a probablement les codes, donc il n'y rangerait rien qu'il ne voudrait pas qu'elle voie. C'est un espace partagé.

» Continuez, dit-elle à Peabody. Je vais m'intéresser à son bureau.

Traversant l'appartement, elle s'arrêta devant une chambre visiblement commune aux deux filles. L'avalanche de rose, de blanc et de dentelles dénotait des petites filles très classiques. Une partie de la pièce était occupée par deux bureaux en vis-à-vis, l'autre par les jouets et les jeux.

La troisième chambre devait être celle de la tutrice. Le dessus-de-lit décoré de fleurs trahissait son goût pour la couleur, confirmé par un coup d'œil dans sa penderie pleine de pièces aux teintes vives et joyeuses.

Sur le mur, plusieurs dessins d'enfants étaient rassemblés sous un grand cadre. Sur la table sous la fenêtre était disposé un trio de photos des filles et de la tutrice en compagnie de la famille.

Elle vouvoyait l'épouse mais l'appelait par son prénom. Dessins et photos des enfants.

« Elle fait partie de la famille », en conclut Eve.

Et les gens qui s'intégraient au sein d'une famille savaient des choses.

Eve ne manquerait pas de s'entretenir avec Frances Early.

Elle reprit son chemin, trouva ce qu'elle supposa être la salle de classe et de jeu des enfants, une sorte de salon, une salle à manger et le bureau de McEnroy.

Ni bureau ni espace privé pour l'épouse, remarqua-t-elle, mais l'espace de travail de McEnroy donnait dans le chic et le haut de gamme sur tous les plans : la vue, le bureau, le fauteuil, le sofa, les tableaux et la console de communication.

« Le fin du fin », estima-t-elle, comme il incombait à un homme haut placé et fortuné tel que lui.

Elle trouva son mémo électronique. Protégé par un mot de passe. L'ordinateur ? Protégé par un mot de passe. La console ? Protégée par un mot de passe.

Un homme prudent, même à son propre domicile.

Les tiroirs du bureau étaient verrouillés et protégés par un code. Même le placard nécessitait une carte magnétique et un code.

Eve décida de commencer par là. Elle sortit de son kit l'un des outils que Connors lui avait offerts et se mit au travail.

Elle entendit la police scientifique débarquer et Peabody s'entretenir avec eux mais n'y prêta pas attention.

Elle pouvait y arriver. On ne lui ferait pas croire que McEnroy avait installé des mesures de sécurité de ce genre pour protéger de simples mémo-cubes et disques de travail.

Dix minutes plus tard, gagnée par la frustration, elle faillit abandonner et se contenter d'enfoncer cette fichue porte. Mais elle serait alors contrainte de se dénoncer elle-même.

Elle entendit McNab lancer un joyeux « salut p'tit body ! » et redoubla d'efforts.

Pas question non plus d'en avoir sué autant pour passer la main au geek de la DDE !

Elle serra les dents en captant le bruit de ses aéro-boots qui se rapprochait.

— Salut, lieutenant.

— Mettez-vous au boulot sur ces appareils électroniques, ordonna-t-elle. Ouvrez ce que vous pourrez ici, faites une passe rapide sur le contenu puis consignez le tout pour emport… Merde, merde, merde ! Tu vas t'ouvrir, oui ? Transportez ce que vous n'aurez pas pu ouvrir à la DDE.

— Compris. Hé, il est top ce décodeur ! C'est un TTS-5 ?

— Comment voulez-vous que je le sache ? Arrêtez de me coller.

— On dirait que vous avez percé toutes les défenses, sauf…

Elle émit un grondement rauque face auquel même un chien enragé aurait battu en retraite. McNab, lui, se pencha un peu plus près encore.

Quand l'appareil clignota en vert, il lui donna un petit coup de poing dans l'épaule.

— Bien joué.

— Il était temps, répondit-elle avant de glisser son passe-partout dans le lecteur pour déclencher l'ouverture.

À tous les coups, McNab en serait venu à bout en moitié moins de temps. Et Connors ? Il serait sans doute passé au travers de toutes les protections par la seule grâce de son charme irlandais.

Mais elle avait réussi.

En ouvrant la porte, elle découvrit les mémo-cubes et les disques attendus, ainsi que diverses fournitures de bureau. Plus une boîte qu'elle estima assez grande pour contenir la caméra retrouvée dans la chambre. Et un coffret fermé à clé.

— Bon sang. Il cache quoi, les joyaux de la Couronne ?

— C'est juste un cadenas à combinaison, fit remarquer McNab. On peut le forcer.

— On n'abîme rien.

Elle sortit ses outils de crochetage de son kit... eux aussi fournis par Connors. Elle était plus habile avec les verrous physiques qu'avec les électroniques et ouvrit le petit coffre en moins de cinq minutes.

Lorsqu'elle ouvrit la porte, McNab laissa échapper un sifflement surpris.

— Waouh. Votre homme était un sacré coquin.

— J'en étais sûre.

— Il pourrait presque ouvrir son propre sex-shop, commenta McNab, les mains fourrées dans deux des nombreuses poches de son pantalon baggy d'un violet atomique.

Eve pouvait difficilement dire le contraire à la vue des menottes molletonnées, vibromasseurs, huiles et lotions, anneaux péniens, pinces à seins, fouets à plumes, cordelettes en soie et autres bandeaux pour les yeux assortis d'une réserve de préservatifs, de pilules érectiles et de gels divers.

Elle désigna une bouteille clairement étiquetée ROHYPNOL, une autre qui indiquait RABBIT et une troisième WHORE.

— Le salopard. Il s'est fait des fioles à emporter. Il sort en boîte, prend une fiole, sélectionne sa victime. Il la ramène ici et fait ce qui lui plaît. Le poème de Lady Justice disait vrai.

— Quel poème ?

— On vous expliquera plus tard. Les appareils électroniques, McNab.

— Tout de suite.

Il s'écarta, jeune homme mince au joli visage, avec une longue queue-de-cheval blonde et un lobe d'oreille alourdi de plusieurs anneaux en argent.

— Les sex-toys, c'est une chose. Rien à redire si tout le monde s'amuse bien. Mais les produits chimiques, ça, c'est vraiment dégueulasse ! s'indigna-t-il.

— Et ça lui a coûté cher.

Et quoi que McEnroy ait pu faire, quoi qu'il ait pu être, il dépendait désormais d'elle pour obtenir justice.

Elle ressortit, discuta quelques instants avec le technicien en chef de la police scientifique puis fit venir Peabody.

— Allons voir son assistante. C'est notre meilleure chance de connaître en détail ses habitudes, son emploi du temps, ses amis et ses maîtresses s'il les revoit plusieurs fois.

— Lance Po, lut Peabody depuis son mini-ordinateur comme elles se mettaient en route. C'est un homme. Trente-huit ans, métis, marié depuis cinq ans à un certain Westley Schupp. Ça fait un peu moins de onze ans qu'il travaille pour le siège new-yorkais, dont quatre au service de la victime.

» L'appartement était vraiment classe, ajouta-t-elle une fois dans l'ascenseur.

— Oui, en apparence. Élégant et paisible. La classe supérieure bien propre sur elle. Notre homme avait des photos de sa femme et de ses enfants à trois mètres d'un coffret cadenassé plein de sex-toys et de bouteilles de Rohypnol, de Rabbit et de Whore. Pas si classe que ça, au bout du compte.

— Il ne se contentait pas de tromper sa femme dans son propre lit. Il employait des drogues du viol.

— Difficile d'imaginer qu'il ait pu les avoir en sa possession – et toutes les fioles n'étaient pas pleines – pour ne pas s'en servir. Voyons si son assistant sait où il devait se rendre hier soir et qui il comptait y retrouver, le cas échéant.

Elles ressortirent dans la rue, où la vie new-yorkaise battait de nouveau son plein. Slogans publicitaires crachés depuis les dirigeables dans le ciel, circulation grondante, vagues incessantes de piétons. Le corps n'était plus là, et il ne restait aucune trace de sa présence.

Dans l'immeuble, c'était une autre histoire. Les agents en uniforme frappaient à toutes les portes, la police scientifique investissait l'appartement des McEnroy et le geek de la DDE mandaté par Eve s'apprêtait à scruter toutes les activités de la famille : ce dont ils avaient parlé sur leurs communicateurs, ce qu'ils avaient tapé sur leurs claviers, les photos qu'ils avaient sauvegardées sur chacun de leurs appareils.

La mort faisait ressurgir bien des secrets.

Une fois Eve installée derrière le volant, Peabody lui donna l'adresse de l'assistant.

— Le voyage du retour va être dur pour sa femme et ses gamines, ajouta-t-elle.

— C'est certain. Est-ce qu'elle était au courant ? se demanda Eve. Peut-être. Elle ne savait pas forcément ce qui se trouvait dans son placard fermé à clé, mais comment aurait-elle pu ne pas savoir qu'il la trompait ? Un type qui dispose de ce genre d'accessoires sexuels en dehors de la chambre qu'il partage avec sa conjointe est forcément du genre à la tromper. Comment aurait-elle pu ne pas savoir ?

— Certaines femmes choisissent simplement d'y croire. Et certains mecs sont très forts pour se couvrir.

Eve secoua la tête.

— Pas à ce point.

Elle démarra et se fraya un chemin dans la circulation rugissante.

Le dénommé Po et son mari habitaient un appartement situé au-dessus d'un restaurant grec. Assez près du travail pour s'y rendre à pied si Po en avait envie, estima Eve. Elle sonna en bas de l'immeuble. Quelques secondes plus tard, un « salut ! » enthousiaste résonna depuis l'interphone.

— Lieutenant Dallas et inspecteur Peabody du NYPSD. Nous devons parler à M. Po.

— Ouais, c'est ça. Et Connors est monté manger un bagel avec nous. C'est toi, Carrie ?

— C'est le lieutenant Dallas. Vous êtes Lance Po ?

— Euh, oui. Mais… vous êtes sérieuse ?

— Très. Merci de nous laisser entrer.

Eve entendit un bref échange suivi d'un éclat de rire.

— Elle dit que c'est Eve Dallas. Ce doit être Carrie.

Malgré tout, il y eut un bourdonnement et les verrous s'ouvrirent.

Le minuscule hall d'entrée menait jusqu'à un ascenseur exigu dans lequel Eve ne serait pas montée même si Po avait habité au millième étage.

Alors qu'elles s'engageaient dans la cage d'escalier tout aussi exiguë, elle entendit une porte s'ouvrir à l'étage au-dessus.

— Ton imitation était impressionnante, Carrie, mais…

L'homme sur le seuil s'interrompit. C'était un métis asiatique d'un mètre soixante-quinze, mince et bien entretenu, aux boucles frisées d'un noir de jais et aux pointes dorées. Vêtu d'un costume chic d'un bleu métallique et d'une cravate à motifs rouges et bleus, il faisait plus jeune que ses trente-huit ans.

Il écarquilla des yeux presque aussi dorés que l'extrémité de ses mèches.

— Purée ! Purée, Wes ! C'est la vraie Eve Dallas.

— Arrête tes conneries, Lance…

Le deuxième homme apparut. Musclé, le crâne rasé, vêtu d'un jean délavé et d'un tee-shirt rouge à manches longues. Il cligna des yeux, surpris, et posa la main sur l'épaule de Po.

— Alors ça…

Après un nouveau clignement de paupières, ses yeux foncés se remplirent d'inquiétude.

— Bon sang, quelqu'un est mort.

— Oh non… Mon Dieu. Quelqu'un est mort ?

— Pouvons-nous entrer ?

— Ma mère. Ma mère…

— Il ne s'agit pas de votre mère, monsieur Po. Ni d'aucun membre de votre famille. Nous sommes ici au sujet de votre patron.

— Sylvia ? s'exclama-t-il en agrippant la main de son compagnon.

— Non, Nigel McEnroy.

— M. McEnroy est *mort* ?

— Nous voudrions entrer.

— Pardon, pardon...

Il recula d'un pas.

— Je vous en prie, dit-il. J'étais... On a été... pris par surprise. On est super fans. De vous deux. Pas seulement du livre et du film, même s'ils sont top. Mais on vous suit depuis que vous êtes avec Connors. Qu'on adore aussi, d'ailleurs. Votre boulot, votre look, vos apparitions dans les médias où vous ne mâchez pas vos mots. On est trop...

— Du calme, chéri.

Schupp donna un petit coup de coude à Po pour l'écarter gentiment avant de serrer la main d'Eve, puis de Peabody.

— Je vous en prie, asseyez-vous. On n'a pas de café mais...

— Nous n'avons besoin de rien, dit Eve.

Le séjour, quoique petit, lui parut bien plus accueillant et confortable que celui des McEnroy. Un sofa bleu marine à haut dossier était appuyé contre l'un des murs, surmonté par un beau croquis au crayon de la ville. En face se trouvaient deux fauteuils de détente aux rayures multicolores. Un banc garni de faux cuir ajoutait des places supplémentaires, près de l'accès, sur la gauche, à une petite cuisine visiblement bien agencée.

— Je vais prévenir pour qu'on me remplace. Je suis professeur de dessin et je chapeaute l'équipe de football américain, expliqua Schupp. Au lycée. Je te fais un thé, Lance ?

— Je veux bien, oui. Je suis tout… Ce n'était pas un accident. Comme je le disais, on est fans, donc je sais que vous êtes de la Criminelle. Quelqu'un a voulu le dépouiller dans la rue ?

Tout en parlant, il leur désigna les fauteuils. Eve s'assit sur le premier, Peabody sur le second, tandis que Po se laissait tomber sur le sofa.

— Non. Vous étiez bien l'assistant de M. McEnroy ?

— Ouais. Oui. Il voyage beaucoup et quand il n'est pas à New York – soit à peu près la moitié de l'année –, c'est Sylvia Brant qui fait tourner la boutique. Je veux dire : ce sont bien M. McEnroy et ses partenaires qui dirigent, mais Sylvia est un peu le capitaine du navire quand il n'est pas là. Il faut que je la prévienne ?

— Nous nous en chargerons. Êtes-vous au fait de l'emploi du temps de M. McEnroy ?

— Oui, bien sûr. Un rendez-vous à 10 heures ce matin avec le candidat en tête pour le poste de directeur marketing dans les bureaux new-yorkais de Grange United. À 11 heures avec…

— Parlez-nous plutôt d'hier.

— Ah oui, pardon.

Avec l'efficacité d'un ordinateur, Po leur déroula une liste de noms, d'horaires et d'intitulés de rendez-vous pendant que Schupp lui apportait une jolie tasse de thé. La tasse et les effluves fleuris qui en émanaient faisaient penser à Mira. Eve songea qu'elle discuterait sans doute sous peu de l'affaire avec la meilleure profileuse et psychologue du Central.

— Donc pas de rendez-vous à dîner ni de réunion le soir ?

— Non, il a terminé son travail au bureau peu avant 18 heures. Sa femme et ses filles sont parties en vacances à Tahiti. Mon Dieu, Wes, les pauvres petites...

Schupp serra la main libre de Po dans la sienne.

— Vous pouvez nous dire ce qui s'est passé ?

— M. McEnroy a été tué très tôt dans la matinée. Les éléments recueillis jusqu'ici indiquent qu'il a quitté son domicile peu après 21 heures. Il a été tué ailleurs puis son corps a été déposé dans la rue, devant chez lui.

Elle scruta les traits de son témoin avant d'ajouter :

— Plusieurs indices laissent penser que le meurtre a été commis par une femme, ou par quelqu'un qui prétend représenter des femmes que M. McEnroy aurait pu... maltraiter.

Po échangea un regard avec son compagnon.

— Ça n'a pas l'air de vous surprendre, constata Eve. Dites-nous pourquoi.

3

— Tu me le disais depuis le début, murmura Po.

— Je dis les choses comme je les sens. Il dégageait un truc… Un coureur de jupons, du genre sans scrupules, déclara Schupp à Eve. Je ne l'ai pas rencontré souvent mais il dégageait un truc. Dis-leur, Lance.

— Bon, c'est surtout un ressenti et des observations. Sauf que je sais de source sûre qu'il a dragué lourdement deux employées subalternes. L'une d'elles s'est plainte aux ressources humaines et boum, elle a disparu. Ils auraient acheté son silence. C'est là que Sylvia est intervenue. Il s'est toujours montré respectueux avec elle mais… elle est plus âgée et elle lui aurait fait mordre la poussière s'il avait tenté quoi que ce soit. Bref, elle a fini par le remettre à sa place sur le sujet et a menacé de déposer une plainte. Ils se sont vraiment engueulés. C'était il y a à peu près un an. J'ai bien vu qu'il fulminait, mais il a cessé de taquiner le goujon dans la mare de l'entreprise, si vous voyez ce que je veux dire.

— Je vois. Pourquoi Sylvia n'a-t-elle pas porté plainte ?

— Principalement, à mon avis, pour préserver sa femme et ses enfants. Elle l'aurait fait s'il ne s'était pas repris. Mais...

— Ce que vous nous dites n'est pas une preuve de déloyauté, monsieur Po, intervint Peabody. Son comportement et ses habitudes sont très probablement à l'origine de sa mort. Sa famille doit savoir qui a causé cette mort et votre témoignage nous aidera à le découvrir.

— Je ne l'aimais pas, admit brusquement Po. Mais j'adorais ce job, ainsi que Sylvia et tous mes autres collègues. Et il était absent la moitié du temps, de toute façon. Il me traitait bien, je ne peux pas dire le contraire.

— T'étais un atout pour lui, mon chéri. T'es le meilleur assistant du monde.

— Tu n'es pas très objectif, répondit Po avec un début de sourire. Je fais bien mon travail et mon travail me plaît. Lui, M. McEnroy, n'était pas un bon mari à mes yeux. Il aimait ses filles, pas de doute là-dessus, et je pense qu'à sa manière il aimait aussi sa femme. Mais, comme disait Wes, il y avait chez lui un truc pas net... Et il y a eu de nombreux matins, quand sa famille n'était pas à New York, où il débarquait avec l'air du type qui vient de s'envoyer en l'air. Il ne s'en cachait pas.

— A-t-il reçu des menaces ?

— De violences physiques, vous voulez dire ? Non. À moins que ce ne soit passé par sa ligne ou son adresse e-mail personnelles. Tout le reste passe par moi. Honnêtement, je ne crois pas qu'il se sentait menacé. Il avait toujours l'air... satisfait, content de lui. La seule fois où je l'ai vu contrarié, c'était lors de cette dispute avec Sylvia. Je vous garantis que jamais elle ne ferait de mal à qui que ce soit. Elle l'aurait grillé au niveau professionnel mais il a justement battu en retraite parce qu'il savait qu'elle le ferait, à mon avis.

— Savez-vous quels établissements il pouvait fréquenter après le travail ?

— Possible…

Il se recala sur son siège, visiblement mal à l'aise.

— Ça fait partie de mon boulot de m'assurer que tout reste organisé… quand il est à New York mais aussi quand il n'y est pas. Certaines boîtes vous offrent de petites babioles, surtout à ceux qui paient pour un espace privé ou un box VIP. Il avait quelques colifichets dans l'un des tiroirs de son bureau.

— Il nous faudrait les noms, si vous vous en souvenez.

— *Le Repaire de Lola*, *Les Aventuriers*, *L'Endroit*, *Fernando's*. C'étaient ceux qu'il fréquentait le plus régulièrement, à ma connaissance. Il y en a peut-être d'autres dont il n'aurait pas gardé les objets publicitaires.

— C'est déjà très utile.

— Je ne sais pas quoi faire, avoua Po en levant les mains dans un geste d'impuissance avant de croiser les bras contre sa poitrine. Est-ce que je dois aller travailler ?

— Nous réquisitionnerons tous les appareils électroniques de M. McEnroy pour analyse.

— Je crois qu'il garde – gardait – un communicateur, un deuxième, personnel, dans le premier tiroir à gauche, fermé à clé, de son bureau. Je n'y avais pas accès mais je l'ai vu à plusieurs reprises parler sur un autre communicateur dans son bureau. Et, euh, il y rangeait aussi des vêtements. Il est arrivé qu'il me demande d'envoyer ceux qu'il portait la veille chez le teinturier. Ce qui voulait dire qu'il s'était changé au travail, après la fin de la journée.

— Vous l'auriez su s'il avait fait venir des femmes là-bas ?

— Je doute qu'il ait fait ça. Il y a les agents de la sécurité et du service d'entretien. Il m'est arrivé, occasionnellement, d'envoyer la facture d'une chambre d'hôtel à notre comptabilité. Ça arrivait de temps à autre, quand Mme McEnroy était à New York avec lui.

» J'avais conscience de ce qu'il était, admit Po en baissant les yeux sur son thé. Mais c'était lui le patron.

— Monsieur Po, seriez-vous d'accord pour que nous vous conduisions à votre travail ? C'est notre prochain arrêt.

L'assistant dévisagea Eve, puis Schupp.

— C'est ce qu'il faut faire ? Faut que j'y aille ?

— À vrai dire, monsieur Po, intervint Peabody, vous pourriez nous aider en nous faisant visiter les lieux.

Le soulagement de se voir donner un cap, une tâche à accomplir, illumina le visage de Po.

— D'accord. On va faire comme ça.

— Je viens avec vous, décréta Schupp, qui ne détourna pas les yeux face au regard d'Eve. Non seulement je connais les gens avec qui travaille Lance, mais beaucoup d'entre eux sont des amis. Je vous serai utile.

Parce que son caractère semblait aussi droit que son regard, Eve hocha la tête.

— C'est d'accord. Vous êtes prêts ?

— Ouais. Oui, je pense que c'est bon.

Po alla récupérer la sacoche suspendue près de la porte et l'enfila en bandoulière.

— Merci, Wes.

— Aucun problème.

Une fois qu'ils furent descendus et installés dans la voiture, Schupp laissa échapper un soupir.

— Je sais que je ne devrais pas dire ça étant donné les circonstances, mais c'est quand même carrément cool d'être en voiture avec Dallas et Peabody.

— Dans la DLE, ajouta Po avec un petit sourire triste. Même si je me sens un peu malade... Pas au point de vomir mais...

Peabody se retourna vers lui en souriant.

— C'est normal, assura-t-elle. Ça vous a fait un choc, c'est naturel. Et puisque vous êtes à bord de la DLE, je vous conseille de vous accrocher.

Alors même qu'elle prononçait ses mots, Eve s'élança brusquement dans la circulation, contourna d'un zigzag rageur un maxibus qui se traînait péniblement et franchit le feu au coin de la rue quelques instants avant qu'il passe au rouge. Plusieurs piétons qui se préparaient à traverser en courant lui lancèrent des regards haineux.

— Bon sang, souffla Schupp en agrippant la main de Po.

Eve se faufila de justesse entre deux Rapid Taxis, dépassa un livreur à vélo apparemment suicidaire et déboula à toute vitesse dans le parking souterrain de la tour d'acier du quartier général de Connors.

Le scanner de l'entrée l'accueillit avec un bip de bienvenue avant de lui indiquer le niveau auquel descendre et l'espace réservé à la DLE.

Eve s'y gara quelques minutes seulement après avoir repris le volant.

— Waouh ! laissa échapper Po avec un petit rire. Encore mieux que dans le film.

— Bienvenue dans mon quotidien, lui répondit Peabody.

— Euh... On est au vingt-deuxième étage. Je peux nous y donner accès avec ma carte.

Eve aurait pu le faire elle-même mais elle acquiesça.

— Faites donc. Il nous faudra visiter le bureau de M. McEnroy et nous entretenir avec Mme Brant. J'aurai aussi besoin des noms des deux femmes que vous avez mentionnées. Celles que vous saviez que M. McEnroy avait harcelées.

— Oh, je... J'imagine que je savais que c'était le cas mais ça me semble... Je ne connaissais pas très bien Jasmine. Quirk, de son nom de famille. Elle a démissionné à peu près trois semaines après son embauche. Et Leah Lester n'est pas restée beaucoup plus longtemps. Peut-être trois mois, je dirais. C'est parce qu'elle ne s'est pas éclipsée discrètement que Sylvia a eu vent de ce qui se passait. Ou de ce qui s'était prétendument passé, j'imagine. Leah et Jasmine sont parties à peu près au même moment.

Il appela l'ascenseur à l'aide de sa carte magnétique.

— Je n'ai aucune idée de l'endroit où elles peuvent être aujourd'hui, mais Sylvia le saura peut-être.

— Compris.

Comme on pouvait s'y attendre dans un immeuble appartenant à Connors, le trajet se fit tout en souplesse, aidé par l'usage du pass d'Eve en plus de la carte de Po pour une montée express jusqu'à leur étage.

Les portes s'ouvrirent sur le hall d'accueil, petit et de bon goût, de Parfaitement Placé.

Les fauteuils d'un brun profond contrastaient élégamment avec l'or pâle des murs. Le logo de l'entreprise ornait la paroi derrière la réception tenue par un homme et une femme, tous deux vêtus de noir.

— Bonjour, Lance, dit la femme en portant le doigt à son oreillette. Salut, Westley, ça fait plaisir de te voir.

— Euh, Sylvia est là ?

— Lui arrive-t-il seulement de rentrer chez elle ?

Le sourire de la réceptionniste vacilla en découvrant Eve et Peabody.

— Il y a un problème ?

— Nous devons lui parler, dit simplement Eve.

— On y va directement, d'accord ?

Sans attendre de réponse, Po se dirigea vers les portes en verre. Celles-ci s'ouvrirent souplement tandis que la réceptionniste annonçait :

— Je la préviens tout de suite.

Ils pénétrèrent dans un espace divisé en box où s'activaient de nombreuses petites mains au milieu des odeurs de café et de pâtisseries bon marché achetés aux vendeurs de rue.

Tournant à l'angle, ils passèrent devant une poignée de bureaux, certains ouverts, d'autres fermés. À l'angle suivant, les bureaux étaient plus spacieux, la vue plus belle. On entendait le cliquetis des claviers et des appels au communicateur.

Po s'arrêta devant l'une des plus belles vues.

Assise derrière le bureau, une femme athlétique aux épaules puissantes pianotait à toute vitesse sur son clavier. Elle ne releva pas la tête de son travail.

— Patientez une minute, Lance. Je dois envoyer cela au plus vite.

— Sylvia...

— Dix secondes, marmonna-t-elle tandis que ses doigts volaient au-dessus des touches.

Elle marqua une courte pause, le temps de balayer l'écran de ses yeux noirs étincelants d'oiseau de proie.

— « Envoyer », ordonna-t-elle à l'ordinateur.

Puis elle se radossa à son siège et releva la tête.

— Salut, Wes. Alors, qu'est-ce qui m'amène tout ce monde ?

Eve présenta son insigne.

— Je vais fermer la porte, dit-elle.

Sylvia redressa le dos.

— Voilà qui ne présage rien de bon. Pourrais-je voir votre pièce d'identité de plus près ?

Eve s'approcha obligeamment pour lui présenter de nouveau son insigne. Sylvia, avec ses cheveux coupés court et joliment striés de mèches argentées, l'examina attentivement.

— Nom d'un... Quelqu'un a tué Nigel.

— Sacrée déduction, madame Brant.

— Avec deux policières de la Criminelle dans mon bureau, accompagnées de l'assistant de Nigel et de son mari ? Je doute que vous soyez venues pour dire bonjour. Et par ailleurs, j'ai essayé d'appeler Nigel il y a cinq minutes sans recevoir de réponse, pas même un message. Asseyez-vous, Lance.

Elle se leva aussitôt et s'approcha de lui pour le soutenir et le guider gentiment vers un siège.

— Vous êtes tout pâle. Je vous en prie, asseyez-vous tous. Donnez-moi une seconde pour digérer la nouvelle.

— Vous semblez très bien la digérer, commenta Eve.

— Ça fait partie du métier. Qu'est-ce qui s'est passé ? Quand ? Pourquoi ? Même si là-dessus, j'ai mon idée, à moins qu'il ne s'agisse d'un accident ou d'un vol qui aurait mal tourné.

— Et si vous me disiez votre idée sur la question ? suggéra Eve.

— Nigel, qui avait la chance d'avoir une femme adorable et intelligente et deux belles petites filles, une affaire florissante qui lui permettait de mener la belle vie et de voyager, ne savait pas garder son service trois pièces au chaud. Si un mari, un petit ami, un frère ou un père ne finissait pas par lui fendre le crâne, ce serait l'une des femmes dont il avait profité et abusé qui s'en chargerait tôt ou tard. C'est la prédiction que je lui ai faite il n'y a même pas un an.

— Et vous, madame Brant ? Avait-il profité et abusé de vous ?

Sylvia laissa échapper un petit rire sec.

— Vous m'avez bien regardée ?

Elle écarta les bras, puissants et musculeux comme le reste de sa personne.

— J'ai soixante-trois ans, je suis bien charpentée, pas plantureuse. Certains pourraient peut-être me qualifier de belle. Mais sexy, jeune, naïve... Ça ne viendrait à l'esprit de personne.

— Moi, je vous trouve magnifique, lui dit Schupp, ce qui la fit sourire.

— Encore une preuve que j'ai eu raison de dire à Lance de vous mettre le grappin dessus. Non, lieutenant, Nigel ne s'intéressait pas à moi de cette façon. Par ailleurs, j'ai trop de valeur au sein de l'entreprise. Il chassait des proies plus jeunes, plus voluptueuses et souvent incapables de se défendre. Il y a moins d'un an, quand il est clairement apparu qu'il se livrait à des comportements déplacés au sein de l'entreprise, je l'ai menacé de procès, de ma propre démission et d'une conversation avec sa femme, une personne que j'apprécie beaucoup.

— Menace que vous n'avez pas mise à exécution.

Pour la première fois, Sylvia laissa paraître un signe de tension en massant du bout des doigts l'espace entre ses sourcils.

— Non, en effet, parce qu'il a cessé de prendre la société pour son terrain de chasse et accepté de payer une généreuse compensation aux deux femmes qui étaient venues me parler. Il aurait pu me virer – ce n'aurait pas été facile, car il n'avait aucune bonne raison –, mais je rapporte gros à l'entreprise et par ailleurs, j'aurais fait un énorme scandale. Il le savait.

Elle marqua une pause, soupira et se leva.

— Je vais me servir un café VIP. J'en ai bien besoin et j'imagine que vous aussi.

Elle se dirigea vers une alcôve pour programmer un autochef.

— Avant de répondre aux questions auxquelles je m'attends, je préfère vous dire les choses telles quelles. Je respectais énormément le sens des affaires de Nigel. Par son talent, sa détermination, sa créativité, sa capacité à voir loin, il a plus que contribué à propulser le cabinet à ce niveau de réussite. J'admirais cette partie de lui, ainsi que sa clairvoyance lorsqu'il s'agissait de placer la bonne personne au bon poste.

Elle leur fit passer les tasses de café puis apporta un plateau garni de lait artificiel et d'édulcorants sucrés.

— De ce que j'ai pu en voir, c'était aussi un excellent père et ses enfants l'adoraient. Geena, sa femme…

J'ai du mal à croire qu'une femme aussi généreuse et intelligente que Geena n'ait pas eu conscience de ce qu'il faisait. D'un autre côté, je ne l'ai su qu'il y a un an et je suis loin d'être idiote. Je pense que son amour pour lui est – était – authentique et profond. J'admire un homme capable de susciter un tel amour.

» Pour tout le reste, je le trouvais détestable. Les deux femmes qui ont fini par venir me parler ont déclaré qu'il avait fait pression sur elles et avait profité de son ascendant hiérarchique. L'une d'entre elles était convaincue qu'il l'avait droguée. Ce qu'il a nié, bien sûr, quand je lui suis tombée dessus. Mais il mentait, ça se voyait. Et il a accepté les conditions que j'ai stipulées.

— Merci pour votre franchise. Pouvez-vous nous dire où vous étiez hier soir, en particulier entre 21 heures et 4 heures du matin ?

— Oh, mais lieutenant, vous ne pouvez pas…

— Chut, intervint Sylvia en agitant un doigt vers Po. Ce sont des informations dont elle a besoin. J'ai quitté le bureau peu après Nigel, je suis allée retrouver mon mari, notre fils aîné et sa fiancée pour un dîner chez *Opa*. Nous avions réservé pour 19 heures. Je pense que nous sommes ressortis vers 22 heures. Ray et moi avons pris un taxi pour rentrer à la maison. Je dirais que nous étions tous les deux au lit et endormis avant minuit. Je suis partie ce matin à 6 h 45 pour aller à la salle de sport et je suis arrivée au bureau à 8 h 45.

» L'immeuble où j'habite est équipé de caméras, ajouta-t-elle. Vous devriez pouvoir nous voir arriver, Ray et moi, hier soir, et me voir ressortir ce matin. Je trouvais Nigel détestable sur bien des plans, répéta-t-elle, mais j'ai de la peine pour ses filles. Elles ont perdu leur père et, quel que soit mon avis sur lui, ces gamines avaient besoin de leur père.

— Très bien. Les femmes qui vous ont signalé le harcèlement qu'elles avaient subi et ont accepté la compensation financière sont-elles bien Jasmine Quirk et Leah Lester ? demanda Eve.

— C'est ça.

— Je suis désolé, Sylvia, je...

— Ne dites pas de bêtises, Lance. Il s'agit d'une enquête criminelle. Nous devons dire la vérité et révéler ce que nous savons. J'ai demandé qu'il leur verse à chacune cent mille dollars, qu'il leur fournisse une lettre de recommandation solide et n'ait plus aucun contact avec elles. Sachant que s'il ne respectait pas l'accord je mettrais mes menaces à exécution. Cette proposition leur convenait à toutes les deux, sans quoi l'affaire aurait pris une autre tournure. Elles voulaient tourner la page.

— Cent mille dollars semble une somme bien faible pour un viol, releva Eve.

Sylvia pinça les lèvres.

— Je ne dirais pas le contraire. Seulement, elles ne pouvaient rien prouver, ni l'une ni l'autre. Elles n'avaient pas non plus de certitude absolue, ni l'une ni l'autre. Jasmine, en particulier, avait le sentiment d'avoir participé, d'avoir fait quelque chose de mal, et elle voulait oublier. Elle a déménagé pour Chicago, où elle a de la famille. Leah était en colère, comme on peut s'y attendre, mais a refusé de me donner des détails précis. Elle est toujours à New York, pour ce que j'en sais, et travaille dans la finance internationale. Peut-être aurais-je dû aller parler aux associés du cabinet ou même à la police, mais je n'avais que la parole de deux femmes qui toutes les deux souhaitaient tourner la page.

Elle se pinça l'arête du nez.

— J'ai cru faire ce qu'il y avait de mieux pour elles sur le moment. Je ne sais pas… Je ne sais plus.

— Savez-vous qui héritera de ses parts dans l'entreprise ?

— Je… Sa femme et ses filles, je suppose. Honnêtement, je n'en sais rien. Geena et les filles sont en vacances. Mon Dieu, quel bazar…

— Avez-vous connaissance d'autres femmes qu'il aurait harcelées ?

— Une fois que j'ai appris pour Leah et Jasmine, j'ai supposé qu'il avait pu y en avoir d'autres. Mais non, personne ne m'a contactée ni n'a porté plainte. Et croyez-moi, j'ai gardé les yeux et les oreilles grands ouverts depuis. Je suis convaincue que Nigel savait que j'agirais s'il s'en prenait de nouveau aux employées du cabinet.

— D'accord, madame Brant. Nous allons devoir examiner son bureau et récupérer ses outils de travail pour les transmettre à la DDE.

— Mon Dieu, les dossiers clients. Ça fait tellement d'infos confidentielles.

Elle ferma un instant les yeux.

— Je vais vous y donner accès, ça fera gagner du temps à tout le monde. Mais je dois vous demander de couvrir nos arrières à tous et d'obtenir un mandat. Il faut aussi que j'informe les associés.

— Nous aurons également à leur parler.

— Bien sûr. Si vous le souhaitez, je peux organiser une réunion par communicateur ou en holoconférence. Aucun des associés n'est à New York. Quels que soient mes sentiments à son égard, lieutenant, Nigel était mon employeur, il avait une famille pour qui j'ai beaucoup d'affection et je vais m'assurer que tout le monde ici coopère pleinement avec vous. Sa famille endeuillée ne trouvera pas la paix tant que vous n'aurez pas découvert qui leur a arraché Nigel.

— Je vous tiendrai informée concernant cette réunion. Merci pour votre coopération et le temps que vous nous accordez, madame Brant. Je vais demander à M. Po de nous guider jusqu'au bureau de M. McEnroy. La DDE s'occupera du transport des appareils. Je me charge du mandat.

Le petit groupe ressortit pour emprunter le couloir jusqu'à l'impressionnante double porte du bureau de McEnroy.

Il était deux fois plus grand que celui de Brant, avec un espace adjacent aménagé pour Po, comme un ajout après coup. L'endroit était en outre équipé d'une salle d'eau, d'un coin détente avec un autochef, un mini-réfrigérateur et un bar. Ainsi que la plus saisissante des vues sur la ville.

— Je n'ai pas les mots de passe pour ses dossiers privés, indiqua Po. Ni pour le tiroir fermé à clé.

— Nous nous en occuperons.

— Je peux vous donner accès aux fichiers du cabinet, aux e-mails et ainsi de suite. J'ai les codes, si ça peut vous être utile.

— Ça l'est. Peabody, contactez Reo pour le mandat. Puis appelez la DDE.

— Reçu.

— Si vous avez besoin que je vous explique certaines données...

— Nous donner accès suffira dans l'immédiat. Nous aurons également besoin de vos appareils.

— Oh... Je peux vous les ouvrir si vous voulez.

— Oui, merci. Et quand ce sera fait, faites donc une petite pause. Nous vous préviendrons si nous avons besoin de vous.

— Ça l'aide d'être occupé, commenta Schupp.

— Ouais, c'est vrai, admit Po. Wes me connaît bien. Je pourrais peut-être aider Sylvia. Ça me donnera de quoi m'occuper sans vous déranger.

— Allez-y. Vous nous avez apporté une aide précieuse, monsieur Po. De même que M. Schupp.

— Tout ça me semble tellement irréel, murmura Po.

Avec des gestes efficaces, il ouvrit rapidement l'ordinateur de bureau, un e-mémo, un calendrier.

— Je n'arrive pas à y croire tout à fait, avoua-t-il. J'imagine que ça va venir.

Tandis qu'il s'éloignait pour répéter la manœuvre dans son bureau, Eve s'intéressa au tiroir fermé à clé. Au même moment, son communicateur indiqua l'arrivée d'un texto.

Monte me voir. J'ai des données à te fournir sur votre victime.

« Évidemment », se dit Eve. Connors avait été informé qu'elle était dans l'immeuble quelques instants après son arrivée. Et il devait avoir rassemblé toutes les données qu'il était possible de rassembler sur son défunt locataire.

Ce qui méritait de passer le voir.

Encore quelques trucs à faire ici, y compris une serrure à crocheter. On montera ensuite.

Besoin d'aide avec la serrure ?

« Peut-être bien », songea Eve avant de répondre néanmoins :

Ne sois pas insultant.

Et puisque son orgueil était désormais en jeu, elle sortit son équipement et se mit au travail.

— Ils préparent le mandat, lui annonça Peabody. Et McNab est en route. D'après lui, McEnroy n'est revenu à l'appartement qu'aux alentours de minuit. La nuit précédente, je veux dire. Et il n'était pas seul.

Eve releva les yeux vers elle.

— Une femme.

— Un duo, même. Deux rousses qui, selon McNab, avaient l'air sérieusement torchées. Ivres ou défoncées, ou les deux. Elles sont reparties, dans le même état, autour de 4 heures du matin.

Pas vraiment surprise, Eve reporta son attention sur le verrou qui s'entêtait à lui résister.

— Il n'a pas perdu de temps une fois sa femme partie, hein ?

— Ce mec était une tête de nœud qui pensait avec son entrejambe. Bref, la DDE envoie un véhicule de transport pour récupérer le matériel à saisir à son domicile, puis ils viendront ici.

— Saloperie.

— Pardon ?

— Pas vous. Cette serrure. Je pensais la tenir. Il a installé un second verrou.

Sa curiosité aiguisée, Peabody s'approcha pour regarder.

— Un double verrou sur un tiroir de bureau ? Il doit y avoir des trucs intéressants à l'intérieur.

— J'en étais déjà arrivée à la même conclusion.

Arrivées, elles aussi, les premières gouttelettes de sueur à la base de sa nuque.

— Allez jeter un œil aux dossiers de Po plutôt que de me coller.

— D'accord. Mais McNab est en route et il pourrait…

Un seul grognement rauque suffit à convaincre Peabody de battre en retraite vers le bureau attenant.

Le filet de transpiration ne tarissait pas, au contraire, ce qui ne faisait qu'agacer Eve davantage. Elle était tout à fait capable d'ouvrir ce fichu tiroir. Elle *allait* ouvrir ce fichu tiroir.

McEnroy y stockait des choses importantes parce que son épouse ne viendrait jamais fouiller dans son bureau, supposa-t-elle tout en bataillant. Parce que son assistant était des plus fiables. Parce qu'il était le patron et considérait – sans doute à raison – que personne n'oserait toucher à ce qu'il rangeait dans un tiroir fermé à clé.

Mais à présent qu'il était mort, tout redevenait possible.

— Foutue saloperie de mes deux…

— C'est si dur que ça ?

Elle releva la tête. Il était là.

Elle aurait dû s'y attendre.

Connors se tenait sur le seuil, grand et mince dans son costume de souverain du monde des affaires taillé dans un tissu anthracite si foncé qu'il frôlait le noir. Son impeccable chemise d'un bleu très pâle était assortie d'une cravate adroitement nouée, décorée de discrets motifs bordeaux sur fond gris clair.

Sa chevelure noire, épaisse et soyeuse, encadrait un visage qui semblait avoir été façonné à coups de baisers angéliques… plus quelques petites pichenettes diaboliques pour ajouter encore à son charme. Et ses yeux d'un bleu impossible souriaient, rien que pour elle.

Les accents d'Irlande dans sa voix venaient parachever le tout.

— Non ! assura-t-elle d'un ton catégorique, un doigt pointé vers lui.

Il se contenta de s'appuyer contre le montant de la porte, parfaitement à son aise, et attendit.

Sa présence – et l'aisance avec laquelle il aurait pu venir à bout de ces verrous qui donnaient tant de mal à Eve – la fit redoubler d'efforts.

Et si, sur la fin, elle sentit les gouttelettes de sueur ruisseler le long de son dos, elle finit par triompher de cette fichue serrure.

— C'est bon.

— Bien joué, lieutenant.

— Il avait installé un double verrou.

— Vraiment ? s'étonna Connors en s'approchant, sourcils dressés. Et qu'est-ce que notre grand chasseur de têtes tenait tant à garder secret ?

— La réponse concerne désormais la police.

Il se contenta de sourire avant de se pencher pour appuyer ses lèvres magnifiquement ourlées sur le crâne d'Eve.

— Police qui pourrait également s'intéresser à mes données, si tu les veux. Les médias n'ont encore diffusé aucune information importante concernant son décès mais si tu es ici, c'est qu'il s'agit d'un meurtre.

— Et pas du genre propret.

Elle vida le tiroir pour en sortir deux communicateurs, un e-mémo et quelques disques.

— Ferme la porte, champion.

Il repartit, referma le panneau puis s'arrêta sur le seuil du bureau de l'assistant.

— Bonjour, Peabody.

— Bonjour, Connors !

Il retourna auprès d'Eve, une hanche appuyée contre le bureau.

— Caro t'enverra une copie des données, dit-il en faisant référence à sa très efficace et très fiable assistante. En attendant, je peux déjà te dire que McEnroy et son cabinet sont installés dans leurs locaux new-yorkais depuis à peu près six ans. Ils en sont à la première année d'un deuxième bail de cinq ans et ont toujours payé le loyer et autres frais à la date prévue. Ils ont choisi de faire appel au service d'entretien de l'immeuble – passage en soirée –, ainsi qu'à notre service informatique. Ils ont fait venir leurs propres décorateurs mais emploient notre service de soins directs aux plantes et commandent souvent auprès de notre fleuriste, notre boulangerie et autres traiteurs.

— Tu le connaissais ?

— Non, même si ça n'empêche pas d'entendre des choses.

— Quel genre de choses ?

— Il aimait le golf, le tennis, la plaisance et le sexe. Des hobbies pour lesquels sa femme n'était pas toujours sa partenaire. Il préférait les lieux chics pour l'ensemble de ses pratiques sportives. Donne-moi une heure et je pourrai te dire où il commandait ses costumes et ses chaussures, quelles bijouteries il fréquentait et ainsi de suite.

Connors balaya le bureau du regard.

— Il n'était pas aussi discret que la décoration de son bureau peut le laisser penser, ajouta-t-il.

— Ses écarts conjugaux n'étaient pas un secret ?

— Il avait une réputation. Il était également connu pour sa capacité presque surnaturelle à trouver la bonne personne pour le bon client, si bien que les gens fermaient les yeux sur les aspects moins glorieux de sa personne. Cela concernait plus son épouse que ses clients, après tout.

— Quelqu'un n'était semble-t-il pas d'accord avec ça.

— C'est ça qui l'a tué ?

— Les premiers indices le laissent à penser. La personne qui n'était pas d'accord a déposé son corps nu, mutilé et castré quasiment sur le pas de sa porte tôt dans la matinée.

— Eh bien, commenta Connors d'un ton égal, on a affaire là à un désaccord plutôt sévère.

— Comme tu dis. La coupable – car c'est probablement une femme – a pris le temps de faire savoir à McEnroy à quel point elle désapprouvait ses hobbies. Lesquels, d'après les premiers éléments que j'ai obtenus, impliquaient de droguer les femmes qu'il visait, dont certaines travaillaient avec lui.

— Je vois...

Connors se leva, les yeux tournés vers la ville au-dehors.

— Parler « d'aspects moins glorieux » n'était pas vraiment en phase avec la réalité, semble-t-il. Tu soupçonnes sa femme ?

— Peu probable. En tout cas, pas directement.

Il fallait systématiquement s'intéresser au conjoint, Eve le savait.

— Elle est partie à Tahiti avec leurs deux enfants, dit-elle. J'ai vérifié avant de lui annoncer la nouvelle. Elle va revenir rapidement. La personne qui a fait le coup – et je n'exclus pas la possibilité que l'épouse puisse être sa complice – a laissé un poème qu'elle a signé « Lady Justice ».

— Un poème. Et une signature poétique. Voilà qui pique ma curiosité, dit-il en se retournant vers elle.

— On peut voir ça comme ça.

Comme elle s'y était attendue, les communicateurs et l'e-mémo étaient protégés par un mot de passe. Et il se trouvait qu'elle avait Connors sous la main.

— Passe-toi les mains au Seal-It, demanda-t-elle en sortant une bombe de son kit. Et donne-moi accès à ces appareils, tu veux ?

Il contempla la bombe d'un air résigné.

— Je déteste m'asperger de ce truc. Mais je reste à ton service.

Il accéda aux communicateurs et aux mémos dans un temps si court que c'en était agaçant. Eve s'intéressa d'abord aux mémos.

— Il conservait les emplois du temps détaillés de sa femme et de ses enfants là-dedans. Déplacements, cours de musique, bla-bla. Même les rendez-vous de ses filles pour aller jouer chez leurs amies. C'est quoi, d'ailleurs, cette habitude de prendre rendez-vous pour jouer ? Pourquoi est-ce que les enfants ne se contentent pas de jouer simplement quand ça leur prend ?

— Je ne saurais pas te le dire. Mais d'après ce que j'en vois, soit c'était un père très impliqué et un mari consciencieux – dans ce domaine –, soit connaître le détail de leur planning l'aidait à trouver des fenêtres de tir pour aller « jouer » à sa manière.

Elle avait eu la même idée.

— C'est peut-être les deux. Il notait aussi son emploi du temps, ses activités familiales et professionnelles. Et ses petits jeux moins glorieux. Regarde là, il y a les dates, les horaires, le nom des boîtes, bars et autres établissements du même genre. Ici à New York, à Londres, Paris, Chicago, New Los Angeles et ainsi de suite. Tout est soigneusement consigné.

Connors se pencha, une main appuyée sur l'épaule d'Eve.

— Beaucoup de variations. Il préférait visiblement éviter de retourner aux mêmes endroits à des dates trop rapprochées. Mais si j'en juge par le nombre de lieux et de dates, notre homme était sérieusement accro.

— Tous ces prénoms de femmes – et uniquement les prénoms – dont parfois deux, voire trois, à une même date... Donc ça aussi, il aimait en garder la trace. Bon sang, il a même noté quand il employait des drogues, de quel type et où il emmenait les femmes ensuite. Si et quand il a acheté leur silence.

— L'action de Lady Justice n'est peut-être pas si injustifiée, finalement, suggéra Connors.

— Le meurtre n'est jamais justifié. Et n'a rien à voir avec la justice, répliqua Eve avant de refermer l'e-mémo. McNab est en route pour récupérer tous les appareils et on m'a promis la coopération complète de tous les employés ici.

— Je ne te suis donc plus utile.

Puisque la porte était fermée et Peabody occupée, elle se leva et plaqua ses lèvres sur les siennes.

— Tu es toujours utile, mais il faut que je bouge. J'ai des personnes à interroger. Je regarderai les données envoyées par Caro, ça s'ajoutera au reste.

— Dans ce cas, à moins que je m'avère utile à un autre moment, je te dis à ce soir.

Il baissa brièvement le regard vers les disques.

— Tu penses qu'il aurait pu enregistrer certains de ses viols ? Puisqu'on parle bel et bien de viols.

— Ça ne me surprendrait pas, puisqu'il avait installé une caméra dans sa chambre à coucher. Système vidéo omnidirectionnel sur un trépied, et déjà réglé pour une activation vocale. Je vais emporter ces disques pour les visionner au Central. Merci pour ton aide.

— Tu aurais su accéder à tous ces trucs sans moi. Prends bien soin de mon flic préféré, ajouta-t-il avant de repartir en saluant Peabody au passage.

Oui, elle aurait fini par y accéder. Mais sans lui, elle serait sans doute encore dessus.

4

À peine Connors sorti, Peabody entra.

— Rien qui saute particulièrement aux yeux, annonça-t-elle. Des trucs de boulot : plannings, contacts et tout ce à quoi on peut s'attendre sur les appareils d'un assistant. Il garde son emploi du temps et ses contacts personnels à part. Tout est prêt pour la DDE.

— Ça fera l'affaire. La victime gardait elle aussi ses affaires personnelles à part, si l'on peut dire. Son planning privé indique des visites régulières dans un certain nombre de boîtes de nuit, et dans ses mémos on trouve les femmes désignées par leur prénom, les dates, le type de drogue employé, l'endroit où il les a emmenées après les avoir intoxiquées.

Le regard de chiot de Peabody se durcit brusquement.

— Bon sang, mais quel enfoiré !

— Exact, mais c'est *notre* enfoiré à présent. On va aller parler au reste des employés, voir si on apprend autre chose. Et organisons-nous pour avoir un entretien avec les deux proies déjà identifiées. Vérifiez si

Quirk s'est rendue à New York ces derniers jours. On surveillera aussi les déplacements des associés.

Lorsqu'elles eurent terminé, Eve rejoignait l'avis de Brant : les menaces avaient convaincu McEnroy de ne plus chasser au sein du cabinet.

Dans l'ascenseur qui descendait jusqu'au parking, Eve récapitula :

— On a une autre femme qui admet – ou prétend – que McEnroy s'est conduit de manière inappropriée avec elle il y a environ un an. Mais il aurait ensuite gardé ses distances.

— L'ultimatum lancé par Sylvia Brant.

— Ça correspond. Et elle ne l'a pas signalé puisqu'il avait cessé. C'est en tout cas ce qu'elle dit. Faites une recherche sur elle, Peabody, et gardez-la sur la liste pour le moment. Maintenant il va falloir se pencher sur un autre groupe. Les clientes.

— Je vois le genre. « Oh, vous voulez ce poste ? Je vais m'assurer personnellement de vos qualifications. » Quel enfoiré, répéta Peabody comme elles émergeaient de l'ascenseur et se dirigeaient vers la voiture.

Eve se glissa derrière le volant et consulta sa montre.

— On va se répartir les entretiens avec les associés mais je veux d'abord avoir une conversation avec Leah Lester. Entrez les coordonnées de son lieu de travail.

Peabody programma l'itinéraire sur le tableau de bord.

— J'ai déjà fait quelques recherches préliminaires sur Allie Parker, celle qui n'a pas déposé de plainte parce qu'il avait arrêté. Ni casier ni changements au niveau financier au premier coup d'œil. Elle a rejoint PP en sortant de l'université et en est à sa deuxième année en tant qu'assistante administrative. Le timing colle, non ? Elle est nouvelle, McEnroy débarque dans le bureau, repère la viande fraîche et décide de tâter un peu la marchandise. Avant qu'il puisse aller plus loin, ou qu'elle décide de la bonne manière de réagir, Brant lui tombe dessus et il accepte de faire son petit marché ailleurs.

— Je suis d'accord. Et il n'y avait pas d'Allie dans les notes de McEnroy. Elle reste tout de même sur la liste. Prochaines recherches, pour toutes les personnes sur la liste, identifier d'éventuels paiements dans les boîtes fréquentées par McEnroy. C'est là que la tueuse – ou le tueur, si c'est une tentative de brouiller les pistes – a retrouvé McEnroy, ce qui signifie qu'elle l'a sans doute d'abord pris en filature.

Peabody prit des notes pendant le trajet.

— Je comprends plus ou moins pourquoi celles auxquelles il s'en est pris dans son propre cabinet ont accepté de partir avec une compensation financière mais... qu'est-ce que vous feriez si l'un de nos supérieurs vous faisait un coup de ce genre ?

— Lors de ma première année, un inspecteur avec beaucoup d'ancienneté a essayé de me coincer dans les vestiaires. Il m'a plaqué le dos contre les casiers, m'a agrippé le sein d'une main et l'entrejambe de l'autre. Je venais tout juste de démarrer à la Criminelle sous les ordres de Feeney et on sortait d'une longue journée d'enquête. Il devait être 2 heures du matin et il a déboulé alors que je me changeais. Costaud, sans gêne, il s'était dit que ce serait une manière marrante de bizuter la nouvelle.

— Merde, Dallas ! Vous l'avez dénoncé à Feeney ?

— Pas eu besoin. Alors que je lui refaisais le nez après un coup de pied dans les valseuses, Feeney est arrivé, alerté par le bruit. L'inspecteur Salecon s'est mis à vociférer que je lui avais sauté dessus, que j'étais devenue folle et qu'il allait porter plainte. En l'entendant, je me suis dit que je n'étais à la Criminelle que depuis quelques semaines, que j'étais la petite nouvelle alors que lui avait déjà son insigne doré et donc que j'étais foutue. Mais au moment même où cette pensée me traversait l'esprit, alors que l'autre continuait à gueuler, Feeney lui a balancé un coup de poing à l'estomac et le mec s'est écroulé.

— Waouh.

Étrange de constater, songea Eve, que le souvenir d'un incident auquel elle ne repensait jamais demeure parfaitement limpide.

— Me voilà à moitié déshabillée, mon soutien-gorge de sport déchiré au niveau de la bretelle. Feeney se tourne vers moi ; il plaque son pied sur la poitrine du type et pivote dans ma direction. Il me regarde droit dans les yeux – uniquement dans les yeux – et me demande de lui raconter ce qui s'est passé. Ce que je fais. Là, il me dit de remettre mon chemisier et d'aller l'attendre dans son bureau. Ce n'est qu'une fois là-bas que j'ai failli péter les plombs.

« Oui, se dit-elle, parfaitement limpide. »

— Rien n'était plus important pour moi que de faire partie de la Criminelle. Et je ne savais pas si j'allais recevoir un avertissement, si j'allais être congédiée ou si mon lieutenant allait balayer tout ça du revers de la main et me demander de faire pareil. « Ce qui est fait est fait. »

Elle coula un regard vers Peabody.

— Et je n'aurais pas eu d'autre choix que d'accepter, parce que l'insigne comptait plus que mon amour-propre.

— Je comprends ça, souffla Peabody. Je comprends, vraiment.

— Et puis Feeney arrive. Il ouvre son caisson de rangement et en sort une bouteille d'un whisky infect. Il nous en verse dans deux tasses à café et me dit de m'asseoir. Il m'explique que je vais devoir écrire un rapport officiel et aller parler de l'incident à Mira. C'est la dernière chose que j'ai envie de faire mais il ne veut rien savoir. Il m'assure qu'il agira en toute discrétion, parce qu'il sait que dans le cas contraire ça pourrait me retomber dessus. Mais qu'il faut que j'aille jusqu'au bout, et qu'il m'épaulera. Il ajoute que l'inspecteur Salecon partira en préretraite. Personne, insiste-t-il, personne ne touche à un membre de son équipe. Après quoi il me dit de boire mon whisky et de prendre sur moi parce que ce ne sera pas la dernière fois que j'aurai affaire à ce genre de connards.

— J'adore Feeney, dit Peabody, les yeux embués. Vraiment, je l'adore.

— Oui...

Eve repéra le gratte-ciel luisant où siégeait l'employeur de Leah Lester, Finance Universelle.

— Le fait est, énonça-t-elle tout en cherchant du regard un emplacement où se garer, que s'il n'avait pas pris mon parti, j'aurais encaissé ce qu'il y avait à encaisser pour garder mon job, pour rester à la Criminelle. J'aurais dans tous les cas frappé le type là où ça fait mal, mais sans le soutien de Feeney je n'aurais pas pu faire grand-chose d'autre. Ce soir-là, il m'a montré de quelle étoffe était fait un flic digne de ce nom, un supérieur hiérarchique digne de ce nom. Et même, j'imagine, un homme digne de ce nom.

Elle décolla à la verticale si vite que Peabody lâcha un jappement aigu ressemblant à s'y méprendre à celui d'un loulou de Poméranie. La voiture fila vers l'autre côté de la rue pour atterrir dans un espace étroit.

— Et voilà le travail, dit Eve.

— Ce... ce serait sympa de m'avertir la prochaine fois, réussit à articuler Peabody.

Elle sortit de l'habitacle et, debout au milieu du trottoir, leva son visage vers le ciel en soupirant.

— Ça commence vraiment à sentir le printemps. En rentrant chez moi, je ferai un arrêt chez le fleuriste pour m'acheter un énorme bouquet de jonquilles. Hé, je devrais en prendre un pour la salle commune !

— Si vous faites ça, soyez prête à les bouffer.

Elles devaient encore descendre la rue et traverser mais Peabody sautillait presque sur place dans ses bottes roses.

— Je parie qu'elles ont un goût de printemps, répondit-elle.

— Je peux vous aider à le vérifier.

Elles traversèrent en même temps qu'une nuée de piétons dont il était difficile de dire s'ils se réjouissaient de l'arrivée du printemps. La plupart semblaient trop pressés pour même la remarquer.

On entrait dans l'immeuble par des portes vitrées – et blindées – qui donnaient sur un vaste hall carrelé et lourdement sécurisé. Pour faire simple et direct, Eve sortit son insigne et le présenta à l'un des trois gardes.

— Quel étage, Peabody ?

— Soixante-deuxième, Finance Universelle.

— Vous pouvez déposer vos armes ici.

— Non, répondit Eve, toujours dans une optique simple et directe. Scannez nos insignes et faites-nous entrer. Nous sommes là dans le cadre d'une enquête officielle du NYPSD.

L'idée ne plut pas au garde qui montra les dents mais scanna et vérifia néanmoins leur identité.

— Si vous insistez pour garder vos armes sur vous, vous avez obligation d'être accompagnées.

— Je vais monter avec elles, Jim.

Une collègue du garde sortit du local de la sécurité et leur fit signe de la suivre jusqu'à une rangée d'ascenseurs.

— Jim en fait toujours un peu trop, leur dit-elle une fois hors de portée. Ce n'était pas contre vous.

— Compris.

L'agent passa sa carte magnétique dans le lecteur d'un ascenseur puis s'y engouffra avec Eve et Peabody. Elle leva la main face à une personne qui tentait de monter dans la cabine derrière elles.

— Désolée, merci d'attendre le prochain ascenseur disponible.

Une fois les portes fermées, elle se servit de nouveau de sa carte.

— On monte en express, expliqua-t-elle. Sinon ça pourrait prendre vingt minutes pour atteindre le soixante-deuxième étage à cette heure de la journée.

— Merci.

— Hé, on fait toutes de notre mieux pour assurer la sécurité des gens, non ? Et puis je connais un flic. Enfin, on vient tout juste de se rencontrer mais elle fait partie de votre service, lieutenant. Dana Shelby.

— L'agent Shelby est un bon flic.

— Vous pourrez peut-être lui passer le bonjour de la part de Londa. Soixante-deuxième, annonça-t-elle.

Elle sortit quand les portes s'ouvrirent.

— Laissez-moi simplement avertir les agents de sécurité de la boîte, indiqua-t-elle.

Elle se dirigea vers l'accueil et s'entretint brièvement avec l'une des hôtesses. Des gens patientaient dans l'agréable salle d'attente aux teintes grises et noires, tous penchés sur leurs appareils portables. D'autres allaient et venaient d'une porte à l'autre dans leurs costumes et leurs tailleurs professionnels.

L'endroit tout entier fleurait bon le privilège, à base d'effluves de cuir véritable et de parfums coûteux.

Moins d'une minute plus tard, une porte discrète s'ouvrit et un chauve à la mâchoire carrée en costume noir apparut. Il examina brièvement Eve et Peabody avant de s'adresser à Londa.

— Je prends le relais. Merci, Londa.

— Pas de souci, Nick.

Londa repartit vers l'ascenseur avec un petit salut à l'intention d'Eve et Peabody. Le garde s'approcha.

— Nick Forret, responsable de la sécurité pour Finance Universelle. Que puis-je faire pour vous ?

— Nous devons nous entretenir avec Leah Lester.

Il hocha la tête puis se tourna vers l'accueil.

— Mme Lester est-elle à son poste ?

— Je vais vérifier, monsieur Forret. Oui, monsieur. Son communicateur est en cours d'utilisation, avec le « ne pas déranger » activé.

— Alors ne la dérangez pas, répondit Forret d'une voix douce.

Il leur désigna une autre porte.

— Je vais vous escorter jusqu'à son bureau. Vous vous attendez à des difficultés, lieutenant ?

— Non. Mme Lester pourrait détenir des informations potentiellement utiles dans notre enquête.

Ils n'allèrent pas bien loin, même si Eve nota que Lester avait dépassé l'échelon des box et obtenu son propre bureau. La porte était fermée et une lumière rouge clignotait pour demander qu'on ne dérange pas l'occupante. Forret n'y prêta pas attention et toqua brièvement sur le panneau avant de l'ouvrir.

La femme assise derrière le bureau leva un doigt en l'air hors du champ de la caméra de son communicateur tout en poursuivant la conversation d'une voix très calme.

— Absolument, monsieur Henry, c'est parfaitement compris. Je serai ravie d'en discuter en détail avec vous demain, comme prévu.

Eve laissa l'échange se poursuivre et balaya le bureau du regard. Plus petit que celui qu'elle occupait au Central, mais doté d'une grande fenêtre. Simple et sans fioritures. Respectable aux yeux d'Eve.

— J'ai hâte de vous rencontrer, monsieur, et j'apprécie énormément que vous nous accordiez cette opportunité de vous montrer ce que nous avons à vous offrir en tant que membre de la famille Finance Universelle.

À peine eut-elle raccroché que son expression polie et professionnelle se changea en grimace de colère.

— Bon sang ! Ne pas déranger, ça vous dit quelque chose ? Ça fait des semaines que je travaille à obtenir un rendez-vous en face à face avec Abner Henry.

— Lieutenant Dallas, inspecteur Peabody, se contenta d'annoncer Forret avant de ressortir en fermant la porte derrière lui.

Eve présenta son insigne.

— NYPSD, madame Lester. Nous ne prendrons que quelques minutes de votre temps.

— Des flics ?

L'irritation laissa place à la perplexité puis à une soudaine panique. Elle se releva d'un bond.

— Mes parents ? Mon frère ? Qu'est-ce...

— Cela n'a rien à voir avec votre famille.

— Mon Dieu, Frankie...

Elle se laissa retomber sur le fauteuil, une main plaquée sur le cœur.

— Ce n'est pas non plus Frankie, ajouta Eve. Nous voulons vous parler de Nigel McEnroy.

Les couleurs revinrent au visage de Leah Lester. Un beau visage, nota Eve, plus que simplement joli, avec des traits raffinés et des lèvres soigneusement maquillées dans une nuance corail discrète. Ses yeux aussi changèrent : le bleu clair et pâle de ses iris se fit soudain glacial.

— Je n'ai rien à voir avec M. McEnroy, ni avec son cabinet, et rien à dire non plus. Cela fait plus d'un an que je ne suis plus employée là-bas. Maintenant, si vous voulez bien m'excuser...

— Nigel McEnroy est mort.

Une lueur indéfinissable passa dans ses yeux bleus. Elle se radossa à son siège, laissa échapper un soupir puis se passa les doigts dans son élégante crinière rousse méchée d'or.

— Mort ? C'est-à... Mon Dieu. Qu'est-ce que ça me fait ? murmura-t-elle. Je ne sais même pas ce que je ressens. Je ne suis pas désolée pour lui, en tout cas. Ce n'est pas un crime de ne pas se sentir désolée.

« Autant aller droit au but », estima Eve.

— Pouvez-vous nous dire où vous étiez entre 21 heures hier soir et 4 heures ce matin ?

— Pourquoi... Non, il a été assassiné ? Quelqu'un l'a tué et vous pensez que ça pourrait être moi ?

Elle ferma les yeux quelques instants, puis saisit une petite balle rouge sur son bureau pour la serrer entre ses doigts.

— Certaines choses vous poursuivent quoi que vous fassiez. Ses actes l'ont poursuivi jusqu'à ce que quelqu'un le tue. Et maintenant, c'est moi que ça poursuit.

— Où étiez-vous ?

— Je... J'étais avec Frankie à peu près entre 20 heures et minuit. On commence tout juste à sortir ensemble. On s'est retrouvés pour dîner chez *Roscoe*, puis on est allés voir un concert au *Blue Note*. Il m'a raccompagnée à pied jusque chez moi – c'est son truc, il me raccompagne toujours – et je suis arrivée vers minuit. Je suis allée me coucher. Seule. Ça, c'est *mon* truc. Mais j'essaie de faire en sorte que ça change. Je suis partie travailler ce matin vers 8 heures.

Elle reposa la balle, se leva et pivota vers sa fenêtre.

— Il est mort et je n'en suis même pas désolée. C'était un être ignoble. Vous devez le savoir – ou savoir pourquoi je pense ça –, sinon vous ne seriez pas ici. Je devrais avoir peur, j'imagine. Est-ce que je dois m'inquiéter de votre présence ici ?

Elle se retourna.

— Sachez que ce n'est pas le cas. En revanche, je suis en colère que ça fasse tout remonter alors que j'avais enfin réussi à mettre ça derrière moi.

Elle se rassit.

— J'imagine que vous avez parlé à Sylvia. Mme Brant.

— Nous sommes informées du comportement que McEnroy a supposément eu envers vous et d'autres employées de sexe féminin.

— Supposément…

L'espace d'un instant, son regard s'éteignit. Puis il flamba d'une colère glaciale.

— *Supposément*, bien sûr. On a pris l'argent et on est parties. Jasmine et moi. Donc ça restera *supposément* pour toujours. Et même si on avait refusé ? Comment prouver quelque chose dont on n'a que des bribes de souvenirs ?

Eve ne comprenait que trop cette situation, de même que le sentiment d'impuissance qui en découlait. Mais son travail exigeait qu'elle mette tout cela de côté.

— Vous avez dit à Mme Brant que M. McEnroy vous avait harcelée et sexuellement agressée.

— Il m'a violée. Je le sais. J'en ai la certitude mais je ne peux pas le prouver. Sylvia m'a crue. *Nous* a crues. Jasmine et moi. Et elle y a mis fin. On a pris l'argent. Appelez ça dédommagement, compensation ou pot-de-vin, je m'en moque. Vous savez ce que c'était ? Un moyen pour nous de tenir le temps de nous remettre, de pouvoir de nouveau dormir la nuit, retrouver un emploi correct. Une manière de le faire payer.

Eve la laissa évacuer sa colère. La colère lui en apprenait beaucoup.

— Vous êtes en contact avec Mme Quirk ?

— Elle a déménagé à Chicago. Elle ne pouvait pas rester ici et elle a de la famille là-bas. On reste en contact mais plus autant qu'avant. On est allées dans le même groupe de soutien pendant un temps. C'est elle qui m'avait convaincue d'y aller. Ça nous a peut-être aidées. On se sent mieux quand on n'est pas la seule à souffrir...

» Je suis partie, reprit-elle en se rasseyant. Même en sachant que la somme versée ne représentait rien pour lui.

— Mme Brant a-t-elle insisté pour que vous preniez l'argent et partiez ?

— Non. Elle était prête à aller jusqu'au bout. Pas nous.

— Pourquoi ?

— Il avait des vidéos. On ne l'a pas dit à Sylvia... On ne... On n'était pas prêtes à parler de ça. Il avait des vidéos, de nous deux. Pas ensemble, s'empressa-t-elle de préciser. Jasmine m'a parlé de la sienne après que j'ai évoqué la mienne.

Peabody prit la parole d'une voix douce.

— Vous vous sentez prête à en parler aujourd'hui ?

— Ouais. Ce blocage-là, je l'ai dépassé. Cette nuit-là, je me suis réveillée chez lui, dans son lit. Aucun souvenir de la manière dont j'étais arrivée là. Mais je savais que jamais je n'aurais couché volontairement avec lui. Je le lui avais déjà dit clairement, j'avais même affirmé que je porterais plainte. Et je me retrouve nue dans son lit ? Quand je me suis réveillée, nauséeuse, l'esprit en vrac, humiliée, il était déjà en train de visionner la vidéo. Et on m'y voyait, dans cette chambre, en pleine relation sexuelle avec lui.

Elle dut détourner le regard. Pas pour ravaler ses larmes, constata Eve, mais pour maîtriser sa fureur.

— Je n'avais pas l'air seulement consentante mais enthousiaste. Il m'a dit que si j'essayais de prétendre avoir été contrainte, il me pourrirait la vie. Il avait les avocats, l'argent, la vidéo. Jamais plus je ne retrouverais un poste correct dans le milieu, nulle part. Puis il m'a dit de me rhabiller et de déguerpir. Sa femme devait rentrer dans l'après-midi.

» Allez-y, dites-moi que j'aurais dû contacter la police, s'exclama-t-elle tandis que les larmes se mettaient enfin à couler. Alors qu'il avait cette vidéo de moi...

— Madame Lester, reprit Peabody avec ce qu'Eve aimait appeler sa « voix de cœur ». Nous ne sommes pas ici pour vous dire ce que vous auriez dû faire. Le pouvoir était de son côté, et pas uniquement à ce moment-là.

— Il m'a brisée et je n'ai rien fait.

— Ce n'est pas vrai, la corrigea Peabody. Vous êtes allée voir votre responsable.

— Pas immédiatement. J'ai d'abord pensé pouvoir refouler tout ça, faire comme si ça n'avait pas eu lieu, si vous voulez. Surtout lorsqu'il est reparti pour Londres et que je n'ai plus été obligée de le voir. Mais un jour, je suis entrée dans les toilettes alors que Jasmine s'y trouvait. Elle était malade. Je ne la connaissais pas plus que cela, mais elle n'allait pas bien, donc je lui ai proposé d'aller lui chercher un verre d'eau ou de l'aider à rentrer chez elle, quelque chose comme ça. Et là, elle a tout déballé. Il fallait qu'elle démissionne, qu'elle parte. Elle avait couché avec McEnroy sans pouvoir s'en souvenir. En la voyant vomir et se flageller, j'ai compris qu'il lui avait fait subir la même chose qu'à moi. Je lui ai raconté mon histoire à mon tour et j'imagine qu'on peut dire que je me suis servie d'elle parce qu'elle était tellement mal et tremblante qu'elle m'a laissé les rênes. C'est là qu'on est allées voir Sylvia.

— On dirait que vous vous êtes soutenues mutuellement. Personne n'a exploité personne, c'était de l'entraide.

— Peut-être. Ce qui est sûr, c'est que j'ai essayé de tourner la page et que j'étais en train d'y parvenir. Mais maintenant ce salaud est mort et me voilà suspecte. Je devrais sans doute engager un avocat...

— Vous voulez un avocat ? lui demanda Eve.

Leah tourna vers Eve un regard empreint d'une insupportable lassitude.

— Il faudrait que je revive toute l'histoire, que je la raconte à quelqu'un d'autre.

— Nous aurons besoin du nom complet et des coordonnées de Frankie, afin de confirmer votre déclaration sur vos activités d'hier soir. Nous pouvons nous contenter de lui dire qu'il s'agit de simples vérifications pour une enquête de routine.

— Il est au courant pour McEnroy. Depuis ce matin-là, je ne me suis plus sentie prête à faire l'amour, et pourtant j'adorais ça. J'aurais aimé coucher avec Frankie mais... pas prête. Alors je lui ai expliqué pourquoi. Il a attendu. Son nom est Frank Carvindito. Il est éditeur aux Éditions Vanguard. Et c'est un mec franchement génial.

— D'accord. Quel est votre dernier souvenir avant de vous réveiller dans la chambre à coucher de McEnroy ?

— Oh, j'y ai repensé des milliers de fois. Il m'a fait venir dans son bureau, et là ce salopard m'a fait des excuses. Il m'a dit qu'il avait conscience d'avoir dépassé les bornes, qu'il avait mal interprété la situation, que j'étais déjà un membre reconnu et apprécié au sein de l'équipe. Il en a rajouté dans la contrition et j'ai accepté ses excuses. J'adorais mon job là-bas, et j'ai accepté ses excuses. Ainsi que le café qu'il m'a proposé en commençant à parler boulot. Je me souviens vaguement d'être sortie en même temps que lui. Il ne restait presque plus personne dans les locaux à ce moment-là. Je me rappelle m'être sentie bizarre, comme si j'avais bu, mais le bon côté de l'alcool, vous voyez ? Quand on se sent désinhibée. Puis je me suis retrouvée à l'arrière d'une voiture avec lui, avec ses mains sur mon corps, mais ça ne me gênait pas. Il m'a donné à boire et puis... plus rien. Je ne me rappelle plus rien. Quelques flashs, comme des bribes de rêve, mais rien de clair.

Eve se leva.

— Compris, dit-elle. Merci pour votre coopération et pour le temps que vous nous avez accordé.

— C'est tout ?

— Pour le moment, oui. Nous allons vérifier ce que vous nous avez dit. Si tout concorde et que vous n'êtes pas mêlée à sa mort, vous n'avez aucune raison de vous inquiéter.

Leah afficha une parodie de sourire.

— Ah, en voilà une bonne nouvelle...

Eve s'immobilisa et attendit que la jeune femme croise son regard.

— Je suis flic et je peux vous dire une chose. Ce qu'il vous a fait subir était un viol. Il vous a droguée, vous a violée, puis vous a fait chanter. Il est coupable, à tous les niveaux. Pas vous. Et vous vous êtes dressée face à lui en comprenant qu'il avait infligé le même supplice à quelqu'un d'autre.

— Je...

Leah dut s'interrompre pour déglutir.

— Merci. Vraiment. Bon, j'imagine que vous allez aussi en parler avec Jasmine, même si elle vit à Chicago. Allez-y doucement avec elle, d'accord ? Le sujet sera toujours douloureux pour elle parce qu'une part d'elle-même reste à demi convaincue que c'est sa faute. Et, histoire de bien l'enfoncer, il a promu quelqu'un d'autre à sa place juste après. Pourquoi se priver d'une humiliation supplémentaire, hein ?

— Nous garderons ça à l'esprit, assura Eve.

Elle se dirigeait vers la porte lorsqu'elle s'arrêta.

— Vous faites toujours partie du groupe d'entraide ?

— Moi ? Plus vraiment. À partir du moment où c'est devenu sérieux avec Frankie – quand j'ai vu que je pouvais avoir de beaux sentiments pour un homme –, j'ai plus ou moins laissé tomber. Jasmine fait partie d'un groupe à Chicago. Je crois qu'elle y restera toute sa vie.

— Il a un nom ? Ce groupe ?

— De femmes à femmes. J'ai cru que ce serait aussi débile que le nom, mais en fait ça m'a aidée. Je pourrais bien aller à la prochaine réunion, ajouta-t-elle avec un petit sourire. Comme une sorte de petit remontant.

Elles sortirent en la laissant assise à son bureau, le regard dans le vide, les doigts crispés autour de sa balle rouge.

— Elle m'a donné l'impression d'être sincère, commenta Peabody tandis qu'elles redescendaient.

— Oui. Mais on va vérifier. Je vous dépose au Central sur le chemin de la morgue.

— Ça me va parfaitement.

— Vérifiez les déclarations de Lester auprès de son petit ami. Puis contactez Jasmine Quirk, faites un historique des événements, vérifiez ce qu'elle vous aura dit. Organisez une entrevue avec la femme de la victime et voyez s'il y a du neuf du côté de la DDE. Rédigez le rapport, avec une copie pour moi, Whitney et Mira. Faites le nécessaire pour qu'on puisse faire des perquisitions et des saisies à toutes les adresses résidentielles et professionnelles de la victime.

— Dans le monde entier, je suppose ?

— Affirmatif. Voyez quelles infos vous pourrez trouver sur le groupe de soutien.

— Le groupe de soutien ?

— Vous vous souvenez du cousin de M. Mira ? Une conspiration de femmes victimes qui tuaient par vengeance. Il n'est pas impossible qu'on soit en face de quelque chose du même genre. Donc jetez un coup d'œil sur ce groupe. Contactez le service de chauffeurs de la victime. Le nom du conducteur est dans le fichier de Po. Je ne l'imagine pas prendre le risque de monter dans un taxi pour emmener Lester du bureau jusqu'à son domicile. Donc, s'il est allé chasser en boîte hier soir, il n'a sans doute pas utilisé un moyen de transport public.

— Je commence à me dire que ce serait plus facile d'affronter la morgue et le corps mutilé.

— Passez lieutenant et vous pourrez décider qui fait quoi, rétorqua Eve.

Elle freina et s'arrêta brusquement au coin de la rue.

— Allez, au boulot.

— Comme ça au moins je pourrai m'acheter un hot-dog avant de commencer.

Peabody sortit et se dirigea droit vers un marchand ambulant tandis qu'Eve jouait des coudes pour se réinsérer dans le trafic.

Elle profita du trajet pour réfléchir.

Une personne agissant seule aurait-elle pu attirer McEnroy, le neutraliser, le transporter jusqu'à un endroit pour l'heure inconnu, le torturer, le mutiler et le tuer, puis déplacer le corps jusqu'à l'endroit où on l'avait trouvé ?

Ce n'était pas impossible mais le soutien d'une complicité, sous une forme ou une autre, paraissait plus probable.

Ou alors, McEnroy s'était-il directement rendu par lui-même jusqu'à cet endroit non identifié, sans doute en quête de sexe ? Et c'était là que la tueuse ou le tueur l'avait neutralisé puis fait subir le reste avant de transporter le corps jusqu'à sa destination finale ? Dans ce cas, la possibilité d'un acte en solitaire devenait plus crédible, mais quelque chose dans cette théorie la chiffonnait...

Tout en progressant dans le long tunnel blanc de la morgue, Eve envisagea divers scénarios. Un élément revenait dans chacun d'entre eux : le meurtre, la méthode et la victime... Tout avait été méticuleusement planifié.

Lorsqu'elle franchit la double porte de la salle de travail du légiste en chef, Eve trouva Morris assis sur un tabouret, occupé à manger des chips au soja, le regard braqué sur un écran d'ordinateur.

Il portait son habituelle cape de protection par-dessus un élégant costume bleu acier et une chemise au col pointu exactement de la même couleur. Il avait opté pour une cravate couleur d'abricot mûr et noué sa longue tresse noire avec un ruban assorti.

Il pivota sur son tabouret et lui sourit.

— Belle journée pour les vivants. Où est notre chère Peabody ?

— Au Central. Occupée à faire les vérifications d'usage.

Elle s'approcha de la table en acier sur laquelle gisait McEnroy, la poitrine incisée en Y.

— Celui-là a connu une fin difficile.

— Difficile, longue, douloureuse, renchérit Morris.

— Vous avez reçu les résultats de l'analyse toxicologique ?

— À l'instant.

Morris se leva et se dirigea d'abord vers sa glacière, dont il sortit deux tubes de Pepsi. Il lança le premier à Eve puis ouvrit le sien.

— Merci.

— À votre service. L'infortuné M. McEnroy avait des traces de Rohypnol dans l'organisme, mélangées à un martini très alcoolisé. On a également trouvé des résidus d'une autre substance qu'on surnomme « Trou Noir » dans la rue. Les deux produits, et leurs effets, se sont dissipés avant que la torture commence.

— On lui administre une drogue du viol – via l'appât initial – puis on lui fait perdre connaissance pour pouvoir l'emmener à l'endroit voulu. Pour le tueur ou la tueuse, l'usage du Rohypnol doit constituer une forme de justice. C'était l'un des outils préférés de McEnroy dans ce qui ressemble à des viols en série.

— Oh. Donc une fin affreuse pour un affreux individu. D'après les marques de ligature sur ses poignets… Vous les voyez, là ?

— Oui, c'est bien visible.

— D'après ces marques, j'en déduis qu'il a été suspendu par les poignets, les bras au-dessus de la tête, comme vous l'aviez supposé sur la scène de crime. C'est sous son poids que les liens ont mordu dans sa chair, en exerçant également une tension considérable sur les coiffes des rotateurs, les bras, les épaules. Comme vous l'avez noté, il n'y a pas de lésions défensives. Il n'a pas été en mesure de se défendre. Les blessures au visage proviennent pour partie d'une matraque souple et pour partie d'un aiguillon électrique. Même chose ou presque pour le torse, le dos, les jambes. Pour certaines lésions, c'est la pointe de l'aiguillon qui a percé la peau, comme un coup de couteau. Dans d'autres cas, il a été utilisé comme un fouet. Toutes ont causé des souffrances terribles. Seule une tension électrique élevée a pu provoquer des brûlures aussi graves.

Par habitude, Morris sortit deux paires de micro-lunettes.

— Étant donné l'ampleur des blessures, la torture aura duré entre trois et quatre heures. Il a sans doute perdu connaissance à plusieurs reprises. J'ai trouvé des traces de mélange Alerte sur et dans ses narines.

— On ne s'amuse pas autant à torturer un homme inconscient.

— Comme vous dites. Il était encore vivant quand ses organes génitaux ont été tranchés – plutôt efficacement – à l'aide d'une lame aiguisée.

— Formation médicale ? Un scalpel ?

— Votre suspect peut avoir une formation médicale. Ou alors c'est quelqu'un qui a pris le temps de s'entraîner. Quelqu'un qui a la main très sûre, dans tous les cas. Mais la lame employée n'était pas un scalpel. Ce que vous cherchez ressemble plus probablement à un couteau avec une légère bosse au centre de la lame. Regardez ici.

Il enfila les lunettes et se pencha sur le corps, imité par Eve.

— Il ne s'agit pas d'une marque d'hésitation, indiqua-t-il, ni d'un arrêt suivi d'une reprise, mais de la légère déviation de la lame qui entaille la racine du pénis.

Il fit un geste de la main en guise de démonstration.

— Empoigner puis trancher.

— En termes simples, oui. Une lame conçue pour tuer mais également, je pense, avec une vocation ornementale. Peut-être cérémonielle.

— Le terme serait approprié. Même méthode pour les testicules. Pas question de lui laisser quoi que ce soit entre les jambes.

— Une punition pour le violeur. Vous soupçonnez l'une de ses victimes ou une proche de l'une d'elles, devina Morris.

— Les indices vont dans ce sens. Jusqu'ici. Vous avez lu le poème ?

— Oui. Lady Justice. Même « l'enfer n'est rien face au courroux d'une femme éconduite », après tout [1].

— Si l'enfer existe, il est en train d'y griller après avoir eu sa dose en matière de courroux.

Eve retira et reposa ses microlunettes.

— À votre avis, est-ce qu'une femme aurait pu faire ça ? Seule ?

Il sirota son Pepsi, songeur.

---

1. Citation célèbre de *L'Épouse en deuil*, pièce de théâtre de 1697 du dramaturge anglais William Congreve. *(N.d.T.)*

— Ce n'est pas un homme massif, il est plutôt grand et mince. Si l'on parle d'une femme forte et suffisamment déterminée, je dirais que oui, c'est possible.

— Elle aura pu employer une poulie pour le suspendre par les poignets.

— Oui, ainsi qu'un chariot et une rampe pour le hisser dans un véhicule et l'en sortir. Ça fait beaucoup de travail physique mais… femme bafouée.

— Oui… Je ne sais pas si les démons de l'enfer auraient fait un travail aussi précis, dit-elle en désignant l'entrejambe mutilé. Merci pour le tube.

— Avec plaisir. Profitez du soleil tant que vous pourrez.

— Comptez sur moi, répondit Eve en sortant.

Morris baissa les yeux vers le cadavre.

— Bon, Nigel, ça vous dirait qu'on s'attaque à vous recoudre, maintenant ?

5

Dès l'instant où Eve entra dans la salle commune de la Criminelle, la cravate du jour de Jenkinson lui grilla les cornées. Il avait semble-t-il opté pour une célébration du printemps avec l'équivalent d'une pelletée des jonquilles de Peabody – en l'occurrence trempées dans de l'acide sulfurique – sur un champ d'herbe d'un vert vénusien.

Eve grimaça et se détourna pour ne pas perdre la vue.

— Peabody, dans mon bureau.

Une fois réfugiée dans son bureau, son champ de vision encore perturbé par des taches jaune nucléaire, elle se rua sur l'autochef.

Enfin du vrai café !

— Rapport rédigé et envoyé, annonça Peabody avec un regard de chiot en direction de l'autochef.

— Ne commencez pas à supplier. Servez-vous.

— Merci ! J'ai parlé à Jasmine Quirk et j'étais en train de mettre tout ça par écrit. Mes recherches ne montrent aucun déplacement de sa part et j'ai pu confirmer qu'elle participait à une réunion professionnelle jusqu'à 18 heures, heure de New York, hier soir. J'ai également confirmé qu'elle, sa colocataire et une amie de la famille se sont ensuite rendues à une fête d'anniversaire organisée pour son frère, entre 20 et 23 heures. Après quoi elle est rentrée chez elle par le train avec sa colocataire.

Peabody aspira une gorgée de café.

— Elle n'a rien dit qui fasse tilt chez moi. Et même si elle était visiblement plus secouée que Lester, elle m'a raconté sa version de son expérience avec McEnroy. Le même scénario, en gros, sauf que comme la femme de McEnroy était à New York au moment du viol, elle s'est réveillée seule dans une chambre du Blake Hotel. Il lui avait laissé un disque vidéo. De leurs ébats sexuels.

— Charmant jusqu'au bout.

— Voilà. Sinon, l'alibi de Lester tient la route et la DDE a bien avancé. J'ai contacté le service de chauffeurs privés de McEnroy. Il n'a pas fait appel à eux hier soir.

— Donc il en a un autre auquel il fait appel quand il est en chasse. Il doit passer par un communicateur personnel pour les joindre. Demandez à McNab de regarder.

— Je m'en occupe. Mme McEnroy est censée être de retour dans à peu près une heure. Je l'ai contactée, ou plutôt la tutrice. Elle – la veuve – est prête à nous parler au plus tôt mais refuse de laisser ses enfants et ne veut pas qu'elles entendent la conversation. Elle demande que nous passions chez elle ce soir, après 21 heures, une fois ses filles couchées.

— Très bien. Je m'en chargerai.

Aidée, songea-t-elle, de son consultant civil préféré.

— Je dois installer le tableau et constituer le dossier. Vous pouvez aller chercher les disques et l'e-mémo trouvés dans le tiroir du bureau de McEnroy au service des preuves. Commencez à comparer les noms avec la liste de ses employées et de ses clientes. Puis on se répartira les entrevues avec les associés.

— J'y vais.

Eve s'assit pour consulter le rapport de Peabody et les notes préliminaires de la police scientifique et de Morris. Mais elle envoya d'abord un texto à Connors.

Entretien prévu avec la veuve de la victime après 21 heures, à sa demande. Je me ferais bien seconder par un mec riche et charmeur. Ça t'intéresse ?

Elle parcourut les rapports, sortit ses propres notes, en ajouta d'autres puis entreprit de composer le dossier de l'affaire. Alors qu'elle se levait pour installer son tableau, le communicateur signala l'arrivée d'un texto de réponse.

Retrouve-moi à 19 h 30 au pub Chez Nally, *entre Columbus et Amsterdam. Un mec riche et charmeur te paiera à dîner.*

Chez Nally. Bon, au moins, ça n'avait pas l'air d'un resto chic.

Elle répondit par un simple :

Reçu.

Elle termina l'installation du tableau puis se programma une nouvelle rasade de café pour l'aider à réfléchir. Le bruit des talons des bottes de Peabody annonça son retour. Elle tenait un carton de preuves.

— Bon point pour McNab, dit-elle. Il a trouvé un contact appelé plusieurs fois depuis le communicateur personnel trouvé dans le tiroir. Dernier appel à 17 h 12 hier. Une conversation de deux minutes avec un certain Oliver Printz à propos de l'envoi d'une limousine au domicile des McEnroy à 23 h 15.

» Et bon point aussi pour moi, ajouta-t-elle en posant la boîte sur le bureau d'Eve avant de cocher une case imaginaire dans les airs. Parce que j'ai reconnu Printz comme étant le chauffeur habituel de McEnroy chez Virée Urbaine.

— Printz travaillait donc au noir, dit Eve.

Elle imprimerait sa photo d'identité et l'épinglerait à son tableau.

— Il faudra qu'on aille lui parler, ajouta-t-elle. Convoquez-le. Si nécessaire, faites-lui comprendre qu'on l'a identifié comme témoin potentiel d'un crime.

Elle retira les scellés du carton.

— Et fermez la porte.

— Vous allez visionner les disques, comprit Peabody.

— Je vais en regarder un extrait, oui, donc fermez la porte.

Eve inséra l'un des disques dans son lecteur.

La chambre à coucher de McEnroy apparut à l'image. Le lit avait été préparé.

Elle entendit des voix, celle d'un homme puis celle d'une femme.

— Non, ici, dit la première comme McEnroy entrait dans le champ.

La femme – une rousse entre vingt-cinq et trente ans – se cramponnait à lui, se frottait contre lui.

— Où tu voudras ! Partout où tu voudras.

Il la saisit par les poignets et la fit pivoter vers la caméra.

— Qu'est-ce que tu veux, Jessica ?

— Toi. C'est toi que je veux.

— Plus que tout ?

— Oui, oui ! S'il te plaît, Nigel. J'en peux plus d'attendre.

— Plus que le poste chez Broadmoore ?

— Plus que tout !

— Montre-moi. Déshabille-toi pour moi.

Elle portait une simple robe noire agrémentée d'une épaisse ceinture argentée et de talons aiguilles assortis. Son corps se mit à frissonner et ses mains à trembler comme elle retirait le tout pour se retrouver en sous-vêtements.

— Reste là.

Il sortit du champ de la caméra pendant qu'elle tremblait et faisait courir ses mains sur son propre corps en le suppliant de la toucher.

Il réapparut à l'image avec deux verres de vin.

— Buvons un verre.

— Je n'ai pas besoin de vin, seulement de toi. Mon Dieu, Nigel, je t'en supplie !

— Bois.

« Il lui redonne une dose », comprit Eve comme la rousse obtempérait.

— Ça suffira.

Il lui reprit son verre et le mit de côté.

— À genoux, Jessica. On commence par moi. Tu veux me donner du plaisir, n'est-ce pas ?

Elle se laissa tomber à genoux et lui baissa le pantalon. Puis il sirota son vin tandis qu'elle lui prodiguait une fellation.

Eve regarda pendant trente minutes, le vit la guider jusqu'au lit alors qu'elle pleurait presque sous l'effet du désir. Là, il lui demanda – toujours cette politesse onctueuse et factice – si elle était aventureuse, s'il pouvait l'attacher aux montants du lit.

Elle donna son accord à tout ce qu'il lui suggéra, ne cessant d'en redemander.

Puis Eve passa à la fin, où il se tenait là en peignoir, avec l'air de sortir de la douche, pendant qu'elle gisait étendue sur le lit, le teint pâle et les paupières lourdes.

— Habille-toi et va-t'en.

— Quoi ? Je ne me sens pas très bien. J'ai l'impression...

— J'en ai terminé avec toi. Tu pourras prendre un taxi au coin de la rue ou marcher jusqu'au métro.

— Je... je ne sais pas où je suis.

Elle regarda autour d'elle, comme encore prisonnière d'un songe. Mais elle se leva et, chancelante, hésitante, se rhabilla.

— Au coin de la rue, répéta-t-elle.

— C'est ça.

Il lui prit le bras.

— Tu vas prendre l'ascenseur directement jusqu'au parking. Compris ?

— Le parking.

— Tu sors, tu tournes à gauche, tu vas jusqu'au coin de la rue et tu hèles un taxi. Tu feras du bon travail chez Broadmoore, Jessica. Tu as du talent.

— Broadmoore...

La séquence s'arrêtait là. Après quelques secondes de noir, une autre démarra. Même chambre à coucher, même installation. Une autre rouquine.

Eve stoppa la vidéo.

McEnroy avait donc un type de femmes.

Elle se leva et s'apprêta à se programmer un nouveau café puis changea d'avis et opta pour un verre d'eau, froide.

Elle rouvrit la porte du bureau. Il faudrait des heures pour visionner l'intégralité de ces disques.

En consultant l'e-mémo, elle trouva trois Jessica, une Jessie et une Jess.

Elle afficha les fichiers de chez PP et lança une recherche avec les mots-clés Broadmoore et Jessica.

Il s'avérait que Broadmoore – entreprise spécialisée dans la conception et l'installation de cuisines et salles de bains haut de gamme située dans l'Upper East Side – avait embauché Jessica Alden à l'automne, par le biais de PP, en tant que directrice marketing.

Eve terminait une première recherche sur Alden quand Peabody revint.

— Printz est en route, annonça-t-elle.

— Bien. Notre homme avait un type de femmes. Il aimait les rousses.

— Quirk est brune.

— Elle ne l'était pas sur sa photo d'identité datant d'il y a un an. Rousse. Tout comme la dénommée Jessica Alden sur la vidéo. Il prend son temps et s'assure qu'elles apparaissent longuement à l'image. Il aime qu'elles le supplient puis, une fois qu'il a eu ce qu'il voulait, il les jette pratiquement dehors. D'après ce que j'ai pu voir, il lui a fait boire deux doses, la seconde quand elle était dans la chambre avec lui, pour qu'elle reste dans cet état. Faites-la venir au Central.

— D'accord. Par ailleurs... je peux réserver une salle de réunion et prendre certains de ces disques pour les visionner.

— Faites. Notez leur nom, s'il le prononce, ainsi que toutes les entreprises ou établissements qu'il pourrait mentionner, et croisez les infos pour identifier les personnes. Sinon, on utilisera la reconnaissance faciale. Faites défiler en accéléré, ajouta Eve. Inutile de le regarder faire, sauf s'il change sa méthode. Nous n'avons pas besoin de preuves contre lui ; il est mort. Nous devons identifier ses victimes, c'est tout. Mettez-vous au travail.

Elle désigna le carton.

— Il enregistrait plusieurs vidéos par disque. On s'interrompra quand Printz arrivera. Puis Alden. Il y a des chances pour qu'on se retrouve à parler à de nombreuses victimes de viol en tant que suspectes potentielles. Soyez prête pour ça.

Eve décida de regarder deux ou trois séquences supplémentaires. Elle referma la porte et reprit du café. Elle utilisa la lecture accélérée qu'elle avait conseillée à Peabody et identifia deux autres victimes. Elle prit note d'employer la reconnaissance faciale pour une troisième.

Elle interrompit la diffusion quand on frappa à la porte.

Le jeune et fringant inspecteur Trueheart se tenait sur le seuil.

— Désolé de vous déranger, lieutenant, mais un certain Oliver Printz souhaite vous voir.

— Bien. Vous pouvez l'installer dans une salle d'interrogatoire et informer Peabody ? J'ai besoin d'une petite minute supplémentaire.

— Bien sûr. Euh, je referme la porte ?

— Non, ça ira.

Elle rangea les disques, étiqueta celui qu'elle avait fini d'examiner puis remit les scellés sur la boîte et y inscrivit ses initiales. Elle rassembla les éléments dans une chemise avant de ressortir dans la salle commune.

— Il est en salle d'interrogatoire B, lieutenant. Peabody arrive.

— Merci, inspecteur.

Eve fit un détour par les toilettes et s'efforça de respirer à fond en s'aspergeant le visage d'eau fraîche. Elle resta immobile quelques instants, le temps que sa légère nausée se dissipe.

Elle retrouva Peabody devant la porte de la salle d'interrogatoire.

— Ce n'est pas un suspect, commença-t-elle par dire. Mais il était peut-être complice des horreurs de McEnroy. Si c'est le cas, on le fera condamner pour ça. Mais ce que nous devons lui faire dire en priorité, c'est où il a emmené McEnroy hier soir.

— Ça vous va si je commence fort ? Après le visionnage de ce disque...

— Je vous laisse mener l'entretien.

— C'est vrai ?

— Bon sang, Peabody, c'est un interrogatoire, pas un cornet de glace pour vous récompenser d'être une gentille fille. Prenez les rênes.

Elle remit le dossier dans les mains de son équipière et ouvrit la porte.

— Monsieur Printz, lança Peabody avec un simple hochement de tête, merci d'être venu si rapidement.

— Je n'ai pas compris pourquoi on m'avait convoqué. Je ne crois pas avoir vu quoi que ce soit qui ressemble à un crime.

Peabody hocha une nouvelle fois la tête puis s'assit.

Il avait belle allure pour un conducteur de limousine, jugea Eve. La quarantaine, propre sur lui, bien habillé. Il avait croisé les mains sur la table et son visage demeurait impassible.

— Je suis l'inspecteur Peabody et voici le lieutenant Dallas. Nous allons enregistrer cet interrogatoire.

— Interro... Enregistrer ?

— Oui, poursuivit Peabody d'un ton très professionnel. Enregistrement. Dallas, lieutenant Eve et Peabody, inspecteur Delia, interrogent Printz, Oliver. Avez-vous connaissance de la mort de l'un de vos clients réguliers ?

Les traits impassibles laissèrent place à la surprise.

— Quoi ? Qui ?

— Vous ne suivez pas les actualités, monsieur Printz ?

— Si, bien sûr. Mais j'ai passé la journée à transporter des clients. Ô Seigneur, c'est Mme Kinder ? Elle me paraissait si fragile ces derniers temps.

— Non. Nigel McEnroy.

Cette fois, il devint blanc comme un linge.

— M. McEnroy est mort ?

— Assassiné au petit matin, le corrigea Peabody sur le même ton sec. Soit quelque temps après que vous êtes venu le chercher à son domicile. En dehors de vos horaires de travail déclarés.

— Je... je... Ô mon Dieu.

— Pouvez-vous nous dire où vous étiez entre 21 heures et 4 heures du matin, monsieur Printz ?

— Je... je...

Il leva une main comme s'il cherchait à arrêter la circulation.

— C'est arrivé dans la boîte de nuit ? Il m'avait envoyé un texto disant qu'il n'avait pas besoin de moi. D'habitude il...

— D'habitude quoi ? s'enquit Peabody d'une voix dure. Si vous envisagez ne serait-ce que l'idée de nous mentir, je vous balance direct en cellule et vous inculpe pour complicité de multiples viols, avant et après les faits.

— De quoi ? De *viols* ? s'étrangla-t-il, les yeux exorbités. C'est du délire.

— Où étiez-vous, Printz ? Sans quoi je vous lis vos droits et on passe très vite à des choses beaucoup plus sérieuses.

— Je suis passé prendre M. McEnroy à 21 h 15, à une ou deux minutes près, devant son immeuble. Je l'ai emmené à *L'Endroit*, c'est le nom de la boîte de nuit. Je l'ai déposé sur place et puis je suis rentré chez moi. Il m'avait dit qu'il me préviendrait quand il serait prêt à repartir mais il m'a averti par texto qu'il n'avait plus besoin de moi. J'étais à la maison avec ma femme et mes deux enfants. Je suis resté chez moi pour le restant de la nuit. Je n'ai jamais violé qui que ce soit ! Je suis un père de famille. J'ai une fille.

— Alors vous vous êtes contenté de laisser faire pendant que McEnroy droguait et violait des femmes ?

— Je ne sais pas de quoi vous parlez !

Il desserra d'une main tremblante le nœud de sa cravate.

— Je vous le jure devant Dieu, je n'ai aucune idée de ce dont vous parlez.

— Combien de fois avez-vous pris en charge M. McEnroy et une femme à la sortie d'une boîte pour les déposer à son domicile ou au Blake Hotel ?

— Je ne pourrais pas vous dire…

Printz prit deux inspirations sifflantes.

— Souvent. Souvent, mais il ne les violait pas. Je n'aurais pas laissé faire ça ! Elles étaient peut-être un peu ivres mais ça ne me regarde pas. Il trompait sa femme, et ce n'est pas quelque chose que j'approuve, mais ce ne sont pas mes affaires.

— Et tromper votre employeur non plus ?

Il rougit et grimaça, mal à l'aise.

— C'est pas correct de bosser au noir. Beaucoup le font mais ce n'est pas une excuse. M. McEnroy est un bon client, généreux sur les pourboires et... il était persuasif. Ma fille ira à l'université d'ici deux ans, et les frais de scolarité sont...

Le visage dur, Peabody écarta ses excuses de la main comme autant de moucherons.

— Combien vous payait-il pour détourner les yeux pendant qu'il agressait ces femmes ?

— Je ne ferais jamais un truc pareil. Jamais ! Il ressortait avec une femme, différentes femmes, de différentes boîtes. Mais elles étaient consentantes. Il ne les forçait pas à entrer dans la voiture, à en sortir ou à le suivre. En général, c'étaient elles qui... qui lui sautaient un peu dessus.

Peabody le dévisagea, glaciale.

— Avez-vous déjà ramené ces femmes consentantes chez elles, ou à un autre endroit, une fois que McEnroy en avait terminé avec elles ?

— Non. Jamais. Écoutez, quand il allait en boîte, il me donnait cinq cents dollars pour la soirée. C'est beaucoup d'argent pour deux courses rapides. Mais même pour dix fois plus j'aurais refusé de détourner le regard s'il avait fait du mal à qui que ce soit. Demandez à n'importe laquelle de ces femmes. Elles montaient d'elles-mêmes dans la voiture. Je maintenais le panneau occultant fermé, c'est ce qu'il me demandait. Mais elles montaient volontairement et ressortaient volontairement là où il les emmenait.

Eve prit enfin la parole.

— Êtes-vous déjà venu le chercher ou l'avez-vous déjà conduit ailleurs que dans une boîte de nuit alors qu'il était accompagné d'une femme autre que la sienne ?

— Bien sûr, bien sûr, au restaurant ou à son bureau. Mais là, c'était pendant mes horaires normaux. Et ça se passait de la même manière. Elles montaient et descendaient volontairement. Je vous jure que jamais, jamais je ne l'ai vu contraindre qui que ce soit. Il était toujours tellement poli.

— Et elles toujours un peu soûles ?

— Je… Oui, j'imagine qu'on peut dire ça. C'est mon métier de conduire les gens. Beaucoup d'entre eux ont un peu bu, voire beaucoup. Mon travail consiste à m'assurer qu'ils arrivent en sécurité là où ils veulent aller. Ça fait douze ans que je suis chauffeur professionnel. Pas une seule plainte ; vous pourrez consulter mon dossier. McEnroy m'a demandé de faire ça pour lui et de garder ça entre nous. C'était pas correct et ça pourrait me coûter mon poste, mais c'est tout ce que j'ai fait.

Eve se radossa à son siège et échangea un coup d'œil avec Peabody.

— Très bien, monsieur Printz. Je suis sûre que vous tenez à jour un agenda détaillé. Vous allez vous y replonger et nous montrer les horaires, les dates et les lieux où vous avez conduit McEnroy en dehors de vos heures de travail.

— Oui, je peux faire ça. C'est faisable.

Après qu'elles eurent laissé repartir un Printz coopératif et profondément secoué, Eve leva un sourcil interrogateur à l'intention de Peabody.

— Je le crois, dit celle-ci. Au bout du compte, il a vu ce que les autres ont sans doute vu également.

Un homme et une femme légèrement ivres et franchement désinhibés sortant d'une boîte de nuit pour aller faire des galipettes.

— Printz a commis la même erreur que beaucoup de monde. « Oui, c'est contre les règles mais ça ne fait de tort à personne, si ? Et cet argent me sera utile. » Mais ce n'est ni un tueur ni quelqu'un qui se rendrait complice de viol. Et sinon ?

Peabody ne sut que répondre.

— Sinon ?

— Pourquoi McEnroy n'a-t-il pas contacté Printz pour venir le chercher à la sortie de la boîte, comme prévu ? Conformément à son mode opératoire ?

— Ah, d'accord. Alors la tueuse l'a peut-être persuadé de marcher ? Ou elle avait un moyen de transport ?

— Ce sera la seconde hypothèse. Marcher, c'est être vu par plus de monde, pourquoi prendre ce risque ? Pensez mode opératoire, Peabody. Pourquoi McEnroy y déroge-t-il, pourquoi abandonner le contrôle de sa propre voiture, de son propre chauffeur alors que tout ce qu'il fait est une affaire de contrôle ?

— Peut-être qu'il connaissait la tueuse, qu'il lui faisait confiance. Le texto envoyé à Printz est arrivé juste avant minuit, donc McEnroy était probablement déjà neutralisé et c'est la tueuse qui a envoyé le texto. Ce qui veut dire...

— ... que tout cela a été planifié avec soin. Elle – parce que je suis effectivement convaincue qu'on a affaire à une femme – devait emmener McEnroy jusqu'à un lieu qu'elle avait choisi, sous son contrôle. Comment McEnroy s'y prenait-il pour faire monter les femmes dans son véhicule puis pour les emmener dans les lieux de son choix ?

— Il les droguait. Elle l'a drogué dans la boîte. Elle a inversé les rôles, retourné ses méthodes contre lui.

— Elle lui a fait prendre une drogue du viol, renchérit Eve. Et une dose supplémentaire dans la voiture. Morris a reçu les résultats d'analyse. On passera à *L'Endroit* après avoir parlé à Jessica Alden. On aura peut-être un coup de chance, une description de la femme qui l'a tué.

— La chance est déjà avec nous, dit Peabody après avoir porté son communicateur à son oreille. Alden vient d'arriver.

— On reste dans cette salle. Allez-y, faites-la monter.

— Je vais me chercher un soda, dit Peabody en se levant. Je vous rapporte une boisson fraîche ?

— Un Pepsi serait le bienvenu. Proposez la boisson de son choix à Alden. On entamera la discussion avec une approche amicale.

Eve rangea les informations obtenues auprès de Printz dans le dossier et vérifia ses notes sur l'horodatage de la vidéo qu'elle avait visionnée. Alden correspondait à une prise en charge du chauffeur au restaurant *La Cuisine* dans l'Upper West Side en septembre dernier.

Emmener dîner la candidate – à un poste, et à un viol – puis verser discrètement un petit truc dans son verre, l'accompagner ensuite jusqu'à la limousine, lui redonner une dose pendant le trajet. Traverser le hall de l'immeuble, emprunter l'ascenseur privé, se rendre jusqu'à la chambre où la caméra est déjà en place…

Elle s'appuya contre le dossier de la chaise, aperçut son reflet dans le miroir sans tain.

Elle avait peut-être l'air un peu pâle, il fallait l'admettre, mais elle avait entamé cette affaire avant même le lever du soleil. Et elle avait oublié de déjeuner. Non, corrigea-t-elle, elle s'était surtout inquiétée à l'idée de ne pas être capable d'avaler quoi que ce soit.

Un problème qu'elle se promit de régler. Elle n'allait pas tomber dans le piège de la comparaison. Elle refusait de laisser de vieilles blessures se réveiller, de vieux souvenirs nuire à son objectivité et à sa capacité de jugement.

Elle avait un travail à faire.

Lorsque la porte s'ouvrit, elle avait étalé le dossier devant elle, comme si elle en révisait le contenu. Elle rassembla les documents tandis que Peabody refermait la porte derrière Alden.

La rousse pulpeuse portait un tailleur de qualité bleu pâle et des talons hauts aux motifs fleuris. Elle affichait une expression vaguement agacée.

— Lieutenant, voici Mme Alden.

Sans attendre, Jessica s'assit et posa son tube d'eau gazeuse sur la table.

— Venir jusqu'ici a décalé tout mon planning pour la journée. J'ai appris pour Nigel McEnroy et sa mort me choque. Mais vous n'allez quand même pas interroger toutes les personnes qui ont un jour obtenu un poste grâce à Parfaitement Placé ?

« Une approche peut-être pas si amicale que ça, finalement », estima Eve.

D'un geste sec, elle ouvrit le tube de Pepsi que lui tendait Peabody.

— Pas toutes, non. Seulement celles qui pourraient vouloir la mort de McEnroy.

— Pourquoi voudriez-vous que je souhaite sa mort ? Je le connaissais à peine. J'ai bien été contactée par PP mais j'ai surtout eu affaire à Sylvia Brant. Je ne crois pas avoir rencontré McEnroy plus de trois ou quatre fois.

Eve opta pour un sourire légèrement narquois.

— Vous avez fait bien plus que le rencontrer le 18 septembre dernier.

— Quoi ?

— Le dîner à *La Cuisine,* ça vous dit quelque chose ?

La question fit froncer les sourcils de Jessica. L'espace d'une seconde, son regard marron pailleté d'or se fit lointain.

— Quoi ? Ah, oui...

Le vague agacement était de retour.

— En septembre dernier, bien sûr. J'étais l'une des deux candidates pour le poste que j'occupe à présent chez Broadmoore. McEnroy était à New York et devait donner son avis. Nous avons eu un dîner d'affaires. Un dîner d'affaires, répéta-t-elle en se massant le bras droit de la main gauche.

— Et après ce dîner d'affaires, vous l'avez accompagné chez lui.

— Certainement pas ! s'exclama Jessica, le feu aux joues. Vous sous-entendez que j'aurais couché pour avoir le poste ? Non seulement c'est un mensonge, mais c'est franchement insultant. J'ai travaillé dur pour en arriver à cette étape de ma carrière et je ne couche pas avec n'importe qui, encore moins pour obtenir de l'avancement. Sans compter qu'il est marié, avec des enfants. Et que j'étais à l'époque dans une relation sérieuse.

— Qu'avez-vous fait après ce dîner professionnel ?

— Je... J'ai marché jusqu'au coin de la rue.

Elle ouvrit son propre tube d'un geste vif.

— J'ai marché jusqu'au coin de la rue, j'ai hélé un taxi et je suis rentrée chez moi. Je n'ai ni vu ni parlé à Nigel McEnroy depuis ce soir-là. Pas après… être rentrée chez moi.

— Quelle est la dernière chose dont vous vous souvenez avant d'avoir marché jusqu'au coin de la rue ? Regardez-moi, ordonna Eve. Votre dernier souvenir.

— Je… je ne me sentais pas très bien. J'étais nerveuse, c'est tout. Ce poste constituait une vraie promotion pour moi, donc j'étais un peu tendue. C'était il y a des mois ! s'emporta-t-elle. Comment voulez-vous que je me rappelle chaque détail ?

— Vous ne vous rappelez rien, la corrigea Eve, sur un ton plus doux. Vous ne vous souvenez même pas, en tout cas pas clairement, d'être sortie du restaurant. Vous ne vous rappelez pas être montée dans la limousine commandée par McEnroy.

— Je n'ai pas fait ça, assura Jessica d'une voix où perçait néanmoins un tremblement. Cela n'aurait pas été professionnel. Je suis rentrée en taxi.

— Après, répondit Eve avec douceur. Parce qu'il vous a dit de le faire. Jessica, vous étiez une parmi beaucoup d'autres.

« Je sais ce que c'est, songea Eve, de refouler, de bloquer tous les souvenirs pour survivre. Je sais aussi ce que ça fait quand ils remontent violemment, quand le barrage cède et que ça vous écrase la poitrine comme une avalanche. »

— Je ne sais pas de quoi vous parlez…

Eve se pencha vers Peabody pour lui murmurer à l'oreille :

— Allez nous chercher Mira si elle est disponible, ou la personne qu'elle pourra recommander en tant que psy spécialiste du viol.

Peabody se leva et s'éloigna d'un pas rapide.

— Il vous a droguée, annonça rapidement Eve.

La rapidité était préférable.

— Vous n'avez commis aucun acte répréhensible, vous n'êtes absolument pas en tort. Vous n'avez rien fait car il vous a droguée, comme un certain nombre d'autres femmes.

— Vous êtes en train de dire qu'il... m'a fait avaler quelque chose, qu'il m'a violée ? Non, non, non, je m'en souviendrais ! insista Jessica avec l'entêtement du désespoir. Je m'en souviendrais ! Je lui aurais collé un procès. Je serais allée voir la police. Je...

Eve se leva et contourna la table pour s'asseoir auprès d'elle.

— Il vous a droguée, donc vos souvenirs sont confus et vous avez refoulé les quelques bribes qui restaient.

— Vous voudriez me faire croire qu'il m'a recommandée pour le poste parce qu'il m'avait violée ?

— Non, pas du tout. L'un n'a rien à voir avec l'autre. Le poste vous revenait de toute façon grâce à vos qualifications. Quant aux bribes, vous vous êtes convaincue qu'elles étaient le fruit de votre nervosité, ou de rêves bizarres.

— Il y a une pièce, avec des oiseaux. Ils s'envolent depuis des chaises et volent à travers la pièce en criant. Il y a quelqu'un en moi et je ne peux pas l'arrêter. Je ne veux pas l'arrêter mais moi aussi je crie.

Elle agrippa la main d'Eve.

— Quand j'ai appris qu'il était mort, quand j'ai entendu l'info ce matin, j'ai... Pendant une seconde, j'ai ressenti de la satisfaction. C'était horrible. Mais je ne m'en souviens pas. On ne peut pas être sûre.

Eve repensa à la vidéo.

« Pas maintenant », estima-t-elle cependant.

— Nous avons parlé à d'autres victimes. Il leur a fait la même chose. Il avait une méthode, Jessica. Avez-vous parlé à qui que ce soit ce soir-là ? À qui vous auriez dit que vous vous sentiez mal, que vous aviez pris un taxi pour rentrer chez vous ?

— Non, même pas à Chad. J'avais honte parce que je pensais être tombée malade pendant le repas et peut-être m'être comportée bizarrement. Je ne me rappelais rien et je me suis dit que c'était peut-être lié à quelque chose que j'avais mangé, ou à ma nervosité. J'ai dit à Chad que ça s'était bien passé mais que je n'avais pas envie d'en parler, pour éviter de me porter la poisse. J'ai menti. Mon premier mensonge envers lui.

Elle ferma les yeux, paupières crispées.

— Je lui en ai raconté d'autres ensuite. On avait prévu d'emménager ensemble. On cherchait un appartement plus grand dans lequel s'installer. Mais après cette nuit-là, je n'ai plus supporté qu'il me touche. Je ne voulais plus entendre sa voix, ni sentir son odeur. Je ne supportais pas d'être touchée, donc je l'ai repoussé. Et nous avons perdu ce qui existait entre nous.

Elle s'était mise à pleurer et parlait à présent d'une voix étranglée.

— J'ai eu le poste et je lui ai expliqué que je devais me concentrer sur ma carrière. Il m'a dit que je lui brisais le cœur. Qu'est-ce que je vais faire maintenant ?

— Commencer à guérir, répondit Eve.

Elle lança un coup d'œil vers Peabody qui revenait.

— Mira, indiqua simplement celle-ci.

Eve hocha la tête.

— Nous avons quelqu'un qui va vous aider.

Peabody tendit la main à Jessica.

— Je peux vous emmener la voir. Vous n'avez qu'à me suivre.

— Il faut que je le dise à voix haute.

Après plusieurs profondes inspirations, Jessica essuya les larmes sur son visage.

— J'ai été violée. Nigel McEnroy m'a violée... Et maintenant j'ai envie de vomir...

— On s'arrêtera aux toilettes sur le chemin. Venez, j'emporte votre eau avec nous.

Avec une compassion et une efficacité qui firent l'admiration d'Eve, Peabody passa doucement un bras autour de la taille de Jessica et la conduisit hors de la pièce.

Eve se leva également ; elle se sentait elle-même un peu barbouillée. Elle décida que le mieux serait de rejoindre son bureau, porte fermée, pour poser la tête sur son bureau pendant dix minutes, le temps que ça passe en respirant à fond.

Comme elle traversait la salle commune, Santiago se leva à son passage.

— Hé, lieutenant, Carmichael et moi sommes sur une affaire dont on voudrait discuter avec vous.

Il hésita en la dévisageant.

— Tout va bien ? s'enquit-il.

— Ça va. Suivez-moi.

— On peut faire ça plus tard.

— Maintenant, ça ira très bien. Allons-y, j'ai aussi ma propre affaire sur les bras.

Elle retourna à son bureau, but un nouveau café et fit le travail qu'on attendait d'elle.

6

L'Endroit n'ouvrait officiellement ses portes qu'après 20 heures – et quiconque arrivait avant 21 heures se voyait automatiquement étiqueté « loser » –, mais Eve avait organisé des entretiens sur place avec les membres clés de l'équipe.

— Même si on me laissait franchir la porte, commenta Peabody, je ne pourrais pas me payer l'entrée d'une boîte comme celle-ci, et encore moins une boisson.

— Une chance que vous n'ayez à régler ni l'une ni l'autre, répondit Eve en brandissant son insigne sous le scanner de sécurité.

La porte s'ouvrit dans un cliquetis de verrous.

L'homme qui les accueillit faisait un bon mètre quatre-vingt-quinze, avec une silhouette d'épouvantail vêtu de noir. Ses cheveux raides d'un blanc immaculé – rasés sur le côté gauche pour laisser apparaître un tatouage en forme de cœur percé – retombaient jusqu'à son épaule droite.

Il avait des yeux semblables à des lasers verts, une incisive en argent et des ongles vernis aussi noirs que sa combinaison moulante.

— Mesdames, dit-il d'une voix flûtée. Bienvenue à *L'Endroit*.

— Lieutenant, précisa Eve. Et inspecteur.

— Bienvenue malgré tout.

Il recula d'un pas et leur fit signe d'entrer.

— Je suis Maxim Snow, votre hôte et le gérant de cet établissement. J'ai rassemblé les personnes qui me semblent les plus à même de vous assister.

« Étonnant témoignage de coopération pour un endroit dont Connors n'est pas propriétaire », songea Eve.

Elle avait vérifié.

— Et nous vous en remercions.

— Avec plaisir. M. McEnroy était un client occasionnel mais apprécié. Donc si nous pouvons faire quoi que ce soit pour vous aider à appréhender le responsable de ce crime ignoble, nous le ferons.

Il leur fit signe d'avancer. Le sol étincelait sous les lumières à pleine puissance. Quelles que soient les quantités de boisson ou de fluides corporels renversés à terre durant les festivités de la veille, il n'en restait pas une trace.

Les tables et les box privés étaient propres comme des sous neufs, leurs panneaux occultants repliés pour laisser voir les élégants canapés circulaires à mémoire de forme.

L'air aussi sentait le propre.

— Vous dirigez un établissement impeccable, monsieur Snow.

— Nous faisons de notre mieux. Bien entendu, c'est la nuit que *L'Endroit* brille vraiment de tous ses feux. Puis-je prendre vos manteaux ?

— Ça ira, répondit Eve.

Il les conduisit jusqu'à une table où étaient déjà assis les membres de l'équipe.

— Pouvons-nous vous offrir des rafraîchissements ? Un café, un crème, une eau gazeuse ?

— Ça ira, répéta Eve avant que Peabody puisse accepter.

— Dans ce cas, laissez-moi faire les présentations. Voici le lieutenant Dallas et l'inspecteur Peabody du NYPSD. Je vous présente Tee DeCarlo, qui chapeaute nos serveurs, Edmund Mi, qui gère l'entrée, Lippy Lace et Win Gregor, qui tiennent le bar à l'étage où M. McEnroy avait réservé un box privé hier soir. Asseyez-vous, je vous en prie.

Un groupe étonnant dans sa diversité. Snow, l'épouvantail urbain dégingandé. DeCarlo, un chignon de mèches blondes et bouclées surmontant un visage maussade et un petit corps trapu sous un vieux survêtement. À côté d'elle, le dénommé Mi à la peau couleur de poussière d'or portait un justaucorps noir par-dessus de larges épaules tatouées dignes d'un joueur de football américain. Le barman et la barmaid étaient assis côte à côte : jeune, jolie, noire, Lace avait rassemblé ses cheveux crépus en une queue-de-cheval frisée. Elle portait un débardeur et un short de sport qui mettaient en valeur une belle musculature. Gregor, plus charmant encore, en rajoutait une couche à l'aide d'un mascara qui sublimait ses cils déjà longs.

— Merci d'être venus, dit Eve en guise de préambule.

Ce que DeCarlo salua par un reniflement plein de dérision.

— Allons, Tee, sois sympa, intervint Snow en lui donnant une tape affectueuse sur la main.

— J'aime pas les flics.

Si la voix de Snow évoquait une flûte, la sienne tenait plutôt de la corne de brume victime d'allergies.

— Obligée de venir pendant mon jour de congé à la demande des flics ? J'aime pas les flics.

— Tee, un homme est mort.

— Des gens meurent tous les jours, non ? Et certains se font aussi buter tous les jours, sans quoi vous auriez pas de boulot, toutes les deux.

Difficile de la contredire là-dessus.

— Et si on se concentrait sur le boulot en question pour que vous puissiez profiter au plus vite de votre jour de congé ? suggéra Eve. Vous connaissiez Nigel McEnroy ?

— J'ai pas dit ça, si ? Il était pas du genre à s'arrêter sur une fille comme moi. Il aurait eu les yeux baladeurs sur quelqu'un comme Lippy, mais il aimait les Blanches. Blanches et rousses.

— Vous l'avez vu en compagnie de femmes, de rousses ?

— C'est pas mon travail de voir quoi que ce soit, sauf si quelqu'un a besoin de mes services, mais je suis pas aveugle. Il arrivait, toujours avec un box VIP réservé à l'avance, et se servait systématiquement du système de commandes automatisées. Il donnait des pourboires très corrects, je peux pas dire le contraire, les rares fois où il passait par une serveuse. Donc il se pointait, faisait le tour de la boîte. Dès qu'il avait l'œil sur une fille, il lui faisait servir un verre ou allait lui parler. Tôt ou tard, il en ramenait une dans son box et elle finissait toujours par repartir avec lui.

— Vous avez vu celle qui est repartie avec lui hier soir ?

DeCarlo haussa les épaules.

— Une rouquine, dit-elle. Comme toujours. Se sont pas donné la peine de laisser un peu de cash dans le box, d'ailleurs, même si on a dû le nettoyer.

— Vous l'avez vu partir ?

— Du coin de l'œil. On a une liste d'attente pour les espaces VIP, donc on se dépêche de les faire tourner.

— Qui guidait l'autre, McEnroy ou la femme ? Vous n'êtes pas aveugle, lui rappela Eve. Vous avez une bonne perception de la situation. Et vous gardiez un œil sur eux car vous saviez qu'une fois McEnroy installé dans son box avec une femme, ils n'y resteraient pas très longtemps. Un verre, peut-être deux, après quoi McEnroy repartait, n'est-ce pas ?

— Possible. Possible que cette fois ce soit elle qui ait pris les choses en main plutôt que l'inverse. Mais il était bien vivant en repartant, donc ce qui s'est passé ensuite n'a rien à voir avec moi.

— Vous pourriez la décrire ?

— Une rousse à gros seins.

— Grande, petite, blanche, métisse ?

— J'ai pas fait attention. Y avait pas de raison.

— À quelle heure sont-ils partis ? Quand avez-vous ouvert le box à quelqu'un d'autre ?

— Pfff, comment voulez-vous que je m'en souvienne ?

— Si vous voulez bien m'excuser quelques instants, je pourrai vous fournir cette information, annonça Snow.

— Allez-y. Vous étiez à la porte ? demanda Eve à Mi.

— Oui, madame.

— Lieutenant. Quand McEnroy est-il arrivé ?

— La porte s'ouvre automatiquement pour lui ; il est sur la liste. Je ne pourrais pas vous dire à quelle heure exactement mais il était encore tôt. Sans doute après 21 heures mais avant 22, c'est sûr.

— Vous l'avez vu repartir avec une femme ?

— Je vais vous répondre comme Tee, du coin de l'œil. J'ai quand même regardé parce que sa voiture n'était pas avancée. C'est son habitude : sa voiture s'avance jusqu'à l'entrée et il sort de la boîte pour y monter. Mais là, sa voiture n'était pas là et lui et la rouquine ont marché jusqu'à une autre voiture.

— De quel genre ?

— Ce n'était pas une limousine. Une berline, je pense, mais je n'ai pas fait très attention. J'avais du monde et on se préoccupe moins des gens qui sortent que de ceux qui veulent entrer.

— La femme, vous pourriez la décrire ?

— Séduisante, je dirais, avec de longs cheveux roux et, bon, ouais, elle était bien roulée. On laisse entrer ce genre de femmes parce que c'est bon pour les affaires. Et puis elle m'avait glissé deux billets. Je me demande si ce n'était pas une Française. Elle m'a dit *merci* [1] quand je l'ai laissée passer.

— Vous l'aviez déjà vue ici avant la nuit dernière ?

— Je ne crois pas, mais c'est difficile à dire.

— Vous seriez prêt à collaborer avec un dessinateur de la police ?

— Pourquoi pas, mais pour tout vous dire je vois passer beaucoup de femmes sexy tous les soirs. Je ne me souviens d'elle qu'à cause du petit merci en

1. En français dans le texte. *(N.d.T.)*

français et des deux billets. Je les ai pris mais je l'aurais laissée entrer de toute façon.

« Une erreur ? se demanda Eve. Ou un geste délibéré ? »

— À quelle heure est-elle arrivée ?

— Autour de 22h30, je dirais, mais j'en suis pas complètement sûr. Je sais qu'ils sont sortis avant minuit parce que Blick prend le relais pour ma pause à minuit et qu'il n'allait pas tarder à arriver. Je dirais qu'en l'apercevant repartir avec lui, j'ai pensé qu'elle n'était pas restée bien longtemps par rapport à ses deux billets mais qu'elle avait dû trouver ce qu'elle cherchait.

Mi haussa ses larges épaules puis s'interrompit, sourcils froncés.

— Oh, maintenant que j'y repense, je me suis aussi dit que M. McEnroy avait l'air un peu soûl.

— Pourquoi ça ?

— Eh ben, quand je le vois partir d'habitude – pas à tous les coups, mais quand je le vois –, c'est lui qui tient la femme par la taille et c'est elle qui semble avoir un peu bu. Cette fois, ça m'a frappé parce que c'était l'inverse.

Eve estima que le portier remarquait plus de choses qu'il ne l'imaginait lui-même.

— Je vais arranger un rendez-vous avec un dessinateur de la police. Peabody, allez trouver Snow et voyez si l'on peut récupérer la vidéo de la caméra de l'entrée entre, disons, 21h30 et minuit.

Snow revint alors même que Peabody se levait.

— J'ai l'information que vous vouliez. M. McEnroy a payé sa note à 23h53. Il a commandé un martini au bar – de ton côté, Lippy – à 21h29, une eau gazeuse avec une tranche de citron vert à 22h15, puis deux martinis supplémentaires au serveur automatisé du box à 23 h 26.

— Merci. Si vous pouviez montrer à l'inspecteur Peabody la vidéo de la caméra à l'entrée et nous faire une copie, je vous en serais reconnaissante.

— Bien sûr. Si vous voulez bien me suivre, inspecteur. Vous êtes sûre que vous ne voulez rien ? Un café ?

— À vrai dire, je ne dirais pas non à un *latte* allégé.

Eve ne leur prêta pas plus attention et se tourna vers Lace.

— McEnroy vous avait-il déjà draguée ?

— Pas vraiment, non. Un peu de flirt, peut-être, mais rien de sérieux. Tee a raison. Il aimait les Blanches, rousses et bien foutues.

— Il allait toujours se faire servir par Lip au bar quand on bossait ensemble, même si elle avait du monde. Pardon, je vous ai interrompues, dit Gregor.

— Pas de problème. Donc vous interagissiez plus avec lui que M. Gregor.

— Sûrement, oui. Et quand il allait aux autres bars, il s'adressait toujours aux barmaids. On en parlait entre nous en rigolant. Je ne l'ai vu avec personne hier soir. En fait, je ne l'ai plus revu après ses deux commandes, d'abord le martini puis l'eau gazeuse. Mais... j'imagine qu'on peut dire que c'est comme ça qu'il fonctionne. Il arrive et, comme l'a dit Tee, il se balade, passe l'étage en revue, se prend un verre. Après quoi je voyais qu'il commandait via le serveur automatisé – deux verres, parfois trois – avant de payer. Honnêtement, je ne me souviens pas d'avoir servi une Française hier soir.

— Et vous ? demanda Eve à Gregor.

— Non plus. J'ai discuté un peu avec deux blondes venues de Suède et un couple de Tokyo mais pas de Française en goguette, en tout cas pas hier soir.

— Il lui arrivait de payer un verre à une femme au bar ?

— Bien sûr. De temps à autre. Il donne de bons pourboires, donc on se souvient de lui, même s'il ne vient pas toutes les semaines. Il se passait même parfois des mois entre ses visites. Mais on se souvient facilement de quelqu'un comme lui.

— Et dans ces occasions où il payait un verre à une femme au bar, avez-vous déjà remarqué un changement de comportement chez elle ?

— Je ne suis pas sûr de bien comprendre...

— Une femme a-t-elle déjà paru ivre, intoxiquée ou plus encline à le suivre ?

— Attendez une minute ! lança DeCarlo en faisant claquer une main sur la table. Vous insinuez qu'il aurait glissé un truc dans leur boisson ?

— Je n'insinue pas, c'est exactement ce que je dis.

— Non. Oh non ! s'exclama Lace en serrant la main de Gregor dans la sienne. Non, je ne l'ai jamais vu faire ça. Jamais. Bon Dieu, Win...

— Vous n'avez pas l'air aussi choqué, monsieur Gregor.

L'interpellé secoua la tête et laissa échapper un soupir.

— Je ne l'ai jamais vu faire mais... Vous savez, quoi : il était bel homme et bien habillé, mais ce n'était pas non plus une star de ciné. Je me suis souvent demandé comment il faisait pour repartir avec quelqu'un à chaque fois. Il trouvait une fille, l'approchait et puis Tee ou l'une des serveuses mentionnait l'avoir vu partir avec une autre femme.

Je n'avais jamais imaginé qu'il... Mais maintenant que vous le dites...

— Vous ne pouvez pas sortir des trucs pareils sur quelqu'un sans preuves, objecta DeCarlo. C'est typique des flics, ça, de raconter n'importe quoi sur les gens !

— Nous avons les dépositions de plusieurs femmes que McEnroy a droguées et violées. Cet établissement faisait partie de son terrain de chasse.

L'expression de colère de DeCarlo laissa place au désarroi.

— On est censés ouvrir l'œil sur ce genre de choses. On est censés s'assurer que personne n'essaie de droguer les clients.

— Il savait comment s'y prendre, répondit Eve. Il n'employait que des faibles doses au départ, que ce soit chez vous ou dans les autres établissements qu'il fréquentait. Juste ce qu'il fallait.

— Je n'ai rien vu, murmura DeCarlo. Jamais je n'aurais cru... Il avait cet accent, ce côté sympathique. Charmant, même. J'avais bien compris que c'était un dragueur, mais ça... Snow !

Elle s'écarta de la table en voyant le gérant revenir avec Peabody.

— Elle dit que cet enfoiré droguait des clientes sous notre nez !

— Quoi ?

Il posa une main aux doigts allongés sur l'épaule de DeCarlo et braqua des yeux brûlants comme des lasers sur Eve.

— Vous avez des preuves de ce que vous avancez ?

— Nous en avons, oui, mais nous ne sommes pas là pour insinuer que Mme DeCarlo ou d'autres membres de votre équipe étaient complices. À ce stade, notre conviction est que M. McEnroy agissait seul.

— Win, sois sympa et va chercher un calmant pour Tee dans mon bureau. Assieds-toi, dit-il en incitant gentiment DeCarlo à reprendre sa place. Ce n'est pas ta faute.

— Je n'ai rien vu. J'ai des yeux, pourtant ! Je sais ce qu'il faut surveiller. Et je n'ai rien vu.

— Il se servait du box VIP, expliqua Eve. Il savait ce qu'il faisait et se montrait prudent. Il fréquentait un certain nombre de boîtes de nuit et de restaurants, avec toujours ce même mode opératoire. Pour autant que nous le sachions, personne n'a rien vu. Ce qu'ils ont vu, s'ils l'ont même remarqué, c'était une femme ayant peut-être un peu bu quittant les lieux de son propre chef en compagnie d'un homme.

— Ça se tient... Maintenant que je le sais, si j'y repense, je me dis que ça se tient, maugréa DeCarlo. Cette espèce d'enfoiré.

— Moi aussi, soupira Mi en haussant les épaules. Une fois qu'on sait, on repère les signes. Et du coup, je peux voir qu'hier... la situation était inversée.

— Tu veux dire que c'est elle qui lui a fait boire un truc ?

Un rictus mauvais se peignit sur les traits de DeCarlo.

— Bien fait pour sa gueule !

— La personne qui l'a drogué ne s'est pas arrêtée là, elle l'a ensuite assassiné, lui rappela Eve. Et c'est notre mission, à mon équipière et moi, de la retrouver pour qu'elle soit traduite en justice.

— Et c'est pour ça que j'aime pas les flics, rétorqua DeCarlo avec un nouveau reniflement de dédain.

Une fois ressortie avec Peabody, Eve leva les yeux vers la caméra au-dessus de la porte.

— La vidéo est exploitable ?

— On la voit à la porte, mais elle n'est pas idiote, répondit Peabody. Impossible de distinguer correctement son visage. Chevelure épaisse et corps de rêve, oui. Ce qui nous permettra de déterminer sa taille et son poids. Et Yancy – j'imagine que c'est à lui que vous pensez – aura de quoi réaliser un portrait entre la vidéo et le témoignage avec le videur.

— Organisez ça. Et envoyez la meilleure capture d'écran possible de la vidéosurveillance, avec une copie sur tous mes appareils. On va visiter deux ou trois autres boîtes pour voir si on trouve quelque chose. Et aussi le restaurant où il avait drogué Alden.

Eve consulta sa montre.

— Après quoi vous pourrez repartir. Si la DDE trouve autre chose, transmettez-le-moi.

Après avoir libéré Peabody, Eve se mit en quête d'une place de stationnement près du pub que Connors avait choisi. Elle opta pour l'étage d'un parking et redescendit à petites foulées pour se joindre à la foule des piétons sur le demi-pâté de maisons restant.

Elle découvrit que le pub disposait d'un trio de petites tables au dehors… et que Connors avait réservé l'une d'elles. Il faisait encore un peu frisquet, mais le système chauffant intégré à la table remédiait à ce désagrément. Puisqu'elle était arrivée en avance, elle commanda un café noir et s'installa pour relire ses notes et les compléter.

— Toujours à bosser dur, commenta Connors en se glissant sur le siège en face d'elle.

— Quand il y a beaucoup de pistes, il y a beaucoup de choses à vérifier. Tu n'es pas propriétaire de *L'Endroit* ?

— Si, si.

— Non, pas cet endroit-ci, mais la boîte qui s'appelle *L'Endroit*.

Il lui sourit.

— Tu aimerais l'acquérir ?

— Pas particulièrement. Mais ça m'a paru tout à fait dans ton style. J'ai visité deux autres établissements que tu possèdes, très classes eux aussi.

Il continuait à lui sourire mais elle vit la façon dont il la dévisageait.

— La journée a été longue, c'est tout.

— Et elle n'est pas terminée. On va s'offrir une pinte et quelque chose à manger.

— Le café me suffit.

— C'est-à-dire la seule chose que tu as avalée depuis ce matin, j'imagine. À ta place, je prendrais un demi, qui n'entamera en rien ta concentration. Et je te suggère de l'accompagner d'un *fish and chips*. Le leur est absolument délicieux.

Une bière pourrait apaiser une partie de sa tension, admit intérieurement Eve. Et un bon *fish and chips* n'avait jamais fait de mal à personne.

— D'accord, ça me va.

Elle rangea ses notes tandis qu'il passait commande. Et lorsqu'il lui prit simplement la main, le mur qu'elle avait maintenu en place toute la journée s'effondra.

— C'était comme un hobby pour lui, dit-elle. C'est comme ça que je le vois. Je sais qu'il était malade.

Personne ne prend autant de risques – personnellement et professionnellement – ni n'a besoin d'un tel contrôle sur les femmes et ne prend un tel plaisir à se servir d'elles comme il le faisait sans être malade. Mais il traitait ça comme... comme un loisir, une passion. De la même manière que certains considèrent, je ne sais pas, le golf, le bricolage ou autre. Je parierais tout ce que tu veux que s'il était en vie, si je l'avais arrêté et face à moi en interrogatoire, c'est comme ça qu'il en parlerait.

— C'est ton travail, chère lieutenant, de savoir ça, de comprendre ça, autant que de trouver qui l'a tué.

Ces yeux, ces yeux d'un bleu incroyable, se plantèrent dans les siens. Ils voyaient tout.

— Avoir de la compassion pour les femmes dont il a abusé n'y change rien, dit-il.

— La compassion nuit à l'objectivité.

— Foutaises. Si les émotions, la compréhension de l'autre ne font pas partie du métier, alors dans ce cas pourquoi ne pas confier les enquêtes à des droïdes ?

Alors qu'elle fronçait les sourcils face à la question, le serveur apporta leurs bières.

— Il y a tout de même une limite à ne pas dépasser et dans certaines affaires il est difficile de ne pas pencher d'un côté ou de l'autre.

— Tu as un excellent sens de l'équilibre.

— Ça me met en rage. Il a agi impunément pendant des années, en utilisant son pouvoir et son argent pour agresser, maltraiter et humilier pour son plaisir personnel. Et j'enrage aussi que quelqu'un ait décidé d'être à la fois juge et bourreau. J'enrage que certains considèrent qu'ôter la vie puisse être un acte héroïque. Elle – parce que ce sera une femme, ou peut-être des femmes – a torturé et tué cet homme sous prétexte de « justice ».

Malgré la lassitude, son regard s'était durci, un regard de flic implacable.

— Mais ça n'est pas ça la justice. Rien à voir. Il n'a plus de comptes à rendre maintenant, si ? Il a souffert pendant quelques heures et maintenant il est libéré de tout ça, là où la véritable justice l'aurait fait enfermer, l'aurait privé pour des années de ce pouvoir, de cet argent, de sa liberté.

Connors hocha la tête en l'écoutant, sirota sa bière.

— Il fut un temps – pas si lointain – avant d'avoir rencontré un flic tel que toi, où j'aurais penché du côté de la balance de ta suspecte.

— Je sais, maugréa Eve en plongeant un regard noir dans sa propre bière.

— Et constater que je penche maintenant plutôt du tien continue à me surprendre, mais c'est ainsi. Et je vois aussi, parce que je connais mon flic préféré, ce qui se joue d'autre dans ton cœur et ta tête. Et tu dois mettre ça de côté car tu n'as rien en commun avec celle que tu traques.

Elle ouvrit la bouche pour protester, puis pour prétendre que c'était faux avant de se contenter finalement d'un haussement d'épaules et d'une gorgée de bière.

Mais Connors connaissait son flic préféré, sa femme, sa compagne, et il insista.

— Tu étais une enfant terrifiée qui a tué pour sauver sa propre vie. Tu as souffert pour cela plus cruellement et plus longuement que tu n'oserais l'imposer à qui que ce soit d'autre.

— Je sais ce qu'il en coûte de faire ce choix.

Parce que la décharge de colère qui montait en lui n'était pas ce dont Eve avait besoin, il la dompta et s'exprima sur un ton pragmatique.

— Là aussi, je dis foutaises, car il ne s'agissait pas d'un choix planifié ou calculé, ni même d'un geste impulsif. C'était une question de vie ou de mort. Aie pitié de l'enfant que tu étais, Eve, et défends-la comme tu le ferais pour n'importe quelle autre victime.

— Je sais que c'était de la légitime défense. Je sais que tu as raison.

— Et si tu ne traversais pas encore ces moments de conflit intérieur, tu ne serais ni le flic ni la femme exceptionnelle que tu es. Je suis follement amoureux de la femme que tu es, même si elle est flic.

Elle esquissa un sourire qui se changea en soupir.

— Merde, merde. Un couple vient vers nous ; il a environ quarante-cinq ans, un petit mètre quatre-vingts, à peu près soixante-quinze kilos. Dis-leur d'attendre ici pendant que je récupère son portefeuille.

Sur ces mots, elle bondit par-dessus le muret qui les isolait du trottoir et zigzagua parmi les passants pour foncer sur le pickpocket qui s'éloignait rapidement vers le coin de la rue.

Elle lui donna une tape sur l'épaule.

— Pas de chance ! annonça-t-elle quand il tourna vivement la tête vers elle.

Comme il s'apprêtait à sprinter, elle se contenta de tendre la jambe pour le faire trébucher. Il s'étala au sol dans son grand manteau.

— Pas de chance, répéta-t-elle en lui plaquant les bras dans le dos avant de lui mettre des menottes. Le vol en lui-même était assez habile.

— Au secours ! À l'aide ! s'époumona le voleur.

Eve roula des yeux et dégaina son insigne. Le flot des piétons se sépara en deux pour les contourner, tel l'embranchement d'un fleuve.

Comme il s'agitait et gigotait – et parce qu'il aurait sûrement tenté de s'enfuir même menotté – Eve se contenta de lui poser un pied sur le derrière et d'appeler des agents.

Le temps qu'elle revienne, Connors avait proposé au couple de s'asseoir à la table et leur avait fait servir un irish coffee.

— Lieutenant, voici Mark et Jeannie Horchow. Ils sont venus à New York de Toledo pour fêter leur quinzième anniversaire de mariage.

— D'accord, dit Eve. Monsieur Horchow…

— Je n'ai rien senti du tout ! Je ne sais pas comment il a fait pour me prendre mon portefeuille.

— Il vous dirait que c'est son métier. J'ai bien peur que vous ne deviez vous rendre au commissariat numéro quinze pour récupérer vos possessions car il avait plusieurs autres articles volés sur lui. Un agent va vous y emmener et vous expliquera toutes les démarches.

— Oh, là, là, s'exclama Jeannie, toute en boucles blondes et yeux écarquillés.

— Je suis navrée pour le dérangement.

— Non, non ! Sans vous, on ne se serait rendu compte de rien, hein, Mark ? On marchait tranquillement et… On ne sait pas comment vous remercier. Merci beaucoup !

Elle lança un coup d'œil vers la voiture de patrouille noire et blanche qui venait de se ranger le long du trottoir.

— On va monter dans une voiture de police ! Attendez qu'on raconte ça aux enfants !

Avec un petit rire, Mark se leva et tendit la main à Connors.

— Nous vous sommes très reconnaissants, vraiment. Merci, lieutenant.

Il tendit la main à Eve.

— Nous avons beaucoup aimé *L'Affaire Icove*. Qui aurait cru qu'un jour Dallas et Connors en personne viendraient à notre secours ?

— Attendez qu'on raconte ça aux enfants, répéta Jeannie.

Eve les regarda monter dans le véhicule de patrouille puis, parce que c'était plus rapide, enjamba de nouveau le parapet. Alors qu'elle s'asseyait, le serveur apporta un autre demi qu'il déposa devant elle.

— L'autre était tiède, lui dit Connors. Et tu l'avais à peine touché.

— D'accord.

Cette fois elle y toucha vraiment, but une longue gorgée. Puis elle sourit :

— Je me sens mieux.

— J'en étais sûr, répondit-il en lui rendant son sourire.

7

C'est physiquement requinquée et émotionnellement apaisée qu'Eve prit l'ascenseur jusqu'à l'appartement des McEnroy en compagnie de Connors.

— Et comment veux-tu t'y prendre avec la veuve ? lui demanda-t-il.

— Je dois déjà me faire une idée de son état, de même pour la tutrice. Peabody a le sentiment que la tutrice s'occupe autant d'elle que des enfants. Elle accompagne la famille depuis des années. Elle ne paraît pas impliquée mais, à moins qu'elles ne soient toutes les deux idiotes, elles devaient au minimum savoir que Nigel McEnroy allait régulièrement voir ailleurs.

— Certaines épouses ferment les yeux là-dessus pour diverses raisons.

— Certaines, oui.

Eve lui lança un regard acéré.

— Moi, je l'aurais attaché nu sur le lit et j'aurais noué une corde autour de son sexe *après* l'avoir enduit de miel à destination des fourmis rouges entassées dans un bocal que j'aurais ensuite vidé sur son entrejambe.

» Mais bon, c'est juste une idée comme ça, ajouta-t-elle alors que les portes de l'ascenseur s'ouvraient.

— C'est tout toi, en effet.

— Après quoi je m'envolerais vers le pays où les gens dansent le tango, là, pour m'y mettre.

— L'Argentine me paraît correspondre.

— Voilà, l'Argentine. Fermer les yeux, c'est pour les lâches, les idiots ou ceux qui n'en ont rien à faire de toute façon.

— Et tu n'es rien de tout ça.

— Toi non plus.

— Exact. Je pourrais bien reprendre ton idée pour châtier celui avec qui ma femme adorée m'aurait trompé. Après quoi j'achèterais tous les grains de café disponibles dans l'univers connu et y mettrais le feu, de même que tous les plants sur lesquels ils poussent.

— C'est odieux, répondit Eve d'une voix émue. Odieux et inhumain.

— C'est juste une idée comme ça.

Il lui prit la main et lui embrassa les doigts avant d'actionner la sonnette à l'entrée du grand appartement des McEnroy.

— C'est peut-être bizarre à dire après cet échange, mais je suis heureux qu'on soit comme on est.

— *Les McEnroy ne sont pas disponibles. Merci de respecter l'intimité de la famille en cette période difficile.*

Eve présenta son insigne à l'ordinateur.

— Dallas, lieutenant Eve, accompagnée du consultant civil Connors. Nous avons rendez-vous.

— *Un instant.*

Elle attendit que la machine scanne son insigne et effectue les vérifications d'usage. Peu de temps après, la porte s'ouvrit. Eve reconnut Frances Early, dont elle avait vu la photo d'identité. C'était une métisse à la cinquantaine bien tassée, solide et séduisante. La tutrice dévisagea Eve de ses yeux noisette fatigués avant de se reculer pour les laisser entrer.

— Lieutenant, monsieur, Mme McEnroy est encore à l'étage avec ses enfants. Si vous voulez bien patienter jusqu'à ce qu'elle puisse descendre.

Eve capta quelques effluves de la poudre employée par les techniciens de la police scientifique, bien que le séjour ait été implacablement nettoyé pour effacer toute autre trace du passage des policiers.

— J'ai averti Mme McEnroy de votre arrivée. Comme vous vous en doutez, les filles sont bouleversées et elle va rester auprès d'elles jusqu'à ce qu'elles s'endorment. Puis-je vous servir quelque chose pendant que vous patientez ?

— Nous n'avons besoin de rien. Pour gagner du temps et éviter de vous retenir plus longtemps que nécessaire, nous pourrions commencer par parler avec vous.

— Avec… Je vois. Bien sûr. Asseyez-vous, je vous en prie. J'espère que vous comprendrez que je suis moi-même un peu désemparée.

— C'est compris. Vous étiez proches, M. McEnroy et vous ?

Francie s'assit et recoiffa ses cheveux très bruns coupés au carré. Eve nota que ses ongles étaient décorés d'un vernis rose vif qui ne cadrait pas avec le classicisme de son chemisier blanc et de son pantalon noir.

— Je travaille pour les McEnroy depuis huit ans. Je fais la classe aux filles, j'aide leurs parents à s'occuper d'elles, je voyage avec elles et Geena. Mme McEnroy.

— Et vous étiez proche de M. McEnroy ? répéta Eve.

Francie écarta les mains.

— Nous sommes une famille.

Ce qui ne répondait pas à la question mais apprenait à Eve ce qu'elle voulait savoir.

— M. McEnroy était resté à New York pendant que son épouse, ses filles et vous partiez en vacances à Tahiti. C'était un fonctionnement habituel ?

— Du fait de son métier, de ses voyages d'affaires, M. McEnroy rejoignait souvent le reste de la famille un peu plus tard durant les vacances. Ou il partait seul. J'ai été embauchée en tant que tutrice pour que les filles puissent poursuivre leur éducation tout en voyageant, même si Breen était un peu jeune pour que je lui fasse la classe à mon arrivée. La plupart du temps entre New York et Londres, mais nous accompagnions souvent M. McEnroy lors d'autres déplacements de longue durée.

— Mais parfois non, intervint Eve. Ce qui signifie que M. McEnroy se retrouvait souvent sans sa famille ici à New York, ou à Londres, ou à Paris ou à d'autres endroits liés à son travail.

— Bien sûr.

Francie croisa ses mains aux jolis ongles roses sur son genou.

— C'était la nature de son activité. Résultat, les filles sont de grandes voyageuses. Je voudrais ajouter que M. McEnroy était très dévoué envers ses filles. Il modifiait souvent son emploi du temps chargé pour passer du temps avec elles ou pour les emmener avec lui à l'occasion de leurs anniversaires, de Noël et ainsi de suite. C'était un père impliqué et aimant.

— Était-il aussi un époux impliqué et aimant ?

Francie prit un moment pour se recaler sur son siège avant de croiser et de soutenir le regard d'Eve.

— Je préférerais que vous discutiez des questions conjugales avec Mme McEnroy.

— Je vous demande – et vous avez déclaré faire partie de la famille – votre opinion sur la nature du mariage des McEnroy.

— Je ne vais pas cancaner à propos de mes employeurs, ou de ma famille.

— Il ne s'agit pas de commérages mais d'une enquête criminelle. Vous aviez connaissance des fréquentes... rencontres sexuelles extraconjugales de M. McEnroy.

Le visage de Francie se fit inexpressif mais les articulations de ses mains blanchirent.

— Vous voudriez me pousser à dire des choses affreuses sur un homme qui m'a offert une famille alors que je n'en avais pas.

— Je vous demande de me dire la vérité sur un homme qui a été assassiné pour nous aider dans l'enquête. Pour aider à trouver qui a tué votre employeur, qui a privé une femme pour laquelle vous avez une tendresse évidente de son époux et les enfants dont vous vous occupez de leur père.

Les larmes montèrent aux yeux noisette de Francie.

— Leur vie privée devrait rester privée.

— Elle a cessé de l'être après qu'il a été torturé et tué par une personne qui l'accuse de multiples viols.

Elle porta la main à sa bouche.

— C'est une accusation horrible et il n'est pas en mesure de se défendre !

— J'ai eu confirmation des viols en question, madame Early. Nombreux. Il en gardait des enregistrements.

— Mon Dieu… Ô mon Dieu.

Elle se leva, les mains plaquées sur le visage, et fit quelques pas vers la grande fenêtre, puis revint vers eux, les yeux levés vers l'escalier.

— Vous êtes en train de dire que j'ai travaillé pour… Vécu et passé mes vacances avec un homme qui…

— Vous saviez qu'il était infidèle. J'imagine que sa femme s'est confiée à vous même si vous n'en aviez pas vous-même identifié les signes.

— Il y a une grande, très grande différence. Je n'ai pas à approuver l'adultère mais je peux dire, sincèrement, que ce ne sont pas mes affaires. Cela reste un problème entre époux, et c'est à eux de le régler. Ou non. Mais le viol n'est pas… Elles mentent peut-être.

Elle pivota vivement sur elle-même.

— Des mensonges pour lui extorquer de l'argent ?

— Il a conservé des enregistrements, répéta Eve. Il avait un mode opératoire et un type précis de femmes. Nous avons également saisi les drogues du viol qu'il conservait dans un placard fermé à clé de son bureau.

Francie replia de nouveau les mains, les articulations toujours blanches de crispation.

— Vous dites… Oh, si vous me mentez, je vous ferai manger votre insigne ! Vous dites que Nigel droguait et violait des femmes. Ça va l'anéantir. Geena. Elle est déjà effondrée mais ça… Vous pourriez ne pas le lui dire ? Elle l'aimait et elle pensait qu'il avait arrêté. Arrêté de la tromper. Elle y avait déjà cru auparavant mais elle en était tellement convaincue cette fois. Et tellement heureuse.

— Il n'y a aucun moyen de le lui cacher. Et, étant donné le nombre de femmes impliquées, aucun moyen d'éviter que les médias en parlent.

— Me cacher quoi ?

Debout au sommet de l'escalier, Geena McEnroy avait une main plaquée sur la rampe vernie et l'autre sur son cœur. Elle portait en signe de deuil une robe noire droite toute simple qui faisait ressortir sa beauté délicate. Tout chez elle indiquait la fragilité, de ses cheveux d'un brun discret rassemblés en chignon à son long cou en passant par la minceur de sa silhouette. Ses yeux, d'un bleu doux et clair, étaient gonflés à force d'avoir pleuré. Ses lèvres, dénuées de tout maquillage, tremblaient.

La seule pointe de couleur provenait de ses ongles d'un rouge flamboyant.

— Les filles ? demanda Francie.

— Endormies. Elles se sont enfin endormies.

Geena descendit une marche, hésita, vacilla. Connors se leva et monta les marches pour lui prendre le bras.

— Laissez-moi vous aider.

— Plus rien ne semble réel. J'ai l'impression qu'au moindre pas je pourrais basculer et chuter hors du monde.

— Je suis vraiment désolé, lui dit-il en la conduisant jusqu'à un fauteuil. Vous voulez un verre d'eau ?

— Je… Francie ?

La tutrice sortit une mini-télécommande de sa poche.

— Un peu de thé. Vous n'avez quasiment pas mangé de la journée, ajouta-t-elle sur un ton pragmatique.

La chose à faire, estima Eve, car Geena donnait l'impression d'avoir besoin qu'on lui rappelle même de respirer.

Quand le droïde apparut, Francie commanda du thé.

— Une théière, précisa-t-elle, car j'en boirais bien moi aussi. Et peut-être que nos... invités en voudront une tasse.

— Vous disiez...

Geena balaya la pièce de son regard perdu avant de porter son attention sur Eve.

— Je n'arrive pas à me rappeler qui vous êtes.

— Lieutenant Dallas. Madame McEnroy...

— Ah oui, bien sûr. Les filles n'ont pas arrêté de réclamer le film, celui avec les clones, alors j'ai fini par le regarder. Je l'ai trouvé trop violent et effrayant pour elles. Elles sont trop jeunes. Je ne veux pas les exposer à... Mais maintenant. Ô mon Dieu...

— Toutes mes condoléances, madame McEnroy. Je suis navrée, je sais que c'est un moment très difficile. Mais nous avons des questions à vous poser.

— Je ne comprends rien à ce qui s'est passé. Comment pourrais-je avoir des réponses alors que je ne comprends rien ? Les filles me demandent sans arrêt où est allé leur père. Pourquoi est-ce qu'il ne peut pas revenir ? Pourquoi a-t-il fallu qu'il meure ? Est-ce qu'il était malade, est-ce qu'il a fait une chute ? Et je ne peux pas répondre. Que vais-je leur dire ?

— C'est à vous d'en décider.

— Mais je ne sais pas. Vous avez dit que quelqu'un... Mais je ne comprends pas pourquoi on lui voudrait du mal. On a tenté de le dépouiller ? Est-ce...

— Nous ne pensons pas que le mobile soit le vol.

« Elle va devoir faire face », songea Eve comme le droïde revenait avec un chariot à thé.

Les atermoiements ne feraient que prolonger sa souffrance.

— Votre mari a été tué dans un endroit encore non identifié. Nous avons retracé son parcours durant la soirée où il est mort. Il a quitté l'immeuble vers 21 heures, a pris une limousine pour se rendre dans un établissement appelé *L'Endroit* où il avait réservé un espace VIP. Un espace privé.

— Un... Une réunion d'affaires, dit Geena d'une voix chancelante.

Ses yeux suppliaient Eve d'acquiescer.

— Non, il ne s'agissait pas d'une réunion professionnelle. Nous avons eu confirmation que M. McEnroy fréquentait *L'Endroit* et d'autres établissements dans le but de rencontrer des femmes avec lesquelles se livrer à des activités sexuelles.

— Ce n'est pas vrai ! s'exclama Geena en s'empourprant. Je ne vous laisserai pas calomnier mon mari, le père de mes enfants. Pas question !

« Elle ferme les yeux, songea Eve. Délibérément. Désespérément. »

— Nous avons pu confirmer, par des preuves et témoignages directs, ce qu'il faisait, où il le faisait et, dans de nombreux cas, d'ores et déjà avec qui. Vous aviez connaissance de ses inclinations, madame McEnroy. Essayer de protéger votre mari à présent revient à protéger la personne qui l'a tué. Or c'est mon travail, mon devoir, mon objectif de retrouver cette personne et de la faire traduire en justice.

— Vous pensez que je me soucie de votre devoir ? s'emporta Geena d'une voix aiguë, aussi vive que le rouge à ses joues. Vous détruiriez la réputation d'un homme au nom de votre devoir ? Vous détruiriez sa famille ?

— Votre mari traquait ces femmes comme du gibier, répliqua sèchement Eve. Il se servait d'elles comme de jouets sexuels. Il les droguait et, dans de nombreux cas, les ramenait dans votre lit et enregistrait leurs ébats pour sa collection vidéo personnelle... et pour les humilier et les empêcher d'engager une action contre lui. Vous n'en étiez pas consciente ?

— Vous mentez ! siffla Geena tel un serpent venimeux au regard terrifié. Vous êtes une menteuse.

— Geena..., dit Connors d'une voix douce tandis que Francie se précipitait pour s'asseoir sur l'accoudoir à côté d'elle et lui passer un bras autour des épaules. C'est un moment terrible pour vous, et les surprises affreuses se succèdent. Quelqu'un a tué votre mari au nom d'une vision pervertie de la justice qui tient en réalité de la vengeance. L'objectif du lieutenant est de servir la justice, la vraie. Elle va œuvrer au nom de votre mari, tout faire pour retrouver la personne qui vous l'a arraché, à vous et aux enfants.

— Elle dit des choses horribles à son sujet.

— Vous l'aimiez beaucoup. Ce qui ne faisait que rendre les choses plus difficiles, plus douloureuses quand il était infidèle. Vous comprenez qu'au-delà de tout cela il vous aimait, vous et les enfants.

— Mais oui ! Il nous aimait ! sanglota Geena avant d'enfouir son visage au creux du cou de Francie. Il n'était pas parfait. Personne n'est parfait. Il avait une faiblesse mais il luttait. Pour moi, pour les filles, il luttait. Et il avait arrêté. Il m'avait juré avoir arrêté.

— Buvez un peu de thé.

Avec des gestes doux, Francie s'écarta le temps de récupérer une tasse qu'elle plaça ensuite entre les mains de Geena.

— Séchez vos larmes et prenez un peu de thé.

— Il était tellement séduisant, vous comprenez. Les femmes étaient attirées vers lui, assura Geena tout en se tamponnant le visage avec un mouchoir. Et du fait de sa faiblesse, parfois il... il fautait. Ça lui faisait honte et il faisait de son mieux pour résister. Mais l'année dernière, il avait renouvelé nos vœux de mariage et il les respectait. Il me l'avait juré. Et il ne prenait jamais de drogue, il n'avait jamais touché à aucun produit illégal. Il n'aurait pas eu besoin de s'en servir sur une femme. Il était magnétique.

Eve choisit de ne pas insister dans l'immédiat.

— Aviez-vous parlé à quelqu'un de cet aspect de votre mariage ? Des difficultés que vous rencontriez quand votre mari fautait ?

— Non, à personne. Sauf à Francie, se corrigea-t-elle en prenant la main de celle-ci dans la sienne. Elle fait partie de la famille. Elle est une mère pour moi, plus que ma vraie mère.

— Quelqu'un d'autre ? Amie, thérapeute, médecin ?

— Cela ne regardait que nous. Ça ne regarde que nous. Si vous répandez ces propos à son sujet, si vous dites qu'il droguait des femmes et les amenait ici, je vous ferai un procès pour diffamation. Vous m'entendez ? J'irai voir votre supérieur et je vous ferai virer.

Eve laissa courir la colère… et la peur qui se trouvait derrière. Elle estima que le devoir ne pouvait pas toujours se montrer doux et patient. Rarement, même.

— Voudriez-vous visionner l'une des vidéos ? Il aimait les rousses, de préférence plantureuses. Il conservait des drogues du viol illégales dans son bureau. S'en était-il déjà servi sur vous, avec ou sans votre consentement ?

Geena pâlit d'abord sous le coup de la surprise. Puis son regard se durcit.

— Comment osez-vous ?

— Ce n'est pas une réponse.

— Jamais. Mon mari m'aimait. Pourquoi essayez-vous de salir ce qui me reste de lui ?

— Quelqu'un connaissait ses habitudes, son fonctionnement, et s'en est servi pour le piéger et le tuer. Si vous n'en avez parlé à personne, quelqu'un d'autre l'a fait, ou l'une de ses victimes a cherché et trouvé le moyen de se venger. Si vous me mentez ou dissimulez des informations en lien avec l'enquête, ce sera un délit d'entrave. Même chose si vous avez connaissance ou avez participé à l'usage qu'il faisait de drogues illégales pour obtenir le consentement sexuel de ses partenaires mais le niez.

— Je dis que vous êtes une menteuse, une femme si aveuglée par son ambition qu'elle est prête à calomnier un homme bon, un père de famille, pour servir cette ambition ! répliqua Geena.

Elle se releva d'un bond. Son visage avait retrouvé des couleurs sous l'effet de la colère.

— Je ne veux plus vous voir chez moi ! Et je vous ferai écarter de cette enquête, si ce n'est du NYPSD, pour cette ignoble vendetta que vous menez contre mon mari.

— Geena..., commença Francie.

Mais sa patronne secoua la tête.

— Faites-les sortir. Qu'ils sortent ! s'exclama-t-elle avant de se précipiter vers les escaliers et grimper les marches au pas de course.

Francie se tordait les mains, très embarrassée.

— Je suis vraiment désolée. Elle n'est plus elle-même. Ce qui se comprend. Je vais aller lui parler mais je peux vous assurer qu'elle ne savait rien de tout ça. Il était si prévenant, si aimant avec elle et les filles.

— Mais vous, vous saviez.

— Pas pour les drogues. Je vous le jure. Elle est comme ma fille et ses enfants comme mes petites-filles. Mais si je l'avais su, je le lui aurais dit. J'aurais trouvé le moyen de le faire. J'ai eu la faiblesse de croire qu'il avait pris un vrai virage et qu'il était désormais fidèle. Mais il y avait des signes sur lesquels je n'ai pas voulu m'appesantir parce que Geena et les filles étaient heureuses.

Francie marqua une pause et se plaqua les doigts sur les yeux pendant quelques instants avant de laisser retomber ses mains.

— Il y a une chose que je peux vous dire sans la moindre hésitation ni le moindre doute. Elle vous a dit la vérité telle qu'elle la conçoit. Elle avait totalement foi en lui et n'aurait parlé à personne d'autre qu'à moi de ces autres femmes. Elle avait besoin de ses illusions, lieutenant, donc elle l'a cru.

Francie se leva.

— Je vais lui parler. Je ferai de mon mieux.

— Une dernière question. Avez-vous discuté de M. McEnroy avec qui que ce soit d'autre ?

— Tout ce que Geena a pu partager avec moi est resté entre nous. Il avait plusieurs fois trahi sa confiance par le passé. Jamais je n'aurais pu faire pareil.

— Merci de nous avoir accordé de votre temps.

— Elle voudra le voir, ajouta Francie en les raccompagnant jusqu'à la porte. Peut-être demain, en tout cas assez rapidement. Elle aura besoin de le voir.

— J'arrangerai ça.

Eve sortit et se dirigea vers l'ascenseur.

— Ne me dis pas que j'ai été dure avec elle.

— Eh bien, tu as été dure avec elle mais il fallait que tu saches, n'est-ce pas ?

Eve écrasa le bouton d'appel.

— Que je sache quoi ?

— Si elle était au courant des activités de son mari, si elle y était mêlée, directement ou parce qu'elle a gardé le silence. Si, sachant ce qu'il faisait, elle avait fini par en avoir assez et participé à organiser son assassinat. Ou simplement pleuré sur l'épaule de quelqu'un qui aurait pu le faire pour elle.

Sans rien dire, Eve entra dans la cabine et fourra les mains dans ses poches.

— Et maintenant tu sais, termina Connors en sélectionnant le bouton du parking. Tu peux donc arrêter de t'en vouloir d'avoir fait ton travail.

Eve lui lança un regard dur.

— Tu l'as traitée comme une pauvre petite bête malade.

— J'ai eu de la peine pour elle, c'est sûr. Tout comme toi. Mais ce n'était pas à moi que revenait la tâche difficile de l'interrogatoire. Il semble clair qu'elle a besoin d'une personne sur laquelle s'appuyer au quotidien quand tout va bien, donc encore plus dans les pires moments. Elle a la tutrice, qui est comme une mère pour elle, mais il m'a semblé qu'elle réagirait favorablement à un soutien masculin. J'ai fait erreur ?

Eve lâcha un soupir sifflant.

— Non. Tu as raison à cent pour cent, et c'est bien pour ça que tu es l'empereur du monde des affaires. Tu sais lire les gens. On va rester par amour avec quelqu'un qui nous trompe à répétition... jusqu'à un certain point. L'amour est peut-être là, c'est vrai, mais on reste surtout par besoin, par manque de confiance en soi, parce qu'on ne sait pas quoi faire d'autre. C'est ce que je perçois chez elle.

— Maintenant que tu lui as parlé, tu ne la soupçonnes pas d'être impliquée.

— Il faudrait que je sois complètement idiote pour ne pas m'intéresser de près à l'épouse. Mais difficile de descendre plus bas qu'elle sur ma liste. Elle n'était pas au courant pour les drogues. Je parie qu'une partie d'elle savait qu'il était toujours infidèle mais qu'elle le refoulait. Pas les drogues. Ça l'a choquée. Et un instant plus tard, même si elle s'est mise en colère, elle a su que c'était vrai.

— Je te donne raison sur ce point.

Connors ouvrit la marche jusqu'à la voiture et s'installa derrière le volant. Puis il se tourna vers Eve.

— C'est pour ça qu'elle a nié avec une telle véhémence. Si elle regarde la vérité en face, l'illusion d'être restée auprès d'un homme bon s'effondre. Il n'était pas seulement infidèle, c'était un violeur, un criminel opportuniste. Et il emmenait ses victimes féminines chez elle, dans son propre lit. Comment pourrait-elle vivre avec ça, entretenir un souvenir positif de leur père auprès de ses filles, si elle acceptait la vérité ?

Fatiguée, épuisée même, Eve se laissa aller contre l'appuie-tête.

— À ce stade, elle peut accepter ce qu'elle veut, dit-elle.

— Elle va s'attaquer à toi, l'avertit Connors comme ils émergeaient du parking. Les fondations de son univers l'exigent.

— Peut-être. Je gérerai ça.

— Je n'en doute pas.

Il se tut pour la laisser réfléchir jusqu'à ce qu'ils arrivent au portail de leur maison.

— On blague sur ce qu'on se ferait subir l'un à l'autre si on sortait du droit chemin. Et je dois admettre que ta créativité dépasse souvent la mienne en la matière. Mais le fait est qu'on ne ferait jamais ça. Ce n'est pas seulement l'amour qui nous rend fidèles. C'est le respect, pour l'autre, pour nous-mêmes. Le genre de lien qui tient bon.

— Je sais. Cela dit, je saurai être plus créative encore si tu mets ce lien à l'épreuve.

— Oh, je n'en doute pas une seconde, répondit-il avec un grand sourire en franchissant le portail.

La maison se dressa bientôt devant eux, silhouette massive aux fenêtres illuminées de l'intérieur. Ses tours et tourelles pointaient vers un ciel parfaitement dégagé qui promettait l'une de ces nuits fraîches typiques d'avril.

« Notre foyer », se dit Eve.

Plus uniquement la demeure que Connors s'était fait construire mais *leur* maison. Parce qu'ils avaient appris à en faire ensemble leur foyer.

— Quand j'ai emménagé ici, au début, je me suis dit que ça ne pourrait pas durer. Que tu finirais par te dire : « Bon sang, qu'est-ce qui m'a pris de la choisir, elle ? » Ou que tu commencerais à te plaindre de mon métier, de mes horaires, et que je râlerais à propos de mes obligations d'épouse-de-l'empereur-des-affaires et que ça partirait en vrille.

Elle se tourna vers lui alors qu'il se garait face à la bâtisse puis se pencha, lui prit le visage entre ses mains. Et l'embrassa.

— Je suis ravie de m'être trompée.

— Moi, j'ai eu des moments où je me suis demandé si tu allais partir, incapable d'accepter qui je suis, qui j'ai été, ce que j'ai fait. Alors, oui, moi aussi, je suis ravi d'avoir eu tort.

Une fois sortis de la voiture, il s'approcha et lui prit la main.

— D'un autre côté, j'ai su que c'était sérieux dès le chat.

— Le chat ?

— Tu as amené Galahad ici et j'ai pris ça comme un signe en ma faveur.

— Je cherchais peut-être à te le refiler pour m'en débarrasser.

— Non, répondit simplement Connors.

Il entra avec elle.

Elle retira son manteau et le jeta sur le poteau sculpté de l'escalier pendant que Connors suspendait le sien dans le placard. Puis elle resta debout, immobile, dans le grand hall d'entrée.

— Un problème ?

— J'attends de voir si Summerset va débarquer avec sa démarche de zombie.

Habitué aux piques d'Eve envers son majordome, Connors se contenta de lever les yeux au ciel en s'engageant dans l'escalier.

— Je l'ai prévenu qu'on rentrerait tard et qu'on mangerait à l'extérieur. La soirée est assez fraîche pour que j'allume un feu. J'imagine que tu vas installer ton tableau et préparer tes dossiers.

— Oui. Et je vais aussi devoir visionner d'autres vidéos de McEnroy. Il faut qu'on identifie ces femmes, qu'on mène des recherches à leur sujet, qu'on les interroge. J'ai demandé à la police londonienne de perquisitionner les bureaux et la résidence des McEnroy sur place. Ils vont m'envoyer d'autres vidéos.

Ils se rendirent dans le bureau d'Eve, où Connors s'approcha de la cheminée pour programmer un feu de faible intensité. Le chat, étendu sur le fauteuil de repos d'Eve, roula sur lui-même et étira sa silhouette replète.

— Tu n'as pas encore parlé aux associés de McEnroy ?

— C'est prévu pour demain.

Puisque Galahad avait daigné descendre du siège pour venir se frotter contre ses jambes, elle s'accroupit pour le gratouiller.

— Si je prévoyais de tuer un type comme lui, je tenterais peut-être de me couvrir en le faisant à New York tout en habitant moi-même ailleurs, dit-elle. Je vais devoir me pencher sur leurs allées et venues.

— Je pourrais peut-être m'en occuper pour toi une fois que tu seras prête ? proposa Connors.

Jamais discriminant quand il s'agissait de réclamer des faveurs, Galahad fila vers lui et se contorsionna entre ses pieds jusqu'à recevoir une longue caresse.

— J'ai quelques trucs à régler, dit Connors. Tu n'auras qu'à me prévenir si tu veux que je te donne un coup de main.

— D'accord, merci.

Une fois Connors parti vers son bureau adjacent, Eve se programma une cafetière pleine. Elle se remplit un grand mug et se mit au travail sur son tableau.

Tout en sirotant son café et en ajustant les éléments du tableau, elle lança un coup d'œil vers Galahad, qui avait repris sa pose alanguie sur le fauteuil.

— Il avait vu juste, tu sais. Ce qui ne surprendra personne. Je ne cherchais pas à me débarrasser de toi auprès de lui. Je nous ramenais tous les deux à la maison. Tu t'y es habitué plus vite que moi, c'est tout.

Une fois son tableau en place et son dossier trié, elle s'assit pour ouvrir le fichier en provenance de Londres. Elle découvrit que sa collègue londonienne, en inspecteur très serviable, avait fourni un mémo détaillé en pièce jointe. On y trouvait le nom de l'hôtel fréquenté par McEnroy et les dépositions des employés des boîtes de nuit qu'il avait citées dans son e-mémo. La version britannique était également rangée dans un tiroir fermé à clé de son bureau local.

La collègue avait aussi saisi de la drogue et tous les appareils électroniques. Mode opératoire identique.

Mieux encore, l'inspecteur Lavina Smythe avait visionné plus d'une dizaine de vidéos et fait des recherches de reconnaissance faciale sur les femmes concernées.

Eve disposait à présent d'une liste de noms sur lesquels travailler, en plus d'un rapport détaillé.

Smythe terminait son mémo avec le message suivant :

Bien que le meurtre de Nigel McEnroy ait eu lieu à New York, il est aujourd'hui sous le coup d'une enquête posthume pour usage et possession de substances illégales, viol, extorsion et enlèvement. Des crimes tous commis à Londres. Nous allons organiser des entretiens avec tous les individus concernés par ladite enquête et nous vous ferons parvenir les rapports. Nous vous demandons en retour de bien vouloir partager toutes les informations que vous pourrez recueillir durant votre enquête.

— Comptez sur moi, inspecteur Smythe.

Et c'est dans cet esprit qu'Eve rédigea son propre mémo, l'attacha à un rapport et l'envoya à Londres.

Elle imprima les photos d'identité envoyées par Smythe – toutes des rousses – et les ajouta à son tableau dans une section qu'elle intitula LONDRES.

Elle se rendit ensuite jusqu'au bureau de Connors. Assis devant son ordinateur, il était occupé à opérer de minuscules ajustements sur un schéma incompréhensible.

— J'ai reçu une dizaine de noms depuis Londres, si tu les veux.

Il lui décocha un coup d'œil.

— Tu as fait super vite.

— C'est Londres qui a fait le boulot. Une certaine inspecteur Smythe. Et si je lis entre les lignes, elle considère que si c'est bien moi qui ai le meurtre sur les bras, elle se retrouve de son côté avec un paquet de victimes féminines. Suspectes potentielles, oui, mais victimes également. Et elle veut que justice leur soit rendue. Donc on partagera toutes nos données importantes. Je n'ai plus qu'à espérer bénéficier du même niveau de coopération de la part de Paris et des autres villes.

— De mon côté, j'ai presque terminé, donc...

— À quoi tu vois ça ?

Un petit sourire se dessina sur les lèvres de Connors.

— Tu veux vraiment le savoir ?

Elle regarda l'écran mural rempli de lignes, de courbes, de chiffres et d'annotations minuscules.

— Absolument pas.

— Bon. Envoie-moi les données et je vérifierai les déplacements de ces gens.

— Smythe le ferait probablement mais...

— Puisque c'est le milieu de la nuit à Londres, elle pourra trouver l'info en se levant demain matin.

— Je refuse de réfléchir à ces histoires débiles de décalage horaire. Je t'envoie les photos d'identité.

Ce qu'elle fit en premier une fois de retour à son bureau, avant de se resservir en café et de lancer une autre des vidéos trouvées dans le bureau de McEnroy.

Le décor était cette fois celui de la chambre d'hôtel, sans doute louée à l'avance, puisqu'il avait installé la caméra. Une rousse, pour ne pas changer, mais Eve estima que celle-ci était tout juste majeure, avec son rire à la limite du suraigu. Elle entendit McEnroy l'appeler Rowan au moment où il mit de la musique et lui ordonna de danser.

Eve figea l'image et ordonna à l'ordinateur de zoomer sur le visage de la jeune femme.

— Démarre la reconnaissance faciale sur le sujet de sexe féminin. Relance la vidéo.

— *Bien reçu.*

Eve laissa défiler la séquence de danse, puis le strip-tease, au cas où il y aurait un dialogue utile. Elle nota le moment où il ajouta une dose dans du vin qu'il offrit ensuite à la jeune femme.

Une fois son verre bu, les gloussements pleins d'entrain cessèrent, remplacés par des gémissements désespérés et des tentatives pour s'agripper à McEnroy. Quand il poussa la femme sur le lit pour la prendre sans ménagement, Eve afficha les résultats de la recherche par-dessus une moitié de l'image.

Elle examina le joli visage juvénile de Rowan Rosenburg, vingt et un ans. Elle calcula rapidement que le viol n'avait eu lieu que deux semaines après le vingt et unième anniversaire de la jeune femme. Une étudiante au conservatoire Juilliard, originaire du Vermont, qui vivait à New York depuis deux ans.

Eve accéléra le défilement de la vidéo jusqu'au moment où McEnroy ordonna à Rowan de se rhabiller et de s'en aller « sans faire d'histoires, comme une gentille fille ». Elle semblait titubante et désorientée mais remit sa robe de soirée pailletée. Elle hocha la tête, les yeux dans le vague, quand il lui indiqua jusqu'où marcher – assez loin de l'hôtel, nota Eve – pour prendre le métro et retourner en boîte de nuit.

Une fois la jeune femme ressortie, McEnroy dégaina son communicateur.

— Texto à Geena : *Bonsoir, ma chérie ! Je suis sur le point de m'échapper de cette ennuyeuse réunion. Je devrais être à la maison dans une heure.*

Si tu voulais bien fouiller un peu dans la cuisine pour nous préparer un petit en-cas. Je suis affamé ! À tout à l'heure.

Il reposa le communicateur et lança un coup d'œil et un sourire narquois à la caméra.

— Caméra éteinte, ordonna-t-il.

Eve passa à la vidéo suivante.

Lorsque Connors revint, elle en avait visionné six et identifié les victimes. Devant son expression, il se dirigea directement vers la cave à vins.

— Je travaille, prévint Eve.

Il ne répondit pas, se contenta de déboucher une bouteille et de remplir deux verres.

— Combien d'autres vidéos dois-tu regarder ?

— Trop.

Il posa un verre sur la console du centre de contrôle d'Eve.

— J'ai les données pour toi, dit-il. Je pourrais me charger d'une partie de ces vidéos, lancer la reconnaissance faciale et le reste.

— Je ne peux pas, dit-elle. Ce ne serait pas correct.

Elle céda et saisit son verre de vin.

— Ce ne serait pas correct de laisser un civil les visionner, même toi. Ces femmes, leur intimité... Bon, elle est déjà fichue en l'air. Mais ce ne serait pas correct.

Connors hocha la tête et se tourna vers le tableau d'Eve.

— Qu'est-ce que je peux faire ?

— Il les humilie, souffla-t-elle avant de prendre une longue gorgée. Il n'y a pas que la satisfaction de ses pulsions sexuelles les plus moches qui l'excite, c'est aussi leur humiliation.

— Évidemment. S'il ne s'agissait que de jouir, il aurait simplement pu embaucher une professionnelle. Il lui suffirait d'engager une compagne licenciée correspondant à ses besoins. Mais ça la placerait à égalité avec lui, dans une sorte de partenariat.

Il se retourna vers elle.

— Qu'est-ce que je peux faire ? réitéra-t-il.

— Tu pourrais prendre les six que j'ai identifiées et mener la recherche d'informations. Vérifier leurs déplacements, leur profession, si elles vivent seules, avec un conjoint ou en colocation. Tu peux aussi aller plus loin, voir si certaines ont connu un problème médical - physique ou émotionnel - après la date de l'agression. Car c'est bien une agression.

— Oui, indéniablement.

— Elle travaille avec quelqu'un, marmonna Eve. C'est presque impossible qu'une femme seule ait pu réussir une telle opération. Elle l'a fait entrer dans un véhicule. Qui conduisait ? Pouvait-elle vraiment se fier au pilotage automatique ? Elle a ramené le corps jusque chez lui, l'a déposé sur le trottoir. Toute seule ? Je n'y crois pas. De qui est-elle proche ? Une autre victime, une sœur, un conjoint, un père, un frère ? Quelqu'un en qui elle a confiance.

— Je garderai ça à l'esprit en menant mes recherches. Envoie-moi les infos.

— Connors…

Elle soupira en constatant qu'elle ne savait pas ce qu'elle voulait dire.

— Merci, souffla-t-elle.

Elle reposa le verre de vin et lança la vidéo suivante.

Pendant qu'Eve travaillait, Lady Justice n'était pas en reste.

« Infidèle un jour, infidèle toujours », songea-t-elle tout en vérifiant son apparence dans le miroir.

Cette fois, elle avait opté pour une perruque courte aux mèches couleur de miel terminées par des pointes bleu saphir. Le même bleu que celui de ses yeux et de la combinaison moulante dont le décolleté lui descendait presque jusqu'au nombril. Elle avait pris le temps – et cela s'était avéré long – de s'appliquer une teinture épidermique couleur « moka de luxe ». Elle avait posé une prothèse qui lui mettait les dents en avant et un produit qui repulpait ses lèvres, maquillées en « rouge rebelle ». Elle portait des bottes équipées de talons aussi fins que des scalpels et de talonnettes.

« Thaddeus les aime grandes », se dit-elle.

Elle dut s'arrêter et s'asseoir un moment car la simple pensée de cet homme la mettait en rage. Après avoir retrouvé son calme, elle ordonna à son droïde de sortir la voiture. Avant de partir, elle vérifia sur le moniteur que tout allait bien pour sa grand-mère adorée.

Celle-ci dormait, le droïde médical prêt à agir à ses côtés.

Pirater le communicateur de Thaddeus Pettigrew avait été un jeu d'enfant. Le seul pépin avait été le changement d'emploi du temps. La catin avec laquelle il vivait était partie un jour plus tôt, si bien que l'infidèle avait loué les services d'une autre dès ce soir-là et non le lendemain, comme elle s'y attendait.

Cela dit, elle n'avait pas eu de mal à modifier ses propres plans, à annuler la putain déjà payée et à prendre sa place.

Elle avait peut-être les mains un peu tremblantes durant le trajet, mais elle n'échouerait pas. N'avait-elle pas déjà prouvé qu'elle pouvait aller au bout des choses ?

Elle demanda au droïde de la déposer devant l'entrée. Thaddeus, selon son habitude, aurait désactivé les caméras de sécurité. Au cas où sa catin à domicile aurait décidé de vérifier ce qu'il faisait.

Quant aux voisins trop curieux, ils verraient ce qu'elle avait envie qu'ils voient.

Lorsqu'il se présenta à la porte de l'immeuble en grès brun, elle sentit son cœur battre la chamade.

— Bonsoir, Thaddeus, dit-elle dans un ronronnement rauque. Je m'appelle Angelique.

Elle lui tendit la main et quand il la prit en souriant – parodie de prince charmant qu'il était –, elle lui injecta dans la paume le contenu de la micro-seringue blottie au creux de la sienne.

— Je t'en prie, entre.

— Ce serait avec plaisir, répondit-elle en regardant s'affaisser les traits de son visage. Mais j'ai une voiture qui m'attend. Viens avec moi. Je nous ai concocté une soirée tellement géniale…

— Avec toi ? demanda-t-il, docile.

— Ferme la porte, Thaddeus.

Il obéit et la suivit jusqu'à la voiture. Une fois à l'intérieur, et tandis que le droïde les ramenait vers les quartiers résidentiels, elle tendit à Thaddeus le verre de vin qu'elle avait trafiqué à l'avance.

— Bois ! C'est ton vin rouge préféré.

— Merci. Je me sens un peu bizarre.

— Le vin te détendra, assura-t-elle en penchant le verre contre sa bouche.

Comme les paupières de Thaddeus s'alourdissaient, elle ne put se retenir. Elle l'attira à lui, l'embrassa à pleine bouche et se cambra sous ses doigts lorsqu'il lui caressa le sein.

Puis elle le berça entre ses bras jusqu'à ce qu'il sombre dans l'inconscience.

8

Connors aurait aimé rappeler à Eve qu'elle avait besoin de sommeil mais il la laissa tranquille. Sur cette affaire, il était peut-être préférable qu'elle s'épuise à la tâche. Ainsi peut-être connaîtrait-elle un sommeil paisible.

Il mena les recherches sur les noms qu'elle lui avait envoyés et se pencha sur chacune des femmes concernées en se demandant si l'une d'elles était la meurtrière.

Étudiantes, femmes d'affaires, chefs cuisinières, assistantes, techniciennes.

Certaines étaient mariées, d'autres non. Certaines habitaient en ville, d'autres non.

À vingt et un ans, Rowan Rosenburg était la plus jeune tandis qu'Emilie Groman, trente-six ans, était la plus âgée.

« Jusqu'ici », ajouta-t-il mentalement.

Eve lui en envoya quatre de plus. Lorsqu'il eut terminé, il se leva pour aller voir comment elle allait.

Elle était assise à son poste de contrôle et examinait son tableau, le chat sur les genoux.

— Je fais une pause, lui dit-elle. La dernière… Elle a commencé à reprendre ses esprits juste au moment où il en finissait avec elle. Elle s'est mise à pleurer, donc il l'a droguée de nouveau, en la faisant boire de force. Il l'a fait se rhabiller en lui répétant qu'elle venait de passer un très bon moment mais que la fête était finie et qu'elle devait rentrer chez elle. Il lui a dit où elle pouvait prendre un taxi. Je ne sais pas comment il l'a fait sortir de la maison alors qu'elle tenait à peine debout, parce qu'il a coupé la caméra.

— Cecily Freeman ?

— Oui.

— Elle travaille comme ingénieure réseau et, d'après ce que j'ai pu trouver, elle a été recrutée par Parfaitement Placé pour un poste au sein des hôtels Windsor il y a seize mois. Peu de temps après avoir accepté le poste, elle a engagé une psychothérapeute. Elle a vingt-cinq ans. Elle est lesbienne.

— Pour lui, ce ne sont que des corps, des volontés à briser, des objets à exploiter et humilier. Je ne vais pas pouvoir en encaisser plus ce soir.

— Tant mieux. Tu as besoin de repos.

— Freeman, reprit-elle en posant le chat à terre pour se lever. Elle reprenait ses esprits et elle a fait une thérapie. Elle s'en souvient peut-être plus clairement que les autres. Et de tels souvenirs peuvent donner des envies de vengeance.

— Possible.

Connors la guida en direction de l'ascenseur.

— Elle fait moins d'un mètre soixante-cinq et cinquante-deux petits kilos. Si c'est elle, il est certain qu'elle aura eu besoin d'aide.

Il embrassa Eve sur le sommet du crâne.

— Et si on partageait un cocktail relaxant ? suggéra-t-il à leur arrivée dans la chambre.

Le chat déboula derrière eux et bondit pour atterrir lourdement sur le lit.

— Je pensais à un autre moyen de se relaxer, répondit Eve.

Elle se tourna vers Connors et se pressa contre lui. Il l'enveloppa de ses bras.

— Eve chérie. Tu es si fatiguée.

— J'ai dépassé le stade de la fatigue il y a déjà un moment. Mais j'ai besoin de me rappeler, de vivre dans ma chair, que le sexe peut aussi être merveilleux. Qu'il est censé l'être quand ça compte. J'ai envie de te le prouver, ajouta-t-elle en effleurant ses lèvres du bout des siennes. Et que toi aussi tu me le prouves.

Il lui embrassa la tempe puis demanda à l'ordinateur de baisser l'éclairage et d'allumer le feu. Dans cette lumière tamisée, il desserra son étreinte, sans la quitter des yeux, pour défaire son harnais réglementaire.

Ils pourraient s'apaiser l'un l'autre, estima Connors en posant le harnais à terre. Peut-être était-ce un cadeau dont il avait autant besoin qu'elle.

Il avait déjà retiré sa veste de costume et sa cravate dans son bureau. Aussi Eve déboutonna-t-elle sa chemise pendant qu'il faisait de même avec son chemisier. Une fois les vêtements tombés au sol, il l'emporta en direction du lit puis la fit s'asseoir, en douceur, pour lui retirer ses boots.

Au moment où elle l'agrippa et l'attira dans ses bras, le chat laissa échapper un grognement agacé avant de s'éloigner et de redescendre du lit.

Cela fit rire Eve, qui serra un peu plus Connors dans ses bras. Puis leurs lèvres se rencontrèrent.

Avec lenteur et douceur pour faire durer l'instant, pour le saturer de tendresse tandis que le baiser gagnait en passion.

En s'abandonnant à ce baiser, à Connors, Eve se demanda comment elle avait réussi à traverser une éternité de jours âpres et sombres avant de le rencontrer. Tout cela, ces bras pour l'enlacer, ce cœur pour battre contre le sien, brillait d'un éclat si constant, si fiable, qu'elle trouverait toujours le moyen de s'arracher à l'obscurité, à l'âpreté.

Elle posa une main sur le cœur de Connors en songeant : « Ça. Ça, ça. »

Savoir qu'il lui offrait ce cœur, chaque jour, transformait son monde.

Alors qu'ils se noyaient l'un et l'autre dans le baiser, elle suivit du bout des doigts les contours du visage de Connors, huma son odeur.

« C'est *ça* qui compte, pensa-t-elle de nouveau. Qui tient bon. Qui brille. Qui fait taire toute la laideur du monde extérieur. »

Tandis que le feu crépitait et que le lit soupirait, il lui retira son débardeur de sport pour faire courir ses mains sur les longues lignes et les courbes subtiles de son corps.

Il traça de ses lèvres le dessin marqué de sa mâchoire, la petite fossette à son menton, pour redescendre vers sa gorge palpitante.

Il savait où et comment la toucher pour que son pouls s'emballe. Et dès que ce fut le cas, alors qu'elle lui passait les doigts dans les cheveux, il lui murmura des baisers sur les seins.

À moitié dans un songe, elle souffla son nom et se laissa flotter sur la tendresse qu'il lui prodiguait. Et lui offrit la sienne en l'explorant de ses mains.

Ils firent monter le désir par touches délicates, comme autant de nuages de sensations au cœur desquels ils flottaient.

Quand Connors se redressa, quand leurs regards se croisèrent, elle se cambra à sa rencontre. Elle lui prit le visage entre les mains ; il se glissa en elle.

La joie – si simple, si fondamentale – se déversa en Eve telle une rivière réchauffée par le soleil.

Connors abaissa sa bouche vers la sienne ; elle entrelaça ses doigts avec les siens. Perdu en elle, il murmura quelque chose en irlandais, des mots venus du cœur alors que le désir les emportait tous deux.

Même au moment de se glisser sous les draps, ils ne desserrèrent pas leur étreinte.

Et, comme promis, ils se prouvèrent ce qu'ils étaient l'un pour l'autre.

Plus tard, comme Eve se lovait contre lui, la masse ronde et chaude du chat blottie au creux de son dos, Connors sentit qu'elle se laissait partir.

— Tout va bien, *a ghrá*, lui murmura-t-il. Ce soir, tes rêves seront doux…

Pendant que le sommeil s'emparait d'Eve, Lady Justice attendait, elle, que les hurlements cessent. Elle n'avait, après tout, aucune envie de précipiter les choses.

Elle se dressait, bien campée sur les talons de ses bottes, une main sur la hanche et l'autre refermée autour de l'aiguillon électrique. Ses yeux brillaient derrière son masque.

— Alors, on n'est plus si viril que ça maintenant, hein, Thaddeus ?

Tremblant, un filet de sang s'écoulant de sa bouche depuis l'endroit où il s'était mordu la langue, il releva la tête.

— Pourquoi vous faites ça ? Pourquoi ?

— Pourquoi ? Voyons...

Elle inclina la tête et se tapota la joue du bout du doigt.

— Parce que je le peux. Parce que tu le *mérites* !

Elle fit claquer l'aiguillon contre son abdomen et regarda son corps nu tressauter et convulser.

— T'as bien travaillé tes plaquettes de chocolat, hein, Thaddeus ? Il faut rester en forme pour te taper toutes tes catins.

La sueur et le sang ruisselaient sur le visage de Thaddeus, en même temps que de l'urine le long de sa jambe.

— Je vous en prie, arrêtez ! Je vous en prie. Je vous paierai, tout ce que vous voudrez. J'ai de l'argent. Beaucoup d'argent. Je peux...

— Ah oui ?

La rage bouillonnait en elle tel un torrent de lave.

— Comment as-tu obtenu tout cet argent, hein, espèce de salaud voleur, menteur et infidèle ? s'exclama-t-elle dans un cri suraigu.

Elle frappa, frappa, frappa à grands coups d'aiguillon jusqu'à ce que les cris de Thaddeus perdent toute humanité et se changent en sanglots incontrôlés.

Elle dut s'éloigner pour retrouver son sang-froid. Elle n'était pas censée agir sous le coup de la fureur, se remémora-t-elle, mais d'une justice froide et implacable.

— Avoue. Admets que tu ne vaux rien. Admets que tu es un menteur. Un mari infidèle. Admets que tu as trompé et volé ta femme, une femme qui t'aimait et te faisait confiance. Admets qu'aujourd'hui tu trompes aussi la catin pour laquelle tu as renié tes vœux de mariage.

Elle lui redressa la tête.

— Admets tout cela et j'arrêterai. Je te laisserai repartir.

— Tout ce que vous voudrez…

La tête de Thaddeus pendait sur le côté. Il était à deux doigts de perdre connaissance. Lady Justice lui décocha un tout petit coup, presque une pichenette, avec l'aiguillon.

— Dis-le. Passe aux aveux.

— J'avoue !

— Quoi, Thaddeus ? Dis-le, avoue tout.

— Je… Dites-moi quoi dire. Je vous en supplie, je ferai ce que vous voudrez.

— Dis que tu ne vaux rien.

— Je ne vaux rien.

Sa tête retomba de nouveau, si bien qu'elle dut lui infliger une belle entaille en travers de la joue avec l'aiguillon. Son hurlement fendit l'air comme un coup de griffes.

Elle n'en avait cure.

— Dis que tu es infidèle.

— Je suis infidèle…

Même bredouillés et à peine audibles, ces mots la mettaient en joie.

— Un menteur.

— Oui, oui, un menteur…

Une quinte de toux le laissa haletant, le souffle court.

— Un peu d'eau, s'il vous plaît. Ayez pitié, je vous en supplie.

— Un voleur. Dis-le, dis-le ! ordonna-t-elle dans un cri triomphant. Tu es un voleur. Un voleur infidèle et menteur qui a dévalisé sa femme pour vivre avec une catin en profitant de son argent.

— Je… J'ai volé l'argent de ma femme.

— Tu l'as trompée, tu lui as menti, tu l'as volée et tu l'as jetée comme si elle n'était rien. Avoue tout !

Bafouillant, en pleurs, il répéta maladroitement ses propos.

Elle s'éloigna de nouveau tandis qu'il restait suspendu, le corps flasque, à moitié inconscient. Lorsqu'elle revint, elle tenait le seau et le couteau.

— Maintenant dis son nom. Le nom de la femme que tu as trahie.

— Darla, balbutia-t-il. Je vous en prie, libérez-moi. Vous disiez que vous alliez me laisser partir.

— J'ai dit ça, hein ? Répète son nom. Fort et à voix haute.

— Darla !

Elle lui sourit.

— Maintenant regarde-moi. Regarde-moi bien. Devine quoi, Thaddeus : je t'ai menti.

Elle dégaina le couteau.

Le communicateur d'Eve la tira du sommeil. Tandis qu'elle tâtonnait pour s'en saisir, Connors ordonna un éclairage à dix pour cent d'intensité.

— Blocage vidéo. Ici Dallas.

— Dallas, lieutenant Eve, communication du Central. Corps mutilé d'un homme adulte retrouvé au

26 Vandam Street. En lien probable avec précédent homicide. Agents actuellement sur place.

— Reçu. Je me mets en route. Contacte Peabody, inspecteur Delia. Dallas, fin de communication.

Elle bondit hors du lit.

— Merde, merde, merde...

Elle passa devant le chat mécontent pour foncer se doucher. Quand elle ressortit trente secondes plus tard, Connors lui tendit un mug de café avant d'aller se doucher à son tour.

— Je viens avec toi, dit-il.

— Tu n'as pas à...

— Je t'accompagne.

Elle préféra ne pas discuter et se glissa dans la cabine de séchage où elle but à grands traits son café au milieu du tourbillon d'air chaud.

Elle fila ensuite vers son dressing et prit des vêtements au hasard. Afin de se simplifier la tâche, elle ne sélectionna que des pièces noires.

Au moment où elle enfila son harnais réglementaire, Connors bouclait sa ceinture. Il parvenait à avoir l'air élégant dans son jean noir et son pull en mailles fines couleur gris acier.

— Je prends le volant, annonça-t-il. Ça te permettra de voir qui habite au 26 Vandam Street.

Elle ne discuta pas davantage. Alors qu'ils sortaient de la chambre, Galahad les foudroya de ses yeux bicolores, bâilla puis roula sur lui-même et se rendormit.

Eve lança la recherche alors qu'elle était encore dans l'escalier, puis saisit son manteau au passage.

— J'ai un certain Thaddeus Pettigrew et une dénommée Marcella Horowitz enregistrés à cette adresse. Si le corps est celui d'un occupant, ce sera Pettigrew. Il est propriétaire de la maison.

Connors avait déjà fait sortir le véhicule d'Eve du garage. La voiture ralentit et s'arrêta devant la maison au moment où ils émergèrent dans l'air frais de la nuit.

Il s'installa derrière le volant et leur commanda deux cafés noirs sur l'autochef du tableau de bord. Eve entama le sien tandis que Connors accélérait en direction du portail. Plutôt que d'attendre qu'il soit ouvert, il enclencha le mode vertical.

— Je cherche un éventuel lien personnel ou professionnel avec McEnroy. S'il y a une connexion entre eux, quelle qu'elle soit, ça voudra dire qu'elle a tué deux fois en deux jours. Du travail rapide. Très rapide.

— Un corps masculin et mutilé abandonné à son domicile ? Il y a de bonnes chances que ce soit elle.

— Oui, bon... J'ai trouvé un Pettigrew dans les bureaux londoniens de McEnroy mais son prénom est Mirium et je ne vois aucun lien avec un Thaddeus. Un ancien avocat, associé au sein du cabinet Moses, Berkshire, Logan & Pettigrew. Spécialisé dans les finances et le droit successoral, on dirait. Divorcé, sans enfants. Son ex habite l'Upper East Side.

Elle poursuivit sa recherche.

— C'est peut-être pas Pettigrew...

— Y a de bonnes chances, répéta Connors.

— On va attendre de voir. Vandam Street. Un quartier tranquille. Classe moyenne supérieure. Pettigrew peut se permettre d'habiter là avec le salaire qu'il gagne à son cabinet. D'autant plus qu'il a eu une belle rentrée d'argent... à la même période que son divorce. Un règlement à l'amiable ? Quinze virgule six millions, ce n'est pas rien.

Eve ne creusa pas plus avant. Mieux valait ne pas débarquer sur une scène de crime avec des théories préconçues.

Quand Connors se gara derrière la voiture de patrouille, Eve constata que les agents sur place avaient dressé des barrières. Alors qu'elle sortait de la voiture, elle repéra Peabody qui tournait au coin de la rue, suivie par McNab.

Elle présenta son insigne et passa sous le ruban.

— Voilà mon équipière et un inspecteur de la DDE, précisa-t-elle avec un geste dans leur direction, tout en examinant le corps. J'écoute votre rapport.

— On a reçu l'appel d'urgence à 3 h 43. Mon équipier raccompagne actuellement l'individu qui a passé l'appel, afin qu'il ramène son chien à son domicile. Il promenait son animal quand il a trouvé le corps. Nous avons sécurisé les lieux et isolé le témoin. On a aussi sonné et frappé à la porte de cette maison. Pas de réponse. D'après le témoin, il pourrait s'agir de l'homme qui habitait là, mais il n'en est pas certain à cent pour cent. Le témoin s'appelle Preston DiSilva.

— Peabody, dit Eve à l'arrivée de sa coéquipière. Vous vous occuperez de l'homme qui a appelé les secours.

— Il est escorté par l'agent Markey, inspecteur, précisa l'agent en uniforme à Peabody. Son jeune chiot commençait à beaucoup s'agiter, donc Markey l'a raccompagné jusqu'au 22 Vandam Street.

— Compris, dit Peabody.

Elle baissa les yeux vers la dépouille puis croisa le regard d'Eve.

— Notre tueuse a encore frappé, dit-elle.

« Aucun doute », songea Eve en acceptant le kit de terrain que lui tendait Connors.

Elle s'accroupit et choisit d'identifier avant toute chose la victime. Le résultat ne la surprit pas.

— La victime est identifiée comme étant Pettigrew, Thaddeus, domicilié au 26 Vandam Street. McNab, Connors, occupez-vous de la maison, pièce par pièce. Et vérifiez le système de sécurité, il y a des caméras à l'extérieur. Il vivait avec une femme. Horowitz, Marcella. Si elle s'y trouve, gardez-la à l'intérieur. Prévenez-moi simplement si elle est là et encore en vie.

Les deux hommes s'éloignèrent. Eve reprit son examen.

— Le corps présente de graves brûlures, marques, lacérations et contusions. Des blessures aux poignets indiquent qu'il était attaché. Les deux épaules semblent être déboîtées. À confirmer par le légiste. Cause potentielle de la mort : hémorragie à la suite de l'amputation des organes génitaux.

» Si la méthode semble être la même que pour McEnroy, la violence est ici montée d'un cran. Comme pour McEnroy, il y a une pancarte punaisée sur le corps, un poème.

Tout pour être heureux mais jamais satisfait,
Adultères et putains en guise de trophées.
Pour lui tout était stupre, mensonge, cupidité,
Argent, sexe et pouvoir pour seule trinité.
Mais l'heure de son jugement a fini par sonner,
Et sans personne cette fois sur qui se défausser.
LADY JUSTICE

Eve sortit de son kit une pochette pour pièces à conviction, décrocha la pancarte et la rangea soigneusement à l'intérieur.

McNab ressortit de la maison sur ses aéroboots à motifs écossais.

— Le logement est vide, lieutenant. Personne à l'intérieur, mais on dirait que quelqu'un s'apprêtait à avoir de la compagnie dans la chambre à coucher. Il y a un feu dans la cheminée, le dessus-de-lit est replié, il y a une bouteille de vin, deux verres et... euh... plusieurs sex-toys disposés à côté du lit.

— Vos mains sont correctement isolées ?

— Bien sûr.

— Aidez-moi à le retourner.

McNab s'avança pour lui prêter main-forte.

— Il y a un droïde domestique mais il a été désactivé aux alentours de 19 heures. Et les caméras de sécurité ont été coupées à peu près une heure plus tard. Connors est en train de regarder mais on n'a rien à partir de 20 heures.

» Eh ben, souffla-t-il une fois le corps face contre terre, la personne qui a fait ça était furibarde.

— Elle s'est montrée plus violente qu'avec McEnroy. Elle l'a pénétré à l'aide de l'aiguillon. Elle n'était pas allée aussi loin la première fois. Et le délai entre les deux meurtres a été très court. La montée en puissance est considérable.

Elle ramassa son kit et se releva.

— Attendez ici le retour de Peabody, vous voulez bien ? Profitez-en pour appeler la morgue et la police scientifique. Je veux jeter un coup d'œil à son domicile.

— La console de sécurité est à l'arrière, à côté de la cuisine. Avec la station de recharge du droïde.

Eve hocha la tête puis se dirigea vers le bâtiment de deux étages bien entretenu.

« Bel endroit. Et doté de mesures de sécurité dernier cri. »

Aucune trace d'effraction ni de signes de lutte dans l'entrée, constata-t-elle une fois le seuil franchi.

Le hall était long et étroit avec, sur la gauche, une table d'apparence délicate surmontée d'un vase élancé garni de fleurs fraîchement coupées.

— La victime était un homme costaud, dit-elle à voix haute pour l'enregistrement. Si un homme de sa taille et de sa corpulence avait opposé une certaine résistance dans cet espace, cela se verrait.

Elle poursuivit sa progression. Le couloir desservait des pièces de chaque côté. À droite, un espace de vie chic aux nombreuses touches de décoration aériennes, féminines. Beaucoup de coussins, de bibelots, et encore des fleurs. La salle de gauche, avec son grand écran mural et son bar intégré à la paroi, affichait une ambiance plus masculine.

— Aucun signe de lutte, ni rien qui indique un cambriolage.

Venaient ensuite une salle à manger d'un style très formel et une sorte de petit salon qui ne donnait pas l'impression d'être souvent occupé.

Dans la cuisine, d'une blancheur de laboratoire égayée par des appareils chromés, Connors était en train d'examiner ce qu'Eve compara immédiatement à une version robotisée de Summerset. Cheveux gris, visage décharné, costume noir.

Connors lança un coup d'œil vers elle.

— Je vérifie si quelqu'un ne l'aurait pas trafiqué, mais ça ne semble pas être le cas. Je peux le réactiver si tu veux.

— Je veux bien.

Connors relança manuellement le droïde dont les yeux foncés s'ouvrirent dans une simulation de regard vivant.

— Scanne l'insigne, ordonna Eve. C'est pour une enquête de police.

— J'aurais également besoin d'un mandat pour vous ouvrir l'accès à la maison.

— Non. Pas la peine. Thaddeus Pettigrew a été retrouvé mort dehors.

— Je vois. C'est regrettable.

— Oui, je ne doute pas qu'il penserait la même chose. Quand as-tu vu ou parlé pour la dernière fois à M. Pettigrew ?

— M. Pettigrew a désactivé mes services à 19 h 13 hier soir.

— Il fait ça souvent ?

— Ce n'est pas inhabituel. M. Pettigrew a pris une collation légère entre 18 h 25 et 18 h 58 puis m'a ordonné de m'éteindre après que j'ai nettoyé la cuisine et les lieux de prise de repas.

— Il était seul ?

— Oui.

— Où était Marcella Horowitz ?

— Mme Horowitz est partie à 10 h 18 hier matin pour un séjour de trois jours, avec sa mère, sa sœur et une amie, au centre d'hébergement et de remise en forme de l'île de Hilton Head.

— Un séjour prévu de longue date ?

— Mme Horowitz devait initialement partir aujourd'hui mais elles ont pu étendre la réservation à une journée supplémentaire.

— Il me faut ses coordonnées pour la joindre.

Il les lui communiqua aussitôt.

— Qui M. Pettigrew attendait-il hier soir ? demanda Eve.

— Je n'ai pas connaissance d'un quelconque rendez-vous pour hier soir ou cette nuit sur son calendrier.

— Pourquoi les caméras de sécurité sont-elles coupées ?

— Je n'en ai pas connaissance.

Les droïdes pouvaient parfois s'avérer utiles, songea Eve. Et parfois pas du tout.

— M. Pettigrew recevait-il des femmes quand Mme Horowitz était en déplacement ?

— Je n'en ai pas connaissance.

— As-tu disposé une bouteille de vin et des verres dans la chambre à coucher avant de te désactiver hier soir ?

— Non.

« C'est une impasse », comprit Eve.

— Tu peux te désactiver.

— J'ai regardé le flux vidéo avant l'extinction des caméras, lui dit Connors une fois le droïde éteint. On voit Pettigrew rentrer chez lui, seul, à 17 h 20. Avant ça, aucune entrée ni sortie en dehors du départ d'une femme – Horowitz, j'imagine – à 10 heures hier matin. Elle était accompagnée du droïde, qui portait une valise. Il est revenu quelques minutes plus tard, sans valise. Pettigrew a quitté son domicile peu avant 9 heures. Horowitz et lui ont échangé un baiser d'au revoir plutôt torride sous l'objectif de la caméra.

— D'accord. Je vais monter dans la chambre. Tu pourrais regarder le communicateur de la maison, voir s'il a parlé à quelqu'un, s'il a invité de la compagnie.

— Je peux faire ça depuis la chambre.

Connors monta les marches avec elle.

— Il semble évident qu'il attendait quelqu'un pour faire des galipettes, mais si j'en juge par l'état de la chambre, il est mort sans que son envie soit satisfaite. En tout cas pas ici.

Eve s'avança dans la chambre à coucher. Beaucoup de nuances de rose et de bleu, une multitude de petits détails soignés. Une sorte de cage décorative ouverte sur le dessus contenait ce qui devait permettre de constituer une montagne de coussins une fois le lit fait. Celui-ci, aux fins montants dorés, avait été soigneusement préparé. Et un impressionnant éventail de sex-toys était disposé sur la table de chevet.

Dans le coin détente, deux verres et une bouteille de vin blanc – ouverte mais pleine – étaient posés sur une table elle aussi dorée. Le feu couvait dans une petite cheminée circulaire du côté du mur bleu.

Un peignoir masculin en soie noire était étendu au pied du lit.

— On dirait qu'il avait bien planifié sa soirée, dit Eve. Et voilà l'impression que j'en retire : quelqu'un qu'il s'attendait à recevoir – ou quelqu'un qu'il n'attendait pas mais qu'il a invité à entrer – l'a fait ressortir sans le moindre incident. On lui a peut-être fait prendre une drogue directement à l'entrée ou bien ici, avant qu'il ait l'occasion de servir le vin. Mais le rez-de-chaussée me semble le plus probable. Pourquoi s'embêter à le faire redescendre et ressortir ? Autant l'attirer tout de suite dehors, le faire grimper dans un véhicule et l'emmener là où elle aura tout son temps pour le torturer.

— Rien qui corresponde sur le communicateur de la maison hier, lui annonça Connors. Il y a une confirmation de la voiture venue chercher Horowitz et une conversation entre celle-ci et sa mère. Enfin, je suppose, puisqu'elle l'appelle « maman ». Elle avait mis le communicateur sur haut-parleur tout en s'habillant. Une simple discussion sur les traitements proposés par le centre de remise en forme et ainsi de suite. Elle était toute guillerette.

— Oui. Donc celle qui l'a tué savait qu'il serait seul. Quelqu'un qu'il connaissait ou qui connaissait son emploi du temps. Et l'emploi du temps de Horowitz, dit Eve.

Elle se retourna en entendant le pas lourd de Peabody dans l'escalier.

— Le témoin n'a *a priori* rien à voir avec l'affaire, leur apprit celle-ci. Sa femme et lui – mariés, deux enfants – viennent d'adopter ce chiot. Qui est adorable, au passage ! Bref, c'était son tour de le sortir. Ils sont dans la phase d'éducation. Il était à moitié endormi et en pilotage automatique mais le chiot a commencé à vraiment s'agiter, à tirer sur sa laisse, à aboyer et gémir.

— Il avait senti le corps.

— C'est le plus logique, confirma Peabody. Donc le témoin s'apprête à prendre le chien dans ses bras et là il voit notre cadavre. Il a appelé police-secours et est resté sur le trottoir, à l'écart, jusqu'à ce que les agents arrivent. Il déclare ne pas connaître Pettigrew ni Horowitz, ou seulement de vue. Ils échangeaient un signe de tête ou de la main en passant, c'est tout.

» Entre-temps, poursuivit-elle, l'agent Markey a trouvé un autre témoin en interrogeant les voisins. Une femme qui est presque sûre d'avoir vu Pettigrew monter dans une voiture en galante compagnie aux alentours de 21 heures.

— Une rousse ?

— Non. D'après elle, elle avait les cheveux courts, châtains ou peut-être blonds, avec des pointes de couleur plus foncée. Du bleu ou du violet, peut-être du noir.

Peabody haussa les épaules. Comme Eve, elle était bien consciente que certains témoins n'avaient pas le sens du détail ni une mémoire très précise.

— Il faisait déjà nuit et elle n'était pas très attentive, dit-elle.

— Mais elle a vu Pettigrew et une femme ?

— Elle n'est pas certaine – pas à cent pour cent – que c'était Pettigrew, parce qu'au moment où elle a lancé un coup d'œil dehors, il était déjà à moitié dans la voiture. Mais le véhicule – noir, éventuellement bleu foncé ou gris foncé – était garé juste devant chez lui.

— On ira lui parler. Ou plutôt allez lui parler tout de suite pour voir si vous pouvez lui soutirer un peu plus de détails que Markey. Je vais contacter la compagne de Pettigrew.

— Compris.

— Il devait s'être aménagé un bureau. Puisque tu es là, dit Eve à Connors, tu peux aider à le fouiller. Il a peut-être des secrets planqués quelque part, comme McEnroy.

— C'est toujours un plaisir de dénicher des secrets.

Eve s'assit puis, pour la deuxième fois en deux jours, réveilla une femme avec de très mauvaises nouvelles.

— Hmm, quoi ? Allô ?

— Marcella Horowitz ?

— Ouais, quoi ? Qui est à l'appareil ?

— Madame Horowitz, ici le lieutenant Dallas du NYPSD. Pouvez-vous me dire où vous vous trouvez actuellement ?

— C'est une blague ? À votre avis ? Je suis au lit. Il est, quoi, 6 heures du matin ? Qui est à l'appareil, sérieusement ? Je vais vous signaler à la direction.

Eve présenta son insigne à l'écran. Marcella avait bloqué la vidéo de son côté mais elle verrait parfaitement l'identité d'Eve à l'image.

— Madame Horowitz, reprit-elle, j'ai le regret de vous informer que Thaddeus Pettigrew est mort. Je vous présente toutes mes condoléances.

— C'est horrible de dire un truc pareil ! Déblocage vidéo.

Eve vit une femme à l'épaisse chevelure blonde arracher un masque de nuit pour la fusiller du regard.

— Écoutez, espèce de...

— Madame Horowitz, reprit Eve en brandissant de nouveau son insigne. Je me trouve au domicile que vous partagiez avec M. Pettigrew. Je suis chargée de l'enquête policière dans cette affaire. J'ai officiellement identifié le corps de M. Pettigrew. De nouveau, je vous présente mes condoléances.

— Je ne vous crois pas !

Et pourtant si, devina Eve. Cela se lisait dans le regard stupéfait de la jeune femme qui rejeta les couvertures et bondit hors de son lit, vêtue d'une nuisette de soie rouge. L'image à l'écran tressauta comme elle sprintait hors de la chambre en ordonnant l'allumage des lumières et en appelant sa mère.

— Bon Dieu, Marci ! s'exclama une femme en pyjama rose redressée dans son lit. Mais qu'est-ce que tu... ?

— Maman ! Elle dit qu'elle est de la police. Elle dit que Thad est mort !

— Donne-moi ce communicateur ! Qui êtes-vous ?

— Madame, je suis le lieutenant Dallas du NYPSD. Je suis navrée de vous annoncer que M. Pettigrew a été tué très tôt ce matin.

— C'est un mensonge, maman !

— Du calme, ma chérie. Va réveiller ta sœur et Claudia. Va vite.

Marcella s'éloigna, en pleurs.

— Comment ?

— Désolée, je ne suis pas en mesure de vous donner cette information à ce stade. Votre nom, s'il vous plaît ?

— Bondita Rothchild.

— Madame Rothchild, le mieux serait que vous rameniez votre fille à New York dès que possible.

— Vous avez dit que Thad avait été tué. Pas qu'il était mort, mais qu'on l'avait tué. C'était un accident ? Vous êtes quand même en mesure de me dire ça, non ?

« Beaucoup plus de sang-froid que sa fille », remarqua Eve.

— Non, il ne s'agissait pas d'un accident. Je suis de la Criminelle.

— Mon Dieu…

Bondita tourna la tête vers un brouhaha mêlant sanglots et éclats de voix dans le couloir.

— Oui, nous allons revenir au plus vite. Mais là, je dois y aller, pour la calmer.

— Recontactez-moi dès que vous aurez pris vos dispositions pour votre voyage de retour. Je suis le lieutenant Dallas du Central.

— Oui, oui. Je dois y aller. Marci… !

Elle raccrocha.

Eve reposa le communicateur puis passa du temps à examiner le contenu des dressings et plus encore à ouvrir les coffres-forts à bijoux qu'ils abritaient. « Un bon entraînement », estima-t-elle, même si ni l'un ni l'autre n'étaient particulièrement complexes et qu'ils s'étaient avérés conformes à leur fonction. Un endroit où ranger bijoux, montres et un peu d'argent liquide.

Elle descendit jusqu'au bureau de Pettigrew où Connors s'était attablé devant une station de travail musclée.

Pas de touches féminines ici. Il y avait un autre bar – de petite taille – et un sofa en cuir couleur porto trop petit pour s'y allonger. La console de communication était aussi musclée que la station de travail.

Elle balaya du regard un écran mural, deux sièges et les diplômes et prix divers encadrés en guise de tableaux.

— J'ai quelque chose qui pourrait t'intéresser, dit Connors.

— Des secrets ?

— Un truc au moins qui y ressemble. Il effectue des transactions semi-régulières avec une entreprise baptisée Discrétion. Un intermédiaire de confiance pour louer les services de compagnes licenciées. Une fois par mois ou tous les deux mois, il passe commande et paie. La femme avec laquelle il vit est peut-être au courant mais, étant donné les circonstances, c'est peu probable. Surtout, poursuivit-il avant qu'Eve puisse intervenir, il avait commandé une CL pour hier soir et réglé la somme due. Mais son compte indique un remboursement, minoré des frais d'annulation. Il avait effectué le paiement il y a deux jours avant d'annuler hier après-midi.

— Il a annulé ?

— Tu devrais demander à la DDE de regarder ça de près, plus en profondeur que je ne l'ai fait là. Mais si tu veux mon intuition, son compte a été piraté.

— Là, c'est plus logique, répondit Eve. Plus logique, marmonna-t-elle en se déplaçant à travers la pièce le temps que le puzzle s'assemble dans son esprit. Si elle a piraté son système, elle sait que Horowitz va s'absenter et qu'il s'est offert un peu de compagnie. Elle attend, puis annule la transaction et se présente à la place. Pourquoi n'aurait-il pas ouvert la porte s'il attendait la visite d'une femme ? Alors qu'il avait déjà préparé le vin et le lit pour le reste de la soirée ?

Elle pivota vers Connors.

— Tu pourrais localiser précisément le pirate ?

— Possible. Plus exactement, on localiserait le lieu où le piratage a été effectué et ça demanderait un peu de boulot. Face à quelqu'un d'assez doué pour faire ça ? À sa place, j'aurais employé un terminal portable non enregistré et lancé le piratage depuis un endroit éloigné. Malgré tout, ça mérite qu'on s'y penche.

— Oui, oui, on s'y penchera.

— Il y a autre chose. Pas un secret, mais plutôt une surprise.

Il attendit d'avoir toute l'attention d'Eve avant de poursuivre :

— Les quinze millions et quelques qu'il a reçus il y a deux ans ? Ça venait de moi.

Elle se figea brusquement et le dévisagea.

— Quoi ? Pourquoi tu ne m'as pas dit que tu le connaissais ?

— Parce que je ne le connais pas. Connaissais pas.

Il se leva avec un haussement d'épaules.

— Il y a deux ans, j'ai fait l'acquisition, comme cela m'arrive souvent, d'une petite entreprise. Plus précisément, je l'ai absorbée et ça s'est fait par le biais d'avocats et de courtiers. Je n'avais pas fait le lien jusqu'au moment où j'ai fouillé dans ses fichiers. Data Point. C'était le nom de la boîte. Spécialisée dans la fabrication de droïdes et autres appareils sophistiqués.

Une pointe d'agacement passa brièvement dans le regard de Connors. Eve lui avait déjà vu cette expression dans les situations qu'il ne maîtrisait pas à cent pour cent.

— Il faudra que j'aille vérifier tout ça, reprit-il, mais d'après mes souvenirs, l'avocat qui représentait Data Point a contacté l'un des miens pour signaler que l'entreprise cherchait un acheteur. On a évalué la situation : la boîte paraissait assez solide, le prix était correct, et c'était même ce qu'on appelle une bonne affaire. En fouillant un peu dans ma mémoire, il me semble que cela tenait au divorce des principaux actionnaires, mais c'est peut-être une projection de ma part. J'irai vérifier. Quoi qu'il en soit, Connors Industries a racheté et absorbé Data Point et ses ressources.

« Une complication et un avantage », estima Eve. Elle allait saisir l'avantage et gérerait plus tard la complication.

— Tu les avais rencontrés ? La victime ou son ex ?

— Ce n'est pas le genre de choses que je ferais dans un tel cadre. Comme je te le disais, c'était une entreprise mineure.

Elle étrécit les yeux.

— Quinze millions, c'est mineur ?

— Vingt-deux, en fait. Il semble que l'ex-femme ait eu les sept restants, mais l'histoire a été réglée par le biais d'avocats et de représentants parce que, oui, à l'échelle globale, ce n'était qu'une acquisition mineure. Solide, mais pas un concurrent ni une affaire majeure.

— Je suis preneuse de tout ce que tu pourras me donner. Le poème mentionnait la cupidité. Il a reçu le double de ce qu'a eu son ex et ça pourrait constituer un mobile. Sexe, cupidité, pouvoir. On a le sexe avec l'usage des CL, et peut-être avec Horowitz qui a remplacé son ex. On a la cupidité à travers la vente de la boîte. Reste le pouvoir.

Elle consulta sa montre.

— Je vais m'entretenir avec l'ex. En la réveillant, sans doute. Les gens n'ont pas toutes leurs défenses dressées quand on les cueille au réveil. Il faut que j'aille chercher Peabody et qu'on s'y mette. Tu as besoin que je te dépose ?

— Je vais me débrouiller. J'irai peut-être directement au bureau pour avoir les détails qui me manquent. Ça m'a rendu curieux.

— Transmets-moi ce que tu trouveras dès que tu le pourras.

Il s'approcha d'elle et l'attira à lui pour l'embrasser.

— Compte sur moi. Prends un truc à manger pour Peabody et toi dans l'autochef de ta voiture.

L'esprit ailleurs, elle reporta son attention sur la station de travail.

— Je vais faire monter McNab. Il fera transporter l'ordinateur.

Puis elle fronça les sourcils.

— Tu n'es pas habillé pour le bureau, constata-t-elle.

— Il se trouve que je dispose d'un ou deux costumes sur place. Prends bien soin de mon flic préféré et assure-toi de la nourrir correctement.

— Oui, oui.

Elle se dirigea vers la porte mais s'arrêta sur le seuil pour le regarder par-dessus son épaule.

— Merci pour ces informations. Peut-être qu'avant de partir tu pourrais chercher un éventuel coffre-fort. Je me suis occupée des deux dans leur chambre, mais ils en ont peut-être un autre. Qui pourrait contenir d'autres bonnes infos.

— Ce sera avec plaisir.

9

Au sortir de la maison, Eve intercepta Peabody qui arrivait.

— Vous me direz tout dans la voiture.

— D'accord. On va où ?

— Parler à l'ex de la victime. J'ai eu des informations utiles. Commencez par me communiquer les vôtres puis je vous donnerai les miennes.

— D'accord. Je peux aussi prendre un café ?

— Commandez-en deux.

La recommandation de Connors lui revint en mémoire. Agaçante, certes, mais juste.

— Et il y a sans doute de quoi manger. Sandwich chaud ou je ne sais quoi.

Peabody cligna plusieurs fois des yeux, déroutée.

— Vous voulez manger ?

— Contentez-vous de nous programmer un truc facile et faites-moi votre rapport.

Ravie à l'idée d'avaler quelque chose, Peabody ne se fit pas prier et consulta le menu tout en parlant.

— La voisine est coopérative mais elle n'a pas vu grand-chose. Elle a simplement regardé par la fenêtre en la fermant. Elle avait ouvert pour aérer mais il commençait à faire frisquet. Elle a donc vu la voiture et a cru reconnaître Pettigrew qui montait dedans, mais elle l'a à peine aperçu. D'après elle – et elle n'est sûre de rien –, la femme était plutôt grande et très bien fichue. Elle l'a remarqué parce qu'elle portait une combinaison moulante très échancrée. Elle avait les cheveux courts, châtains ou blond foncé avec des pointes teintes dans une couleur sombre, en violet ou en noir. Sans certitude.

— Elle pourra travailler avec Yancy.

— Elle a dit qu'elle était d'accord mais qu'elle avait simplement fermé la fenêtre puis s'était retournée et avait quitté la pièce. Aucune certitude non plus du côté de la voiture. « De couleur foncée », c'est à peu près tout ce qu'elle peut en dire. Et j'ai vraiment insisté, Dallas. Elle n'est sûre de rien. Ce n'était pas une citadine compacte, mais pas non plus une limousine. Elle n'est pas non plus à cent pour cent certaine de l'horaire parce qu'elle faisait diverses tâches ménagères mais il était au moins 21 heures parce que sa gamine était au lit. La petite se couche à 21 heures et c'était la fenêtre de sa chambre qui était ouverte. La voisine a fermé la fenêtre, dit bonne nuit à sa fille et est ressortie.

On ne pouvait pas toujours obtenir de détails, Eve le savait. Il faudrait faire avec.

— On verra si Yancy a terminé son portrait pour le premier meurtre. Peut-être que le voir ravivera les souvenirs de la voisine.

— Comme je vous le disais, elle se montre coopérative. Même si ça lui a fait un peu peur, l'idée qu'un meurtre ait eu lieu juste de l'autre côté de la rue. Et de votre côté, quoi de neuf ?

— La compagne de la victime se trouvait avec sa mère, sa sœur et une amie dans un centre de remise en forme. Et à moins qu'elles ne soient toutes impliquées, je dirais qu'elle est hors de cause car je ne l'imagine pas planifier tout cela plus le meurtre de McEnroy. Ce qui ne nous empêchera pas de nous intéresser un peu à elle.

Eve baissa les yeux comme Peabody programmait l'autochef du tableau de bord.

— Elles vont revenir à New York. Nous avons découvert qu'il aimait engager des CL, une fois de temps en temps, et qu'il en avait réservé une pour ce soir.

— Boum, grosse info ! La combinaison échancrée, ça pourrait être une CL, ajouta Peabody. Ou quelqu'un qui cherchait à y ressembler.

— Je pencherais pour la deuxième option. Info plus grosse encore, Connors pense que la machine de Pettigrew a été piratée et que le rendez-vous avec la CL a été annulé quelques heures avant l'horaire prévu.

— Deux grosses infos. Tenez, c'est un friand à l'omelette, dit Peabody en tendant à Eve une sorte d'en-cas croustillant. Œuf, fromage et bacon.

Eve s'en saisit et mordit dedans.

« Pas si mal. »

— Bon… On peut envisager que la femme de McEnroy et la compagne de Pettigrew aient conclu un accord et commis les crimes, chacune tuant l'homme de l'autre. Ça s'est déjà vu mais je doute que ce soit le cas ici.

» Qui conduisait la voiture ? ajouta Eve en prenant une deuxième bouchée. Quelqu'un était derrière le volant. Ce serait dingue de prendre le risque d'utiliser le pilotage entièrement automatique. Quelqu'un a aidé au transport du corps. Quelqu'un dispose d'un endroit tranquille et à l'abri des regards pour accomplir le sale boulot.

— Et il y a le piratage, souligna Peabody tout en mangeant. Quelqu'un qui s'y connaît en piratage. Sous-traiter cette partie, ça ferait une personne de plus au courant. Ce qui augmente les risques, non ?

— L'affaire est très personnelle.

Eve but un peu de café tout en zigzaguant entre les autres véhicules.

— Très spécifique, poursuivit-elle. Des hommes adultères. Et qui violent, dans le cas de McEnroy. Pour Pettigrew, c'est le sexe tarifé. Et tous deux se livrant à leurs ébats dans leur propre foyer. Drogues et humiliations des femmes pour McEnroy. Cupidité pour Pettigrew. Il a obtenu la part du lion après la vente d'une entreprise durant son divorce. Le couple devait en être propriétaire. Connors me fera passer les détails. C'est lui qui l'a achetée.

Peabody faillit s'étrangler avec son friand.

— Quoi ? Il connaissait la victime ?

— Non, mais il nous fournira les détails.

— C'est toujours vous qui récoltez les grosses infos, se plaignit Peabody.

— Il doit exister un lien entre McEnroy et Pettigrew quelque part. Il faut déterminer où leurs chemins se sont croisés. Comment sélectionne-t-elle ses cibles ? Comment sait-elle au départ qu'ils sont infidèles ? Parce que c'est ça qui compte, marmonna Eve. C'est ça, le lien. Elle a pu faire partie des victimes de McEnroy, mais dans le cas de Pettigrew ? Pas forcément. Je vais avoir besoin d'une consultation avec Mira.

— Je vous organise ça. Deux meurtres en deux jours, Dallas. Il paraîtrait logique qu'elle ne s'arrête pas là.

— Et qu'elle ait déjà sélectionné le prochain, confirma Eve. Elle connaît son point faible et va l'exploiter. Un homme marié, divorcé ou dans une relation sérieuse.

Elle se le représentait sans mal mais ça ne l'aidait en rien.

— Il faut qu'il ait quelqu'un à tromper. Ils étaient tous les deux hétérosexuels. Est-ce que ça compte pour elle ? s'interrogea-t-elle à haute voix. Est-ce qu'elle poserait le même regard sur une relation homosexuelle, sur quelqu'un qui trompe son conjoint avec une personne du même sexe ? Question à poser à Mira.

— Elle doit être séduisante, intervint Peabody qui réfléchissait tout en terminant son en-cas. Ou capable de se faire belle. McEnroy ne visait que des femmes très attirantes. Des rouquines. Elle pourrait l'être et avoir mis une perruque pour Pettigrew. Ou une perruque dans les deux cas. Comme vous le disiez, elle a forcément accès à un endroit à l'abri des regards et à un moyen de transport. Et elle doit faire confiance à au moins une personne pour l'aider. Conduire, transporter le corps. Au moins un complice.

— L'un d'eux est un pirate suffisamment doué pour impressionner Connors.

Eve freina à un feu rouge et patienta en tapotant du bout du doigt sur le volant.

— Les poèmes. Une forme de mise en scène, n'est-ce pas ? Et un besoin de démontrer qu'elle fait régner la justice. « Ils l'avaient mérité et je vous dis pourquoi. »

Elle appuya sur l'accélérateur et se fraya un chemin dans la circulation.

— C'est personnel. Elle les connaissait, ou au moins l'un d'eux. Ou bien elle connaît l'un des hommes sur sa liste sans l'avoir encore pris pour cible. Mais c'est un homme qui l'a provoquée, qui l'a poussée à se lancer dans cette croisade. Elle était suffisamment au fait des actions de Pettigrew pour agir vite. Quand il a modifié sa réservation avec la CL hier après-midi parce que Horowitz partait plus tôt que prévu, elle était prête à passer à l'action, tout était déjà en place.

— Merde... Ça veut dire qu'à moins de s'arrêter là, elle a déjà tout prévu pour le suivant.

— Elle ne s'arrêtera pas là.

L'air sombre, Eve contourna un maxibus pataud et dépassa à vive allure un Rapid Taxi.

— Sans quoi elle aurait, je ne sais pas, signé par un message particulier en guise d'au revoir. Et elle est montée d'un cran dans la violence. Elle y prend plaisir.

Eve se démena au milieu des embouteillages pour leur faire rejoindre l'Upper East Side. Refusant de prêter attention aux dirigeables publicitaires qui s'époumonaient sur les « soldes de printemps » et autres « toutes nouvelles tendances », elle finit par atteindre le quartier cossu et privilégié de Carnegie Hill. Débarquée dans le monde des promeneurs de chiens, des filles au pair et autres chauffeurs, elle s'arrêta devant une guérite de sécurité face à un grand portail de fer forgé.

De l'autre côté, à un jet de pierre du trottoir, se dressait une vaste et haute maison tout en pierre calcaire, fenêtres étroites, balcons élégants et colonnes aristocratiques.

— Waouh, c'est pas le Dallas Palace mais ça reste plutôt stylé, jugea Peabody. Elle a dû s'en sortir très correctement avec la vente de l'entreprise.

— C'est chez sa grand-mère. L'ex vit avec sa grand-mère.

— *La propriété des Callahan n'est pas ouverte aux visiteurs à cette heure*, leur indiqua l'ordinateur de la guérite.

— Lieutenant Dallas et inspecteur Peabody du NYPSD. Nous devons nous entretenir avec Darla Pettigrew dans le cadre d'une enquête de police.

Elle leva son badge pour le faire scanner.

— *Mme Pettigrew n'est pas disponible à cette heure.*

— Rends-la disponible ou je reviendrai avec un mandat et on organisera cette entrevue au Central. Scanne l'insigne.

Un rayon de lumière rouge jaillit et parcourut la surface de l'insigne.

— *Mme Pettigrew va être informée de votre arrivée, Dallas, lieutenant Eve. Merci de franchir le portail à vitesse réduite.*

Le portail s'ouvrit avec un léger bourdonnement. Eve reprit le volant et alla se garer devant la grande entrée encadrée de colonnes.

— C'est qui sa grand-mère ? demanda Peabody au moment où elles émergèrent de la voiture. Cet endroit est méga chic.

— Une actrice. Eloise Callahan.

Peabody s'arrêta net, sans doute pour éviter de marcher sur sa mâchoire qui venait de se décrocher.

— Eloise Callahan ? La *vraie* Eloise Callahan ?

— Celle qui habite ici.

Parce qu'elle n'avait aucune idée de qui il s'agissait et s'en moquait, Eve marcha droit vers la double porte voûtée et sonna.

— Bon sang, Dallas, Eloise Callahan n'est pas « une actrice ». C'est carrément une légende !

Surexcitée, Peabody se plaqua une main sur la poitrine pour calmer les battements de son cœur.

— Elle a gagné un milliard d'Oscars, de Tonys, d'Emmys et tout un tas d'autres récompenses. Elle était aussi à fond dans l'activisme. Elle a mis sa notoriété au service de la loi sur la professionnalisation des parents, sur l'interdiction des armes à feu. Ma grand-mère a même marché à ses côtés. Elle m'a raconté que des gens avaient essayé de convaincre Callahan d'être candidate à la présidence mais qu'elle…

Peabody s'interrompit quand la porte s'ouvrit.

Une « droïde », estima Eve après un instant de flottement. Une droïde au design d'un réalisme exceptionnel conçu pour imiter une femme d'environ trente-cinq ans, brune aux yeux noirs, mince et séduisante.

— Lieutenant, inspecteur, entrez, je vous en prie.

Elles s'avancèrent dans un vestibule doté d'un très, très haut plafond auquel était suspendu un chandelier massif dégoulinant de gouttes en cristal d'un incroyable bleu de glace.

Avisant les meubles anciens impeccablement entretenus – longues tables, fauteuils élaborés – et les grandes aquarelles aux couleurs douces, Eve se dit que Connors aurait approuvé.

— Mme Pettigrew descendra dès que possible. Puis-je vous débarrasser de vos manteaux ?

— Non, merci.

— Je vais vous guider jusqu'au petit salon où vous pourrez patienter.

Depuis le vestibule, plusieurs grands porches voûtés donnaient sur de vastes pièces. Le petit salon ne l'était pas tant que ça ; Eve estima qu'on aurait pu y asseoir une cinquantaine de personnes. Mobilier ancien et couleurs douces, toujours, ainsi que beaucoup de fleurs fraîchement coupées.

Un feu couvait dans une cheminée flanquée de fines colonnes sculptées. Au-dessus de l'épais manteau en bois naturel trônait le portrait d'une femme d'une dizaine d'années plus jeune que l'âge apparent de la droïde et d'un homme de quatre ou cinq ans de plus.

Tous deux étaient d'une beauté remarquable. L'homme se tenait derrière sa compagne, les bras passés autour de sa taille. La jeune femme avait la main posée sur les siennes. Elle était vêtue d'une robe blanche – une robe de mariée, comprit Eve – d'une grande simplicité qui lui descendait jusqu'aux chevilles. Sertie d'une couronne de fleurs, sa chevelure d'un blond lumineux retombait librement sur ses épaules. Elle inclinait la tête vers l'épaule de l'homme dont le costume noir contrastait nettement avec la blancheur de la robe.

Ils avaient l'air aussi follement heureux qu'ils étaient beaux, et souriaient à l'avenir.

— Vous joindrez-vous à Mme Pettigrew pour le café ? demanda la droïde.

— Pourquoi pas.

— Asseyez-vous, je vous en prie. Nous serons là dans quelques instants.

Peabody attendit que la droïde soit ressortie pour souffler d'un ton révérencieux :

— C'est elle. C'est Eloise Callahan. Waouh, elle est carrément magnifique, non ? Et lui, c'est Bradley Stone. Histoire d'amour légendaire. Lui aussi était acteur. Ils se sont rencontrés sur un plateau et ça a été le coup de foudre. Ils se sont mariés, ont eu deux enfants. Il me semble qu'ils sont restés ensemble pendant douze ou quinze ans.

Rien de tout cela n'intéressait Eve en l'absence de lien avec leur affaire. Mais au cas où ce serait le cas...

— L'histoire d'amour a mal fini ?

— Euh, oui, parce qu'il est mort. Il tournait en extérieur, quelque part dans le Sud, je crois. Et un type – un des figurants, si je me souviens bien – a fait entrer en douce un vrai pistolet et s'est mis à tirer partout. On dit qu'il y avait des enfants dans la scène et que Bradley Stone a écarté l'un d'eux pour le protéger et reçu les balles à sa place.

— C'était un héros, dit une voix.

Eve se tourna vers la femme sur le seuil.

— Ma grand-mère ne s'est jamais remariée. Darla Pettigrew, ajouta-t-elle en s'avançant, main tendue. Navrée de vous avoir fait attendre mais je n'étais pas habillée pour recevoir.

Elle l'était à présent, constata Eve, dans un pantalon noir et un pull gris clair, avec une longue chevelure brune maintenue en arrière par des barrettes. Malgré un maquillage promptement appliqué, elle semblait un peu pâle, un peu fatiguée.

— Aucun problème. Lieutenant Dallas. Voici ma coéquipière, l'inspecteur Peabody.

— Oui, je sais qui vous êtes. Ma grand-mère va être déçue de vous avoir ratées. *L'Affaire Icove* était son film préféré de l'année dernière. Elle espérait assister aux Oscars mais sa santé est fragile. Je vous en prie, asseyez-vous et dites-moi ce... Ah, Dieu merci !

Elle laissa échapper un petit rire en voyant la droïde revenir avec un plateau.

— Le café. Merci, Ariel, pose-le simplement là. Je sais que vous buvez toutes les deux du café. Moi aussi, j'ai vu le film. Plus d'une fois, ajouta-t-elle en s'asseyant pour commencer à servir. Il faut dire que je passe beaucoup de temps avec ma grand-mère. Elle a attrapé une pneumonie durant l'hiver et son rétablissement prend du temps. Elle est encore affaiblie et a besoin de beaucoup de repos.

— J'espère qu'elle sera bientôt complètement remise, intervint Peabody. J'admire son travail, dans tous les domaines. En fait, ma propre grand-mère a défilé avec elle lors de la première manifestation Stand Up à East Washington. Enfin, je crois que c'était encore Washington D.C. à l'époque.

— Vraiment ? Elle sera ravie de l'apprendre.

Darla tendit à Eve son café noir, ajouta lait et sucre dans celui de Peabody puis un soupçon de crème dans le sien.

— Bien. Ariel m'a dit que vous aviez à me parler au sujet d'une enquête. Je dois admettre que ça me rend à la fois nerveuse et curieuse. Je dois m'attendre à des ennuis ?

Plutôt que de répondre, Eve alla droit au but.

— Vous avez été mariée à Thaddeus Pettigrew.

Ce qui ressemblait à une lueur douloureuse passa dans le regard de Darla, qui pinça les lèvres.

— Oui, effectivement. Nous avons divorcé il y a deux ans.

— À l'amiable ?

— Pas vraiment. Les divorces amiables existent-ils réellement ? Nous avons été mariés pendant onze ans, ensemble pendant treize ans. Le treize porte malchance, j'imagine.

— Il a voulu mettre fin au mariage ?

— Oui. C'est un sujet dont je n'aime pas parler, lieutenant. C'est très intime.

Sa bouche, ses yeux, sa voix, tout exprimait la crispation.

— Je ne saisis pas pourquoi vous m'interrogez là-dessus, reprit-elle.

— M. Pettigrew est mort.

— Quoi ?

Les traits de Darla se figèrent, soudain privés de toute expression.

— Ça ne peut... Quoi ? répéta-t-elle.

— Il a été tué très tôt ce matin. Pouvez-vous nous dire où vous vous trouviez entre 21 heures hier soir et 4 heures ce matin ?

— Je... Quoi ?

La main qui tenait la tasse tremblait si violemment que Peabody tendit le bras pour la lui retirer.

— Si vous pouviez nous dire où vous vous trouviez entre 21 heures hier soir et 4 heures ce matin.

— Thaddeus...

Elle se mit à osciller d'avant en arrière, les deux mains plaquées sur la bouche.

— Thaddeus. Vous êtes sûre ? Non, non, ce n'est pas possible. C'est forcément une erreur.

— Ce n'est pas une erreur.

— Mais comment ? Non, non... Comment pourrait-il être mort ?

— Il a été assassiné.

Darla laissa retomber ses mains et agrippa le rebord de son siège.

— Ô mon Dieu... Mon Dieu. Cette femme. C'était cette femme ?

— Quelle femme ?

— Celle pour qui il m'a quittée, bien sûr.

Darla fit mine de se relever, vacilla puis se rassit, livide comme la mort.

— Marcella Horowitz.

— Mme Horowitz n'était pas en ville au moment du décès, nous avons pu le vérifier. J'aimerais savoir où vous étiez, madame Pettigrew.

— Vous pensez que j'aurais pu lui faire du mal, le tuer ? Je l'aimais.

Elle pressa une main sur son cœur.

— Malgré tout, je l'aimais. C'est l'amour de ma vie.

Elle leva vers le portrait ses yeux embués de larmes.

— Je suis comme ma grand-mère de ce point de vue. Quand nous aimons, c'est pour toujours. Comment est-ce arrivé ? Comment une chose aussi terrible est-elle arrivée à Thaddeus ?

Sans détourner les yeux de ce visage pâle aux yeux pleins de stupeur, Eve insista :

— Où étiez-vous, madame Pettigrew ?

— Ici. J'étais ici.

Avec des gestes maladroits, Darla s'empara d'une serviette sur le plateau à café pour essuyer ses larmes.

— Je sors rarement, confia-t-elle. Comme je vous le disais, ma grand-mère ne va pas très bien. C'est essentiellement moi qui m'occupe d'elle.

— Il y avait quelqu'un d'autre avec vous ?

— Ma grand-mère, bien sûr. L'infirmière est partie à 17 heures. Elle est très satisfaite des progrès de mamie. Nous avons fait une petite promenade hier après-midi, puis l'infirmière l'a aidée à se laver.

» Je n'arrive pas... J'ai du mal à penser. Oh, Thaddeus...

— Et après le départ de l'infirmière ? s'enquit Eve.

— Nous avons dîné aux alentours de 18 heures, je pense. Mamie était déjà fatiguée... Elle se fatigue très facilement. Ce qui la frustre, car elle a toujours été très active. Je l'ai mise au lit vers 20 heures et nous avons regardé un film. Elle s'est endormie en cours de route mais je suis restée assise auprès d'elle jusqu'au générique de fin. Puis je suis allée dans ma chambre pour lire. Je suis repassée la voir avant d'aller me coucher. Il devait être à peu près minuit. Je me suis réveillée vers 3 heures, je dirais. Je ne sais pas pourquoi. J'avais cru l'entendre m'appeler mais quand j'y suis allée, tout allait bien, elle dormait. Je suis retournée me coucher.

» Je ne suis pas sortie de la maison depuis notre promenade avec Donnalou. L'infirmière. Thaddeus..., murmura-t-elle tandis que les larmes se remettaient à couler. Je n'arrive pas à y croire. Je me serais réveillée parce que j'avais senti... ? C'est idiot, je sais que c'est idiot, mais je me suis réveillée avec le sentiment que quelque chose n'allait pas. J'ai cru que c'était ma grand-mère... Thaddeus...

Elle se leva prestement.

— Je suis désolée, si vous voulez bien m'excuser un instant. J'ai besoin d'une minute, dit-elle avant de quitter précipitamment la pièce.

— Eh ben. Ça lui a fait un choc.

— Vous croyez ? répondit Eve sur un ton glacial et cynique. Imaginez que vous passez une longue période mariée à un type qui décide de vous quitter pour une fille plus jeune, récupère le plus gros de la vente d'une entreprise dont vous étiez copropriétaires et que peut-être vous n'aviez pas la moindre envie de vendre. Vous auriez encore des étoiles dans les yeux en pensant à lui ?

— Euh, sans doute pas, admit Peabody. Mais certaines personnes s'accrochent au passé. Voire à l'espoir de le faire revivre un jour. Même si Connors faisait quelque chose d'aussi stupide que ça, vous ne seriez pas forcément capable d'effacer d'un coup tout ce que vous ressentez pour lui.

— Peut-être pas. Mais je l'aurais déjà écorché vif avant de faire frire sa peau et de la jeter en pâture aux loups.

— Eh bien… Vous ne rigolez pas, vous, répondit Peabody en buvant une nouvelle gorgée de café. Certaines personnes, en revanche, ont simplement le cœur brisé. Cela dit…

Elle laissa sa phrase en suspens. Un panneau du mur venait de coulisser et une femme s'avançait vers elles.

Eloise Callahan n'était plus la jeune mariée pleine de vie du tableau mais elle portait bien ses quatre-vingt-dix et quelques années. Sa chevelure, toujours blonde – avec l'aide, supposa Eve, de beaucoup de produits – encadrait un visage que la beauté n'avait pas déserté, avec des yeux du même bleu que celui du chandelier.

Elle était frêle et un peu pâle mais avait tâché de masquer le problème derrière un maquillage soigneusement appliqué et l'élégance fluide d'un pantalon de soie noire et d'une tunique rose foncé.

Peabody se releva d'un bond et bredouilla :

— Oh, oh, madame Callahan...

— Inspecteur Peabody, répondit l'actrice d'une voix aussi douce et soyeuse que l'étoffe de ses vêtements en traversant lentement la pièce. Quel plaisir ! Ariel m'a annoncé que nous avions de la visite et m'a enfin dit de qui il s'agissait. Je suis une de vos fans ! Eve Dallas. Quelle chance.

Elle serra la main de Peabody entre les siennes, puis celle d'Eve, avant de s'asseoir sur un fauteuil.

— Je tiens à vous remercier toutes les deux pour tout ce que vous faites pour cette ville que j'adore. Je suis venue ici dans l'espoir de me perdre après avoir perdu mon amour.

Elle leva les yeux vers le tableau.

— Nous étions beaux, n'est-ce pas ? La ville, son énergie m'ont permis de tenir bon, m'ont aidée à retrouver une place dans le monde, dans ce métier que Bradley et moi aimions tant.

— Je... Ma grand-mère a manifesté avec vous, laissa échapper Peabody.

— Ah oui ? Vraiment ? Comment s'appelle-t-elle ?

— Josie McNamara.

— Non ! Josie ?

Eloise laissa échapper un rire joyeux et claqua des mains.

— Josie, vraiment ? Mais c'est merveilleux ! Je me souviens très bien d'elle. Elle était d'une combativité ! Dites-moi qu'elle est toujours parmi nous.

— Oui, madame, et toujours aussi combative.

— Ça ne m'étonne pas.

Elle eut un nouvel éclat de rire franc et riche.

— Oh, tous ces moments que nous avons partagés. Vous direz à Josie qu'El lui envoie ses meilleures pensées. Mon Dieu, tous ces moments que nous avons partagés, répéta-t-elle. Et nous avons même participé à changer le monde, si, si ! C'est un café noir ? demanda-t-elle à Eve.

— Oui.

— Pourrais-je simplement… ?

Déconcertée, Eve tendit sa tasse à Eloise.

— Darla est tellement stricte sur les doses de caféine auxquelles j'ai droit ces jours-ci. C'est jus, médicaments, verre d'eau, jus, médicaments, encore un peu d'eau, expliqua-t-elle avec un roulement de ses magnifiques yeux bleus.

Elle but une gorgée de café puis poussa un soupir ravi.

— Voilà, ça, c'est le bonheur.

Elle but encore un peu puis rendit la tasse à Eve.

— Ça restera entre nous, souffla-t-elle avec une étincelle de malice dans le regard.

— Bien sûr.

— Elle s'occupe si bien de moi. Elle y consacre trop de son temps. Je n'étais pas dans mon assiette ces derniers temps et j'ai passé l'âge où je me remettais vite. Ce qui m'agace au plus haut point, si vous voulez tout savoir.

Nouveau soupir.

— Maintenant, dites-moi donc, qu'est-ce qui amène les meilleures policières de New York chez moi aujourd'hui ?

Avant qu'Eve puisse répondre, Eloise lança un coup d'œil vers le seuil. L'âge, comprit Eve, n'avait pas altéré son ouïe. En entendant des bruits de pas, Eloise sourit.

— Oh, oh, prise la main dans le sac.

Darla était de retour, de nouveau maîtresse d'elle-même. Mais le chagrin se lisait toujours dans ses yeux gonflés et rougis.

L'âge n'avait pas non plus altéré la vision d'Eloise. Elle se releva d'un bond et vacilla légèrement. Eve tendit tout de suite le bras pour l'aider à garder l'équilibre.

— Darla ! Qu'est-ce qui t'arrive ? Qu'est-ce qui s'est passé, ma chérie ?

— Oh, mamie…

Le vernis de maîtrise de Darla se craquela sous les larmes revenues en force.

— C'est Thaddeus, souffla-t-elle. Il est mort. Thaddeus est mort.

— Mort ?

Eloise ouvrit grand les bras et Darla s'y précipita.

— Oh, ma pauvre petite chérie. Allons, allons, assieds-toi.

Elle guida Darla jusqu'à un sofa afin de pouvoir s'installer à côté d'elle et garda un bras autour d'elle.

— Je suis vraiment navrée, Darla. Vraiment navrée.

Elle tourna la tête vers Eve sans cesser de caresser Darla d'une main apaisante.

— Dieu que je suis lente aujourd'hui. Vous êtes de la Criminelle. J'aurais dû comprendre que c'était quelque chose de ce genre. Mais j'étais tellement ravie de vous rencontrer que je n'ai pas fait le lien.

— Tu devrais te reposer, dit Darla. On doit t'éviter les contrariétés.

— Tout va bien, je vais bien. Toi, en revanche, fais une pause. On va te servir un cocktail relaxant.

— Non, non, je dois accepter mes émotions. Traverser cette épreuve. Oh, mamie, quelqu'un a tué Thaddeus...

— Je sais, je sais. On va faire face ensemble. Comment ça s'est produit ? s'enquit Eloise auprès d'Eve.

— Nous enquêtons. Je peux vous dire qu'il a quitté son domicile en compagnie d'une femme actuellement non identifiée aux alentours de 21 heures, hier soir. Son corps a été retrouvé devant chez lui plusieurs heures plus tard.

Eloise fronça les sourcils en serrant Darla contre son flanc.

— Devant ? Dehors ? Vous n'avez pas dit « chez lui » mais « devant chez lui ».

« Elle a l'esprit aussi aiguisé que le reste », se dit Eve.

— C'est exact.

Eloise était sur le point d'ajouter quelque chose puis sembla se raviser devant l'état d'agitation de Darla.

— Il vivait avec une femme, reprit-elle finalement. Mais je ne doute pas que vous êtes déjà au courant. Au courant pour Marcella. Donc ce n'était pas elle, la femme en question ?

— Également exact. Mme Horowitz était en déplacement à ce moment-là, en compagnie de plusieurs autres femmes. Nous nous entretiendrons néanmoins avec elle pour en avoir confirmation.

— Comment pouvons-nous vous aider ?

— Nous devons vérifier l'emploi du temps de Mme Pettigrew entre 21 heures et 5 heures du matin.

Darla lâcha un sanglot puis lutta pour se maîtriser.

— Elles pensent que j'ai fait du mal à Thaddeus.

— Oh, ne sois pas bête. Tu es choquée mais pas idiote. Elles ont besoin de savoir où tu étais pour te rayer de la liste des suspects. Vous étiez mariés, ma chérie, et je suis sûre qu'elles savent aussi qu'il t'a écartée au profit de Marcella.

Eloise serra un peu plus Darla contre elle.

— Darla était ici même, reprit-elle d'une voix ferme, son regard planté dans celui d'Eve. Nous avons regardé un film. J'ai bien peur de m'être endormie... Je me fatigue beaucoup trop facilement. Mais nous étions prêtes à aller nous coucher. Tu es venue me voir pendant la nuit, dit-elle à Darla. Je ne sais pas à quelle heure précisément, j'admets que j'étais à moitié endormie, mais je me souviens que tu as posé la main sur mon front pour vérifier si j'avais de la fièvre. Ce qui n'est plus le cas depuis des semaines.

Elle serra la main de Darla dans la sienne.

— Darla a emménagé ici, à ma demande, durant le divorce. La trahison de Thaddeus l'a profondément blessée.

Éplorée, Darla pressa son visage contre l'épaule de son aïeule.

— Tu m'as tellement aidée, mamie. Tu m'as aidée à surmonter cette épreuve.

— On s'est entraidées.

La tendresse dans la voix d'Eloise s'envola quand elle reporta son regard vers Eve. Une femme de tête, au caractère bien trempé.

— Pire, Darla avait sa propre entreprise, qu'elle avait bâtie à la sueur de son front, et il l'a escroquée de la part qui lui revenait de droit en insistant pour qu'ils la revendent dans le cadre du divorce.

— Si vous aviez bâti cette entreprise, madame Pettigrew, comment vous a-t-il forcée à vendre ?

Darla s'essuya les yeux sans lâcher Eloise.

— Parce que mamie a tort, soupira-t-elle. Il m'arrive d'être stupide. J'avais fait de lui l'actionnaire majoritaire. C'était censé être utile d'un point de vue fiscal et successoral. J'y ai cru, j'ai cru ce que Thaddeus me disait. Et je n'ai constaté que trop tard qu'il s'était servi de sa position pour prélever des fonds de l'entreprise. J'ai dû accepter de vendre, sans quoi elle aurait coulé. Et moi avec. Et, pour être honnête, je n'avais pas assez de cran pour m'opposer à lui. Mais j'ai réussi à m'en remettre, avec l'aide de ma grand-mère. Elle n'a pas lâché prise jusqu'à ce que j'accepte de rejoindre un groupe de soutien. Ça aussi, ça m'a aidée.

Un signal d'alerte s'alluma dans l'esprit d'Eve.

— De quel groupe de soutien s'agissait-il ?

— De femmes à femmes. Cela m'a permis de constater que je n'étais pas seule et que je n'avais pas vraiment fait preuve de stupidité mais que j'avais simplement aimé et cru quelqu'un qui m'a trahie. Ça fait plusieurs mois que je n'y vais plus parce que j'ai tourné la page. Vraiment.

— Et parce que tu ne voulais pas quitter mon chevet quand j'étais malade, ajouta Eloise d'une voix douce sans cesser de caresser Darla. Tu devrais y retourner, ce serait bon pour ton moral. On a toutes besoin d'un cercle de femmes autour de nous dans les coups durs.

— Peut-être. Oui, peut-être que j'irai.

— Dans ce groupe, vous avez évoqué les détails et les difficultés de votre mariage, de votre divorce ? demanda Eve.

Darla baissa ses yeux rougis.

— Oui, c'est le but. Partager. Cela reste privé : on se met toutes d'accord là-dessus en entrant dans le groupe. Ça vous aide à vous ouvrir, à partager ce qui vous ronge. Et on n'emploie que nos prénoms.

— Avez-vous déjà participé à une réunion avec une dénommée Jasmine ou une Leah ?

Darla contracta les épaules.

— Je... C'est confidentiel. Je ne suis pas à l'aise pour répondre.

— Cela pourrait nous aider dans notre enquête.

— Je ne vois pas comment...

— Ce n'est pas ton travail de voir comment, intervint Eloise avec une gentillesse qui se teintait de fermeté. C'est leur métier, ma chérie.

Darla soupira.

— J'ai l'impression de les trahir mais oui. Il y a bien eu une Leah et une Jasmine dans le groupe, au moins un temps. Comme je vous le disais, je n'y suis pas retournée depuis des mois et je suis presque certaine qu'elles ont toutes les deux cessé de venir bien avant ça. En quoi ça pourrait être utile ? Quel rapport ça pourrait avoir avec Thaddeus ?

— Nous le découvrirons. Je tiens à vous remercier pour votre coopération et le temps que vous nous avez accordé.

— Lieutenant..., dit Darla en voyant Eve et Peabody se lever. Je sais que nous ne sommes plus mariés mais... Vous voudriez bien me prévenir si vous trouvez un suspect ? Si vous découvrez qui a fait ça à Thaddeus ?

— Nous vous relaierons toutes les informations appropriées.

— Merci. Je vous raccompagne.

— Je m'en charge, annonça Eloise en se levant à son tour. Je suis censée faire un peu d'exercice, tu te souviens ? Et je suis affamée, Darla. Tu veux bien aller en cuisine pour t'assurer qu'on prépare le petit-déjeuner ?

— Bien sûr ! Très contente de savoir que tu as faim, mamie. Son appétit n'était pas au top, expliqua-t-elle à Eve et Peabody. J'espère que vous retrouverez la personne qui a fait ça. Au plus vite.

Darla ressortit et Eloise se déplaça à pas lents.

— Que vouliez-vous nous dire ? lui demanda Eve.

— Vous êtes très futée. Deux choses, en réalité, répondit la vieille dame sur le chemin du hall d'entrée. D'abord, je tiens à préciser que sa mort ne m'attriste pas, mais c'est personnel. Je suis triste pour Darla parce que ça la chamboule et qu'elle va être endeuillée. L'autre chose est une question. Vous avez indiqué qu'il était parti avec quelqu'un puis qu'on l'avait retrouvé quelques heures plus tard, son corps… abandonné devant chez lui. J'ai passé beaucoup trop de temps à regarder la télévision ces dernières semaines parce que je vais mieux sans être tout à fait remise. Est-ce que c'était… Est-ce que Thaddeus a été retrouvé dans le même état que l'homme – je ne me souviens plus de son nom – récemment retrouvé devant l'immeuble où il habitait ?

L'information ne tarderait de toute façon pas à se répandre.

— Il y a des similitudes, répondit Eve.

— Mon Dieu… Je vais la garder aussi éloignée des écrans que possible. Elle en serait anéantie. Arrêtez-le.

Elle prit les mains d'Eve et de Peabody dans les siennes.

— Arrêtez celui qui fait ça. Et j'espère que nous nous reverrons, dans des circonstances moins sombres.

10

— Ma grand-mère ne va pas en revenir quand je lui dirai que j'ai rencontré Eloise Callahan.

— Ce qui constitue, évidemment, l'information primordiale à retenir de cette visite.

— Je voulais que ce soit dit pour passer sereinement à la suite, répondit Peabody, désinvolte, comme elles remontaient en voiture. Darla Pettigrew n'a pas d'alibi solide, et elle aurait un mobile.

— Nous sommes d'accord.

— D'un autre côté, son chagrin semblait sincère. De même que son dévouement envers sa grand-mère.

— Toujours d'accord.

Pensive, Peabody tourna son regard vers la maison.

— Difficile d'imaginer qu'elle ait laissé sa grand-mère toute seule, potentiellement pour plusieurs heures, alors que celle-ci se remettait d'une longue maladie.

Tout en démarrant, Eve lança un coup d'œil dans le rétroviseur.

— Vaste demeure. Je parie qu'elle contient de nombreuses pièces à l'écart et insonorisées où l'on pourrait torturer un homme à mort tout en gardant un œil sur mamie.

Peabody haussa les sourcils, surprise.

— Ça pourrait être elle, selon vous ?

— Elle est sur la liste.

— Vous pensez vraiment qu'elle aurait pu torturer, mutiler et tuer McEnroy et son ex avec sa grand-mère endormie à quelques mètres de là ?

— C'est exactement pour ça que l'excuse est bonne : parce que c'est la réaction attendue face à cette idée. Elle est sur la liste, répéta Eve. Dans les premières places. Intéressant qu'elle ait mentionné le groupe de soutien avant qu'on pose la question.

— Vous trouvez ça suspect ?

Déconcertée, Peabody pivota pour scruter le profil d'Eve. Elle connaissait son équipière ; Eve avait capté quelque chose qui lui était passé au-dessus de la tête.

— Elle nous a raconté la façon dont sa grand-mère l'avait aidée, notamment en l'incitant à rejoindre un groupe de soutien, poursuivit Peabody. Je n'y vois rien de louche.

— Ce n'est pas nécessairement suspect mais bien pratique. Bien pratique pour nous aussi. Nous connaissons désormais le lien entre les deux affaires. Forte probabilité qu'une ou plusieurs des femmes de ce groupe aient tué les deux hommes. Identifions celle qui est à la tête du groupe.

— J'étais déjà dessus. Ils ont une page Web, indiqua Peabody en pianotant sur son mini-ordinateur. Pas de nom ni de numéro pour les joindre. En lien avec cette histoire d'anonymat, je suppose. Il y a une sorte d'énoncé de mission : « De femmes à femmes propose un soutien dénué de jugements par et pour les femmes. Nous nous épaulons mutuellement face au divorce, à l'infidélité, à la perte, au harcèlement, au viol, à la dépression, au processus de guérison ou à toutes les difficultés auxquelles vous faites face en tant que femme. Notre groupe propose une compréhension unique des problèmes auxquels sont confrontées les femmes au quotidien. Si vous avez besoin d'une écoute attentive, nous sommes là. »

Peabody fit défiler la suite de la page Web.

— Ça dit que le groupe est dirigé par une thérapeute agréée à même de fournir sur demande des recommandations concernant les centres d'hébergement, la représentation juridique ou les centres de désintoxication. McNab m'a montré quelques astuces, dit-elle à Eve. Voyons si je peux retrouver l'adresse IP, un nom, une adresse.

— En attendant, entrez les coordonnées du lieu de rendez-vous. On va remonter cette piste.

Peabody programma l'adresse puis, après avoir fait rouler deux fois ses épaules, se mit à tapoter sur son clavier.

Eve décida de la laisser tranquille et de profiter du trajet vers le centre-ville pour réfléchir.

« Une grande maison, songea-t-elle de nouveau. Et dotée d'un garage, donc sans doute d'un véhicule. Un lieu bien à l'abri des regards. Bon potentiel. »

D'un autre côté, la grand-mère avait paru frêle et tremblante, comme quelqu'un qui se remettait réellement d'une maladie sérieuse. Cela ne ferait pas de mal de vérifier ça, histoire d'être certaine que la pneumonie n'était pas bidon.

Peu probable, cela dit. Si bien qu'il était difficile d'imaginer la dévouée petite-fille abandonnant la grand-mère frêle et tremblante durant tout le temps qu'il fallait pour attirer et piéger la cible puis la ramener jusqu'à cette résidence à l'abri des regards.

En revanche… la démonstration de chagrin envers un ex infidèle semblait bien trop exagérée.

Darla avait parlé d'une infirmière de jour, se rappela Eve. Elle avait peut-être embauché une infirmière de nuit, quelqu'un qui prendrait le relais pendant qu'elle s'affairait ailleurs. Peut-être au noir.

— Hé ! J'assure trop !

Peabody sautilla sur son siège, le poing dressé.

— J'ai trouvé. L'adresse IP est enregistrée au nom de Kendra Zula. Une seconde, je vous dégote son adresse… Oh, c'est à deux rues de l'endroit où elles se réunissent. On est déjà sur le bon chemin.

— Beau boulot.

— Merci. Je lance une recherche préliminaire sur elle ?

— À votre avis ?

— À mon avis, oui. Waouh, elle n'a que vingt et un ans. Étudiante à l'université de New York. Des parents concubins mais jamais mariés. Le père habite au Kenya, en Afrique. Enfant unique. La mère habite à la même adresse qu'elle. Natalia Zula.

— La mère dirige le groupe mais c'est la fille qui a créé la page Web, devina Eve. Faites une recherche sur la mère.

— Natalia Zula, quarante-quatre ans et, oui, thérapeute agréée. Diplômée depuis 2056. Elle a un cabinet et se spécialise dans les femmes et les enfants. On dirait que le cabinet se trouve à la même adresse.

— Dans ce cas, nous n'aurons pas de mal à la trouver.

Elles arrivèrent bientôt à l'adresse en question. Un duplex élancé sur le pourtour de NoHo, à la porte d'entrée peinte dans un beau bleu profond. Quelques marches menaient du trottoir à un petit palier où reposait un pot de fleurs à la surface rayée. Un début de pousse verte émergeait de la terre.

« Mesures de sécurité solides », jaugea Eve avant de sonner à la porte.

Une voix de femme – et non d'ordinateur – répondit :

— Qu'est-ce que je peux faire pour vous ?

— Lieutenant Dallas et inspecteur Peabody du NYPSD. Nous devons parler à Natalia Zula.

La porte s'ouvrit avant qu'Eve ait fini sa phrase sur une femme au souffle court qui s'était de toute évidence précipitée.

— Kendra...

— ... va bien, pour autant que nous le sachions. C'est une autre raison qui nous amène ici.

— Ô mon Dieu..., souffla-t-elle, une main pressée sur son cœur. Ma fille, Kendra, est restée dormir chez un ami hier soir. J'ai eu peur... Pardon. Puis-je voir votre pièce d'identité ?

Eve sortit son insigne et détailla la femme pendant que celle-ci examinait l'insigne.

Grande et bien faite, mais sa peau couleur d'ébène aurait été difficile à masquer. Or, d'après les témoins, la suspecte n'était pas noire. Natalia Zula avait des pommettes acérées, d'immenses yeux foncés et une chevelure noire organisée en dizaines de fines nattes qui lui retombaient sur les épaules.

Elle portait un tailleur bleu marine simple et bien coupé, des chaussures confortables et un impeccable chemisier blanc.

— Merci. Entrez, je vous en prie. Nous devrions peut-être aller dans mon bureau, proposa-t-elle avec un très léger accent, musical et précis.

— Très bien.

Elles remontèrent le couloir jusqu'à une pièce équipée d'un petit bureau, de deux grands fauteuils gris clair et d'un sofa bleu marine. Aux murs, des images de prairies en fleurs, de forêts paisibles et autres rivières sinueuses.

— Je vous en prie, asseyez-vous. Vous voulez un thé ?

— Ça ira, merci.

Natalia s'assit, les mains croisées sur son bureau.

— Que puis-je faire pour vous ?

— Vous êtes à la tête d'un groupe de soutien, De femmes à femmes.

— En effet, mais il s'agit d'un sujet confidentiel. Toutes celles qui y participent le font sous condition du respect de leur vie privée.

— Deux hommes ont été assassinés, madame Zula. Et votre groupe constitue un point commun.

Zula retomba en arrière sur son siège, comme si elle avait reçu un coup de poing.

— Mais non… Nous n'avons pas d'hommes dans le groupe. Il est réservé aux femmes.

— Une femme les a tués.

— Oh…

Elle ferma les yeux quelques instants.

— Je peux vous assurer que notre groupe promeut le soutien, la compréhension et les différentes étapes vers la paix, la guérison, la stabilité. Nous ne faisons pas l'apologie de la violence ni n'approuvons les actes violents.

— Possible, mais le lien existe bien. Les deux hommes avaient une relation avec des membres du groupe. Des femmes venues à la suite de leur expérience avec ces hommes.

Un voile d'inquiétude recouvrit les grands yeux noirs de Zula.

— Je vois. Mais ces hommes avaient sans doute d'autres points communs si on les a tués ensemble.

— Pas ensemble. Nigel McEnroy a été assassiné il y a deux nuits de cela.

— J'en ai entendu parler. Je ne connaissais pas son nom mais j'ai entendu parler du meurtre.

— Vous entendrez bientôt que Thaddeus Pettigrew a été tué, de la même manière, hier soir.

— Je... C'est affreux mais je ne comprends pas. Vous dites que ces hommes ne se connaissaient pas ?

— Pour autant que nous le sachions, non. Deux femmes qui travaillaient dans le cabinet de McEnroy nous ont livré un témoignage – soit à mon équipière, soit à moi – attestant que McEnroy les avait droguées et violées. Toutes deux ont participé à votre groupe. L'ex-femme de Pettigrew, qu'il a quittée pour une autre femme et, d'après ses déclarations, escroquée financièrement, était membre du groupe.

Zula porta la main à sa gorge.

— Mais... Vous n'imaginez tout de même pas que ces femmes aient pu se coordonner pour commettre des meurtres ?

« Elle reste calme et posée malgré l'inquiétude qui se lit sur son visage », songea Eve.

— L'enquête laisse penser qu'il y a potentiellement plus d'une personne impliquée. Et je suis convaincue qu'il y aura d'autres hommes, d'autres meurtres, à moins que nous ne parvenions à identifier et arrêter cette ou ces personnes.

— Je ne vois pas comment vous aider.

— Il nous faut les noms des femmes présentes à vos sessions de groupe durant les trois dernières années.

— Mais je ne peux pas faire ça.

— Nous pouvons obtenir un mandat si nécessaire.

— Non, non. Je veux dire que je ne peux littéralement pas vous donner ça. Au-delà même de la nécessité de préserver la confidentialité, je n'ai que des prénoms. Et beaucoup d'entre elles n'utilisent sans doute pas leur vrai prénom. Je ne conserve aucun dossier sur le groupe. C'est simplement un endroit, un lieu sûr, où ces femmes peuvent venir quand elles en ressentent le besoin, où elles peuvent exprimer ce qu'elles ont à exprimer, sans être jugées.

— Vous prenez des notes. Comment pourriez-vous vous souvenir de qui vient, de ce dont elles ont besoin, de ce qui leur est arrivé, sans prise de notes ?

— J'ai des notes, oui, avec les prénoms.

Dévisageant Eve de son regard profond, Natalia leva les paumes dans un geste d'impuissance.

— Comprenez bien que j'aimerais vous aider. Mais si je vous donnais mes notes, comment ces femmes pourraient-elles ensuite me faire confiance ? Si vous obtenez un mandat, je n'aurai d'autre choix que de respecter la loi.

— D'accord. Peabody, voyez si Yancy a pu établir un portrait avec notre témoin pour McEnroy.

— Je suis désolée de ne pas pouvoir vous donner ce que vous voulez sans cela, poursuivit Natalia. J'ai le sentiment que si quelqu'un d'autre meurt, j'en serai aussi responsable. Quoi qu'il en soit, les femmes qui viennent à nous sont blessées ou terrifiées, brisées ou désespérées. Une femme battue qui s'estime responsable des coups reçus. Une femme abandonnée qui se demande pourquoi elle n'a pas été à la hauteur. J'ai été l'une d'elles, autrefois.

— Si vous pouviez nous dire où vous étiez entre 21 heures hier soir et 5 heures ce matin, ça nous serait utile.

— Je comprends. Moi aussi, j'ai un lien potentiel avec eux...

Toujours calme, toujours posée, Natalia prit une profonde inspiration.

— La nuit dernière, j'étais avec un homme. Il s'appelle Geo Fong. Quelqu'un de bien, je crois, mais je me suis déjà trompée auparavant. Nous nous fréquentons depuis plusieurs mois et je ne pense pas me tromper. Hier soir, je lui ai fait à dîner. Il est arrivé à 19 heures et, après le dîner, nous sommes montés à l'étage et avons passé la nuit ensemble. Comme je vous l'ai dit, ma fille était chez un ami. Il est parti peu avant votre arrivée.

— Et la nuit précédente ?

— Avec ma fille. Nous sommes sorties dîner et allées voir un film. Puis nous sommes rentrées et avons discuté jusqu'à presque minuit. Elle se pense amoureuse. Il a l'air d'un gentil garçon. J'espère qu'il l'est. Ma fille est la prunelle de mes yeux, lieutenant. Je peux vous jurer que je ne ferais jamais rien qui puisse lui faire du tort. Et si sa mère ôtait la vie à quelqu'un, elle en serait profondément blessée. Perdue.

Avec un discret sourire, Natalia fit pivoter une photo encadrée pour montrer à Eve et Peabody le portrait d'une jolie jeune fille avec les yeux de sa mère.

— La prunelle de mes yeux, répéta-t-elle. Son père est parti alors qu'elle n'était qu'un bébé. Je suis arrivée aux États-Unis avec mes parents. Ils sont médecins. Ils espéraient que je les suivrais dans cette voie mais je suis tombée amoureuse, et puis il y a eu Kendra. Mon cœur a saigné quand il est parti mais elle était là, auprès de moi. La prunelle de mes yeux. Et puis il y a eu un homme, que j'ai pris pour quelqu'un de bien. Je l'ai laissé entrer dans notre vie. J'ai appris, quand ma fille chérie a eu quinze ans, qu'il l'avait... touchée. Elle avait peur de me le dire au départ, et moi, j'étais aveugle. Mais lorsqu'elle l'a fait, lorsqu'elle a fini par le faire, je l'ai emmenée voir un médecin. Puis la police.

— Qu'est-il arrivé à l'homme en question ?

— Il est en prison. Et il y restera encore longtemps. Il avait des photos de ma fille, prises à son insu. Sous la douche, au lit. J'étais là mais je n'ai rien vu. Il a touché mon enfant, de force, en lui disant qu'il nierait et que je le croirais, en lui répétant qu'il me tuerait. Il lui a dit beaucoup de choses. Mais il est désormais en prison et ma fille va bien. Elle m'a fait confiance et nous avons fait confiance à la police. Si j'avais le moindre penchant meurtrier en moi, soyez sûre qu'il serait mort à l'heure qu'il est.

Peabody se leva et lui présenta son mini-ordinateur.

— Vous reconnaissez cette femme ?

Natalia regarda le portrait, se leva et prit le mini-ordinateur pour l'examiner à la lumière de la fenêtre.

— Je la trouve très belle mais je ne crois pas la connaître. Je doute qu'elle participe à notre groupe.

Je vous l'aurais dit si c'était le cas. Je ne vous en dirais pas plus mais je ne mentirais pas.

— Je vous crois. Nous allons nous procurer le mandat. Avez-vous partagé votre histoire avec le groupe ?

— Bien sûr, répondit Natalia en levant ses mains dénuées de tout bijou. Comment pourrais-je réclamer leur confiance sans leur offrir la mienne ? Mais il est en prison.

« Et justice a été rendue », pensa Eve.

— Si vous voulez bien donner les coordonnées de M. Fong à ma coéquipière, nous ferons les vérifications utiles.

Natalia obtempéra puis se leva.

— J'espère que vous faites erreur, que vous découvrirez qu'aucune femme du groupe n'est impliquée.

« Vous pouvez espérer, songea Eve, mais je sais que j'ai raison. »

Elle prit ensuite le chemin de la morgue.

— Insistez pour qu'on obtienne vite ce mandat, Peabody, dit-elle tout en conduisant. Les prénoms seuls ne nous donneront pas beaucoup d'informations mais c'est mieux que rien. Et je veux parler à la personne qui s'est chargée de prendre la réservation de CL pour Pettigrew. Voyons s'il avait un type de femmes précis.

— Je m'en occupe. Vous voulez que je contacte l'homme qui sert d'alibi à Zula, pour voir si ça se tient ?

— Oui, on le fera en temps et en heure. L'alibi sera solide.

Quand son communicateur sonna, elle prit l'appel depuis la console du tableau de bord.

— Dallas.

— Ici Bondita Rothchild, la mère de Marcella. Nous sommes en route et devrions être en ville d'ici une heure.

— Très bien, madame Rothchild. Nous viendrons jusqu'à vous.

— J'emmène Marcella chez moi. Je ne veux pas qu'elle retourne dans cette maison.

Elle leur indiqua une adresse du côté de Cobble Hill, ce qui allait impliquer de traverser le fleuve pour rejoindre Brooklyn.

— Nous viendrons jusqu'à vous, répéta Eve. Comptez environ quatre-vingt-dix minutes.

— Je vous demanderai de respecter l'état émotionnel fragile de Marcella, ajouta Bondita avant de raccrocher.

Une fois garées et engagées dans le tunnel menant à la morgue, Peabody consulta son propre communicateur.

— Le mandat est en préparation.

— Voyez qui est dispo dans la salle commune. Je préférerais un inspecteur mais un agent en uniforme fera l'affaire. Qu'ils aillent présenter le mandat et récupérer les données.

Alors qu'elles approchaient des portes de chez Morris, sa radio bipa.

— Qu'est-ce que c'est encore ?

Avisant le nom du commandant Whitney sur l'écran, elle se fit rapidement une idée de ce qui l'attendait.

— Dallas. Commandant ?

— Lieutenant. Vous êtes attendue dans la Tour pour une conversation avec le chef Tibble.

Là, on était plus haut sur l'échelle que ce à quoi elle s'était attendue.

— Commandant, je suis sur le terrain, actuellement à la morgue pour m'entretenir avec le Dr Morris à propos de Thaddeus Pettigrew, dont tout indique qu'il constitue la deuxième victime dans l'affaire qui m'occupe. Nous avons également un entretien avec la compagne de Pettigrew prévu dans quatre-vingt-dix minutes.

— Rendez-vous à la Tour à 13 heures précises pour faire votre rapport.

— Oui, commandant.

Elle remit sa radio dans sa poche.

— Geena McEnroy, dit-elle à Peabody.

— Elle est allée directement au sommet de la pyramide, commenta celle-ci. Au moins on a le temps d'interroger Horowitz.

— Vous n'êtes pas convoquée. Vous n'étiez pas présente lors de mon entretien avec elle.

— Non, non, répondit Peabody, l'air buté. On fait équipe. Si vous prenez le risque de vous faire griller le croupion, le mien sera sur le gril juste à côté du vôtre.

— Merci pour l'image de votre « croupion » pressé contre le mien sur un gril géant. Coéquipières du croupion, on aura tout entendu, maugréa-t-elle.

Elle poussa les portes en grand tandis que Peabody ravalait un petit rire.

Morris diffusait l'un de ces morceaux de blues qu'il affectionnait. Il portait un costume vert émeraude avec une cravate gris ardoise et un ruban de la même couleur noué dans sa longue natte qu'il avait enroulée à l'arrière de son crâne.

Et ses mains étaient plongées dans la poitrine de Pettigrew.

— Retour sur le champ de bataille, mes amies, dit-il. Cette pauvre âme ne retournera plus au combat.

— Une rencontre fatale durant laquelle il n'a pas eu la possibilité de se défendre, fit remarquer Eve.

— Non, effectivement. Pas de lésions défensives, même s'il a subi plus de traumatismes que notre précédent invité. Aucune correction à émettre de mon côté quant à vos conclusions sur la scène de crime, Dallas. Il a été suspendu par les poignets, en hauteur, et son poids et ses contorsions ont fini par lui déboîter les deux épaules. Un aiguillon électrique – des mêmes dimensions que celui employé contre McEnroy – a été utilisé pour le frapper, le brûler et le sodomiser. J'estime qu'il s'est écoulé au moins quatre heures entre la première et la dernière brûlure.

— Elle s'est… acharnée.

— L'expression me semble juste. Il faut une bonne dose d'acharnement pour torturer un autre être humain pendant des heures. Pas de traces de bâillon, donc il a dû hurler et sans doute supplier. C'est la perte massive de sang à la suite de l'amputation qui a entraîné la mort. Tout comme McEnroy, il était encore en vie quand elle s'est servie de sa lame. La même, selon moi, que celle employée sur McEnroy.

— Il avait été drogué ?

— Comme la dernière fois, j'ai demandé une analyse toxicologique en urgence. C'est le même cocktail. Dans ce cas précis, la première dose lui a été administrée au creux de la paume.

Eve fit le tour du corps en hochant la tête.

— D'accord, d'accord, je visualise la scène… Il vient ouvrir la porte pour la faire entrer. Elle se présente, lui tend la main. Elle cache la seringue au creux de la paume. Il n'aura même pas eu le temps de réagir. Elle n'a plus qu'à le guider jusqu'à la voiture qui les attend, et elle le tient.

— Il a ingéré une seconde dose.

— Dans le véhicule, probablement.

Elle visualisait toujours la scène. Oui, le déroulement était très clair.

— Elle lui fait perdre connaissance, poursuivit-elle. La personne qui conduit l'aide à le transporter à l'intérieur une fois leur destination atteinte, peut-être même à le ligoter.

— Je n'ai trouvé qu'une seule déviation par rapport au scénario précédent, lui dit Morris. Regardez un peu ses orteils.

Il lui tendit des microlunettes, ainsi qu'à Peabody. Celle-ci recula d'un pas.

— C'est bon, je vois très bien d'où je suis.

Eve ajusta ses lunettes puis se pencha en même temps que Morris.

— Avec McEnroy, nous avions des éraflures et des contusions au niveau des talons et de la plante des pieds. J'en conclus qu'il se balançait ou tressautait quand l'aiguillon le frappait. Et ses pieds raclaient le sol. Mais dans le cas présent...

— Oui, oui, je vois. Elle l'a légèrement surélevé. Il touchait à peine terre, ce qui l'a obligé à planter ses orteils dans le sol pour rester debout et essayer de soulager un peu ses bras et ses épaules. Et ils ont frotté par terre quand il s'est balancé sous les coups. Vous avez trouvé quelque chose sous les ongles de pieds ?

Morris se redressa, souriant.

— Vous faites bien de poser la question. Oui, j'y ai prélevé une substance que j'ai envoyée au labo. Il ne s'agit pas d'une fibre, donc ni tapis, ni moquette, ni tissu. Je ne crois pas que ce soit du bois. De la pierre ou du béton, peut-être.

— Bien, c'est bien. Elle n'a pas pensé à ça, n'est-ce pas ? Elle voulait qu'il souffre, donc elle n'y a pas pensé.

— Nul ne saurait surestimer la capacité humaine pour la cruauté.

Morris retira ses microlunettes et croisa le regard d'Eve.

— Mais c'est vraiment très profond chez votre suspecte. Elle va très loin. J'espère que vous êtes plus proches de lui mettre la main dessus qu'elle de sa prochaine cible.

— Nous pensons qu'elle se sert d'un groupe de soutien aux femmes victimes afin d'identifier ses proies, lui dit Peabody.

— C'est déjà cruel en soi, non ? Exploiter un cercle de compassion et d'entraide pour infliger des souffrances. Bon… Nous ferons ce que nous savons faire de mieux. Je vous enverrai un rapport complet cet après-midi.

— Merci.

Sur le chemin du retour, Eve piocha quelques crédits dans sa poche et les lança à Peabody.

— De la caféine bien fraîche.

Peabody alla leur chercher deux tubes de Pepsi, dont un light pour elle.

— Ça va ? demanda-t-elle en voyant Eve se frotter le front avec le sien.

— Oui. Petite migraine.

— J'ai des antalgiques.

— Non, ça va passer.

— Vous vous inquiétez de ce que va dire Tibble ?

— Non. Nous avons fait notre boulot. S'il doit nous taper sur les doigts pour ça, on se laissera taper sur les doigts puis on ressortira et on continuera à faire notre métier.

— Vous avez dit « nous », lança Peabody avec un petit trémoussement ravi. Coéquipières du croupion.

De retour dans la voiture, Eve resta assise quelques instants avant d'ouvrir son tube.

— Nous allons de nouveau annoncer à une femme que l'homme avec qui elle vivait aimait coucher avec d'autres quand elle n'était pas là. La nouvelle pourrait bien l'énerver... et c'est sur nous que sa colère s'abattra.

— Difficile de lui en vouloir quand on lui a déjà dit qu'il était mort et qu'on en remet une couche en expliquant qu'il est décédé sous les coups de celle avec qui il espérait coucher.

— C'est tout le problème, dit Eve en buvant une gorgée. Il a trompé son ex avec son actuelle compagne. Comment celle-ci a-t-elle pu s'imaginer qu'il ne la tromperait pas à son tour ? Je n'en ai aucune idée mais c'est généralement comme ça que ça se passe. Cela dit, si on cherche à justifier le meurtre en se plaçant du point de vue de la tueuse, rien ne prouve que cet homme-là droguait des femmes, les violait ou les maltraitait. Il les payait pour leurs services. On va parler à l'intermédiaire pour voir si Pettigrew était du genre à se livrer à des actes violents avec les CL. Mais rien dans la façon dont il avait préparé sa chambre n'allait dans ce sens. Les sex-toys étaient ludiques. Pas de substances illicites, seulement de quoi garantir son érection. On peut y ajouter ses magouilles financières, la manière dont il a délesté son ex de l'entreprise qu'elle avait fondée. Mais même en additionnant tout ça, il n'arrive pas au niveau de vice de McEnroy.

— Et c'est pourtant sur lui qu'elle s'est le plus lâchée, dit Peabody avec un hochement de tête. L'inverse aurait été plus logique.

— Voilà. Ce n'est donc pas ainsi qu'elle réfléchit. La punition n'est pas, dans sa logique perverse, proportionnelle au crime. Soit ses pulsions violentes montent en puissance, soit elle avait plus de raisons de vouloir faire souffrir Pettigrew.

— Ce qui nous ramène à son ex.

— À l'ex, à quelqu'un d'autre à qui il aurait fait du tort, ou encore à sa compagne actuelle.

Eve démarra et se mêla à la circulation.

— Direction Brooklyn, dit-elle.

Peabody se pencha sur l'écran de son communicateur.

— C'est bon, le mandat a été émis. Jenkinson et Reineke sont dispos pour s'en occuper. Et... les bureaux de Discrétion sont sur le chemin de Brooklyn. On aurait le temps de s'y arrêter avant de parler à Horowitz.

— Encore mieux. Entrez les coordonnées.

Tout en obtempérant, Peabody fronça les sourcils.

— Eux aussi vont peut-être réclamer un mandat. Ils ne s'appellent pas Discrétion pour rien, je suppose.

— On va courir le risque. L'un de leurs clients est mort, dit Eve. Par amputation de son service trois pièces. On peut penser qu'ils voudront prouver que la responsable n'est pas l'une de leurs CL.

— Ça se défend. Vous pensez que si vous étiez travailleuse du sexe la sexualité deviendrait franchement ennuyeuse ou au contraire plus excitante du fait qu'il se passerait toujours quelque chose de nouveau ?

— Je pense que le travail n'est pas seulement sexuel, il s'agit de simuler une attirance pour quelqu'un qui me donne accès à sa carte de crédit ou, au bas de l'échelle, qui vient de m'accoster dans la rue. Le haut de l'échelle n'est pas mieux : il faut faire la conversation au client comme si on en avait quoi que ce soit à faire de ce qu'il pense de ceci ou cela. Je préférerais travailler de nuit dans une usine de test de nourriture pour chats.

— Vous voulez dire qu'il y a des gens qui goûtent la nourriture pour chats ? Personne ne fait vraiment ça, si ?

— Comment voulez-vous que je le sache ? Je ne bosse pas dans une usine de nourriture pour chats. Là !

Eve avait repéré une place libre le long du trottoir. Elle passa à la verticale, pivota à cent quatre-vingts degrés dans les airs et se laissa retomber sur l'emplacement.

— J'aurais pu marcher, souffla Peabody. Ça ne m'aurait pas gênée de marcher un peu. De quoi perdre légèrement des cuisses. Et m'éviter un infarctus.

Elle sortit de la voiture avec précaution, les jambes encore tremblantes.

— Il commence à pleuvoir, lui fit remarquer Eve.

— Une petite balade sous la pluie, ça fait du bien.

— Ça mouille, surtout, répondit Eve.

Satisfaite, elle pénétra dans le grand immeuble de bureaux.

Une armée d'hommes et de femmes d'affaires allait et venait d'un pas rapide à travers le hall d'accueil.

Entrant et sortant des ascenseurs, avec mallettes, costumes, oreillettes et faux café à emporter.

Eve marcha droit vers le poste de sécurité et présenta son insigne.

— Discrétion.

Le garde, un petit homme aux cheveux grisonnants et clairsemés, les gratifia d'un rapide coup d'œil.

— Signez le registre, je vous prie, avec le nom de la personne que vous venez voir.

— Je ne la connaîtrai qu'une fois sur place. Quel étage ?

— Douzième, accès est.

Il consulta son écran.

— Le bureau principal se trouve au numéro 1200.

Eve inscrivit son nom, laissa le temps à Peabody de faire de même, puis se dirigea vers l'accès est.

Elles montèrent dans l'ascenseur avec d'autres costumes-cravates. Eve fit abstraction des discussions autour des stratégies marketing, de l'anniversaire de Jenny de la compta, des sessions de brainstorming et de déjeuners d'affaires tandis que la cabine marquait l'arrêt à chaque étage pour laisser sortir ou monter des passagers.

Les escaliers roulants du Central lui manquaient.

Toutes les odeurs étaient excessives : parfums, eaux de Cologne, faux café, muffins de milieu de matinée, effluves de sueur et de stress.

Arrivée au douzième étage, elle s'extirpa de la cabine et savoura un instant béni de silence.

Le calme régnait aussi derrière la double porte en verre dépoli des bureaux de Discrétion. Il flottait dans l'air un léger parfum de… Elle n'aurait su dire quoi mais c'était agréable. Et « discret », sans doute.

La salle d'attente était équipée de profonds fauteuils arrondis, chacun doté d'un écran individuel. Peut-être pour se faire une première idée des CL disponibles, supposa Eve.

Une unique réceptionniste – entre vingt-cinq et trente ans, avec des cheveux d'un blond soyeux, des yeux vert vif et un tailleur rouge qui laissait entrevoir un peu de dentelle noire sous son décolleté – était installée derrière un bureau ancien, ou au moins une réplique très convaincante.

Elle pivota vers elles et leur sourit.

— Bonjour et bienvenue chez Discrétion. Que puis-je faire pour vous ?

Eve sortit son insigne.

— Appelez le ou la responsable.

Le sourire s'évanouit.

— Nous avons toutes les autorisations et nous avons passé les inspections.

— Ça n'est pas mon domaine et je ne suis pas là pour ça. Nous devons parler à la personne qui dirige cet endroit, à propos d'un meurtre.

— Qu... ? Comment... Une minute, je vous prie.

Elle ne décrocha pas son communicateur mais se leva et s'éloigna précipitamment sur des talons si hauts qu'Eve se demanda comment elle tenait debout.

— Il faut admettre qu'ils sont assez classieux, fit remarquer Peabody. Le choix des couleurs, le mobilier. Et ce sont d'authentiques orangers miniatures, là-bas. En pleine floraison. Quelle délicieuse odeur.

« Voilà, c'était ça », se dit Eve.

Une autre femme apparut, elle aussi juchée sur des talons vertigineux, ceux-ci dotés d'extrémités si pointues qu'Eve les jugea capables de creuser un trou dans de la brique.

Âgée de deux bonnes décennies de plus que la réceptionniste, elle dégageait quelque chose que Peabody aurait sans doute qualifié de classieux. La jupe courte de son tailleur foncé laissait voir de très jolies jambes ; la veste ajustée, un corps bien fait. Sa chevelure couleur caramel formait une torsade soignée à l'arrière de sa nuque. Sa peau, plus claire de quelques nuances, était resplendissante, et ses yeux vert océan n'exprimaient qu'une curiosité polie.

— Je suis Araby Clarke, dit-elle. Si nous allions discuter dans mon bureau ?

— Très bien.

Clarke leur fit signe de la suivre et les conduisit jusqu'à une large entrée puis un long couloir.

— Je suis désolée, je n'ai pas retenu vos noms mais je pourrais jurer… Nous sommes-nous déjà rencontrées ?

— Je ne crois pas. Lieutenant Dallas, inspecteur Peabody.

— Ah, bien sûr ! Non, nous ne nous étions jamais rencontrées jusqu'à présent, dit-elle en leur indiquant un bureau spacieux. Mais j'ai vu le film et j'avoue vous suivre, Connors et vous – de même que vous, inspecteur –, dès que vous passez dans les médias. Je vous en prie, asseyez-vous.

Le bureau était à l'image de son occupante. Fauteuils épais aux reflets dorés, tables en verre décorées de vases translucides et de fleurs exotiques. Tableaux d'hommes et de femmes séduisants dans des représentations plus romantiques que sexuelles, étrangement. Et une vue digne de celle d'un chef d'entreprise depuis la fenêtre derrière le long bureau verni.

Leur hôte s'assit et croisa ses jolies jambes.

— Vous avez fait une belle frayeur à Kerry, dit-elle. Elle m'a rapporté que quelqu'un était mort. Est-ce quelqu'un que je connaissais ?

— Thaddeus Pettigrew.

La curiosité polie disparut. Eve ne serait pas allée jusqu'à dire que la femme avait sursauté mais elle laissait paraître une certaine détresse.

— Oh non... Oh, je suis vraiment navrée de l'apprendre. Il était client chez nous depuis des années.

— Des années. C'est-à-dire ?

— Il faudra que je vérifie, mais je pense que cela fait au moins dix ans.

« Pas une nouvelle habitude, donc », songea Eve.

— Je vais effectivement vous demander de vérifier cela, ainsi qu'un certain nombre d'autres informations.

Araby se carra dans son siège.

— Vous me mettez dans une situation intéressante. Dans la plupart des circonstances, nous refuserions de répondre à toute question concernant un client. Même face à un mandat, je contacterais mon service juridique et ferais tout ce qui peut l'être pour le contrecarrer.

— Il a été assassiné, madame Clarke.

— Je le comprends bien. Sinon pourquoi Dallas et Peabody seraient-elles dans mon bureau ? Et c'est précisément pour cela que je ne vais pas vous réclamer de mandat. Je vous demanderai simplement un moment pour m'entretenir avec mon équipe juridique. Je suis propriétaire de Discrétion depuis seize ans et c'est la première fois qu'une chose pareille se produit. Je dois m'assurer de faire ce qui est juste pour toutes les personnes impliquées. Si vous voulez bien m'accorder une minute.

Comme elle s'éloignait d'un pas rapide, Eve hocha la tête.

— Elle nous donnera ce dont nous avons besoin.

— Vous en êtes sûre ?

— Oui, parce qu'elle en a envie. Elle appréciait Pettigrew. Au moins de la manière dont on apprécie un client régulier de longue date. Nous obtiendrons ce que nous sommes venues chercher.

Eve se cala donc dans son fauteuil pour patienter.

11

Eve se fraya un chemin jusqu'au pont de Brooklyn en zigzaguant entre les voitures et en progressant par bonds au-dessus du flot de la circulation. Un flot qui ralentissait comme les curieux freinaient, le cou tendu, pour observer une camionnette de livraison et une berline au pare-chocs en miettes arrêtées sur la bande d'arrêt d'urgence, à côté de la voiture de police intervenue sur l'accident.

Avec un juron, Eve actionna gyrophare et sirène puis passa à la verticale et fila sur plus de huit cents mètres dans les airs pendant que Peabody se cramponnait à son fauteuil.

— Ils espèrent quoi ? Voir du sang, des cadavres ? s'emporta Eve. « Oh, regarde, chérie, un accident. Sors vite le pop-corn ! »

Une fois le pont traversé, Eve relâcha un peu sa conduite pour suivre les indications de l'ordinateur jusqu'à l'adresse dans Cobble Hill. Peabody, elle, massait ses doigts douloureux à force de crispation.

Leur destination se trouvait dans une rue animée avec quelques restaurants, plusieurs boutiques et un petit square où des gens promenaient leur chien ou regardaient des enfants jouer les casse-cous dans l'aire de jeu.

La mère de Marcella habitait au rez-de-chaussée d'une résidence de trois étages, avec un petit patio privatif sur le côté. On y accédait par une allée étroite dans laquelle était déjà engagée une grosse berline bleu foncé.

Eve se gara derrière celle-ci.

— Ça correspond à la description sommaire de la voiture que le témoin a vue chez Pettigrew. Identifiez les plaques, dit Eve à Peabody comme elles mettaient pied à terre.

— Elle est enregistrée au nom de Bondita Rothchild.

— Ça pourrait s'avérer intéressant.

Eve se rendit jusqu'à la porte et sonna.

La femme qui vint leur ouvrir était grande, mince et blonde. Ce n'était pas Marcella mais il y avait un indéniable air de famille.

— Lieutenant Dallas et inspecteur Peabody, indiqua Eve, insigne à la main.

— Oui, nous vous attendions. Je suis Rozelle, la sœur de Marci. C'est horrible, cette histoire. Marci est en vrac. Claudia, l'amie qui nous accompagnait, lui prépare un thé dans la cuisine parce que Marci refuse de prendre un relaxant. Je voudrais juste... Pardon. Je parle trop. Moi aussi, je suis en vrac, faut croire. Entrez, entrez.

Le vestibule s'ouvrait sur un séjour aux dimensions généreuses où quelqu'un avait allumé lampes et plafonniers pour combattre la luminosité morose de la bruine au-dehors. Les panneaux occultants avaient également été descendus.

Marcella était assise sur un sofa, un jeté de canapé couleur chocolat sur les genoux. Elle se blottissait au plus près de sa mère.

Avisant Eve et Peabody, Bondita entoura d'un bras protecteur les épaules de sa fille. Toutes paraissaient épuisées.

Une autre blonde, grande et voluptueuse avec un pantalon noir moulant et un chemisier blanc ample, émergea de la cuisine, un plateau à la main.

— Voici notre amie, Claudia Johannsen. Ces dames sont de la police, Claudia. Viens, donne son thé à Marci.

— Bois-le tout de suite, Marce.

Claudia s'exprimait sur le même ton qu'une maîtresse d'école aguerrie, une mère déterminée ou une infirmière à qui on ne la faisait pas.

— On est toutes là pour toi, ajouta-t-elle. Prends un peu de thé, toi aussi, Bondi. Et viens t'asseoir pour prendre le tien, Roz. Mesdames de la police, je vous en prépare un ?

— Lieutenant, inspecteur, précisa Eve. Et non, merci. Madame Horowitz...

— Puisque nous portons le même nom, pourquoi ne pas utiliser nos prénoms ? suggéra Rozelle. Ce sera plus simple.

— Très bien. Marcella, nous vous présentons toutes nos condoléances. Nous comprenons que vous traversez un moment difficile.

— Difficile ? Difficile ?!

Sa voix était montée de trois octaves en trois syllabes.

— Vous pensez que c'est comme ça que je le vis ? L'homme que j'aime est mort !

« Bon, songea Eve, c'est reparti... »

Avant qu'elle puisse reprendre, Peabody la compatissante entra en scène.

— Marcella, nous voulons vous aider. Nous sommes ici pour faire tout ce qui sera en notre pouvoir afin de trouver qui a fait ça à l'homme que vous aimez. Si dur que ce soit pour vous, nous savons que vous comptez sur nous pour trouver des réponses. Et nous avons donc besoin de votre aide. Thaddeus a besoin de votre aide.

— Thaddeus ! gémit Marcella.

Bondita la serra contre elle et la berça d'avant en arrière.

— Allons, allons… Calme-toi, Marcella, ou je serai obligée de te faire boire un cocktail relaxant.

— Rien ne pourra m'empêcher de ressentir ce que je ressens ! Comment ça a pu arriver ? Comment ça a pu arriver à Thad ?

— C'est notre travail de le découvrir, lui dit Eve. Il y a certaines questions que nous devons vous poser pour pouvoir repartir et faire notre travail.

— C'est le bon moment pour parler à la police, Marce, insista Claudia. On est toutes là avec toi.

— Pardon, pardon. Asseyez-vous, toutes les deux, dit Bondita en désignant les sièges. Mon mari et moi avons réussi à élever un fils et deux filles sans jamais que la police se présente à la porte. On en oublie toutes les politesses.

— Je veux savoir ce qui est arrivé à Thad ! s'exclama Marcella d'une voix qui montait de nouveau dans les aigus. J'ai le droit de savoir !

— M. Pettigrew a quitté le domicile que vous partagez hier soir, vers 21 heures…

— Il m'avait dit qu'il resterait au calme, lança Marcella.

— Sans doute, mais il a néanmoins quitté le domicile à cette heure-là en compagnie d'une femme pour l'heure encore non identifiée.

Marcella redressa brusquement ses épaules voûtées.

— Impossible !

Eve poursuivit sans se laisser démonter.

— Il est sorti avec cette femme non identifiée pour monter, avec elle, dans ce qui nous a été décrit comme une berline de couleur sombre.

— Mais vous avez dit... Maman, elle n'avait pas dit que son... que son... que Thad était à la maison quand il...

— Le corps a été découvert par un voisin qui sortait son chien tôt le matin, à l'extérieur du domicile. L'heure confirmée du décès est 2 h 20 du matin. L'appel à police-secours du voisin a été enregistré à 3 h 43.

— Où était-il pendant tout ce temps ? interrogea Marcella. Il est rentré à la maison et quelqu'un s'est introduit chez nous, l'a tué et l'a laissé dehors ?

— M. Pettigrew n'a pas été tué au sein de votre domicile.

— Comment vous pouvez le savoir ?

— C'est mon boulot, rétorqua Eve. Il a ouvert la porte à cette femme parce qu'il pensait qu'il s'agissait de la compagne licenciée dont il avait loué les services pour la soirée.

— C'est un mensonge ! Un mensonge, un affreux mensonge, je refuse d'écoute ça ! piailla Marcella en se plaquant littéralement les mains sur les oreilles face à une Eve déconcertée.

Mais lorsqu'elle fit mine de se lever, sa mère la maintint en place.

— Reste assise, Marcella. Du calme. Vous avez des preuves de ce que vous avancez ?

— Nous en avons eu confirmation, oui. Il a effectué la réservation avant-hier. Il semble que son ordinateur ait été piraté et la réservation annulée. La suspecte a ensuite pris la place de la CL qu'il avait engagée. Elle l'a drogué et conduit jusqu'à la voiture pour l'emmener vers un autre endroit.

— Je ne vous crois pas. Je ne crois pas un mot de tout ça. Thad n'aurait jamais, jamais fait ça. Jamais il ne me tromperait !

« Vraiment ? se dit Eve. Alors qu'il avait déjà trompé sa femme avec toi ? »

— Vous déclarez donc n'avoir pas eu connaissance que M. Pettigrew faisait régulièrement appel aux services de Discrétion, une entreprise au service des clients désireux d'engager des compagnes et compagnons licenciés ?

Marcella laissa échapper un flot de larmes dignes d'un bambin à qui l'on refuse un bonbon.

— Il n'a jamais fait ça !

— Il faisait appel à eux depuis au moins neuf ans.

Les larmes cessèrent, remplacées par une expression de révolte.

— Il faisait peut-être ça avant qu'on tombe amoureux mais…

— Il a continué à se payer leurs services régulièrement jusqu'à sa mort.

Marcella serra les poings et les brandit au visage d'Eve.

— Vous essayez de me pourrir la vie ! Vous balancez des trucs horribles pour tout gâcher. Je ne veux plus vous voir. Sortez d'ici !

— Ça suffit, Marcella. Claudia, tu veux bien ramener Marcella dans ma chambre ? Elle a besoin de s'allonger un peu.

— Bien sûr. Viens avec moi, Marce.

— Elle ment, Claudia.

— Allons nous allonger. Il faut que tu te reposes. Tu as vécu une affreuse journée.

Elle aida Marcella à se lever et lui passa un bras solide autour de la taille.

— Vous êtes quelqu'un d'horrible ! cracha Marcella à Eve.

Comme Claudia emmenait Marcella à l'écart, Bondita pressa le bout de ses doigts sur ses paupières closes. Rozelle se rapprocha pour caresser gentiment le bras de sa mère.

— Je vous présente mes excuses, lieutenant.

— J'ai entendu bien pire.

— Pas chez moi.

Bondita laissa retomber ses mains et prit celles de sa fille.

— Elle pensait l'aimer et qu'il l'aimait. Elle avait fait de lui le centre de son univers. Apprendre tout cela sera presque aussi destructeur pour elle que sa mort.

— Vous saviez qu'il faisait appel à des CL ?

— Non. J'avoue que je me suis demandé s'il irait voir ailleurs ou s'il se lasserait simplement de Marcella. Elle est jeune, naïve et, disons, exigeante. Mais il lui semblait sincèrement dévoué. Ils avaient l'air heureux ensemble. Êtes-vous en train de dire que cette femme, celle qui s'est fait passer pour une CL, a tué Thaddeus ?

— Oui.

— Ça ne tient pas debout. Je n'arrive pas à imaginer qui pourrait vouloir tuer Thaddeus.

— Non, c'est vrai, ça ne tient pas debout, renchérit Rozelle. Nous avions prévu ce voyage depuis des semaines. Et il a fait une surprise à Marci en réservant une journée de plus. Il m'avait demandé de l'organiser pour lui faire la surprise parce qu'elle s'était apparemment plainte de ne pas pouvoir faire tous les traitements qu'elle voulait en deux jours. Je n'ai d'abord pas réussi à rallonger le séjour parce que le centre était complet mais il y a eu une annulation et j'ai sauté sur l'occasion. Elle était tellement contente.

— Quand avez-vous pris cette réservation supplémentaire ?

— Il y a deux jours. C'était vraiment à la dernière minute, si bien que Claudia a eu du mal à se libérer. Thad nous avait même fait livrer du champagne et des fleurs dans notre suite.

— Vous disposiez toutes d'une chambre dans la même suite ?

— Oui, une suite à deux étages, leur meilleure. Tous frais payés par Marci… ou, si on est réaliste, par Thaddeus.

— Je dois monter voir comment va ma fille, annonça Bondita.

— Avant de vous libérer, pouvez-vous nous dire quand vous vous êtes servie de votre voiture pour la dernière fois ?

— Ma voiture ? Quel rapport… Ô mon Dieu ! Vous pensez… Nous n'étions même pas là !

— L'information nous serait utile, c'est tout.

— Il y a deux jours, pour mon travail en tant que bénévole. Et pour faire des courses de dernière minute avant le voyage.

— Qui d'autre a accès à votre véhicule ?

— Mon mari, évidemment. Il a la sienne mais chacun de nous a les codes pour la voiture de l'autre. Avant que vous posiez la question, je sais qu'il était à la maison parce que je lui ai parlé hier soir, peu avant minuit, pour lui dire qu'on était bien arrivées. Il avait invité des amis pour faire un poker. Il fait souvent ça quand je suis en déplacement. On s'est parlé. Pas très longtemps parce qu'ils jouaient leur dernière main de la soirée. Il avait au moins six invités avec lui, vous pourrez vérifier.

— Nous vérifierons si cela semble utile. Merci pour le temps que vous nous avez accordé.

Comme elles se levaient, Peabody prit la parole.

— Nous vous donnerons les noms de bons psychologues spécialistes du deuil. Ça pourrait aider Marcella.

— Oui. Rozelle, je monte la voir.

— Vas-y. Je vais récupérer les noms des psys.

Une fois que sa mère se fut éloignée, Rozelle ajouta à mi-voix :

— Elle ne se doutait de rien. Marci, je veux dire. Si elle avait su, elle nous en aurait parlé, à moi ou à Claudia. Peut-être pas à notre mère, pas tout de suite, mais elle se serait confiée à nous.

— Pourquoi pas à votre mère ? s'enquit Eve.

— Parce qu'elle savait que nos parents n'approuvaient pas vraiment leur histoire. En tout cas pas au début. Thaddeus a fini par les convaincre, pour l'essentiel. Il semblait vraiment dévoué à Marci. Il la rendait tellement heureuse, il la choyait. Mais il était aussi plus vieux, divorcé. Ils avaient espéré autre chose, un autre genre d'homme pour elle.

Rozelle marqua une pause et massa les poches qu'elle avait sous les yeux.

— Elle s'en remettra, assura-t-elle. Elle pense que non mais je sais que si. Une fois qu'elle aura intégré qu'il la trompait, elle s'en remettra et tournera la page. Elle est jeune. Mais pour le moment, un accompagnement psychologique lui ferait du bien.

Après avoir noté les noms dictés par Peabody, Rozelle les raccompagna jusqu'à la sortie. Eve examina la berline sur le chemin de sa propre voiture.

— Ça ne collera pas, estima-t-elle. En toute logique, si la famille est impliquée... D'ailleurs, elle a parlé d'un fils, voyez ce qu'on a sur lui. Mais si la famille est impliquée, pourquoi utiliser cette voiture ? Les autres résidents remarqueraient forcément les allées et venues de la voiture. Donc ça ne collera pas.

Elle s'assit derrière le volant et réfléchit encore quelques instants. Puis elle secoua la tête et démarra.

— C'est une fille.

— Euh, oui, dit Peabody.

— Je ne parle pas d'une femme, d'une adulte. Une fille. La petite dernière d'une famille qui la traite comme un bébé. Ça se voit dans leur fonctionnement. Elle aimait peut-être Pettigrew, ou en tout cas pensait l'aimer, mais la sœur aînée a vu juste. Elle s'en remettra et tournera la page. Elle ne va pas torturer, mutiler et tuer deux hommes parce que celui avec qui elle vivait engageait des CL. Cela demanderait une forme de détermination qu'elle n'a pas.

— C'est clair, confirma Peabody. Elle m'a fait l'impression de quelqu'un qui pousserait des cris si elle voyait du sang. Je l'imagine mal trancher un pénis.

— Les gens s'occupent d'elle. Pas l'inverse. Et elles jouent au pigeon sur le point le plus évident.

— Au pigeon ?

— Oui, elles se sont bien gardées de préciser que Pettigrew a trompé son ex avec elle, à l'époque où ils n'avaient pas encore divorcé. C'est par un adultère qu'ils se sont mis ensemble, mais elles ont toutes veillé à ne pas le mentionner. Comme le pigeon qui se fourre la tête dans un trou pour ne rien voir.

— Oh, oh, l'autruche. C'est l'autruche qui se met la tête dans le sable.

— Vous avez croisé beaucoup d'autruches à New York, vous ? Je peux vous assurer, pour avoir plusieurs fois failli en percuter, que les pigeons sont très forts pour faire comme s'ils ne vous voyaient pas.

— Effectivement, admit Peabody. Je me souviens d'un pigeon passé sous la tondeuse chez mes parents. Ou alors c'était une poule ?

— Pas une autruche, en tout cas. Bref, elles ont toutes évité d'aborder le sujet mais elles se doutaient qu'une infidélité était possible. Tout comme elles savent que Marcella se calmera une fois sa crise d'hystérie passée et qu'elle saura tourner la page. Cela dit, renseignons-nous quand même sur le frère.

Peabody se mit au travail pendant qu'Eve livrait une nouvelle bataille contre le pont embouteillé.

— Il était présent à la partie de poker, indiqua Peabody après une courte conversation sur son communicateur.

— J'aurais dû m'en douter.

— Il est parti vers 23 heures parce qu'il avait plusieurs réunions qui commençaient tôt ce matin. Et il se trouve actuellement à une conférence dans le Connecticut. Il est parti vers 7 heures. J'ai fait une recherche d'antécédents pendant que je lui parlais, Dallas. Il a l'air d'un type plutôt irréprochable. Marié depuis huit ans. Deux enfants. Il n'a pas de permis de conduire et ne possède pas de véhicule.

— Beaucoup devraient être dans le même cas, gronda Eve en évitant une petite citadine qui mordait sur sa file.

— D'après les dates, je dirais qu'il a grandi à New York puis déménagé pour Hoboken après la naissance du premier enfant.

— Ce n'est pas notre homme. Je ne pense pas que cette famille soit impliquée. Ils n'auraient pas de raisons d'aller aussi loin dans la violence. On a affaire à une vendetta.

Elle s'engagea dans le parking, soulagée d'en avoir fini – pour le moment – avec ces hordes de gens qui n'auraient jamais dû être autorisés à conduire.

— Je vais me répéter, dit-elle à Peabody. Vous n'avez pas à participer à cette entrevue avec Tibble.

— Moi aussi, je vais me répéter : si ça chauffe pour vos fesses, ça chauffera aussi pour les miennes, répliqua Peabody.

Eve secoua la tête sans rien ajouter.

Elles prirent l'ascenseur aussi longtemps qu'Eve put le supporter, s'en extirpèrent quand un groupe d'agents en uniforme fraîchement émoulus envahit la cabine sous la tutelle d'un vétéran grisonnant dont Eve supposa qu'il avait dû tirer à la courte paille l'obligation de mener ce parcours d'intégration.

Elle fila vers les escaliers roulants.

— Appelez la DDE pour voir si McNab a pu avancer.

Plus elle aurait d'éléments à présenter, mieux ce serait.

— Il est dessus, annonça Peabody en lisant la réponse sur l'écran de son communicateur. Il y a bien eu piratage, mais ce n'est pas le premier. À ce stade, il en a trouvé un remontant à seize mois. Il n'a pas encore identifié la source et ne peut pas nous dire s'il s'agit d'un seul ou de plusieurs hackeurs.

— On s'en contentera dans l'immédiat. Notre tueuse pistait donc Pettigrew via Internet.

Elles reprirent l'ascenseur pour monter jusqu'à la Tour. Les bureaux de Tibble surplombaient largement les rues et les locaux des flics qui y faisaient régner l'ordre. Mais Eve savait d'expérience que cette distance, cette hauteur n'avaient pas coupé le chef de la police de New York de ses troupes.

Malgré tout, ceux qui s'élevaient aussi haut avaient plus à superviser que la loi et l'ordre. Ils devaient composer avec des questions de politique, d'image ou de perception médiatique.

Une réalité qu'Eve admettait et acceptait plus ou moins, en se disant souvent : « Plutôt eux que moi. »

Elle s'arrêta sur le seuil du bureau de Tibble. Son assistant gérait une station de travail équipée de deux écrans ainsi qu'une console de communication dont plusieurs voyants clignotaient avec insistance et un communicateur qui bipait pour indiquer un nouvel appel alors même que l'assistant parlait encore dans son oreillette.

— Un instant, je vous prie, dit-il avant de se tourner vers Eve et Peabody. Lieutenant, inspecteur, juste une petite minute.

Il tapota sur son oreillette.

— Monsieur, le lieutenant Dallas et l'inspecteur Peabody sont arrivées. Oui, monsieur.

Nouvelle tape.

— Vous pouvez entrer, il vous attend.

Eve ouvrit le panneau droit de la grande double porte.

La paroi de verre donnait sur le panorama new-yorkais balayé par la bruine légère de ce début de printemps.

La salle, vaste, comprenait un coin détente, un gigantesque écran mural, un grand bureau et des chaises à haut dossier destinées aux visiteurs.

Les deux hommes présents étaient assis, détendus. Le commandant Whitney, toujours aussi large d'épaules, occupait l'une des chaises. Des mèches grises parsemaient sa chevelure noire et des rides d'autorité conféraient à son visage une sorte de dignité stoïque.

Tibble, grand et mince, était assis à son bureau, la ville pluvieuse en toile de fond. Il avait les cheveux taillés au ras du crâne et un visage aussi fin et allongé que son corps. Son regard passa de Whitney à Eve et Peabody, sans rien laisser paraître.

Eve avait entendu dire qu'il était redoutable au poker.

— Lieutenant, inspecteur, asseyez-vous.

Même si elle préférait faire son rapport – ou se faire enguirlander – debout, Eve obéissait aux ordres.

— Comme vous devez le savoir, dit Tibble en guise de préambule, je convoque rarement mes agents à la Tour dans le cadre d'une plainte. Cependant, puisque ici la plaignante a choisi de me contacter personnellement, en même temps que le maire, le commandant Whitney et moi sommes convenus que nous devrions avoir cette conversation.

— Oui, chef.

— Vous ne me demandez pas le motif de la plainte ou l'identité de la plaignante.

— Non, chef. La plaignante doit être Geena McEnroy, et sa plainte implique certainement notre enquête sur le meurtre de son mari. Ou, plus spécifiquement, sur le mobile derrière ce meurtre.

— Qui est ?

— Le harcèlement sexuel confirmé de Nigel McEnroy sur ses employées et clientes, entre autres. Son utilisation de substances illicites pour droguer les femmes qu'il prenait pour cibles. Le viol de multiples femmes, qu'il filmait avant de stocker secrètement les enregistrements en question dans ses bureaux de New York et Londres. Enregistrements que j'ai pu visionner.

Sobre, direct, Tibble conserva une expression neutre :

— Ce sont là de très sérieuses allégations à l'encontre d'un individu qui ne peut ni les contester ni se défendre.

— Oui, chef, en effet. Mais ce sont également des faits. Nous avons des dépositions sous serment d'un certain nombre de femmes qui ont été droguées, contraintes, violées et menacées. Nous avons des preuves audio et vidéo puisque McEnroy filmait ses agressions. Nous détenons les drogues qu'il utilisait, les carnets où il dressait la liste de ses proies, corroborant les témoignages collectés dans les établissements où il se mettait en quête desdites proies.

Le regard toujours impénétrable, Tibble hocha simplement la tête.

— Je vois. Y a-t-il une raison pour laquelle vous n'avez pas parlé à Mme McEnroy de cette abondance de preuves ?

— Mais…

Peabody s'interrompit et s'éclaircit la voix.

— Excusez-moi, chef.

— Vous avez quelque chose à ajouter, inspecteur ?

— J'ai lu le rapport du lieutenant et je sais qu'elle a bel et bien informé Mme McEnroy des preuves que nous avions récoltées à ce stade. Pour faire simple, chef Tibble, Mme McEnroy a refusé de l'entendre ou d'y croire. Elle était, de façon bien compréhensible, très perturbée par la situation.

— Ce qui doit arriver lorsque son conjoint est torturé, assassiné et abandonné à l'entrée du domicile conjugal.

— Oui, chef.

Avec un nouveau hochement de tête presque imperceptible, Tibble reporta son regard sur Eve.

— Mme McEnroy déclare que vous et le consultant qui vous accompagnait vous êtes tous deux montrés accusateurs et agressifs envers elle. Et que…

Il pivota vers l'écran de son ordinateur et y fit courir son doigt.

— Et que vous l'auriez harcelée et dénigrée, lut-il, tout en traînant dans la boue le nom de son mari dans le but de le blâmer pour son propre meurtre.

Il toucha de nouveau son écran puis croisa les mains.

— Elle a menacé de vous attaquer en justice, de même que le NYPSD, si vous n'étiez pas tous les deux renvoyés. Elle a l'intention d'en appeler au gouverneur si vous n'êtes pas mis à la porte d'ici ce soir.

— Avec tout le respect que je vous dois, chef Tibble, dit Eve, elle peut en appeler à la déité de son choix, cela ne changera rien aux faits. Son mari était un prédateur sexuel. Un fait dont elle avait ou non connaissance. Loin de la harceler ou de la dénigrer, Connors – le consultant – a tenté de compatir et de la réconforter.

Tibble haussa un sourcil.

— J'en conclus que *vous* n'avez pas cherché à compatir ou à la réconforter.

— Il est plus habile que moi pour ça. Pour mener l'enquête dans cette affaire, il était impératif d'interroger l'épouse de la victime afin de déterminer si elle était oui ou non impliquée d'une quelconque manière dans sa mort. Pour ne pas enquêter sur le conjoint, il faudrait être…

— … complètement idiote, termina Tibble. Pensez-vous que dans le cas présent l'épouse soit impliquée ou complice ?

— Non. Je crois qu'elle a fermé les yeux sur ce qu'il faisait parce qu'elle ne voulait pas l'en croire capable, refusait d'accepter qu'il continue à la tromper. Et à présent, mise face à la violence de la réalité, elle réagit par l'attaque.

— Étant donné les faits concernant les actions, les comportements et les crimes de la victime que vous avez mis au jour, vous estimez-vous capable de continuer à enquêter sur son meurtre sans parti pris ?

— Je n'ai pas le moindre doute à ce sujet, chef.

— Bien. Passons à la suite. Vous avez une deuxième victime. Vous pensez qu'il y a un lien.

— Oui, tant au niveau de la méthode que du profil de ces hommes, du moins dans l'esprit de la personne qui les a tués. Il y a une forte chance pour que cela ait à voir avec un groupe de soutien pour des femmes ayant été maltraitées, violées, trompées. Certaines des femmes violées par McEnroy et l'ex-femme de la deuxième victime, Thaddeus Pettigrew, ont participé à ce groupe de soutien.

Une lueur d'intérêt passa brièvement dans le regard de Tibble.

— Je présume que la veuve de McEnroy ne prenait pas part à ce groupe.

— Aucun indice qui le laisse penser à ce stade, non.

Tibble eut pitié d'Eve et lui fit signe de se lever.

— Puisque vous êtes là, allez-y, faites-nous votre rapport.

Eve obtempéra.

— Nous nous sommes entretenues avec la fondatrice du groupe. Nous n'avons aucune raison de penser qu'elle soit impliquée. Elle a demandé à voir un mandat pour fournir les noms associés à ses notes. Ces femmes ne s'appellent que par leurs prénoms mais nous avons les documents de McEnroy et pourrions établir des correspondances.

Heureuse d'être de nouveau debout et en mesure de s'expliquer en détail, elle poursuivit :

— La deuxième victime avait l'habitude d'engager – selon toute vraisemblance à l'insu et sans l'accord de la femme avec qui il vivait – des CL auprès d'une entreprise du nom de Discrétion. La responsable de celle-ci a confirmé que Pettigrew était un client régulier depuis plusieurs années, ce qui recouvre la période passée avec son ex-femme ainsi que sa relation avec la dénommée Marcella Horowitz. Celle-ci était en déplacement avec trois autres femmes au moment du meurtre de Pettigrew. Peabody comme moi ne mettons pas en doute la stupeur et le chagrin qu'elle a manifestés au moment où elle a appris la nouvelle puis quand nous l'avons interrogée au sujet du meurtre... et du goût de son compagnon pour les CL.

— Elle est jeune, ajouta Peabody. Et si, comme Mme McEnroy, elle refuse actuellement de croire qu'elle a été trahie, nous pensons qu'elle finira par accepter les faits.

— Par ailleurs, la planification de ces meurtres a réclamé beaucoup de sang-froid. Les appareils connectés des deux victimes ont été piratés. Rien dans les infos dont nous disposons sur la veuve McEnroy ou Horowitz n'indique qu'elles possèdent les compétences nécessaires pour un tel piratage, de l'avis de la DDE et de notre consultant civil.

— Et les poèmes laissés sur les corps ? s'enquit Whitney qui prenait la parole pour la première fois.

— Une volonté d'envolée lyrique, estima Eve. Avec une dimension personnelle. Une justification pour les meurtres et la torture. L'ex-femme de Pettigrew, Darla Pettigrew, a lancé il y a quelques années une entreprise qui fabriquait et programmait des droïdes. Elle dispose peut-être du savoir et des compétences requises.

— Ne pas se pencher sur les conjoints..., commença à dire Tibble.

— ... serait vraiment idiot, termina Whitney. Vous lui avez parlé ?

— Oui, commandant. Oh, il me faut préciser que comme le consultant civil m'accompagnait ce matin auprès du corps de Pettigrew, McNab et lui ont tous deux accédé aux appareils présents sur place. Durant cet examen, Connors a découvert que l'entreprise, Data Point, vendue au moment de leur divorce, a été acquise par Connors Industries.

— Il connaissait la victime ?

— Non, chef Tibble, répondit Eve. En réalité, la transaction a été effectuée par l'intermédiaire des avocats et des représentants des deux entités. Il s'agissait d'une acquisition mineure, selon les termes de Connors. Cependant, Pettigrew s'était arrangé pour devenir actionnaire majoritaire de l'entreprise, sous des prétextes d'optimisation fiscale. Il l'a forcée à vendre et s'est attribué la part du lion.

— Qui s'élevait à combien ?

Eve savait d'avance qu'elle allait détester cette partie de l'échange.

— Un peu plus de quinze millions.

— Et la part de l'ex-femme ?

— Un peu plus de sept.

— Donc une acquisition d'un montant de vingt-deux millions est... mineure ?

Malgré son embarras, Eve conserva le même débit rapide.

— Il semble que ça le soit dans le monde de Connors, oui, chef. J'ai le sentiment que c'était au contraire une transaction majeure dans celui de Darla Pettigrew. C'était son entreprise. Non content de l'avoir trompée, d'avoir mis fin à leur mariage, il l'a forcée à vendre et a empoché le gros de la somme.

— Un beau mobile, conclut Whitney. Elle aurait eu l'occasion d'agir ?

— Elle vit chez sa grand-mère qui se remet d'une maladie. Toutes deux affirment qu'elle est restée sur place ce soir-là, même si elles admettent que la grand-mère s'est endormie. Cependant, Mme Callahan prétend se souvenir que Mme Pettigrew est venue voir si elle dormait bien durant la nuit.

— Eloise Callahan, ne put s'empêcher de préciser Peabody.

Tibble laissa brièvement paraître sa surprise.

— Eloise Callahan ? L'actrice ? C'est une légende.

— C'est dingue, non ? Pardon. Excusez-moi, chef Tibble. Je sais que ça n'est pas pertinent.

— Ça pourrait l'être, la corrigea Eve, car ses dons d'actrice sont légendaires. Elle a paru très sincère, tout comme sa petite-fille, mais il est possible que celle-ci ait hérité d'une partie de son talent pour la comédie.

Nouveau signe d'intérêt de Tibble qui inclina la tête.

— Vous la considérez comme une suspecte.

— Une ex trahie avec une grande maison – très à l'écart, et la tueuse a besoin d'un espace où agir en toute tranquillité – une grand-mère malade… ou complice. Un véhicule, un conducteur. Elle mérite qu'on s'intéresse à elle.

— Très bien, dit Tibble avec un hochement de tête. Consignez tout ça par écrit. Si vous comptez passer la petite-fille d'Eloise Callahan à la loupe, vous avez intérêt à faire les choses dans les règles. Callahan est très appréciée et, du fait de ses accomplissements en tant qu'activiste, elle dispose d'un carnet d'adresses politique qui ferait passer Geena McEnroy et ses menaces de faire intervenir le gouverneur pour un caprice de gamine boudeuse.

— Bien, chef. Et concernant lesdites menaces ?

— Considérez-les comme réglées, lieutenant.

— Oui, chef. Et je vous en remercie. Je tiens à préciser que je n'ai pas l'aisance de Connors ou de Peabody lorsqu'il s'agit de compatir ou de réconforter.

— C'est pas vrai, murmura Peabody.

— Silence. Si je n'ai pas leur aisance, jamais je ne me permettrais de dénigrer la veuve de toute évidence choquée et endeuillée d'une victime de meurtre.

— Pour reprendre vos propres mots, Dallas, je n'ai pas le moindre doute à ce sujet. Remettez-vous au travail.

Une fois qu'elles furent ressorties, Peabody laissa échapper un soupir.

— Il n'a jamais eu l'intention de nous passer un savon.

— Bon sang, Peabody, vous n'étiez même pas présente chez les McEnroy. Pourquoi est-ce qu'il vous aurait passé un savon ?

— On fait équipe. Nos fesses...

— Assez avec ces histoires de fesses. Non, il n'avait pas l'intention de passer de savon à qui que ce soit. Il nous a fait venir pour pouvoir dire au maire et à tous ceux qui viendraient l'asticoter qu'il l'a fait. Il s'est entretenu avec nous, il connaît les faits et, même si le NYPSD regrette la perte qui frappe Mme McEnroy et si les agents impliqués dans l'enquête compatissent à son chagrin, nous devons nous fonder sur les faits pour identifier la personne qui a tué son mari et la traduire en justice.

— C'est bien vu, commenta Peabody comme elles entraient dans l'ascenseur.

— Il sait comment gérer ce genre de crise mais il avait besoin d'entendre les infos de notre propre bouche et en présence de Whitney. C'est comme ça qu'il protège – mince, je vais être obligée de le dire – nos fesses autant que les siennes.

Même en sachant cela, elle ressentait encore une certaine raideur dans les épaules, qu'elle fit rouler plusieurs fois pour les détendre.

— Et maintenant, au boulot.

12

Tandis que Peabody rédigeait le rapport, Eve mit à jour son tableau et ses notes. Après avoir vérifié l'heure et constaté qu'elle avait encore un peu de temps avant sa consultation avec Mira, elle cala ses boots sur le bureau et contempla le tableau.

Il y aurait d'autres femmes, estima-t-elle, des femmes avec des histoires à raconter, des événements affreux et des traumatismes à faire sortir. Et peut-être des vendettas à mener.

Si le groupe De femmes à femmes constituait le vivier de la criminelle, lui avait-il fourni de multiples complices ? Une sorte de pacte meurtrier ?

« Possible, possible », se dit-elle.

Mais…

Natalia Zula. Elle s'arrêta sur la photo d'identité de la thérapeute puis sur celle de sa fille, la jolie étudiante. Elles rendaient moins crédible cette théorie du pacte meurtrier. Zula connaissait ces femmes, écoutait leurs récits, leur offrait le temps, l'espace et le lieu nécessaires pour évacuer ces traumatismes.

Elle-même était passée par là, avait réclamé et obtenu justice de la bonne manière. Un groupe de femmes aurait-il pu former une espèce de milice meurtrière sous son nez ?

Nettement moins plausible mais, dans l'immédiat, Eve n'écartait pas cette possibilité.

Il lui fallait ces noms.

Elle remit ses pieds au sol et tendit la main vers son communicateur pour harceler la substitut du procureur Cher Reo au sujet du mandat. Au même instant, l'appareil signala l'arrivée d'un message.

Il s'agissait d'un nouveau portrait-robot accompagné d'un bref mémo de l'inspecteur Yancy.

Je ne peux pas vous proposer grand-chose parce que le témoin n'a pas vu grand-chose. Un bref aperçu dans l'obscurité. Elle était bien disposée et coopérative mais incapable de fournir des détails.

— Comme vous dites, souffla Eve en contemplant le croquis d'une femme entre vingt-cinq et cinquante ans, d'origine caucasienne ou peut-être métisse. Ni couleur des yeux, ni traits définis. Le plus détaillé était ses cheveux, courts, colorés et rassemblés en épis.

Elle l'afficha à côté du portrait déjà réalisé par Yancy à partir du témoin de la boîte de nuit.

Une ressemblance ? Peut-être, peut-être pas. Elle avait estimé que la rousse avait entre trente-cinq et quarante ans, d'origine caucasienne, très séduisante. Sa chevelure pouvait être une perruque ou avoir été teinte pour l'occasion car la tueuse connaissait le penchant de McEnroy pour les rousses.

Il chassait les rousses mais avait épousé une brune. Que fallait-il en conclure ? Un effet de l'amour, supposa Eve, mais un amour qui n'avait pas su l'emporter sur les penchants lubriques de McEnroy.

Pour la seconde suspecte, on avait plus probablement affaire à une perruque, ou à une teinture temporaire. Dans les deux cas, chevelure et coiffure exprimaient quelque chose… et marquaient l'esprit des témoins.

Eve était convaincue que la tueuse était trop maligne pour afficher sa véritable coiffure ou couleur de cheveux.

Elle intercala la photo d'identité de Darla Pettigrew entre les deux portraits.

Encore une fois, difficile à dire s'il y avait une ressemblance : peut-être que oui, peut-être que non.

Darla avait trente-huit ans et elle les faisait, voire deux ou trois ans de plus. Cheveux bruns mi-longs quelconques. Toute sa personne était quelconque, songea Eve, du moins sur cette photo d'identité.

Mais elle avait hérité des traits harmonieux de sa grand-mère. Des yeux qui auraient pu étinceler si elle s'était donné la peine de sourire, ou si elle n'avait pas paru si fatiguée. Sa grand-mère actrice ne connaissait-elle pas toutes les astuces de maquillage pour magnifier ses atouts ?

D'un autre côté, Darla n'avait peut-être aucune envie de se peinturlurer. Et ce n'était certainement pas Eve qui critiquerait ce choix.

Cela dit…

Darla Pettigrew avait un mobile, un mobile de taille de l'avis d'Eve. Elle avait accès à un lieu à l'écart et une grand-mère qui ne lui poserait sans doute pas de questions. Et elle s'y connaissait en informatique.

Eve chercha un éventuel véhicule mais n'en trouva aucun enregistré à son nom. Eloise en avait deux, un tout-terrain blanc et une berline de luxe gris métallisé. Ni l'un ni l'autre ne correspondaient aux déclarations des témoins.

Ce qui ne voulait pas dire que Pettigrew n'avait pas accès à une autre voiture.

Parce que la question la tarabustait, elle contacta en visio Leah Lester.

— Madame Lester, ici le lieutenant Dallas. J'ai une question à propos du groupe de soutien.

— Écoutez, je vous ai dit tout ce que je pouvais. Pourquoi me harceler alors que j'essaie de laisser tout ça derrière moi ?

— En assassinant Nigel McEnroy, quelqu'un a remis ses exactions au premier plan. Dites-moi quelle impression vous a laissée une femme du groupe du nom de Darla.

Le visage de Leah se ferma.

— Je vous ai déjà dit que le groupe était confidentiel et anonyme.

— J'ai parlé à Darla, ainsi qu'à Natalia. Je vous demande simplement l'impression que vous a faite cette personne.

— Pour être honnête, j'étais beaucoup plus concentrée sur moi que sur les autres. Je n'y suis allée que parce que c'était important pour Jasmine.

— Vous vous souvenez de Darla ?

— Peut-être. Vaguement. En tout cas je crois, mais pas question pour moi de pointer du doigt une pauvre femme qui s'est fait avoir par un homme.

— Ça marche dans les deux sens, répliqua Eve. Ce que vous me direz pourrait l'innocenter. Son ex-mari a été tué hier soir.

— Mon Dieu !

Eve vit Leah frissonner et presser les paumes de ses mains sur ses yeux.

— Comme McEnroy ? souffla-t-elle.

— Oui. Maintenant, donnez-moi vos impressions.

— Comme je vous l'ai dit, c'est vague. J'ai arrêté d'y aller, je vous l'ai déjà expliqué. Je me souviens qu'elle était plus ou moins toute cassée – comme beaucoup d'entre nous –, mais c'était plutôt son cœur qui était en miettes. Son mari l'avait quittée pour une femme plus jeune et il y avait une histoire de liquidation de l'entreprise qu'elle avait créée. À l'époque, je ne m'étais pas sentie spécialement navrée pour elle. Elle n'avait pas été droguée et violée, seulement larguée.

Elle laissa échapper un soupir.

— Je vous l'ai dit, j'étais concentrée sur mes propres problèmes. Elle semblait avoir de l'argent, pas comme U... comme une autre participante que son ex battait jusqu'au jour où elle s'est enfuie avec son enfant.

— En quoi donnait-elle l'impression d'avoir de l'argent ?

— Je sais pas... Ses chaussures. Elle avait de très belles chaussures et portait toujours sa bague de fiançailles et son alliance. Si c'était un vrai diamant, il avait de la valeur. Je veux dire qu'on voyait qu'elle avait des moyens.

Les détails avaient de l'importance, songea Eve. Même quand il s'agissait de chaussures. Elle poursuivit son questionnement.

— Vous souvenez-vous si elle paraissait proche de certaines autres femmes, si elle avait tissé des liens ?

— Je ne sais pas. Je vous ai dit que j'avais à peine… Attendez, si ! J'avais entendu dire qu'elle avait donné de l'argent à quelqu'un du groupe. La femme battue. Je ne sais pas si c'était vrai, mais quelqu'un avait parlé de ça.

— Qui ? Qui en a parlé, qui a reçu l'argent ? On parle de deux meurtres, Leah, ne m'obligez pas à vous convoquer.

— Bon sang… Je ne sais plus qui m'en a parlé. C'était peut-être Jasmine, ou peut-être l'une des autres. La femme battue s'appelait Una. Si vous êtes en contact avec Natalia, posez-lui la question parce qu'Una ne ferait pas de mal à une mouche. C'était une femme très douce qui tentait d'assurer une vie correcte à son enfant après avoir tout perdu. Et si Darla lui a donné un coup de pouce financier, elle a bien fait. C'est tout ce que je sais.

— Je vous remercie.

Eve raccrocha, se radossa à son siège et s'interrogea sur le meilleur moyen de retrouver une mère célibataire nommée Una.

Dans l'immédiat, toutefois, c'était l'heure du rendez-vous avec Mira.

Elle ressortit dans la salle commune et s'arrêta devant le bureau de Peabody.

— Je vais voir Mira.

— J'allais vous informer que j'ai parlé à l'associé londonien. Il vient enfin de me rappeler. Il prétend n'avoir absolument rien su du harcèlement sexuel, et encore moins des drogues et des viols. Et ça semble lui avoir fichu un coup. Il m'a dit être au courant des, je cite, « écarts de conduite » de McEnroy. Qu'il avait depuis toujours un faible pour les rousses et qu'à ses yeux – je parle de l'associé –

cela montrait que McEnroy aimait sa femme. Il avait craqué pour elle, une brune, et construit une vie, une famille avec elle. Mais il sortait parfois du droit chemin.

Peabody leva les yeux au ciel avec un sifflement agacé.

— Il parle d'écarts de conduite comme si le type faisait des embardées sur la route... Bref, l'associé est en route pour New York afin d'essayer de gérer la situation ici et assure qu'il fera tout ce qu'il pourra pour la veuve. Il se rendra disponible pour une entrevue une fois arrivé à New York, si vous voulez lui parler.

— Et l'autre associé ?

— Apparemment il se démène pour tenter d'éteindre les incendies allumés par le meurtre et le scandale qui y est associé. Le cabinet en a pris un coup. Ils sont menacés de procès. Le premier partenaire m'a paru sincère.

— Poursuivez dans cette voie. Je doute que le cabinet soit impliqué, ou même les associés, mais assurons-nous d'explorer toutes les pistes.

Elle continua d'y réfléchir durant le trajet en escaliers roulants jusqu'à l'étage de Mira.

Non, ni le cabinet ni les associés n'étaient impliqués, pas plus qu'il n'y avait de lien avec l'entreprise ou les collègues de Pettigrew. L'affaire tenait aux hommes eux-mêmes. Sexe, viol, cupidité.

Elle trouva le dragon qui servait d'assistante à Mira à son poste. La bête baissa ostensiblement les yeux vers sa montre. Mais comme Eve arrivait précisément à l'heure, elle dut garder ses remarques acerbes pour elle.

— Vous pouvez entrer, lieutenant.

Mira, ses cheveux couleur vison rassemblés en un chignon frisé, se tenait près de son autochef. Le printemps lui avait sans doute inspiré le choix d'un tailleur lilas accompagné de chaussures un peu plus foncées aux talons hauts si transparents qu'ils semblaient faits de verre.

Elle avait ajouté de petites boucles violettes à ses oreilles et un trio de fines chaînes tressées autour de son cou et, comme toujours, elle était parfaite.

Elle sourit à Eve, un éclat chaleureux dans ses yeux bleus.

— Je prépare du thé. Eh oui, je sais… Mais je pense qu'à cette heure une boisson plus apaisante que le café vous ferait le plus grand bien. Vous étiez déjà au travail avant l'aube.

— Elle aime tuer au petit matin, après une longue nuit.

— Oui, j'ai lu les rapports.

Mira désigna du geste l'un de ses fauteuils bleus tout en arrondis puis s'approcha avec deux délicates tasses d'un thé aux arômes fleuris.

Elle en tendit une à Eve puis croisa ses jolies jambes.

— Bon. Vous dites « elle » et je suis d'accord avec vous pour partir du principe que le tueur est une tueuse, une femme en quête de justice qui estime la servir au travers des meurtres violents d'hommes ayant fait du mal à d'autres femmes.

— La violence est montée d'un cran avec la deuxième victime.

— C'est souvent le cas, nous le savons toutes les deux. Et exécuter – car je pense que c'est ainsi qu'elle le voit – deux hommes en deux nuits est une façon de valider sa croisade, mais c'est aussi très excitant pour elle.

— Pourrait-elle avoir un compte plus personnel à régler avec Pettigrew ?

— C'est une possibilité, en effet. Mais qui sera moins plausible si elle tue de nouveau. Elle ne l'a pas tué en premier mais en second. L'hypothèse sera moins plausible s'il y a d'autres victimes car un lien plus personnel est généralement gardé pour la fin. Pour une forme de crescendo, si je puis dire.

— Elle n'a peut-être pas de fin programmée à l'esprit. McEnroy serait une sorte d'entraînement. « Est-ce que j'en suis capable ? Oui, j'ai réussi, je peux donc passer à ma cible plus personnelle. »

Intriguée, Mira se cala contre le dossier de son fauteuil et haussa les sourcils.

— Vous avez une raison de penser cela ?

— L'ex-femme de Pettigrew allume quelques voyants dans ma tête.

— De quel genre ?

— Sa réaction en apprenant sa mort m'a paru très exagérée. Ils étaient tout de même divorcés depuis deux ans. Et on parle ici d'un type qui l'a trompée avant de la larguer pour une fille plus jeune et de l'escroquer, en gros, en la forçant à vendre l'entreprise qu'elle avait créée. Et la voilà qui s'effondre en sanglots pour lui ? Je n'y crois pas.

— Certaines personnes aiment malgré les insultes et les blessures.

— Oui, possible. Mais non…

Plus elle y songeait, plus sa certitude se renforçait.

— Pas dans le cas présent. Je ne saurais pas vous dire exactement pourquoi mais là, non. Ajoutons-y un alibi douteux même si plus ou moins corroboré.

Elle dispose de vraies compétences informatiques et les comptes de Pettigrew ont été habilement piratés. Une grande maison, sans voisins directs, avec tout l'espace nécessaire pour commettre des crimes de ce genre.

— Vous pensez que c'est elle, la tueuse.

— À ce stade, oui. Je dois explorer toutes les autres pistes mais si ce n'est pas elle, il y a tout de même un truc qui cloche chez elle. Quelque chose qui ne colle pas.

— Vous me tiendrez au courant au fur et à mesure de votre enquête ?

— Comptez sur moi. Sinon, la tueuse a un lien, sous une forme ou une autre, avec ce groupe de soutien. Aucune chance qu'elle ait frappé par hasard deux hommes dont les victimes se trouvaient dans ce groupe.

— Il pourrait donc y avoir plus d'une femme impliquée.

— Ça s'est déjà vu auparavant, mais... Je ne crois pas que la formation de ce type de pacte criminel serait passée sous le radar de l'organisatrice du groupe. Et j'ai le sentiment qu'on a affaire à une unique tueuse. Avec l'impression qu'elle aime revêtir un masque. Se transformer en appât pour la première cible, puis prendre une autre forme pour la suivante. Lorsqu'elle frappera de nouveau, ce sera sous l'apparence du fantasme préféré de sa cible.

— Lady Justice, ajouta Mira. Une personnalité de plus. Singulière également. Ajoutons-y les poèmes. La poésie tend à être éminemment personnelle pour son auteur. Pourtant, au vu des exigences physiques et logistiques de ces mises à mort, difficile d'affirmer avec assurance que la tueuse agit seule.

— Pas seule. Quelqu'un conduit. Ça peut être un partenaire, voire un mercenaire. En tout cas une personne dont elle estime qu'elle ne la trahira pas. Je pencherais donc en premier pour une autre femme. Les hommes sont ceux qui trahissent.

— Oui. Elle a été trahie ou violentée par un homme. Il pourrait s'agir d'un père ou d'une figure paternelle si cette trahison avait une dimension sexuelle.

Mira marqua un temps d'arrêt pour boire une gorgée de thé en scrutant les traits d'Eve.

— Cet aspect de l'enquête est éprouvant pour vous ? demanda-t-elle.

— Je peux le gérer.

— Ce n'était pas ma question.

Et Eve savait que Mira insisterait jusqu'à avoir la réponse. Alors autant en finir tout de suite.

— Je sais ce que c'est d'être violée, sans défense, face à un violeur qui s'avère être mon père. Je sais ce que ça fait de tuer, de tuer avec violence. Si l'affaire ravive ces souvenirs, je pourrai m'en servir. Je saurai m'en servir. Mon travail reste de découvrir qui a tué ces hommes, quoi qu'ils aient pu faire de leur vivant. Je dois faire mon travail, sans quoi – même après tout ce temps – Richard Troy aura gagné.

— J'espère que vous viendrez à moi si vous rencontrez des difficultés.

— Je suis déjà devant vous. Mais je vais bien.

« Et j'aimerais autant qu'on passe à la suite », pensa Eve en son for intérieur.

— McEnroy était un prédateur, reprit-elle. Et j'aurais été heureuse de lui tomber dessus et de le voir passer le reste de ses jours derrière les barreaux. Pettigrew ? Faible, cupide, menteur, mais rien n'indique qu'il ait physiquement fait du mal à qui que ce soit. Il a simplement trompé son épouse, à de multiples reprises, puis a continué en trompant ensuite sa maîtresse. Un être humain lamentable, sans doute, mais qui ne méritait pas ce qui lui est arrivé. Je me sens prête à obtenir justice pour l'un comme pour l'autre.

— Très bien. Je dirais que la tueuse que vous cherchez est dotée d'une certaine maturité et axée sur les résultats. Une femme d'au moins trente ans et sans doute plus âgée. Qui se maîtrise jusqu'au moment où sa cible est neutralisée. Suffisamment pour l'épier à l'avance, faire des recherches, planifier son action, se préparer et servir d'appât. Une fois que l'homme est attaché, incapable de se défendre, elle s'autorise à relâcher cette maîtrise d'elle-même. Elle a l'endurance nécessaire pour torturer physiquement ses victimes pendant des heures et assez de distanciation émotionnelle pour ne pas se laisser atteindre par leurs cris et leurs suppliques, car rien n'indique qu'elle les ait bâillonnés durant la torture.

— Elle doit au contraire vouloir les entendre hurler et supplier.

— Je suis d'accord. Leur châtiment la nourrit, elle se repaît de leur douleur. La castration constitue l'étape finale, façon de leur retirer leurs attributs masculins, littéralement. Puis de les laisser suspendus comme des morceaux de viande, si j'en crois le rapport du légiste, jusqu'à ce qu'ils succombent par hémorragie.

— Pourquoi les ramène-t-elle jusqu'à leur domicile ? Elle pourrait se débarrasser définitivement des corps ou les abandonner à des kilomètres de là, puisqu'elle a forcément accès à un véhicule. Mais dans les deux cas, elle a couru le risque de les ramener et de les laisser dans la rue, en prenant le temps de les disposer, ainsi que le poème, à la vue de tous.

— Elle veut qu'ils soient retrouvés, et rapidement. Est-ce que cela ne montre pas à leurs proches qui ils étaient ? Ce qu'ils étaient vraiment ? C'est une démonstration faite à la ville, au monde, qu'ils ont été punis pour leurs crimes. Par elle. Je pense qu'elle sera à la fois satisfaite et fâchée d'être désormais traquée par deux policières. Elle appréciera que vous soyez des femmes puissantes, c'est quelque chose d'essentiel dans sa psyché. Mais elle sera mécontente qu'en tant que femmes vous ne voyiez pas qu'elle fait ce qui doit l'être alors qu'elle vous considère comme des collègues.

» Je pense qu'elle n'a pas d'homme dans sa vie aujourd'hui, qu'elle ne souhaite pas établir ce genre de relation. Elle a peut-être des amies, des femmes autour d'elle, mais les hommes ? Ce sont des animaux à abattre, des prédateurs à chasser. Elle croit en ce qu'elle fait et n'en est que plus dangereuse.

— Elle n'en a pas terminé.

— Non, je ne crois pas. Si elle a un emploi, c'est sans doute quelque chose qu'elle peut faire seule, ou qui offre des horaires flexibles.

Mira se recala au fond de son fauteuil, déplia puis replia ses jambes.

— Comme vous l'avez noté dans votre rapport, elle doit disposer d'un endroit sûr, à l'abri des regards, où elle peut emmener ces hommes sans être repérée et se livrer à la torture. Je suis également de l'avis de Morris : elle a des compétences médicales ou s'est entraînée à pratiquer la castration. Les amputations étaient bien trop propres et précises pour avoir été réalisées par une novice. Par ailleurs, la conviction de notre médecin légiste qu'une lame de type cérémoniel a été employée pour les castrations – le retrait de leurs attributs virils – indique qu'il s'agit pour elle d'un acte central.

Eve hocha lentement la tête tout en réfléchissant.

— La traque, le moment où elle les appâte, même la torture, tout constitue pour elle un moyen de s'amuser autant que de les punir. Mais l'objectif, le véritable propos, consiste à trancher leur virilité, à la retirer, à la leur prendre, afin qu'ils meurent sans. Asexués.

— Oui, exactement, confirma Mira avec le sourire d'un professeur ravi face à une étudiante sagace.

— Elle est capable de correspondre au personnage, à l'image de ce que chacune de ses victimes voulait. Ça fait partie du jeu, du plaisir, ajouta Eve. Elle est la rousse incendiaire et charmeuse que McEnroy voudra inviter dans son box privé. Puis le genre de CL qui plaît à Pettigrew afin qu'il la laisse entrer chez lui. À mon avis, les choses se sont passées très vite pour Pettigrew. Mais avec McEnroy, elle a dû flirter un peu, engager des préliminaires verbaux. Il ne s'agissait pas d'un échange marchand. Elle devait incarner ce qu'il cherchait. Et, même si c'était rapide, elle devait être à la hauteur des attentes de Pettigrew.

— Elle les étudie, elle s'adapte.

Eve se pencha en avant.

— Elle fait l'actrice ? Je me demande si elle a des talents de comédienne, de l'expérience ou un don en la matière. Elle a des cibles, et pas seulement ces deux-là. Ce ne sera pas toujours aussi facile qu'avec Pettigrew. Il lui faut aguicher, attirer, répondre à des attentes spécifiques pour placer les individus qu'elle sélectionne dans une situation qui lui permette de les neutraliser.

— C'est une vraie possibilité, confirma Mira. Mais elle croit en sa mission, en son objectif. Elle se prépare, c'est le contrôle. Elle se transforme, cela fait partie de la préparation. Il ne fait aucun doute qu'elle répète. Elle dispose du temps, de l'espace et des moyens nécessaires. De la garde-robe, par exemple, ainsi que des accessoires de coiffure ou des perruques. Le moyen de transport, les drogues. Tout cela coûte cher. Elle a investi dans son projet.

Mira inclina la tête sur le côté avant de demander :

— Est-ce que ces critères correspondraient aussi à Darla Pettigrew ?

— Les moyens financiers, oui. Les talents d'actrice, potentiellement. Les chaussures.

— Les chaussures ?

— Une autre participante du groupe de soutien m'a dit qu'elle avait le look de quelqu'un qui a les moyens, dont des chaussures coûteuses. Elle a accès à une maison vaste et isolée, celle qu'elle partage avec sa grand-mère. Celle-ci se remet d'une maladie et on peut voir par ailleurs qu'elles sont proches. D'où la corroboration douteuse de l'alibi douteux.

— Et Pettigrew a de l'expérience en tant qu'actrice ?

— Pas à notre connaissance, mais sa grand-mère est une actrice très connue. Eloise Callahan ?

— Vraiment ?

Surprise, Mira cligna des yeux et se recala de nouveau sur son siège.

— Effectivement, c'est quelqu'un d'important, dit-elle. Elle est brillante et adulée. C'est aussi une grande activiste.

— Elle connaît la grand-mère de Peabody, elles ont milité ensemble.

Mira laissa échapper un petit rire cristallin.

— Ça ne devrait pas m'étonner le moins du monde. Callahan est également connue pour ses actions de philanthrope. D'après ce que je sais d'elle, il est difficile de l'imaginer impliquée dans une affaire de meurtres avec torture.

— Elle n'a pas à l'être, pas directement. Je me dis que sa petite-fille a pu apprendre auprès d'elle au fil des années. Jeu d'acteur, maquillage, costumes. Et même – c'est quoi le terme ? – mise en scène. Toute cette affaire est très mise en scène, jusqu'aux poèmes et au nom qu'elle s'est attribué.

— Oui, il y a un côté assez théâtral. Elle vous a donné l'impression de l'être elle-même ?

— Non. Tout le contraire. Discrète, modeste, voire… je ne sais pas… ordinaire. Mais elle a surjoué le chagrin et le choc. Ça ne collait pas. Sa voix, son attitude, tout semblait sincère. Mais il y a un truc qui ne va pas. C'est tout ce que je peux dire, admit Eve avec un haussement d'épaules. Il y a chez elle un truc qui ne va pas.

Mira se radossa et prit le temps de réfléchir.

— Bon, elle doit correspondre à la tranche d'âge que j'ai établie pour le profil. Elle aurait les moyens, le mobile et l'espace adapté. Elle a fait partie du groupe de soutien. Vous avez de bonnes raisons de la considérer comme une suspecte.

— Pour l'instant, elle est en tête de liste. Mais je ne peux pas obtenir un mandat au nom de mon intuition.

Eve se leva et, au moment de reposer la tasse sur la table, eut la surprise de constater qu'elle avait fini son thé.

— Merci de m'avoir reçue, dit-elle.

— Faites attention. Elle est féroce, ajouta Mira. Lorsqu'elle laisse s'exprimer cette part d'elle-même, elle devient féroce.

— Hé, moi aussi.

Pendant qu'Eve retournait à la Criminelle, Darla faisait quelques emplettes. Du fait de la pluie, l'infirmière et elle étaient tombées d'accord pour annuler la promenade de sa grand-mère. Mais la pluie ne dérangeait pas Darla, qui se rendit d'un pas tranquille jusqu'à la boulangerie pour acheter les cannoli préférés de mamie puis jusqu'au marché pour prendre des fruits frais.

Elle avait prétexté un besoin de sortir, de marcher, de s'occuper pour se remettre de ce qui était arrivé à Thaddeus. Sa grand-mère et l'infirmière s'étaient toutes deux montrées si compréhensives, si compatissantes, se remémora-t-elle en examinant les grappes de raisin vert que mamie appréciait.

Dieu qu'elle aimait ça.

Darla avait également capté chez elles une pointe de pitié face à une femme trahie et abandonnée qui pourtant aimait toujours et pouvait pleurer l'homme qui lui avait fait du mal. Une pitié qui l'avait réjouie.

Mais jamais elles ne comprendraient la façon dont l'amour sincère et la haine brûlante pouvaient cohabiter dans un même cœur.

Thaddeus n'avait jamais su qui elle était vraiment. Après toutes ces années où elle avait partagé son lit, lui avait offert son corps, sa confiance et son dévouement, il n'avait pas su voir au-delà de cette façade.

Il n'avait rien su jusqu'au moment où – dans les derniers instants de sa vie alors que le sang s'échappait de son corps – elle avait retiré son masque. Il avait paru tellement dérouté, se souvint-elle avec tendresse, son regard braqué sur elle tandis que la vie le quittait.

Et il avait prononcé son nom, enfin prononcé son nom, *Darla,* comme une question. Le dernier mot sorti de ses lèvres était son nom.

Oh, quel délice !

— Excusez-moi…

Darla quitta sa rêverie, rappelée au présent par le petit coup de coude impatient d'une autre cliente.

— Je dois passer, dit celle-ci.

— Oh ! Je suis vraiment désolée, j'avais l'esprit ailleurs.

Darla s'écarta avec un sourire d'excuse puis choisit du raisin et des fruits rouges.

Une fois ses achats au marché terminés, elle ressortit. Elle ouvrit son parapluie et le fit tournoyer brièvement entre ses doigts.

Elle se sentait légère comme l'air !

Elle chantonna en marchant tout en rejouant mentalement sa scène face à la police. Parfaite. Dans son souvenir, tout s'était déroulé à la perfection. La stupeur, le chagrin, la difficulté à garder son sang-froid.

Ça avait été tellement amusant ! Elle n'aurait pas cru que cela lui plairait autant.

Elle s'était peut-être inquiétée, brièvement, en découvrant que mamie était descendue. Mais ça aussi, ça s'était révélé parfait.

Voir sa chère mamie – la célèbre et plébiscitée Eloise Callahan – se porter garante d'elle, raconter à peu de chose près la même histoire, la même chronologie.

Et quelle bonne idée elle avait eue de monter voir comment allait sa grand-mère pendant que Thaddeus était inconscient. La police pourrait difficilement la soupçonner d'avoir tué quelqu'un alors qu'elle devait s'occuper de son aïeule bien-aimée.

Elle devait admettre que c'était distrayant d'avoir à croiser le fer avec Eve Dallas. Cela lui donnait l'impression qu'elles étaient des personnages de film, les deux têtes d'affiche. À ceci près qu'elle en était aussi la réalisatrice. Et la scénariste. Elle avait même conçu les costumes (les siens, en tout cas).

Et elle avait déjà écrit l'acte suivant.

Sur le chemin du retour, sous la pluie avec son sac de courses et sa boîte à gâteaux, elle sourit et esquissa même intérieurement un petit pas de danse.

Elle repensa à toutes ces années, toutes ces années passées auprès de Thaddeus, où elle s'était montrée si dévouée, si fidèle. Si faible.

Elle avait créé une entreprise. Par elle-même ! Elle s'était appuyée sur son cerveau, ses compétences et son énergie pour en faire quelque chose de solide. Pas révolutionnaire mais solide et respectable.

Un accomplissement personnel.

Et elle avait laissé Thaddeus l'en priver, comme il l'avait privée de son estime d'elle-même. Au moins avait-elle appris grâce au groupe qu'elle n'était pas la seule. À vrai dire, son cas était loin d'être le pire. Tellement de femmes exploitées, maltraitées, trahies...

Qui avaient désormais trouvé en elle leur championne. Lady Justice.

Elle entra dans la maison à l'aide de sa carte magnétique, déposa son parapluie à l'entrée et rangea son manteau dans le placard.

Une fois ses courses déposées à la cuisine, elle ordonna à la droïde de faire du thé pendant qu'elle-même disposait fruits et pâtisseries sur de jolies assiettes.

Une petite surprise pour mamie.

Elle regarda l'heure. Le moment était idéal. Sa grand-mère aurait terminé sa kinésithérapie et serait installée dans le petit salon à l'étage.

Darla poussa le chariot jusqu'à l'ascenseur. Une fois dans la cabine, elle opta pour un sourire courageux, avec encore un fond de tristesse dans les yeux.

Quand elle arriva avec son chariot, Eloise et l'infirmière étaient déjà bien engagées dans une partie de Scrabble.

— Des cannoli ! s'exclama Eloise en roulant des yeux. Au revoir la taille de guêpe.

— Pas la tienne, mamie. Je parie que Donnalou t'a bien fait travailler.

— Une véritable esclavagiste.

Donnalou, une femme minuscule toujours prompte à rire, se contenta de secouer la tête.

— Je tiens à peine son rythme en ce moment, dit-elle. Et elle m'a déjà assené un mot en sept lettres qui compte triple.

— Dans ce cas, vous méritez toutes les deux une petite gâterie.

— Assieds-toi avec nous, Darla, lui proposa Eloise.

— Non, mangez-les toutes les deux, répondit Darla en se penchant pour lui embrasser la joue. J'ai quelques petites choses à faire. M'occuper est ce qu'il y a de mieux pour moi dans l'immédiat.

— N'allez pas non plus vous épuiser, Darla, lui conseilla Donnalou. Vous avez l'air fatiguée.

— Ne vous inquiétez pas. Je profiterai peut-être de votre présence pour faire une petite sieste. On verra. Et toi, mamie, essaie de ne pas trop étriller la pauvre Donnalou.

— Je ne promets rien.

Darla repartit en riant vers l'ascenseur, qu'elle emprunta pour descendre jusqu'à son repaire, au sous-sol. Tout en gardant un œil sur le moniteur et la partie de Scrabble, elle s'assura que le droïde avait entièrement nettoyé le sol, les menottes et les liens. Ainsi, bien sûr, que l'uniforme de Lady Justice.

Elle vérifia de nouveau sa réserve de drogues. Plus qu'assez pour le prochain, estima-t-elle, mais elle devrait peut-être envoyer un droïde s'en procurer d'autres. D'autant plus que mamie, qui Dieu merci était en train de se remettre, aurait besoin d'une dose un peu plus élevée de somnifère pour rester endormie et en sécurité durant la nuit.

Elle enverrait le droïde qu'elle avait baptisé Jimmy : vingt-cinq ans d'apparence, avec un visage dur et une petite cicatrice sur la joue droite. Il pourrait retrouver le dealer plus tard dans la soirée et réapprovisionner les stocks.

Elle songea qu'étant donné les circonstances elle aurait pu demander à son médecin de lui prescrire de quoi l'aider à dormir. Mais elle n'avait pas vraiment le temps pour ça.

Elle devait sélectionner son costume en vue de la scène suivante.

13

À son retour dans la salle commune, Eve fut accueillie par la dernière atrocité de Jenkinson en matière de cravate. Lorsqu'il lui fit signe d'approcher, elle braqua un regard noir sur l'immonde accessoire.

— Je vous pose sincèrement la question : pour quelle raison un homme adulte, un policier, un inspecteur expérimenté du NYPSD peut-il bien décider de porter une cravate vert fluo constellée de canards en plastique d'un jaune qui vous arrache les yeux ?

— Il n'arrache pas les yeux, il les picore, rétorqua-t-il. Et c'est ce qu'on appelle une touche de fantaisie.

— Moi, j'appelle ça une agression criminelle des nerfs optiques. Vous avez obtenu les notes et les noms attendus auprès de Natalia Zula ?

— Ouais, on les a. Et sa fille était avec elle.

Bien qu'assis alors qu'Eve était debout, il parvint à la regarder de haut en ajoutant :

— D'ailleurs, elle m'a complimenté sur ma cravate. Je dis ça, je dis rien. Vous trouverez le disque sur votre bureau. Sinon, visez un peu…

Il leva le pouce en direction de Reineke, son équipier habituel. Celui-ci, serviable, releva la jambe de son pantalon pour laisser apparaître les canards en plastique jaune sur fond vert fluo de ses chaussettes.

— Bon sang, vous coordonnez vos accessoires maintenant ?

— C'est un pur hasard, prétendit Reineke. Bref, Zula et sa fille se sont toutes les deux montrées coopératives. Elles sont un peu secouées à l'idée qu'une femme du groupe puisse tuer des gens. La fille voudrait que sa mère vienne vous voir pour vous faire un topo psychologique rapide de l'ensemble des membres. La mère est partagée.

— Elle devrait peut-être se départager.

— Elles sont très proches, intervint Jenkinson. On a eu l'impression que la fille allait travailler sa mère au corps sur la question.

— Je m'en contenterai dans l'immédiat. Merci pour votre aide.

Elle retourna à son bureau et inséra le disque.

Elle balaya du regard la liste de prénoms et les notes associées. « Un peu de tout », estima-t-elle. Viol, violences, maltraitance émotionnelle, partenaires infidèles, femmes larguées par des amants, arnaquées, giflées, entubées, battues, rabaissées, harcelées…

D'après les notes, certaines étaient en colère ou déprimées, d'autres écrasées par la culpabilité ou la honte. Beaucoup de désespoir et d'ego en miettes.

Pour chacune, Natalia avait indiqué son métier, si elle avait des enfants, une autre relation, si elle mentionnait un ami ou un membre de sa famille et si ceux-ci étaient dans le soutien ou la critique.

Elle précisait aussi si la femme avait ou non signalé le viol, les violences ou les agressions aux autorités, si elle avait fui la situation ou la subissait encore.

Des notes minutieuses, estima Eve, et toujours dénuées de jugement. Il pourrait s'avérer payant de lui demander de venir pour fournir ces profils psychologiques à Mira. De psy à psy.

Elle prit le temps d'envoyer un mémo à Mira lui demandant si elle était d'accord et, le cas échéant, si elle pouvait contacter Zula.

Après quoi elle lut, avec intérêt, les commentaires concernant Darla.

11/59 : Mari parti pour une femme plus jeune (avait déjà une liaison avec elle durant le mariage). Mari vit actuellement avec femme plus jeune. Divorce comprenait la vente de l'entreprise qu'elle avait bâtie, à sa demande à lui. A découvert qu'il avait obtenu parts majoritaires par manipulation. Vit à présent avec sa grand-mère.

Semble cultivée, intelligente, financièrement stable.

Semble émotionnellement brisée, se sent bonne à rien, ni séduisante ni désirable, stupide, amère. Toujours au stade du deuil de son mariage, confiance brisée, trahison sexuelle.

D'autres notes illustraient les progrès, ou leur absence, les changements d'humeur, la capacité à se lier aux autres membres du groupe durant le début de l'année 2060.

03/60 : Semble émotionnellement plus forte mais encore incapable de renoncer à sa colère et à son sentiment de trahison. Je constate la formation claire et encourageante d'un lien avec d'autres membres du groupe, une envie d'écouter, de compatir. Elle n'éclate plus en sanglots en évoquant sa propre situation mais parle avec amertume de son ex et de la femme pour laquelle il l'a quittée. Mentionne l'important soutien de sa grand-mère qui lui donne de la force.

Colère et amertume. Là, Eve pouvait y croire. Et cela ne résonnait pas, dans son esprit, avec les larmes de chagrin de Darla.

05/60 : Plus dans l'interaction, plus en mesure d'offrir soutien et compassion aux autres. A déclaré, avec émotion, que le groupe, les autres femmes, l'avait aidée à retrouver un but dans la vie, à se retrouver elle-même.

07/60 : Una m'a confié que Darla lui avait donné plusieurs milliers de dollars pour l'aider à louer un appartement. Fait preuve de générosité et d'amitié, volonté de tendre la main.

12/60 : A apporté de petits cadeaux pour le groupe lors de la réunion pendant les fêtes. Semblait pleine d'entrain, même si elle a exprimé de l'inquiétude vis-à-vis de sa grand-mère qui n'est pas bien portante. Est partie tôt.

C'était le dernier commentaire. Eve se radossa à son siège pour réfléchir.

Elle voyait deux options.

Soit le soutien du groupe, le temps passé à guérir et bla-bla-bla avaient sorti Darla du gouffre. L'avaient aidée à se débarrasser de ses sentiments négatifs pour se concentrer sur le positif. L'avaient aidée à nouer un lien avec d'autres femmes et à revenir à une vie productive.

Soit, tandis qu'elle reconstituait son moi explosé en morceaux en écoutant les autres femmes – les trahisons, les violences –, elle s'était reconstruite sous une forme pervertie. Qui se voyait comme une sorte de championne, de créature vengeresse.

Son nouveau but dans la vie.

« Et il n'y a rien, vraiment rien, dans ces notes pour me faire pencher d'un côté ou de l'autre », songea-t-elle.

Elle rassembla ses affaires et retourna dans la salle commune, au bureau de Peabody.

— Quoi que vous soyez en train de faire, mettez-y un terme ou emportez-le pour travailler sur le trajet.

— Où va-t-on ?

— Mettre un peu la pression à Dickhead au labo. Je veux savoir ce qui se trouvait sous les ongles de Pettigrew.

Peabody se leva et attrapa son manteau à la hâte.

— J'ai comparé les noms que Jenkinson et Reineke ont récupérés chez Zula avec la liste des victimes et des cibles de McEnroy.

— Et ? demanda Eve sans cesser de marcher vers la sortie.

— Il y a des correspondances. Il ne s'agit que de prénoms, donc on pouvait s'y attendre. J'envisageais de contacter Sylvia Brant chez Parfaitement Placé pour voir si elle peut me fournir les noms complets des femmes concernées. Et partir de là.

— Bonne idée. Faites comme ça.

— Toute seule ?

— S'il y en a plus de dix, j'en prendrai la moitié. Dans le cas contraire, je vous laisse explorer cette piste.

— Vous pensez que ça ne donnera rien.

— Ça pourrait. Vraiment, répliqua Eve en s'efforçant de supporter les promiscuités de l'ascenseur bondé. Nous avons déjà deux victimes de McEnroy dans le groupe de soutien. Les probabilités voudraient qu'il y ait peu de chances d'en trouver une troisième. Mais les rumeurs et les infos circulent dans les bureaux et quelqu'un d'autre pourrait très bien avoir entendu parler du groupe et décidé d'y aller après le départ des deux premières.

— Parce qu'elles nous auraient parlé d'une éventuelle troisième si elles avaient été au courant.

— Voilà. Donc ça mérite d'être vérifié.

— Et vous, vous êtes sur quelle piste ?

— Je veux savoir ce qu'est cette substance, puis il faudra que je réfléchisse. Certaines des femmes dans le groupe ont porté plainte auprès de la police. Pas toutes, loin de là, mais quelques-unes. Je vais donc voir ce que je peux en tirer. Les prénoms, les crimes ou infractions signalés, plus toutes les autres informations piochées dans les notes de Zula. Elle indique la date de leur première participation au groupe, ce qui nous donne une idée de la chronologie. Et je ferai pression sur Zula, si besoin, pour qu'elle nous en dise plus.

— Vous voulez mon aide ?

— Je compte déjà sur Mira, en fait. Occupez-vous de votre piste. D'ici ou de chez vous, comme vous voudrez.

— Vous vous intéressez toujours à Darla Pettigrew, devina Peabody comme elles débouchaient – enfin – dans le parking.

— Elle a un truc. Et les notes de Zula ne m'ont pas convaincue du contraire.

Une fois dans la voiture, Eve marqua une pause.

— Première victime : un violeur, un salopard pervers et cruel qui droguait, violait et menaçait des femmes. Deuxième victime : trompe sa femme puis s'installe avec sa maîtresse. Il aime coucher avec des CL. Il a manipulé son ex pour empocher à sa place une très grosse somme. On peut même dire qu'il l'a arnaquée. Mais il n'atteint pas le niveau de violence et de perversité de McEnroy. Alors pourquoi était-il le suivant sur la liste ? Pourquoi a-t-il été torturé plus brutalement encore ?

— D'accord. Vous supposez que c'était personnel parce qu'il s'agit de Darla.

Peabody resta songeuse pendant qu'Eve démarrait et sortait du garage.

— Mais ça pourrait être une simple question de timing, reprit-elle. C'était le suivant parce qu'il s'est trouvé vulnérable à ce moment-là. Et la violence allant crescendo est un phénomène courant. D'autant plus qu'il n'y a pas eu de délai entre les deux meurtres.

— C'est vrai, concéda Eve. Tout ce que vous dites est juste.

— Il se pourrait aussi que la gravité du crime, du péché ou de l'outrage – quelle que soit la manière dont elle considère ça – ne soit pas le critère. Que ça lui soit égal.

Eve fronça les sourcils.

— Bien vu, c'est tout à fait possible, dit-elle même s'il lui en coûtait de l'admettre. Et, oui, ça pourrait être lié au timing, selon qui elle peut atteindre en premier… ou qui elle appréciait le plus dans le groupe. Qui, selon elle, méritait ou avait le plus besoin de la forme de justice qu'elle propose. Des critères à considérer.

— L'avis de Natalia Zula pourrait nous être utile pour savoir lesquelles s'entendaient bien, lesquelles sont devenues amies, peut-être à l'extérieur. D'après Lester, certaines se retrouvaient autour d'un café, ce genre de choses.

— Oui. On se penchera sur la question, ou je demanderai à Mira de voir ça avec Zula. Deux bonnes pistes d'affilée, Peabody.

— Youhou !

Puis Peabody soupira.

— J'aimerais bien ne pas avoir moi aussi cette impression que quelque chose cloche chez Darla Pettigrew. Je ne sais pas si ça vient de moi ou si je me laisse influencer par vos soupçons.

— Pour l'instant, explorons nos différentes pistes.

À leur arrivée dans le labo, les savants en blouse blanche s'affairaient devant leurs ordinateurs ou leurs plans de travail, dans leurs salles aux parois de verre. Eve fonça directement vers Dick Berenski, le technicien en chef du laboratoire, pas très affectueusement surnommé « Dickhead [1] ».

Il se tenait voûté au-dessus d'un ordinateur, ses cheveux noirs clairsemés ramenés en arrière sur son crâne d'œuf. Ses longs doigts allaient et venaient entre claviers et écrans tactiles tandis qu'il voguait d'un appareil à l'autre sur son tabouret à roulettes.

1. Soit « tête de nœud ». *(N.d.T.)*

Il repéra Eve et lui lança un regard perçant.

— On y travaille, dit-il. Votre victime n'est pas la seule en ville. Sans oublier tous les gens encore en vie qui ont aussi besoin d'analyses.

— Quel mal pouvez-vous bien avoir à identifier une substance qui vous a été envoyée il y a plusieurs heures pour une analyse classée prioritaire ?

— Un échantillon sur deux qui débarque ici est classé prioritaire.

Il disait vrai, elle le savait. Mais elle savait aussi comment il fonctionnait. Il avait été nommé à la tête du labo parce qu'il était super fort. Et on le surnommait Dickhead parce qu'il ne disait jamais non à un petit bonus.

— Une place en loge VIP pour le prochain match des Mets... si j'obtiens mes résultats dans les soixante prochaines secondes.

— Qui voudrait assister seul à un match ?

— Deux places. Le chrono est lancé.

Il lui sourit et ce qu'elle lut dans ce sourire lui fit monter la moutarde au nez.

— Vous avez déjà les résultats, espèce de sale fouine !

— Allons, allons, dit-il sans cesser de sourire mais avec un geste d'apaisement. Je les ai et j'étais en train de les affiner au moment où vous avez débarqué.

Il donna une nouvelle impulsion à ses roulettes pour toucher un autre écran.

— Ce que Morris nous a transmis, ce sont de petits fragments de béton peint.

Il tapota sur l'écran afin d'afficher une multitude de formes et de symboles que seuls les geeks dans son genre pouvaient traduire.

— On a déterminé le type et le niveau de qualité du béton, la couleur et la marque de la peinture. Top qualité, les deux.

— Qu'est-ce qu'on peut en conclure ?

Il la gratifia d'un nouveau regard perçant et de son sourire narquois.

— Eh bien, c'est ce que je vais pouvoir vous dire maintenant qu'on a tout. Ça signifie que ses orteils ont raclé sur du béton peint et que ce n'était pas un revêtement bon marché ou milieu de gamme comme on en trouverait sur un terrain de jeu public. Plutôt un truc de country club. Le genre de revêtement qu'on trouve autour d'une piscine, par exemple, ou dans une cave réaménagée en espace chic, voire un hall d'accueil très fréquenté. Peut-être la cuisine ou les toilettes d'un appartement huppé.

Eve pariait sur la cave aménagée. À l'abri des regards indiscrets. Et très probablement insonorisée.

— D'accord. Il me faut plus de précisions.

— J'y travaille ! se défendit Dickhead.

De fait, ses doigts longs et fins s'activaient de nouveau.

— Ah, on a une marque pour le béton. Tenez, qu'est-ce que je vous disais ? Du top niveau. Six mille psi de résistance, donc vous pouvez éliminer les grands bâtiments commerciaux. Ils demandent au moins dix mille psi. Du coup, le plus probable est un bâtiment résidentiel ou un immeuble de taille modeste, comme un duplex ou une petite tour de trois étages. Ça peut être une bordure de piscine, un sol de garage, ce genre de choses. Ah, voilà… C'est du béton Mildock. Bon, ça ne va pas trop réduire le champ de vos recherches.

Dickhead était sans aucun doute désagréable et énervant, mais il connaissait son métier comme pas deux, se dit Eve.

— Continuez.

— Je dirais qu'il a dû bien planter ses ongles pour traverser l'époxyde – de l'époxyde, pas de la peinture.

Il balaya plusieurs fois l'écran, tapa sur quelques touches, toucha de nouveau le moniteur.

— Mmm. Il y a un additif antidérapant, donc on est sur du sol, pas un mur. De la qualité, comme je vous le disais. De marque Kreet-Seal. Référence EX-651, qu'ils appellent « Or bruni ». Avec une couche d'imperméabilité, donc sous-sol, cuisine, garage. Sans doute pas utilisé autour d'une piscine, ni en extérieur. Les zones à forte humidité nécessitent un époxyde particulier et c'est pas le cas ici.

— Du béton Mildock à six mille psi recouvert d'un époxyde « Or bruni » de chez Kreet-Seal, antidérapant et légèrement imperméabilisé.

— C'est ça. Avec des pètes et des griffures à la surface.

— Oui.

Il avait peut-être bien mérité ces places au stade.

— Envoyez-moi le rapport écrit.

— De rien, vraiment, ça me fait plaisir ! lança-t-il alors qu'elles s'éloignaient déjà. Les flics, grommela-t-il.

Sans cesser de secouer la tête, il consulta son mini-ordinateur à la recherche du prochain match à domicile des Mets.

— Vous voulez que je lance les recherches ? demanda Peabody à Eve.

— Je m'en charge. Attaquez-vous aux pistes qu'on a évoquées, et aux vérifications des prénoms. D'ici, je peux facilement vous ramener au Central ou vous déposez chez vous. Où préférez-vous bosser ?

— Je vais opter pour la maison, au calme. D'autant qu'on est censés aller dîner chez Mavis… si l'enquête le permet. Je pourrais préparer un gâteau pour le dessert. J'ai toujours l'esprit super clair pour réfléchir quand je fais un gâteau.

— Tant que les résultats sont là.

— Je peux y aller à pied, pas de soucis. Je prendrai deux ou trois bricoles au passage. Il pleut à peine.

— Ça me va. Prévenez-moi si vous tombez sur quelque chose d'intéressant.

— Comptez sur moi. Hmm… Petite pluie de printemps. Je crois que je vais opter pour une tarte au citron meringuée.

En montant dans sa voiture, Eve se demanda comment on pouvait faire un gâteau et réfléchir en même temps. Mais Peabody en était semble-t-il capable.

De retour sur la route, elle lança sur l'ordinateur du tableau de bord une recherche d'entrepreneurs qui installaient – elle apprit que le terme exact était « couler » – des sols en béton Mildock.

Elle apprit également qu'ils étaient un paquet à offrir ce service en ville.

Elle passa alors à l'époxyde, obtint un nouveau paquet de références, qu'elle réduisit en partie en filtrant l'utilisation de la marque concernée. Elle fusionna ensuite les deux recherches pour voir quelles entreprises coulaient le bon béton et proposaient le bon revêtement.

Elle tâcha d'évaluer toutes les possibilités. La boîte pouvait avoir géré le chantier dans son entier : couler le béton puis le recouvrir. Elle pouvait aussi avoir peint un sol déjà existant.

Bonne nouvelle, se dit-elle : elles seraient à même de faire le lien entre la substance retrouvée sous les ongles de la victime et le sol du lieu du crime une fois celui-ci identifié.

Mauvaise nouvelle : identifier ce lieu à partir du type de béton et de revêtement de sol utilisés tiendrait plus de la chance que d'une enquête bien menée.

L'esprit concentré sur ces questions, elle fut presque surprise de franchir déjà le portail. Peut-être que travailler en conduisant était son équivalent du travailler en cuisinant de Peabody.

Des trucs verts poussaient le long du chemin, d'autres commençaient à apparaître parmi les arbres. Peut-être – et seulement peut-être – que malgré la pluie froide (ou grâce à elle ?) le printemps chassait doucement l'hiver.

Eve se gara et récupéra ses affaires. Elle décida qu'elle allait faire une pause et passer par la salle de sport pour une bonne séance de transpiration afin de s'aérer la tête avant de se remettre au travail.

Elle entra dans la maison, prête à insulter Summerset en mentionnant le remplacement à prévoir du balai qu'il avait dans le fondement.

Mais, plutôt que sa présence vaguement inquisitrice dans l'entrée, elle entendit sa voix en provenance du petit salon. Ainsi qu'un grand rire aigu qu'elle connaissait bien, suivi d'une salve rapide d'un joyeux charabia.

Elle lança son manteau sur le poteau sculpté de l'escalier, laissa son attaché-case sur les marches et se dirigea vers le salon.

Vêtue d'un petit pull rose à fanfreluches et d'un pantalon bleu ourlé de dentelle rose, Bella était assise sur les genoux osseux de Summerset. Des élastiques arc-en-ciel divisaient ses boucles blondes en deux minuscules couettes.

Quant à Mavis, son attirance pour le rose se manifestait sous la forme d'une chevelure couleur barbe à papa. Elle aussi affichait les couleurs de l'arc-en-ciel avec une courte robe tourbillonnante qui descendait – tout juste – jusqu'au sommet de ses cuissardes roses.

Ainsi installés devant un petit feu de cheminée, les trois formaient une scène domestique aussi absurde que joyeuse.

Bella laissa échapper un cri suraigu. Le genre de cri qui – si elle ne s'y était pas attendue – aurait poussé Eve à sortir son arme. La petite fille descendit des genoux de Summerset et chargea à travers la pièce à cette stupéfiante vitesse propre aux bambins.

— Das ! Das ! Das !

Elle se précipita contre les jambes d'Eve telle une joueuse de football américain miniature. Galahad, qui se serait habituellement levé pour saluer Eve en allant et venant entre ses chevilles, se contenta de cligner des yeux sans bouger de l'accoudoir du fauteuil de Mavis sur lequel il s'était perché.

Les paroles que Bella lança d'un air très sérieux, le visage levé vers Eve, resteraient un mystère. Mais Eve comprenait le sens de ces bras grands ouverts. Et elle n'avait jamais trouvé le moyen de leur dire non.

Elle souleva l'enfant, eut droit aux habituels bisous aimants et baveux puis à une longue étreinte accompagnée d'un profond soupir de bien-être.

Comment était-elle censée réagir ?

Curieuse, elle huma le cou de Bella.

— Tu sens le chocolat.

Bella inclina la tête en arrière et éclata de son grand rire ravi.

— Bla-bla, Amusette, bla-bla, cookies, bla-bla, miam, bla-bla, Das.

— Compris.

Plus ou moins.

Elle aurait aimé reposer l'enfant mais Bella se cramponnait à elle comme une moule à son rocher. Eve se contenta donc de la décaler sur le côté pour échanger un regard avec Mavis.

— Comment tu as su que je rentrais ?

— Je ne savais pas. Bellamina et moi sommes venues passer un moment avec Summerset.

— Amusette, répéta Bella avec une immense tendresse dans la voix.

— Alors c'est un méga coup de chance, reprit Mavis, que tu rejoignes tes pénates alors qu'on est encore là. Viens, détends-toi, tiens-nous compagnie.

« Le boulot, se dit Eve. Des meurtriers à appréhender. »

Mais l'enfant l'agrippait de toutes ses forces et le sourire de Mavis avait l'éclat de mille soleils. Piégée par toute cette joie, elle porta Bella vers sa mère. Quand elle s'assit, l'enfant frotta sa tête contre sa joue en babillant.

Eve capta un « Nors » et un « Gahad » suivis de quelque chose à propos de « maman » et de « papa ».

Quelque part entre deux gazouillis et embrassades, Bella mit une main sur l'arme d'Eve.

— Non, non.

Même si le pistolet paralysant était sécurisé dans son harnais, Eve retira avec fermeté la petite main trop curieuse.

— Jouet !

— Non, c'est pas un jouet.

— Bella jouet. Siplaît ! dit la petite en écarquillant ses grands yeux bleus.

— Oublie. C'est pas un jouet. C'est mon arme.

L'air charmeur s'évanouit. Les grands yeux bleus se firent aussi durs que l'acier.

— Veux jouet !

Dans l'esprit d'Eve, deux petites cornes apparurent sous les boucles d'or et une langue bifide jaillit entre les lèvres roses de Bella.

Assise sur le fauteuil d'à côté – et visiblement peu décidée à l'aider –, Mavis sirotait une boisson qui, à l'odeur, devait être un thé.

— Tu penses m'avoir comme ça ? demanda Eve. J'affronte des gros durs au quotidien, cocotte.

En son for intérieur, elle devait néanmoins concéder que le regard de Bella faisait peur.

— Partage ! exigea l'enfant.

— Non. Trouve autre chose.

À la recherche d'un moyen de détourner l'attention, Eve se déhancha pour extirper une carte de visite de sa poche.

— Tiens. Si tu rencontres des ennuis, appelle-moi.

Bella prit la carte et l'examina, lèvres pincées et sourcils froncés. Puis elle hocha la tête et plaqua son doigt sur chacun des mots.

— Bella Eve.

— Voilà. Super.

Les paupières de Bella papillonnèrent ; la charmeuse était de retour.

— À moi ?

— Oui. Tout à toi.

— Superbe détournement d'attention, Dallas, complimenta Mavis tandis que Bella se pelotonnait contre Eve en pépiant quelque chose à l'intention de la carte.

Puis, battant à son tour des cils, elle se tourna vers Summerset.

— Vous seriez d'accord pour l'emmener à la cuisine et peut-être lui donner un dernier vous-savez-quoi avant qu'on décolle ?

— Avec joie. Bella, si nous allions voir ce qu'on peut dénicher à la cuisine ?

— Ouh ! Cookies Amusette. Das ! Maman.

La petite bondit pratiquement à terre et aurait sans doute escaladé la silhouette osseuse de Summerset tel un serpent grimpant sur son arbre s'il ne s'était pas penché pour l'attraper.

Elle agita la carte d'Eve comme un drapeau et babilla dans l'oreille de Summerset qui hocha sobrement la tête.

— Oui, bien sûr, on fera comme ça, dit-il en s'éloignant avec la petite fille dans les bras.

— On ne me fera pas croire qu'il a compris ce qu'elle racontait.

Mavis poussa un petit soupir bienheureux.

— Elle a dit qu'il fallait partager les cookies avec toi et moi, et prévoir une friandise pour le chat. On travaille dur pour lui apprendre cette fameuse notion de partage.

— Oui, toi, tu comprends, mais pas Summerset…

— Oh, il est super fort pour ça. Totalement bilingue en Bellamina. On essaie de passer le voir toutes les semaines ou tous les quinze jours pour partager un petit moment avec lui. Il est peu comme un grand-père pour elle.

Trop stupéfaite pour parler, Eve se contenta de la dévisager.

— Au fait, on était au studio de Jake. On va enregistrer un morceau ensemble, c'est vraiment top. Et comme il devait sortir retrouver Connors, je me suis dit : « Hé, c'est l'occasion d'aller voir Amusette. »

— Connors ?

— Oui. Dès qu'on a mentionné son nom, Bella s'est mise à crier « Nors, Nors », donc j'ai appelé Summerset pour voir si on pouvait arriver à l'improviste. Je ne m'attendais pas à te voir, mais je me dis que c'est un signe.

— Un signe de quoi ?

— Que le moment est venu de te confier ce qu'on n'avait pas prévu de révéler avant encore deux semaines, même si ça me démangeait et que je veux que tu sois la première à savoir, même si t'es pas très à l'aise avec ça.

Mavis se releva d'un bond pour effectuer une petite danse sur ses cuissardes à hauts talons. Puis elle pointa un doigt sur son ventre.

— On remet ça !

— C'est-à-dire ?

Mavis roula des yeux avant de mimer un ventre arrondi.

— Enceinte, le retour !

— Quoi ? Tu es... encore ?

— Encore !

Mavis exécuta trois pirouettes gracieuses avant de remuer ses fesses sous le nez d'Eve.

— Sperme, ovule, *touchdown*.

Elle mima un lancer de ballon et ce qui représentait peut-être l'éruption d'un volcan.

— Je mourais tellement d'envie de te le dire !

Elle se laissa tomber sur l'accoudoir du fauteuil d'Eve et l'enserra de ses bras.

— J'en suis déjà à plus de deux mois. J'ai même dû faire semblant de boire du vin à la fête de Nadine parce qu'on craignait que les gens ne comprennent si je ne buvais pas. On avait prévu d'attendre la fin du premier trimestre, mais te voilà et je ne veux plus attendre. Maintenant on va pouvoir annoncer la bonne nouvelle à Peabody et McNab quand ils arriveront ce soir, puis je pourrai le dire à Trina et... Oh, à tout le monde, en fait ! Je voulais que tu sois la première parce que tu es ma meilleure amie, même si ça te fait trop bizarre.

— Ça ne me fait pas bizarre.

Le reniflement moqueur de Mavis obligea Eve à concéder :

— Bon, si, un peu. Mais tu es heureuse. Tu as l'air à moitié maboule mais j'interprète ça comme du bonheur.

— Heureuse à la puissance dix mille. Leonardo et moi, on voulait avoir des enfants sans trop d'écart – tu sais, pour qu'ils puissent être copains – et on a décidé de s'y remettre juste après les un an de Bellamina.

Elle se laissa glisser de l'accoudoir pour se blottir contre Eve de la même manière que Bella l'avait fait.

— Tu te souviens de la fois où j'étais bourrée alors que j'étais enceinte de Bella, de ma peur de tout foirer dans mon rôle de mère, de tout fiche en l'air ? Et tu m'as dit que je serais super, que je ferais une excellente mère ?

— Tu l'es.

— C'est vrai. Mon chou et moi, on est doués pour être parents. Il est tout ce qu'un père devrait être. J'ai tellement de chance, Dallas. Je suis bénie des dieux.

Elle appuya son visage contre l'épaule d'Eve, les larmes aux yeux.

— Et je suis complètement shootée aux hormones.

— Ça va, dit Eve en lui tapotant le dos. Tout va bien.

Avec un soupir, Mavis parut se détendre.

— Je n'aurais jamais pensé me retrouver là. Je ne veux pas dire dans cette maison – quoique si, quand même –, mais surtout dans cette situation. Avec quelqu'un d'aussi top que Leonardo, avec une fille qui est mon rayon de soleil, mon arc-en-ciel et tout ce qui est bon dans ce monde. Avec une vie qui ne consiste pas seulement à choper ce qu'on peut choper dès qu'on peut le choper sans se poser de questions sur l'après. Bénie des dieux, Dallas.

— Tu le mérites.

— Me faire arrêter par toi est la meilleure chose qui me soit jamais arrivée.

— Ravie d'avoir pu t'aider.

Mavis secoua la tête avec un rire empreint d'émotion.

— Je suis sérieuse. C'est ce qui m'a lancée sur le bon chemin. Bref, Leonardo et moi, on voudrait que Connors et toi soyez sur place pour la naissance, comme avec Bella.

La terreur saisit Eve à la gorge.

— Sur place... Écoute, Mavis...

— On en reparlera mais dans l'immédiat il faut que j'aille arranger mon maquillage. Et sans doute vomir un coup. Ouais, je ne vais pas y couper...

Mavis se tortilla pour se relever et s'éloigna rapidement. Eve demeura sur son fauteuil, figée.

« Sur place, encore une fois », se dit-elle.

Dans la salle où *ça* se produirait. Une nouvelle fois.

— Mon Dieu, qu'est-ce que j'ai fait pour mériter ça ?

14

La visite d'une petite fille bavarde et d'une Mavis enceinte avait accompli une chose : l'esprit d'Eve était aussi clair qu'après une longue séance de sport.

D'ailleurs, elle eut l'impression d'arriver à son bureau légèrement essoufflée. Et ce malgré le cookie auquel elle avait eu droit pour se remettre.

Elle abandonna sa veste sur un siège et se programma une bonne réserve de café.

En vérifiant sa boîte de réception sur son centre de contrôle, elle constata que Dickhead avait bien envoyé son rapport. Elle prit note de contacter Connors pour les places.

Un autre rapport en provenance de la DDE lui apprit que, contrairement à McEnroy, Pettigrew ne tenait pas à jour la liste de ses conquêtes. Il avait simplement enregistré un calendrier sur son ordinateur de bureau – dans un fichier personnel protégé par un mot de passe –, où il marquait les dates et les heures de ses rendez-vous avec des compagnes licenciées.

Il louait le plus souvent une chambre d'hôtel pour ces occasions mais quelques-unes de ces rencontres s'étaient également déroulées chez lui. D'après la DDE, les visites à domicile correspondaient aux déplacements longue distance du calendrier enregistré sur l'ordinateur personnel de Horowitz.

Des documents plus anciens indiquaient qu'il ne se permettait ses infidélités qu'à l'hôtel durant son mariage.

« Il ne prenait pas de risques avec son ex avant qu'elle devienne son ex », comprit Eve.

Parce que Horowitz était plus facile à berner ?

Parce qu'il craignait que Darla ne réagisse plus violemment ?

« On a plus à perdre avec une épouse », songea Eve en mettant à jour son tableau et son dossier. Si Darla avait demandé le divorce avant lui, par exemple, ou trouvé un moyen de l'écarter de l'entreprise, ou simplement fait de sa vie un enfer.

De retour à son centre de contrôle, Eve posa les pieds sur la console et se cala au fond de son fauteuil, un café à la main.

McEnroy : un criminel, un violeur, un prédateur, un individu qui, s'il avait été découvert de son vivant, aurait passé un très long moment derrière les barreaux.

Pettigrew : un mari et partenaire lamentable. Cupide, opportuniste. Mais Eve ne voyait rien d'illégal à ses actions. Rien qui aurait pu l'envoyer en prison.

Et pourtant, aux yeux de Lady Justice, les deux avaient mérité le même sort.

— Parce qu'ils sont tous pareils, murmura Eve. Les hommes, en tant qu'espèce, constituent un fléau qui doit être éradiqué. Tu commences avec ton cercle proche – le groupe de soutien – et tu les élimines un par un. Et après ça, tu te remettras en chasse. Tu as ça dans le sang maintenant.

» L'ennemi, ce sont les hommes ; les détruire est ta mission.

— Eh bien, en voilà un accueil chaleureux.

Eve tourna la tête tandis que le chat se levait du fauteuil de repos pour aller saluer Connors.

— Toi, je te garderais, lui dit Eve. Il faut qu'il reste quelqu'un pour fournir sexe et café.

— Me voilà réconforté.

Il s'approcha d'un pas tranquille pour l'embrasser... et lui piquer une gorgée de café.

— On me dit que tu es rentrée tôt... par rapport à tes habitudes.

— Je voulais m'aérer la tête et prendre le temps de réfléchir. J'ai vu Mavis et sa fille.

— C'est ce qu'on m'a aussi raconté. Et comment vont-elles ?

— La petite est futée, flippante et pratiquement irrésistible. Mavis est enceinte.

— Elle... Quoi ?

— Oui, ils « remettent ça ». Et si elle était capable de faire des sauts de mains, elle l'aurait fait, ajouta Eve en faisant tournoyer son index en l'air en guise d'illustration. C'est volontaire. La grossesse, je veux dire. Si je l'ai appris, en revanche, c'est parce que je suis arrivée par hasard au beau milieu de l'une de ses visites régulières à Summerset. Une sacrée nouvelle, ça aussi. Elle a interprété ça comme le signe qu'il fallait tout me raconter.

— Bon, dans ce cas c'est formidable. On va lui envoyer des fleurs.

— Ne te réjouis pas trop vite. Elle s'attend à ce que nous aussi nous répétions notre performance.

— Notre perfor… ?

Il blêmit brusquement.

— Tu n'essaies pas de me dire qu'elle voudrait qu'on soit de nouveau présents quand elle…

— … expulsera un nouvel être humain de son ventre ? Si, c'est ce qu'elle espère.

— Je vais ouvrir une bonne bouteille, déclara immédiatement Connors. Et je ne tiens pas à en discuter ni à y penser plus avant. Des images marquées au fer rouge dans mon cerveau viennent encore me hanter au cœur de la nuit.

Particulièrement soulagée de ne pas être seule face à sa terreur, Eve pointa son doigt vers lui.

— Même toi, tu ne seras pas capable de la convaincre de renoncer.

— Je pourrais être en déplacement à l'étranger, voire hors-planète, répondit-il en s'approchant pour choisir le vin. Je pourrais très bien être hors-planète pour… Quand est-ce qu'elle doit accoucher ?

Eve fronça les sourcils.

— Je ne sais pas. Je n'ai pas posé la question. Je ne sais jamais quoi demander. D'après elle, elle était déjà enceinte durant la fête de Nadine mais ne voulait pas annoncer la nouvelle à ce moment-là. Et si je dois revivre ça, mon cher, alors toi aussi.

— Laisse-moi occulter ça pour le moment. Buvons un bon verre de vin. Et parle-moi de quelque chose de moins traumatisant. Un meurtre, par exemple.

Parce qu'elle se sentait infiniment plus à l'aise à parler de meurtre que d'accouchement, Eve accepta le verre qu'il lui tendait.

— Avancée majeure. Les pieds de Pettigrew ont raclé le sol pendant la torture et nous avons identifié la substance prélevée sous les ongles de ses orteils.

Raison pour laquelle je vais avoir besoin de deux places VIP pour un futur match à domicile des Mets.

— Dickhead.

— Parfois j'aime bien lui prendre la tête et le menacer pour obtenir ce que je veux, d'autres fois je préfère opter pour la voie la plus rapide.

— Compris. Je m'en charge. Asseyons-nous une minute.

Après avoir ordonné à l'ordinateur d'allumer la cheminée, il guida Eve vers le coin détente.

— C'est quoi comme substance ?

— Du béton peint. J'ai la marque et le… comment il a dit… le psi du béton, du Mildock. Plus la marque et la couleur de la peinture, ou de l'époxyde. Les additifs utilisés indiquent qu'il s'agit d'une peinture pour sol et non murale. Pas assez imperméable pour être utilisée dehors ou autour d'une piscine. Sans doute un garage ou un espace intérieur. Comme une cave. Je penche pour ça. Un endroit à l'écart.

Ce moment, assis avec sa femme à siroter du vin, constituait pour Connors une agréable transition après sa journée de travail.

— Belle avancée, en effet.

— Comme tu dis. Les deux marques sont très répandues donc le tri s'annonce difficile, mais une fois qu'on tiendra notre suspecte, ça nous permettra de confirmer.

Elle but de nouveau, les yeux tournés vers le tableau.

— Horowitz ne colle pas au profil.

— La compagne de Pettigrew ?

— Oui. Même si j'approchais l'affaire comme une conspiration – plusieurs femmes œuvrant ensemble pour éliminer des hommes infidèles –, elle ne colle pas. Geena McEnroy correspond mieux au profil, mais pas idéalement non plus. Elle a mis ses menaces à exécution, ajouta Eve. Elle est remontée jusqu'à Tibble et au maire, a menacé de faire intervenir le gouverneur.

Connors se passa une main dans les cheveux.

— Et ?

— J'ai été convoquée dans la Tour, répondit Eve avec un haussement d'épaules. Tibble est à moitié politicien, c'est nécessaire à son poste, mais il est loin d'être idiot. Je lui ai exposé toute l'affaire, en même temps qu'à Whitney, en mentionnant au passage que tu avais acheté l'entreprise que Pettigrew avait en partie piquée à son ex. J'ai fait la liste de toutes nos preuves, bla-bla-bla. Il s'occupera de Geena McEnroy.

— Je n'en doute pas. En ce qui concerne l'entreprise, je peux désormais t'en dire un peu plus. Darla Pettigrew a lancé sa boîte avec le soutien financier de sa grand-mère qui n'est autre que l'incroyable Eloise Callahan.

— Tu la connais ?

— Pas personnellement, mais oui. Et j'admire énormément son travail. Tu as vu certains de ses films, d'ailleurs.

— Sûrement, répondit Eve, consciente qu'il savait mieux qu'elle de quoi il parlait.

— Je te promets qu'on en a regardé quelques-uns ensemble. Bref, la légendaire Eloise a investi dans sa petite-fille. Darla a étudié la programmation et l'intelligence artificielle à l'université, jusqu'à obtenir ses diplômes de troisième cycle. Puis elle a épousé Pettigrew. En lisant entre les lignes des données dont je dispose, elle a joué pendant plusieurs années le rôle de femme d'avocat en mettant de côté ses propres ambitions, mais durant cette période quelque chose lui a donné l'idée de lancer sa propre entreprise concentrée sur la création, la programmation et la fabrication de droïdes domestiques personnalisés. À petite échelle, l'accent étant mis sur la qualité et le caractère abordable des modèles.

— Tout venait donc d'elle. Il n'a pas de compétences de programmeur, si ?

— Aucune, mais il a géré l'aspect juridique… et en a profité pour se doter d'une position avantageuse. Il s'est d'ailleurs montré plutôt habile, ajouta Connors. La boîte a eu un certain succès, assez pour rembourser la grand-mère et se bâtir une réputation de fiabilité et de bon service client. Une petite entreprise solide, comme je te l'ai dit un peu plus tôt.

— Et qui désormais t'appartient.

— En effet. Il y a environ deux ans, le directeur financier de Pettigrew a contacté notre service des acquisitions. Les mémos et rapports de l'époque indiquent bien que l'entreprise serait mise en vente à la suite d'un divorce.

— Serait ?

— Oui, nous avons été prévenus en avance, invités à faire une offre. Mes équipes ont mené les audits préalables, j'ai validé l'offre et, après une négociation rapide et sans accroc, nous avons finalisé la vente dans les quinze jours. Simple et efficace, sans chichis ni complications.

— Elle n'avait pas le choix, répliqua Eve.

— Il semblerait bien. Sur le papier, comme je te le disais, tout paraissait simple et efficace. Elle avait signé et lui détenait une majorité des parts.

Eve se leva pour s'approcher du tableau.

— Parce qu'il avait arrangé les choses en sa faveur alors qu'elle pensait qu'il agirait équitablement.

— C'est aussi mon avis. Pour reprendre ce que j'ai dit tout à l'heure, il s'est montré habile.

— Je n'en doute pas. Et puis elle était sans doute concentrée sur le travail à accomplir, les embauches, la nécessité de faire décoller son affaire, et elle lui a laissé la partie juridique. Elle avait épousé un avocat, après tout.

Connors la regarda tourner autour du tableau, l'air concentré.

— Difficile d'imaginer les choses autrement.

— Impossible, même, selon mon point de vue. Et c'était à elle : son idée, sa formation, le soutien de la grand-mère, le travail effectué.

Elle tourna son regard vers lui.

— Et sa fierté. Elle devait en être fière, fière d'avoir remboursé l'investissement de sa grand-mère, fière d'avoir construit quelque chose.

— Et quelque chose de bien, confirma Connors. Une solide petite entreprise avec suffisamment de potentiel pour grandir. Elle avait de bonnes raisons d'en être fière.

— Et il l'a trompée jusqu'à la lui faire perdre. En plus de la tromper sexuellement.

Eve appuya le doigt sur la photo d'identité de Darla.

— Le mobile est là, tu peux me croire. Tout ne vient pas de là, parce que c'est une grande malade, mais c'est le tremplin, la cassure, l'élan qui lui manquait.

Connors se leva pour la rejoindre et examiner la photo.

— Donc tu es certaine qu'elle est impliquée.

— Je ne suis pas prête à parler de certitude mais je penche dans cette direction. Nettement.

Eve se mit à faire les cent pas.

— Ce n'est pas Geena McEnroy. Elle a deux enfants et tous les témoignages concordent – même ceux des gens qui ne l'aimaient pas du tout – pour dire que McEnroy était un bon père. Tu as entendu le témoignage de la tutrice. Elle t'a paru sincère ?

— Oui, tout à fait. Et comme toi, je pense qu'elle aurait su, ou aurait au moins eu des soupçons, si l'épouse de McEnroy avait joué un rôle dans l'affaire.

— On est d'accord. Horowitz. Jeune – et un peu idiote si tu veux mon avis –, qui mène la belle vie et s'y trouve bien. Si elle avait découvert l'existence des CL, j'imagine qu'elle aurait pleuré, ragé et exigé qu'il arrête… ou serait partie se réfugier dans les jupes sa mère. Mais planifier deux meurtres avec torture ? Non. D'autant plus qu'une fois Pettigrew mort, elle se retrouve sur la touche. Ni épouse, ni concubine légale. Elle vivait simplement avec lui. Elle n'aura droit à rien.

— D'accord.

Parce qu'il connaissait bien Eve, Connors hocha la tête avant de demander :

— Et quoi d'autre ?

— D'après les preuves dont nous disposons, ni l'un ni l'autre n'avait de lien direct avec le groupe de soutien. La personne qui les a tués, en revanche, était présente à ces réunions, y a participé, a entendu les récits de ces femmes. Darla.

— Tu es convaincante.

— Ça ne suffira pas à convaincre l'avocat général ou un juge d'émettre un mandat de perquisition pour le domicile d'Eloise Callahan.

— Tu n'imagines pas que la grand-mère est complice, si ?

— C'est une actrice, non ? Une légende, même, à en croire les gens. Elle ne m'a pas fait tiquer durant l'échange qu'on a eu avec elle, mais…

Connors leva la main.

— Tu lui as parlé ? Tu as parlé à Eloise Callahan ?

— Oui. Je suis parfois obligée de parler aux gens quand j'enquête sur un meurtre. Espèce de groupie, ajouta-t-elle avec une moue narquoise.

— Admirer son talent ne fait pas de moi une groupie. Bon, peut-être un peu, admit-il dans un petit sourire. Et j'estime que ça mérite un dîner pendant lequel tu pourras me raconter tout ça en détail.

Il prit le menton d'Eve entre ses doigts et caressa sa fossette du bout du pouce.

— Pourquoi pas un steak ? Vous avez l'air fatiguée, lieutenant. Vous n'avez pas beaucoup dormi ces deux dernières nuits.

— Un steak me tenterait bien.

Il l'attira d'abord à lui et la serra dans ses bras.

— Quand nous aurons le temps, je pense qu'on se fera une séance avec Eloise dans *Une fois une seule*.

— Il y a des trucs qui explosent ?

Sourire aux lèvres, il lui embrassa la tempe.

— Pas cette fois. C'est un beau film. Terriblement et somptueusement romantique. Je pense qu'elle n'avait pas encore trente ans. Une magnifique créature. Lumineuse.

— Méga groupie.

— Possible. Tu l'as vu dans *Soulèvement*… et il y a pas mal de trucs qui explosent dans celui-ci. L'action se situe pendant les Guerres Urbaines…, commença-t-il à expliquer mais Eve recula avec un geste de surprise.

— C'était elle ? Je m'en souviens. Mais oui, c'était bien elle, constata Eve en examinant la photo. Elle assurait franchement.

— Comme tu dis. Steak, répéta Connors. Tu n'as qu'à nous resservir en vin.

Eve se leva, les yeux rivés sur la photo. La ressemblance lui sautait désormais aux yeux, même si dans le film l'actrice avait facilement trente ans de moins. Fallait-il prendre en compte que Callahan était capable d'afficher – d'incarner même – toutes les émotions humaines, vous faire croire qu'elle les ressentait vraiment ?

Quand Connors ressortit, elle prit la bouteille et les verres pour les porter jusqu'à la table près de la fenêtre.

— Selon toi, c'est inné ce genre de talent, ou ça s'apprend ?

— Les deux, à mon avis, mais on ne peut apprendre ce qu'on n'a pas déjà en germe en soi, tu ne crois pas ?

— Aucune idée. Mais je me demande si le talent se transmet par le sang.

Connors disposa les assiettes pendant qu'Eve les resservait en vin.

— Ah, tu veux dire : est-ce que la petite-fille pourrait avoir hérité des dons de sa grand-mère ? Intéressant. Eh bien, il a toujours existé des dynasties au sein desquelles des membres partagent un intérêt et des capacités dans divers domaines, y compris la comédie. Mais d'après ses choix académiques, on dirait que la petite-fille penchait plus du côté de la science et de l'ingénierie que des arts.

— C'est vrai.

Il n'empêche…

Connors avait opté pour des asperges – truc vert qu'Eve trouvait plutôt comestible – et de minuscules pommes de terre nouvelles à la peau rosée rôties avec du beurre et des fines herbes. Cela n'empêcha pas Eve d'y ajouter du beurre – elle avait la ferme conviction qu'il n'y avait jamais trop de beurre – avant de s'attaquer à son steak.

— Alors, Eloise… Elle se remet d'une pneumonie, semble encore un peu pâle et fragile, mais elle est descendue d'elle-même alors que Darla avait quitté la pièce. Elle est soi-disant fan de ce fichu film et voulait nous rencontrer. Peabody et moi, je veux dire.

Connors se contenta de l'écouter en souriant comme elle lui décrivait leur entretien et ses impressions.

— Elle t'a plu, conclut-il.

— J'imagine qu'on peut dire ça, répondit Eve en embrochant un morceau de pomme de terre. Ça ne m'empêchera pas de la faire tomber si elle a joué un rôle dans ces meurtres.

— Mais tu ne penses pas que ce soit le cas. Je connais mon flic préféré. Elle est aussi bas dans ta liste qu'il soit possible de l'être sans en sortir complètement.

— Peut-être bien. Oui. Je dirais que l'affection entre Darla et elle semblait réelle, profonde même, et si elle a belle allure pour une femme de plus de quatre-vingt-dix ans, on voit qu'elle se remet d'une maladie sérieuse. Elle n'aimait pas Pettigrew. Elle ne l'a pas enfoncé non plus… mais je pense qu'elle l'aurait fait si sa petite-fille n'avait pas été dans les parages. Elle porte encore une alliance bien que son mari soit mort depuis plusieurs dizaines d'années.

— Bradley Stone, se remémora Connors. Leur histoire d'amour aussi est légendaire. Et si la réalité correspond à la légende, elle n'aura pas une haute opinion d'un homme qui a trompé et trahi cette petite-fille qu'elle adore.

Eve hocha la tête et agita sa fourchette en l'air.

— Raison pour laquelle elle n'a pas été écartée de la liste. Elle couvre peut-être Darla. Elle peut ne pas savoir ce que trame Darla précisément mais la couvrir malgré tout. Comme je te le disais, leur affection et leur dévotion mutuelles semblent bien réelles. Darla laisserait-elle seule sa grand-mère qui n'est pas encore entièrement rétablie ? Se mettrait-elle en chasse en livrant Eloise à elle-même ? Passerait-elle des heures à torturer ses cibles pendant qu'Eloise dort à l'étage ?

— Lady Justice, lui rappela Connors. Tu sais comme moi qu'une personne peut tout justifier si elle y croit ou le désire suffisamment fort.

— Tu as raison, répondit Eve avec un mouvement de la main qui tenait son verre. Parfaitement raison. En revanche, et si mamie – elle l'appelle « mamie » – se réveille pendant que tu es sortie et qu'elle vient te chercher : comment justifier ça ? « Oh, je suis allée faire une petite balade… et je t'ai laissée seule. »

— Mais Darla a bien dû laisser Eloise seule quand elle se rendait aux réunions du groupe de soutien.

— Pas vraiment. La dernière fois qu'elle s'y est rendue – en décembre dernier –, elle a évoqué son inquiétude de voir sa grand-mère tomber malade. Une infirmière vient sur place pendant la journée mais les deux ont déclaré que Darla était l'aidante principale et qu'elle se chargeait des soirées, jusque dans la nuit. Des droïdes..., pensa-t-elle tout haut.

Eve mastiqua sa bouchée tout en réfléchissant.

— Boîte bondée, lumières tamisées. Est-ce qu'elle aurait pu envoyer une droïde ? Pettigrew n'a pas dû passer plus de deux minutes avec la CL, est-ce qu'il a pu s'apercevoir que c'était une droïde ?

— Combien de temps il te faut pour en identifier un ?

— Je suis flic, répondit Eve dans un soupir. Un droïde vraiment bien fait pourrait passer pour un humain pendant une courte période, surtout dans la pénombre. Ça limite les risques et ce serait particulièrement ironique vis-à-vis de Pettigrew. Il faut un second droïde pour conduire, ou bien le premier active le pilotage automatique au moins le temps que la cible soit neutralisée. Et un droïde n'aurait aucun mal à soulever un homme inconscient... ou mort.

— Mort par droïde ?

— Non, non, elle voudra tuer en personne.

« Elle a besoin de voir le sang couler, songea Eve. De les entendre hurler. Avant de trancher ce qui fait d'eux des hommes. »

— Oui, avec les compétences qu'elle a, elle serait capable de programmer des droïdes pour des actes de violence et sans se faire détecter, réfléchit-elle à haute voix. Ça paraît crédible. Mais elle a besoin d'être face à ses proies, de les torturer, de les mettre à mort. Elle refuserait de jouer un rôle d'observatrice passive. Lady Justice *agit*.

Elle planta son couteau dans le steak puis plissa les yeux.

— J'ai mieux. Peut-être. Jusqu'où va sa maîtrise de la programmation, de la création de droïdes ?

» Et si tu avais programmé un droïde pour surveiller mamie pendant son sommeil ? Un droïde en mesure de t'envoyer une notification si tu dois annuler l'opération et rentrer en urgence ou sauter sous la douche – la torture, c'est salissant – pour remonter la voir. On peut doter un droïde d'une programmation médicale, comme on a des droïdes patrouilleurs, domestiques ou sexuels pourvus des talents nécessaires.

— Stratégie risquée, fit remarquer Connors. S'il lui arrivait quelque chose, si ça tournait mal hors de chez elle, comment l'expliquerait-elle ?

— Mais rien n'a mal tourné, n'est-ce pas ? Elles ont une droïde domestique, ajouta Eve. J'en ai vu au moins une. Darla a vraiment mis le paquet sur la stupeur et le chagrin, Connors. Un énorme paquet. Et mon instinct dit que ça ne colle pas. C'est louche. Ressentir tout ça pour un homme qui t'a trahie et arnaquée ? Avoir de tels sentiments deux ans après ?

Eve se tut et dévisagea Connors, pensive.

Il soupira.

— Je connais cette expression, dit-il.

— Je ne m'en remettrais jamais si on se séparait. Si tu me faisais le même coup que Pettigrew, je serais anéantie. Je ferais de mon mieux pour te le faire payer mais j'en serais anéantie.

— Pas de description scabreuse de la façon dont tu me le ferais payer ?

— Ils ne retrouveraient jamais les restes de ta dépouille, répondit-elle avec un sourire. Mais ce que je veux dire, c'est que je ne laisserais voir ça à personne. Si j'étais frappée par le chagrin, si j'avais encore des sentiments, personne ne le verrait. En tout cas pas comme ça.

— Il faut se rappeler que tout le monde n'est pas capable de contrôler ses réactions, ses émotions.

— Deux ans. Elle voudrait me faire croire qu'elle a continué à nourrir des sentiments pour lui pendant deux ans après qu'il lui a volé ce qu'elle avait construit et l'a jetée au profit d'une femme plus jeune – beaucoup plus jeune – avec de plus gros seins ? Alors que par ailleurs la responsable du groupe de soutien notait que Darla semblait avoir négocié un virage, qu'elle paraissait plus stable et ainsi de suite, tout en étant encore amère et en colère.

Eve se servit ce qui restait de pommes de terre.

— Plus stable, reprit-elle. Peut-être parce qu'elle avait établi un plan, une solution. Elle s'était liée avec les femmes du groupe. C'est ce qu'indiquent les notes. Elle leur a apporté des cadeaux pour Noël. Elle a donné de l'argent à l'une d'elles pour lui permettre de se trouver un logement sûr. Elle a trouvé sa…

Elle laissa sa phrase en suspens, en quête du bon terme, puis reprit son verre de vin.

— Sa tribu. En quelque sorte. Tribu dont elle se voit comme la protectrice vengeresse. Celle qui leur fera justice.

Elle quitta la table pour retourner jusqu'au tableau, dont elle fit plusieurs fois le tour. Connors la regarda faire, ravi de l'observer en plein travail.

— Une ou deux d'entre elles ont pu se joindre à elle, mais j'en doute. Je ne le visualise pas, en tout cas pas pour l'instant. Elle fait ça pour ces femmes. Pour elle-même, bien sûr, mais aussi pour elles. Pour les femmes qui se sont fait avoir, qui sont violentées, forcées, harcelées. Tout ça à la fois. Sa priorité est de protéger sa tribu.

— Je ne voudrais pas avoir l'air critique mais si elle continue à tuer des hommes en lien avec les femmes du groupe, elle est sûre d'attirer l'attention des enquêteurs, non ?

— C'est déjà le cas, confirma Eve. Elle ne s'attendait peut-être pas à ce qu'on fasse si vite le lien avec le groupe, mais elle est intelligente. Elle évoque elle-même le groupe. Elle ne peut pas savoir qu'on est déjà au courant, mais elle en parle pour écarter les soupçons au cas où l'on irait dans cette direction, ou si quelqu'un d'autre le mentionnait.

— Bien sûr. Pourquoi en parlerait-elle si elle s'en était servie pour sélectionner ses proies ?

Eve tourna vers lui un regard perçant et froid. Pure flic.

— Elle estime avoir pris toutes les précautions nécessaires. Et elle a fait du bon boulot, c'est vrai. Je n'ai aucune présomption légitime contre elle. Absolument aucune. Je sais, c'est tout.

— Combien de femmes au sein de ce groupe ? s'enquit Connors.

— Une quinzaine en moyenne.

— Quand est-ce qu'elles doivent se retrouver ?

— Dans trop longtemps à mon goût. Pas avant une dizaine de jours. Elle a déjà une autre cible dans son viseur. Ce sera pour bientôt, très bientôt. Mais qui, où et pourquoi ? Elle seule le sait.

Eve secoua la tête et fourra les mains au fond de ses poches.

— Et je pourrais aussi me tromper. Ça pourrait être une autre membre du groupe. Quelqu'un que l'on n'aurait pas encore interrogé, avec qui on n'a pas encore fait le lien. Je dois donc mettre ça de côté et creuser dans ce qu'on a. Le béton peint et une liste de prénoms.

— Est-ce qu'il n'est pas probable que certaines de ces femmes aient noué des liens en dehors du groupe ? Qu'elles se retrouvent ailleurs pour continuer à s'entraider ? Qu'elles soient devenues amies ?

— Si. Leah Lester a indiqué que c'était le cas. Mais aucune des trois femmes que nous avons interrogées ne connaît les noms complets des autres… ou en tout cas ne veut l'admettre.

Elle lança un nouveau coup d'œil à la photo d'identité de Darla.

— Sauf que… Darla a donné de l'argent à une autre membre du groupe. Quoi, elle lui aurait simplement remis une grosse liasse de billets ? J'en doute.

— Tu n'as pas dit qu'il s'agissait d'un moyen d'aider cette autre femme à obtenir un logement ?

— Si, si. Ça mérite qu'on s'y penche.

Elle s'installa devant son centre de contrôle, trouva ce dont elle avait besoin puis appela le communicateur de Darla.

— Allô, oui, lieutenant. Vous avez trouvé qui a tué Thaddeus ?

— Nous remontons une piste. Vous pourriez peut-être nous aider.

— Oh, bien sûr. Tout ce que vous voudrez. Laissez-moi juste… Je vais prendre cet appel dans le salon, mamie, et demander à Ariel de nous préparer de quoi grignoter devant le film !

Eve capta le murmure d'une autre voix et vit Darla sourire brièvement.

— Tu sais bien que oui.

L'écran trembla légèrement comme Darla sortait de ce qui semblait être une chambre à coucher élégamment décorée dans des teintes rose et crème.

— Excusez-moi, lieutenant. J'étais en train d'aider ma grand-mère à s'installer pour la soirée. Pour tout vous dire, nous allons regarder *L'Affaire Icove*. Elle veut le revoir maintenant qu'elle vous a rencontrées. La journée a été… vraiment affreuse, termina-t-elle d'une voix tremblante, les larmes aux yeux. Nous avons toutes les deux besoin de nous distraire. Que puis-je faire pour vous aider ?

— Vous avez fait un don financier à une autre femme du groupe de soutien en décembre dernier.

— Oh…

Une expression de détresse se peignit sur le visage de Darla. Elle se passa une main dans les cheveux toujours rassemblés en queue-de-cheval.

— C'était entre elle et moi, dit-elle.

— Plus maintenant. J'ai besoin du nom complet de la bénéficiaire.

— Lieutenant, le fonctionnement tout entier de ce groupe est bâti sur la confiance réciproque. Et je ne vois pas en quoi avoir aidé une… connaissance aurait un rapport avec ces horribles événements.

— Deux hommes en lien avec les femmes de ce groupe sont morts. Il y a un rapport. D'après ce que j'ai déjà pu apprendre, Una avait besoin d'un coup de pouce financier pour louer un appartement pour elle et son jeune fils.

La colère surgit d'un coup, brûlante.

— Il la frappait ! Elle vivait dans un refuge.

— Est-elle allée voir la police ?

Darla ferma les yeux et, lorsqu'elle les rouvrit, son regard était empreint d'une profonde tristesse. Mais Eve n'avait pas imaginé cet embrasement de colère.

— Non, en tout cas pas à ma connaissance. Il avait menacé de tuer le petit si elle le faisait. Elle avait obtenu une injonction d'éloignement plusieurs mois auparavant. Pour le bien que ça lui a fait... Elle était terrifiée. Je ne peux... je ne peux pas exposer ses histoires personnelles. Ce ne serait pas correct.

— Vous voulez que la personne qui a tué votre ex-mari soit traduite en justice ?

— Je... Bien sûr, voyons !

— Donnez-moi son nom avant que quelqu'un d'autre meure.

— Vous me placez dans une situation très difficile.

— Essayons autrement. Où avez-vous transféré l'argent ?

Darla pressa une main contre sa joue ; elle avait de nouveau les larmes aux yeux.

— Mon Dieu, en quoi est-ce que ce serait mieux de vous dire ça ? Je voulais... je voulais simplement faire quelque chose de bien, de positif. Mettre fin à une période de ma vie où je passais tellement de temps à me complaire dans l'amertume et l'apitoiement avec une action constructive.

— Et c'est ce que tu as fait.

Eve entendit la voix d'Eloise et vit Darla tourner la tête puis se mettre à pleurer.

— Oh, mamie...

— Dis au lieutenant Dallas ce qu'elle a besoin de savoir, Darla. C'est la chose à faire et ton amie saura le comprendre. Fais ce qui est juste, ma chérie.

— Rien ne me semble juste.

Darla ferma de nouveau les paupières et inspira profondément.

— Elle essayait de rassembler assez d'argent pour prendre un appartement et quitter le foyer avec son petit garçon. Elle avait trouvé un travail mais n'avait simplement pas assez de fonds. J'ai payé la caution ainsi que les deux premiers mois de loyer pour qu'elle ait droit à un nouveau départ, une nouvelle chance. C'était au centre-ville. Honnêtement, je ne me rappelle pas l'adresse. Il faudrait que je regarde le virement.

— Donnez-moi son nom. Je la retrouverai.

— J'ai l'impression de la trahir, répondit Darla. Una Kagen. Son petit garçon s'appelle Sam. Elle ne ferait pas de mal à une mouche.

— Il est impératif que nous contactions les autres membres du groupe. Vous avez d'autres noms ?

Darla massa du bout des doigts la zone entre ses sourcils.

— J'ai plusieurs fois pris un café après les réunions avec Una et Rachel. Elles avaient à peu près le même âge et étaient toutes les deux mères célibataires. Elles sont devenues amies. Una doit connaître son nom de famille. Je crois que c'est elle qui l'a aidée à trouver l'appartement. Il était situé dans l'immeuble de Rachel, si je me souviens bien.

— D'accord, ces infos nous seront utiles. Merci.

— S'il vous plaît, lieutenant, souvenez-vous que ces femmes ont déjà connu beaucoup d'épreuves.

— Et je ferai de mon mieux pour qu'elles n'aient pas à en traverser d'autres. Encore merci.

— Elle a repris son nom de jeune fille, indiqua Connors quand Eve eut raccroché. Elle s'appelle Una Ruzaki depuis que le divorce a été finalisé en février. Une seconde..., ajouta-t-il en continuant à pianoter sur son mini-ordinateur. Il y a une Rachel Fassley à la même adresse. Jeune veuve avec un fils âgé de six ans.

— Tu continues à prouver ton utilité.

— C'est ma mission dans la vie. On fait un saut au centre-ville ?

— Il est toujours préférable de voir les gens en face. Cela dit, je tiens à préciser que tu n'as pas à m'accompagner. Et ensuite que la présence d'un homme pourrait créer un biais. Mais également que ce serait utile d'avoir un deuxième avis, surtout si je peux les rencontrer toutes les deux. Et quand tu optes pour la version charmante de Connors, le biais est généralement positif.

— C'est facile, ma chérie, répondit-il en lui effleurant la joue du bout du doigt. Être charmant est mon attitude par défaut.

— Je n'irais pas jusque-là. Tu prends le volant, ajouta-t-elle au moment de partir. Je veux me renseigner sur cette injonction d'éloignement.

Une fois dehors, Eve examina le véhicule que Connors avait fait sortir du garage. Racé, lustré et rouge vif, avec des portes qui s'ouvraient en ciseaux plutôt que vers l'extérieur.

— Qu'est-ce que c'est que ce truc ?

— Une nouveauté, répondit simplement Connors en s'installant sur le siège du conducteur.

À l'intérieur, le tableau de bord évoquait celui de la cabine du pilote d'une navette interplanétaire de luxe.

— De combien de véhicules as-tu vraiment besoin ? demanda-t-elle.

— Ça reste encore à déterminer, répliqua-t-il du tac au tac.

Quand le moteur lança son rugissement rauque et qu'ils s'élancèrent vers le portail, Eve se mit à souhaiter avoir pris le volant.

La prochaine fois.

Elle passa le trajet sur son mini-ordinateur.

— Injonction d'éloignement ordonnée contre Arlo Kagen, trente et un ans, au profit d'Una Kagen. Historique de troubles de voisinage pendant les trois années précédentes. Kagen a écopé de trois mois pour voies de fait. Il est sorti après quatre-vingt-dix jours sous conditionnelle, avec formation obligatoire à la gestion de la colère. Foutaises. Ce type a un sérieux problème d'alcoolisme, ça paraît clair à la lecture des rapports. Et il finit par donner des corrections à sa femme ou à déclencher des bagarres. Elle a demandé le divorce, obtenu l'injonction d'éloignement et il s'en est de nouveau pris à elle. Cette fois les poursuites ont été abandonnées parce qu'il a déclaré qu'elle l'avait agressé… et qu'ils étaient tous les deux blessés.

— Foutaises, là aussi.

— Comme tu dis.

Elle passa à Rachel Fassley.

— L'homme à qui Fassley était mariée depuis trois ans a été tué durant une tentative de cambriolage il y a cinq ans. On dirait qu'il a tenté d'intervenir et a reçu plusieurs coups de couteau. Je ne vois rien qui… Hmm. Son parcours professionnel. Responsable administrative jusqu'au moment où elle a eu son fils, puis statut professionnel de mère. Reprise d'un emploi externe à l'automne dernier. Responsable administrative… mais dans un autre bureau. Et retour au statut de mère après trois mois.

— Tu supposes qu'il s'est passé quelque chose sur son lieu de travail.

— Je ne veux pas faire de suppositions, répondit Eve. Mais il n'y a rien dans le dossier. Aucune plainte. Rien non plus durant les trois années de mariage.

Eve se radossa à son siège pour laisser mijoter sa réflexion.

— Je vais leur parler à toutes les deux, dit-elle.

15

Connors opta pour un parking à proximité de l'immeuble du Lower East Side. Étant donné le véhicule choisi, Eve ne pouvait pas lui reprocher de ne pas vouloir le laisser dans la rue, même en admettant qu'ils trouvent une place.

Et puis, avec l'arrêt de cette fichue bruine, la soirée se prêtait bien à un peu de marche.

— Je dois aussi entamer la recherche sur le béton et l'époxyde, signala-t-elle.

— Tu apprendras que Mildock a été fondé il y a plus d'un siècle et que le sol que tu cherches a pu être coulé il y a très, très longtemps.

Eve y avait déjà pensé mais fit néanmoins la moue.

— Ça ne m'aide pas beaucoup.

— Sinon, il pourrait s'agir d'un coulage plus récent, ou d'une réfection de la surface avant l'ajout de la couleur. J'insisterais plus sur l'époxyde, qui nécessite d'être rafraîchi à peu près tous les dix ans si le sol est soumis à une certaine circulation.

Elle laissa échapper un soupir.

— Dans un cas comme dans l'autre, les chances de trouver quelque chose sont infimes. Les échantillons serviront surtout de preuve une fois qu'on aura trouvé le lieu où les meurtres ont eu lieu.

Il lui prit la main.

— Je te parie que je n'aurais pas trop de mal à mettre la main sur les plans de la demeure d'Eloise Callahan ici à New York. Ça te permettrait de savoir s'il y a une cave aménagée.

— Il y a un garage. Je l'ai vu. Mais je préférerais une cave. Voire une annexe derrière le bâtiment principal.

— Je regarderai ça une fois qu'on sera rentrés.

Ils s'arrêtèrent devant l'immeuble et étudièrent tous les deux la disposition des lieux et les mesures de sécurité.

— Je dirais que les chances pour que la cave ou le sous-sol de cet immeuble soit recouverts d'un époxyde haut de gamme couleur or bruni sont trop infinitésimales pour être mesurées.

Eve hocha la tête.

— Immeuble correct à destination des classes populaires. Mesures de sécurité acceptables mais loin de ce qui se fait de mieux. Caméra sur la porte, et qui semble en état de fonctionner. On pourra jeter un coup d'œil aux vidéos des deux dernières nuits, histoire d'écarter tout soupçon, mais ce n'est pas l'endroit. Ce ne sera pas une résidence accueillant plusieurs foyers. Pas assez discret.

Eve leva la tête.

— Elles habitent toutes les deux au quatrième étage. Commençons par Ruzaki puis on verra si on peut impliquer Fassley. Les interroger ensemble m'aidera à me faire une idée de la dynamique entre elles.

Délaissant l'interphone, elle se servit de son passe-partout pour accéder au petit hall d'entrée qui sentait le détergent parfumé au pin et la cuisine chinoise à emporter. Elle adressa aux deux ascenseurs un regard soupçonneux.

— Prenons le risque, décida Connors.

Il appela l'un des ascenseurs et guida Eve à l'intérieur. La cabine sentait exactement comme le hall.

Au moment de sortir au quatrième étage, Eve capta les effluves de pin synthétique mais plus celle des nouilles chinoises.

— Elles sont juste en face l'une de l'autre, constata-t-elle après avoir identifié les portes concernées. Ruzaki a fait poser des verrous renforcés et une caméra de surveillance.

— Toujours inquiète vis-à-vis de son ex-mari violent, présuma Connors. Serrures standards du côté de Fassley, donc soit elle n'a pas les moyens de renforcer sa sécurité, soit elle ne craint pas qu'on entre chez elle par la force.

— Je penche pour la seconde option, dit Eve en actionnant l'interphone de Ruzaki.

Quelques secondes plus tard, une voix prudente se fit entendre.

— Oui ?

Eve présenta son insigne.

— Lieutenant Dallas du NYPSD, accompagnée d'un consultant civil. Nous aimerions parler à Una Ruzaki.

— À quel sujet ?

— Madame Ruzaki ?

— Oui.

— Ce serait plus simple si nous pouvions entrer vous parler.

— Vous voulez bien lever votre insigne un peu plus haut ? Je vais contacter la police pour vérifier le numéro.

— Bien sûr. Contactez le Central.

Tandis qu'ils patientaient, Eve capta le murmure d'une émission accompagnée de quelques joyeuses exclamations enfantines. Puis les verrous coulissèrent.

— Excusez-moi. Prudence est mère de sûreté.

— Aucun problème.

Une brune à l'air discret, métisse, plutôt mince, un peu plus d'un mètre soixante, se tenait dans l'embrasure de la porte. Elle était vêtue de ce qui ressemblait à un pantalon de pyjama en tissu écossais, d'un tee-shirt blanc et de chaussons rouge vif.

— De quoi s'agit-il ? Pardon, entrez.

Le séjour affichait des tons aussi discrets que son occupante, à l'exception de l'un des coins aménagé en une sorte de salle de jeux. Eve aperçut des blocs colorés et des jouets dans un panier. Une autre section comprenait une petite table et des sièges. Une tablette et un verre d'eau gazeuse laissaient penser qu'Una y était assise au moment de leur arrivée.

— Votre nom a été mentionné dans le cadre d'une enquête. Nous pensons que vous pourriez potentiellement nous fournir des informations supplémentaires.

Una se tordit les doigts dans un geste qui s'accordait avec l'expression inquiète de son visage.

— Quel genre d'enquête ?

— Je suis de la Criminelle.

— Ô mon Dieu. Attendez.

Elle remonta rapidement un petit couloir pour lancer un coup d'œil dans une pièce avant de fermer précautionneusement la porte.

— Mon fils. Il n'a que trois ans. Je ne voudrais pas qu'il se réveille et entende... Je ne suis au courant d'aucun meurtre. C'est quelqu'un que je connais ?

Eve déchiffra un mélange d'espoir et d'effroi sur son visage aux lèvres pincées.

— Connaissez-vous Nigel McEnroy ou Thaddeus Pettigrew ?

— Non, je... Attendez, j'ai entendu parler d'un meurtre dans les beaux quartiers. McEnroy. J'ai entendu parler de ça. Je ne sais pas... Je connais quelqu'un qui s'appelle Pettigrew, mais c'est une femme.

— Darla Pettigrew. Thaddeus Pettigrew était son ex-mari. Vous n'avez peut-être pas appris la nouvelle mais il a également été assassiné.

— Je... Excusez-moi, je ne comprends pas. Je ne connaissais ni l'un ni l'autre de ces hommes.

— Vous connaissiez des femmes auxquelles ils étaient liés, des membres de votre groupe de soutien.

Una se raidit.

— Je participe effectivement à un groupe de soutien pour femmes mais c'est confidentiel. Et anonyme. Nous n'employons que nos prénoms.

— J'en ai bien conscience. J'ai parlé à Natalia Zula, qui a formé le groupe, ainsi qu'à trois autres membres, des personnes ayant un lien avec les victimes.

— Mais moi je n'ai aucun lien avec eux. Je ne les connaissais pas, répondit Una d'une voix où perçait le stress. Je ne sais rien du tout !

— Vous voulez votre verre, madame Ruzaki ?

Connors avait pris soin de parler d'une voix calme et douce, mais elle sursauta.

— Je vous l'apporte, dit-il.

Il alla chercher la boisson sur la table pour la lui rapporter.

— Vous connaissiez le nom de famille de Darla, fit remarquer Eve.

— Elle m'a rendu un service. Elle m'a aidée.

Una tint le verre que lui tendait Connors entre ses mains tremblantes.

— Vous semblez nerveuse, commenta Eve.

— La police vient chez moi me parler de meurtres. Et mon groupe, c'est très personnel. Donc ouais, je suis nerveuse.

— Et si vous nous disiez où vous étiez hier soir, et le soir précédent, entre 21 heures et 4 heures du matin ?

— Mon Dieu, je suis suspecte... Comment est-ce que vous pouvez me suspecter du meurtre d'hommes que je ne connaissais même pas ?

— C'est une question de routine. Vous pouvez y répondre ?

— J'étais ici...

Son regard oscilla entre Eve et Connors. Pas pour éviter de croiser les leurs, selon Eve, mais avec l'expression d'une proie qui se fige avant que le prédateur lui saute dessus.

— J'étais à la maison. J'ai un enfant de trois ans. Je... J'étais en train de réviser. Après avoir mis Sam au lit, vers 20 heures, je range un peu puis je travaille ou j'étudie. Je suis des cours de gestion d'entreprise en ligne et de management. Oh, oh, avant-hier soir, on a eu un cours interactif entre 21 et 22 heures. Je peux vous montrer ! Et je suis restée connectée avec deux autres élèves jusqu'à environ 22h30. Puis je suis allée me coucher. Je ne suis pas du tout sortie. J'ai un bébé.

— Et hier soir ?

— J'ai étudié jusqu'à environ 22 heures. Après... Oh ! Rachel est passée. Une amie à moi. On a pris un verre de vin et discuté jusqu'à 23 heures, à peu près. Rachel, c'est elle qui garde Sam quand je pars travailler.

— Il s'agirait de Rachel Fassley ? Également membre du groupe ?

— C'est confidentiel, répondit Una, les larmes aux yeux.

Connors attira de nouveau son attention, toujours sur ce ton bienveillant.

— Una ? Vous seriez plus à l'aise si je demandais à Rachel de se joindre à nous ?

— Je ne vais pas la mêler à tout ça. Je voudrais simplement...

— Nous irons lui parler quoi qu'il arrive, lâcha Eve.

Elle s'exprimait d'une manière volontairement sèche, laissant à Connors le soin d'intervenir en douceur.

— Cela peut se faire séparément ou ensemble, ajouta-t-elle.

— Je... D'accord. Ne lui faites pas peur. Je peux vous montrer mon travail, vous montrer que j'étais en ligne.

— On y viendra, assura Eve.

Elle fit un signe de tête à Connors puis, une fois celui-ci sorti, accentua sa pression sur Una.

— À notre arrivée, vous avez pensé – avec inquiétude – que nous étions là pour autre chose.

— J'ai pensé qu'il y avait peut-être un rapport avec mon ex.

— Vous avez connu des difficultés avec lui.

— Nous sommes divorcés. J'ai une injonction d'éloignement. Il a un droit de visite auprès de Sam mais ne l'exerce pas et je préfère ça. Je veux bien vous parler d'Arlo si nécessaire, mais je ne peux pas vous révéler ce qu'ont dit les autres au sein du groupe. C'est confidentiel.

— Mais Darla a bien parlé de son ex-mari ?

— S'il vous plaît, ne me posez pas la question. Je vous en prie...

— Et si vous me disiez quand vous l'avez vue ou lui avez parlé pour la dernière fois ?

— Darla ? Juste avant Noël. Elle m'a aidée à obtenir cet appartement, elle a payé les deux mois de loyer et la caution. Personne n'avait jamais fait un tel geste pour moi avant. Elle est tellement généreuse.

— Mais elle n'est pas revenue dans le groupe.

— Non. J'espère toujours la recroiser, parce que je voudrais la remercier de nouveau.

— Vous n'avez pas le moyen de la contacter ?

— Non. Et même si je savais comment faire, ce serait grossier. Elle sait où j'habite puisqu'elle m'a aidée. Si elle voulait me parler, elle pourrait le faire. J'évite de m'imposer dans la vie privée des autres.

Elle tourna la tête quand la porte s'ouvrit et parut immensément soulagée en voyant entrer une femme svelte, blonde, en pantalon de flanelle et sweat-shirt.

— Oh, Rachel...

— Tout va bien, Una, assura la nouvelle venue avec un accent new-yorkais marqué.

Elle traversa la pièce d'une démarche tranquille pour s'asseoir à côté de son amie qu'elle gratifia d'une petite tape sur le genou.

— Bon, c'est quoi cette histoire de meurtre ?

Elle baissa les yeux vers l'appareil qu'elle tenait à la main puis le posa sur la table.

— Mon fil dort dans l'appartement. J'ai allumé le babyphone au cas où.

— Nous enquêtons sur les meurtres de Nigel McEnroy et Thaddeus Pettigrew.

— J'avais cru comprendre qu'il y en avait eu un deuxième mais... Attendez une minute. Pettigrew. C'est pas l'ex de Darla, quand même ?

Una agrippa la main de Rachel et hocha la tête.

— Eh ben. Merde alors.

— Deux membres de votre groupe, poursuivit Eve, ou d'anciennes membres, avaient un lien avec la première victime.

— Qui ça ?

— Rachel, on ne peut pas...

— Una, ma chérie, deux meurtres. Les flics doivent faire leur travail. Mon mari a été tué. L'homme le plus formidable que j'aie jamais connu. Les flics ont fait leur boulot et c'est grâce à eux si le type qui a privé mon fils de son papa et moi de mon mari est en prison.

Elle reporta son attention vers Eve.

— Qui ça ?

— Jasmine Quirk, Leah Lester.

— Jasmine, Leah...

Rachel ferma les yeux.

— Que je réfléchisse... Elles seraient pas venues à deux, Una ? Je veux dire que l'une a amené l'autre, si je me souviens bien. Ça fait un moment qu'on ne les a pas vues en réunion. Je crois que l'une d'elles a déménagé. Elles travaillaient ensemble et le grand patron les a violées.

— Leur histoire leur appartient, Rachel !

— Et elles me l'ont déjà racontée, expliqua Eve. Vous ne révélez rien que je ne sache déjà. Le grand patron en question était Nigel McEnroy.

— Merde..., laissa échapper Rachel.

— Réglons tout de suite la question de savoir où vous étiez. La nuit dernière, précisa Eve, et celle d'avant. Entre 21 heures et 4 heures.

— J'étais engagée dans la bataille quotidienne pour coucher mon fils vers 21 heures, les deux soirs. Une fois la lutte remportée – c'est toujours moi qui gagne –, j'ai fait mon marathon de bla-bla hebdomadaire avec ma mère. Mon père et elle vivent désormais en Floride, donc on bavarde par communicateur pendant à peu près une heure toutes les semaines. Puis je me suis endormie en regardant un film. Hier soir, même bataille, même victoire. Puis j'ai réglé des factures, plié du linge et pour me récompenser j'ai débarqué ici avec une bouteille de vin et discuté avec Una pendant un petit moment. Je dirais qu'on s'est séparées aux alentours de 23 heures. On devait bosser le lendemain.

— Votre dossier indique que vous avez le statut de mère professionnelle.

— Exact. Et j'en ai besoin.

Directe dans ses propos comme dans ses manières, Rachel planta son regard dans celui d'Eve.

— Vous pourrez toujours décider de me dénoncer, mais une fois par semaine, Una et moi nettoyons les espaces communs de l'immeuble. Ça nous permet d'avoir un rabais sur le loyer. Ça se fait de la main à la main. Je reçois aussi un supplément de la part d'Una quand je garde son adorable Sam. Ça non plus, je ne le déclare pas.

— Vous êtes pleine de ressources, on dirait, commenta Connors.

Ce qui lui valut un sourire.

— Je suis veuve avec un garçon en pleine croissance. Je suis obligée de faire preuve d'initiative.

— Pourquoi êtes-vous dans le groupe ? s'enquit Eve.

Rachel soupira.

— Quand faut y aller… Bon. Je gérais un petit bureau mais j'ai démissionné après avoir eu Jonah. Chaz et moi, on voulait tous les deux qu'il ait l'un de ses parents auprès de lui à plein temps pour les deux premières années et Chaz gagnait beaucoup plus que moi. J'étais tout juste en train d'envisager de remettre un pied dans le monde du travail, à temps partiel, quand ce foutu junkie complètement camé a tué mon mari.

Cette fois, ce fut Una qui se rapprocha d'elle et lui passa un bras réconfortant autour des épaules.

— Alors j'ai gardé mon statut de mère professionnelle jusqu'à ce que Jonah commence l'école, reprit Rachel. Puis j'ai pris un poste pour gérer un autre petit bureau, une entreprise familiale, père et fils. Une agence de voyages qui proposait des maisons et des centres d'hébergement de luxe dans le monde entier. Horaires pratiques, paie correcte et couverture santé. Je pouvais emmener Jonah à l'école puis continuer mon chemin à pied jusqu'au bureau, quelques rues plus loin. J'avais une amie qui allait le chercher en même temps que son propre enfant et l'emmenait chez elle après l'école. Tout cela dans le même quartier, donc je passais le chercher vers 19 heures et on pouvait dîner et passer la soirée tous les deux. C'était parfait.

— Jusqu'à ce que ?

— Le père était parti quelques jours pour visiter de nouveaux endroits. Le fils a fermé les bureaux à clé. Je ne l'ai pas vu faire, je n'ai rien remarqué jusqu'à ce qu'il me tombe dessus. On allait « bien s'amuser », c'est ce qu'il a dit. « Amusons-nous » pendant qu'il me plaque contre le mur, qu'il m'agrippe les seins et essaie de m'arracher mes vêtements. Je dois admettre qu'au départ j'étais tellement choquée que je me suis contentée de lui répéter d'arrêter, en essayant de repousser ses mains. Puis je me suis mise en colère, très en colère, et je lui ai balancé un coup de genou dans l'entrejambe, comme mon père me l'avait appris. C'était la première fois que j'étais obligée d'utiliser cette méthode, mais ça a marché.

— Bien joué, dit Connors.

— Ouais, bon, j'ai un peu pété les plombs ensuite, je lui ai hurlé dessus, j'ai menacé de lui faire un procès ou de porter plainte, et lui s'est mis à rire. Il m'a dit de faire ce qui me chantait, que personne ne me croirait. Son père était le propriétaire de la boîte et son père le croirait, lui, et je me retrouverais virée et sans recommandation possible. Ce genre de choses. Un mec riche, pourri gâté, beau, marié, un enfant. Il m'a balancé que je ferais mieux d'écarter les cuisses et de profiter parce que dans un cas comme dans l'autre j'étais baisée.

» Et j'ai bien vu qu'il avait raison. Je devais penser à mon fils. Donc j'ai pris mes affaires et je suis partie. Je me suis réinscrite en tant que mère professionnelle. J'ai seulement compris à quel point ça m'avait secouée quand je me suis surprise à trouver des excuses pour ne pas sortir ou, quand je devais sortir, à sans cesse surveiller mes arrières. Et ça m'a mise en rogne.

Quand Una lui tendit son eau gazeuse, Rachel prit le verre, but une longue gorgée, puis poussa un soupir.

— Merci. Bref. Le jour où je suis tombée sur un prospectus pour le groupe, je me suis dit que c'était peut-être une démarche à tenter. Qu'au moins je pourrais en parler. Je n'avais pas les moyens de me payer un psy mais là c'était gratuit. Et ça m'a aidée, énormément. Certaines de ces femmes, la plupart même, avaient connu bien pire que moi. Mais surtout, elles m'écoutaient, elles se souciaient de ce que j'avais à dire. Maintenant j'y vais pour elles, pour celles qui ont besoin que quelqu'un les écoute, que quelqu'un se soucie d'elles.

» Peut-être qu'un jour j'arriverai à me motiver pour reprendre un nouveau job dans un bureau, mais c'est déjà dur de savoir qu'on me demandera pourquoi j'ai quitté mon précédent poste si vite.

Connors sortit de sa poche un petit étui dont il tira une carte de visite.

— Contactez-moi quand vous vous sentirez prête à chercher ce nouveau poste.

Rachel posa le regard sur la carte et écarquilla les yeux.

— C'est une blague ?

— Pas du tout. J'apprécie les femmes de caractère qui savent écouter et se soucient des autres. J'en ai épousé une.

Les yeux toujours rivés sur la carte, Rachel secoua lentement la tête de gauche à droite.

— C'est vraiment une drôle de soirée. Tu sais qui c'est, Una ?

— Un consultant de la police.

— C'est Connors en personne.

Face à l'absence de réaction d'Una, Rachel secoua de nouveau la tête et se mit à rire.

— Una est un peu dans son monde, trop occupée à se débarrasser du sale type qu'elle a épousé, à bosser et à élever son fils. Je t'expliquerai plus tard, dit-elle à son amie.

— Vous avez rejoint le groupe à cause de ce sale type dont vous vous êtes débarrassée ? demanda Eve à Una.

— Il avait l'habitude de me frapper, de me pousser, de me forcer à faire l'amour.

Rachel lui tapota gentiment le bras.

— Dis le mot, Una. Dis-le.

— De me violer…

Una s'arrêta le temps d'inspirer et d'expirer longuement.

— Il me cognait et me violait quand il était soûl, quand il en avait envie. J'ai longtemps eu peur d'essayer quoi que ce soit. J'avais toujours peur, et encore plus après Sam parce qu'il disait qu'il lui ferait du mal, ou qu'il l'emmènerait et que je ne reverrais plus jamais mon enfant. Il est même allé en prison une fois à cause de ça, pendant un petit moment, mais ça n'a fait qu'empirer les choses. Il nous retrouvait toujours. Puis, comme Rachel, j'ai entendu parler du groupe. Les deux premières fois, je n'ai pas dit un mot. Personne ne vous force à parler. Puis j'ai fini par oser intervenir. Natalia nous a aidés, Sam et moi, à entrer dans un foyer, un endroit vraiment sûr. J'ai obtenu le divorce. Après ça, il a cessé de nous harceler. Je ne sais pas pourquoi.

— Elle ne reçoit pas de pension alimentaire, dit Rachel. Il est censé payer mais ne le fait pas et elle ne le signale pas.

— Il nous laisse tranquilles. Ça me suffit. Rachel m'a dit que cet appartement se libérait. J'avais mis de l'argent de côté mais ça n'était pas suffisant. C'est là que Darla m'a aidée. Elle m'a dit qu'un jour ce serait mon tour d'aider quelqu'un. Peut-être qu'Arlo ne sait pas où nous sommes. Ou peut-être qu'il le sait mais s'en fiche. Dans tous les cas, on a toujours peur.

— Vous avez abordé tout cela avec le groupe ?

— Bien sûr, répondit Rachel avec un haussement d'épaules. C'est le but.

— Avez-vous donné le nom de l'homme qui vous a agressée, ou de son entreprise ? Avez-vous nommé votre ex-mari ?

— Sûrement. On a tendance à s'emballer en racontant. J'ai sans doute dit quelque chose comme « ce connard de Tyler ». James Tyler, c'est l'agresseur. Et je me souviens que Natalia a conseillé à Una de ne pas laisser Arlo l'obliger à vivre dans la peur. Il faut… il faut mettre un nom sur cette peur pour la repousser, vous voyez le principe ?

— Oui. Je dois parler aux autres femmes du groupe. Il me faut leurs noms complets.

— J'en connais deux ou trois mais je ne vois pas…

Rachel laissa sa phrase en suspens avant d'écarquiller de nouveau les yeux.

— Mon Dieu…

— Rachel, on ne peut pas trahir la confidentialité du groupe.

— Bon sang, Una, tu ne vois pas où elle veut en venir ? Mon Dieu, si je vous suis bien, vous pensez qu'une femme du groupe est derrière tout ça ? Qu'elle tue les mecs qui nous ont fait du tort ? Qu'elle les bute ?

Elle se tourna pour faire face à Una et lui agrippa le bras.

— Ça nous implique, Una. La personne qui fait ça nous rend complices de meurtre. On ne peut pas laisser faire. Una, on a des enfants ! On essaie de faire en sorte qu'ils soient fiers de nous, qu'ils puissent s'appuyer sur nous. On ne peut pas être impliquées là-dedans.

— Personne dans le groupe ne ferait une chose pareille, insista Una.

— Dans ce cas, donnez-moi leurs noms et nous confirmerons leur innocence, répondit simplement Eve.

Eve repartit avec trois nouveaux noms et un potentiel quatrième. Les deux femmes n'avaient pas su se mettre d'accord sur une Sasha Collins ou Cullins. Elles s'accordaient cependant pour dire qu'elle avait récemment rejoint le groupe après avoir été agressée par un ex-petit ami et qu'elle avait à peu près la trentaine.

— Tu prévois de rendre visite à quelqu'un d'autre ? s'enquit Connors.

Eve, déjà en pleine recherche d'une Sasha Collins ou Cullins, se contenta de secouer la tête.

— Je vais organiser des entrevues demain au Central. Qu'elles viennent à nous, plutôt.

Elle continua à travailler tout en sortant de l'ascenseur.

— J'ai une Sasha Cullins qui a porté plainte pour agression il y a six semaines. Contre un certain Grant Flick, qui a plaidé coupable. Sans doute parce qu'il lui a sauté dessus à l'entrée de son immeuble devant témoins. Il purge actuellement sa peine.

Elle rangea son mini-ordinateur. Elle identifierait les autres une fois rentrée chez elle, puis chargerait Peabody d'organiser les entretiens.

— Tu es en train de te dire, commença Connors alors qu'ils traversaient le petit hall d'entrée et ressortaient à l'air libre, que maintenant que tu as plusieurs noms, tes chances d'identifier l'ensemble du groupe sont bien plus favorables.

— Exact. On a eu de la chance avec ces deux-là, notamment parce que Fassley est sociable et participe désormais au groupe pour tendre la main à d'autres femmes, les soutenir. Elle se rapproche donc des autres membres. Ruzaki et elle sont amies, voisines et même collègues. Elles discutent, elles échangent. Ce qui veut dire qu'à elles deux, elles ont plus de noms à nous fournir.

— Puis tu vas en trouver une qui en connaît une autre, et ainsi de suite.

— C'est l'idée.

Elle releva les yeux vers lui.

— Tu l'embaucherais vraiment ? Fassley ?

— Absolument, si elle passe la recherche d'antécédents et s'avère compétente. Ce qui à mon avis serait le cas. Elle a des qualités. Des qualités que j'apprécie. Et vous, lieutenant, allez-vous vous intéresser de plus près à ce James Tyler ?

— Oui, sauf s'il finit à la morgue avant que je règle l'affaire. S'il s'est attaqué à elle, il a dû faire la même chose avec d'autres. Je peux contacter quelqu'un à la brigade des crimes sexuels, histoire qu'il soit connu de leurs services.

— Tu crains que quelqu'un ne finisse à la morgue.

Eve balaya du regard la rue et le trottoir où défilaient promeneurs et passants pressés.

— Ce serait de la folie d'attaquer une nouvelle cible ce soir mais la folie ne lui fait pas peur. Et peu importe à quel point je penche vers Pettigrew à ce stade, je n'ai pas suffisamment de preuves. En fait, je n'ai rien. Pas de quoi justifier un mandat de perquisition, même pas de quoi poster des hommes pour surveiller son domicile.

— Parce que, dans le fond, tout le groupe est susceptible d'avoir la même motivation.

— Ce qui m'oblige à rassembler plus de preuves.

— Tu le feras, je n'en doute pas, assura-t-il alors qu'ils arrivaient au parking.

Une fois dans la voiture, il croisa brièvement son regard.

— Tu sais – et c'est pour ça que tu le fais – que tu dois enquêter au-delà de ce que te souffle ton instinct. Tu fais en sorte d'identifier et d'interroger toutes les femmes du groupe.

— La base du travail policier.

— Peut-être, répondit-il en remontant les étages au volant de leur nouveau bolide. Mais en faisant ça tu écartes les suspectes. Tu en as déjà rayé deux de ta liste ce soir. Tu sais qu'elles ne cherchaient pas à se couvrir mutuellement, ajouta-t-il.

— Ce n'est pas impossible mais peu probable. Ni l'une ni l'autre n'ont de véhicule. Elles n'ont même jamais eu le permis. Les deux ont des jeunes enfants… et il serait facile de vérifier si l'une ou l'autre a embauché une nounou pour les surveiller pendant qu'elles sortaient et assassinaient quelqu'un. Et elles n'ont pas la bonne silhouette. Pas d'endroit assez isolé ou sécurisé dans cet immeuble pour tuer des gens. Si elles avaient accès à un lieu adapté, cela ajouterait une personne de plus à l'affaire.

— Or tu es convaincue que la tueuse agit en solo.

— C'est l'impression que ça me donne. Je ne crois pas que la tueuse signe ses poèmes « Lady Justice » pour nous mener vers une fausse piste. C'est comme ça qu'elle se voit.

— Je suis d'accord. Comme quelqu'un qui fait régner la justice. Et comme une lady.

Eve fronça les sourcils et se redressa sur son siège.

— Je n'avais pas pensé à ça. Elle se voit comme une lady, une grande dame. Pas seulement une femme. Possible. C'est peut-être une partie de l'histoire, une partie d'elle-même. Ça me donne matière à réflexion. Moi, je déteste qu'on me donne du madame ou qu'on me qualifie de lady. Mais elle embrasse cette appellation.

— Qu'est-ce que « lady » évoque pour toi ?

— Une mauviette délicate.

Il rit et lui prit la main pour la porter à ses lèvres.

— Et pourtant, tu es et resteras à jamais ma lady à moi.

— Je ne peux pas dire que ça me fasse vibrer. C'est quoi pour toi une lady, hors du cadre du mariage ?

— D'une manière générale ? Une femme de bonne famille et bien élevée.

— Pas vraiment moi.

— Ça peut aussi s'appliquer à une femme de haut rang, évidemment, reprit Connors. Ce qui te correspond dans l'univers de la police. Et une femme d'une nature généreuse et attentive aux autres.

— Un point sur trois pour moi, alors.

— Ma chère Eve, personne ne dirait de toi que tu es bien élevée ou de bonne famille, mais le reste te vaut clairement deux points sur trois. Quoi qu'il en soit, ta tueuse considère peut-être qu'elle incarne tout ou partie de ces qualités. À moins qu'elle n'ait simplement trouvé que ça sonnait bien.

Connors aurait sans doute jugé cela insultant, mais il réfléchissait comme un flic. Un bon flic. Sachant qu'il n'aurait pas trouvé la comparaison flatteuse, Eve ne dit rien.

— Oui, c'est une possibilité. Mais elle aurait aussi pu opter pour « l'Ange de la Justice » ou une autre appellation non genrée dans ce goût-là. Je la crois fière d'être, justement, une lady.

— Ah, là, tu tiens quelque chose. On en revient toujours à De femmes à femmes, hein ?

— C'est comme ça que je le vois.

Eve leva les yeux vers leur maison une fois le portail franchi.

— Qu'est-ce qu'une lady avec un pénis ?

— Quelqu'un de potentiellement ambivalent.

— Non, je veux dire l'équivalent masculin pour lady.

— Si je te suis, je pense qu'on parlerait d'un lord.

— Ouais, ça t'irait assez bien.

— Tant qu'à faire, j'aimerais autant ne pas être une lady avec un pénis.

— Oublie cette image.

— Avec plaisir.

— Les lords sont plus ou moins des seigneurs qui règnent sur leur domaine. C'est un terme fort, *lord*. Alors que lady, j'en reviens à l'idée de mauviette. Mais pas dans l'esprit de la tueuse. C'est un motif de fierté.

— Ton esprit te ramène à Darla Pettigrew.

« Oui », admit Eve dans son for intérieur, tout en se demandant comment il l'avait capté.

— Pourquoi tu dis ça ?

— Bonne famille, bonnes manières. On pourrait même y ajouter une notion de haut rang en tant que petite-fille d'une star légendaire. Assez attentive aux autres pour aider une membre de ce cercle de femmes.

Oui, il pensait vraiment comme un flic.

— Ça dépend, évidemment, de la manière dont elle se voit.

Une fois Connors garé, Eve mit le pied à terre et marcha avec lui jusqu'à l'entrée.

— Je vais identifier les noms qu'on nous a donnés, pour lancer la suite. Ça te tenterait de mettre le nez dans les affaires d'un tiers ?

— Ma distraction préférée.

— Eloise et Darla ont toutes les deux le permis de conduire. Aucun des véhicules enregistrés au nom d'Eloise ne correspond à la description de celui qui a été aperçu à la discothèque ou devant chez Pettigrew. Aucun véhicule n'est actuellement associé au nom de Darla, ni à son nom de femme mariée, ni à son nom de jeune fille. Mais elle dispose peut-être de comptes secrets et d'un éventuel véhicule enregistré sous une autre identité.

Elle retira prestement son manteau et le lança sur le poteau sculpté de l'escalier.

— Ça te dirait d'y jeter un coup d'œil ?

— J'en serais ravi... mais j'y pose une condition.

— Un truc sexuel ?

— Pas cette fois.

Il lui prit la main pour monter l'escalier avec elle.

— Tu n'as eu droit qu'à une poignée d'heures de sommeil ces deux dernières nuits. Tu identifies les personnes derrière les noms, puis tu lances Peabody sur l'organisation des entrevues. Moi, j'enquête sur cette histoire de véhicule.

— Je ne vois pas où est la condition.

— Pas de café. Et tu seras au lit, endormie, d'ici deux heures.

— Comment veux-tu que je travaille sans café ?

— Mobilise ta force intérieure, répondit-il avec une petite tape sur ses fesses.

Pendant qu'Eve travaillait et que Connors farfouillait sur Internet, Arlo était assis sur son tabouret habituel, dans son bar habituel, face à sa commande habituelle : bière et shot.

À vrai dire, c'était sa troisième bière et son troisième shot de la soirée. Le bar – un boui-boui du nom de *Nulle part* – servait une nourriture grasse et bon marché que l'alcool aidait à faire passer.

Son burger à base de viande indéterminée et ses frites de soja ramollies déjà avalés, Arlo invectivait entre deux rots les Yankees et les Red Sox qui s'affrontaient à l'écran.

Il n'avait pas grand-chose à faire du base-ball, qu'il considérait comme un sport de tapettes, mais le barman avait refusé de zapper sur l'Arena Ball.

Alors qu'il buvait une nouvelle gorgée de bière puis envisageait de commander des nachos, il repéra une femme qui venait d'entrer.

Elle lui fit l'effet d'une tapineuse de rue, avec une minijupe au ras des fesses, des bas résille et un pull moulant duquel ses nichons – pas mal, dans le genre – débordaient à moitié.

Une masse de cheveux violets lui retombaient sur le visage, sans doute pour cacher la grosse cicatrice bien moche qui lui barrait la joue droite.

Pas de quoi s'extasier devant sa tronche. Mais ce qui se trouvait en dessous était carrément appétissant. Aux yeux d'Arlo, le visage d'une femme n'avait pas beaucoup d'importance quand le sexe était la seule chose à laquelle elles étaient vraiment bonnes.

Il n'aurait pas dit non à un petit coup rapide, si le prix était correct.

Elle se posa sur le tabouret à côté du sien et commanda une bière d'une voix haut perchée.

Parce qu'elle avait l'air du genre pas cher, et qu'une pipe pas chère l'intéressait plus que ce match de tapettes, il fit signe au barman.

— Mets-la sur mon ardoise.

Elle tourna vers Arlo un regard reconnaissant sous les mèches violettes.

— Merci, mon beau.

— Pas de problème. Je t'avais jamais vue ici avant.

— Le coin est nouveau pour moi. Je fais une petite pause. La soirée est calme.

Elle but un peu de la bière posée devant elle puis lui lança un regard aguicheur.

— Tu viens souvent ici ?

— Presque tous les soirs.

— J'imagine que je viendrai plus souvent maintenant que je sais que tu traînes par ici.

Elle but une nouvelle minuscule gorgée.

— T'as peut-être envie de faire la fête ?

— Peut-être. C'est quoi le prix ?

Elle lui sourit, baissa la tête et tapota son verre du bout du doigt.

— T'as déjà versé un acompte.

Tout en portant la bière à ses lèvres, elle lui plaqua une main sur l'entrejambe.

— T'en veux plus ? T'as qu'à finir ta bière...

Elle se pencha vers lui, de très près. Le regard braqué sur ses seins, Arlo ne la vit pas verser le contenu d'un petit flacon dans son shot de whisky.

— Et on n'aura plus qu'à sortir pour négocier le bon tarif, termina-t-elle.

« Mille fois mieux qu'un match », se dit Arlo.

Il vida son verre et avala le shot d'un trait.

— On y va !

Ils quittèrent le bar ensemble, la main d'Arlo collée aux fesses de la femme... et celle de la femme dans son petit sac à main pour faire signe au droïde et à la voiture qui l'attendaient.

Il commença à vaciller avant même d'atteindre le coin de la rue. Elle se contenta de rire et de le soutenir pour le guider vers la voiture.

— Allons faire un tour, mon grand.

— C'est moi qui vais t'emmener faire un tour. Tu vas en avoir le tournis, salope.

Il s'évanouit avant qu'elle lui administre la seconde dose. Estimant que deux précautions valaient mieux qu'une, elle lui pinça le nez, lui inclina la tête en arrière et lui versa le sédatif dans le gosier.

Satisfaite, Darla se cala contre la banquette. Autant se réserver pour les choses sérieuses.

16

Les rêves vinrent à elle comme autant de doigts de brume crochus au-dessus d'un lac de fatigue. En leur sein, elle entendit les hurlements des torturés et des tourmentés s'élever, suraigus, derrière une large porte noire. N'écoutant que son devoir, elle lutta pour tenter de l'ouvrir, de l'enfoncer, de trouver un moyen d'en franchir le seuil tandis que les cris résonnaient sous son crâne.

Venue de derrière, d'au-dessus, de tout autour d'elle, une voix aussi calme et tranquille qu'une brise de printemps s'adressa à elle :

— Ils reçoivent ce qu'ils méritent.

— Ce n'est pas à toi d'en juger.

— Pourquoi pas ? Pourquoi serait-ce à toi de décider ?

Eve dégaina son arme, la régla sur la puissance maximale et tira sur la porte.

— Ce n'est pas moi qui décide, assura-t-elle. C'est la loi.

— Qui fait la loi ? Les hommes, cracha la voix. Et tu leur obéis !

— Garde ce genre de conneries pour quelqu'un d'autre.

Dégoûtée, Eve se mit en quête d'une autre ouverture le long du mur d'un blanc éclatant qui contrastait avec le noir de la porte.

Les cris, incessants, la mettaient au supplice.

— Même en sachant ce qu'ils sont, tu les défends, tu te bats pour eux. Moi, je me bats pour les femmes à qui ils ont fait du mal. Je me bats pour leurs victimes.

Eve n'arrivait pas à trouver le moyen d'entrer, de mettre un terme à ces hurlements.

— Espèce de garce imbécile et arrogante ! Tu as fait d'*eux* des victimes.

Eve martela le mur à coups de poing, puis prit son élan pour donner un coup de pied sauté dans la porte. Noir contre blanc. Blanc contre noir.

— Je leur administre le juste châtiment. Ils souffrent, puis leur souffrance cesse. Leurs victimes, elles, souffrent indéfiniment. Tu le sais ! Comment peux-tu les défendre ? Comment, alors que tu sais ce qu'ils ont fait ? Que tu l'as toi-même subi ?

— Oh, la ferme !

Elle pivota sur elle-même, furieuse de se découvrir enfermée dans une petite pièce, vide à l'exception des murs blancs et de l'unique porte noire.

— Je vais te trouver. Je vais t'arrêter. Je vais te flanquer derrière les barreaux.

— Pourquoi te soucier de ces hommes ?

La voix, toujours si raisonnable, provenait de partout à la fois.

— Tu as été trahie, maltraitée, battue, violée, piégée, terrifiée, impuissante. Tu sais ce que nous avons enduré en tant que femmes. Tu sais que les hommes se servent de nous. Tu sais qu'ils y prennent plaisir. Et pourtant tu voudrais te retourner contre moi ? Tu voudrais m'empêcher d'appliquer ma justice ? Pourquoi ?

« Aucun moyen d'entrer, constata Eve. Aucun moyen de sortir. »

— Pourquoi ? Parce que tu es une malade, une sadique. Parce que tu pervertis la justice que j'ai juré de faire respecter. Parce que figure-toi, pauvre folle, que je suis flic. Je suis Eve Dallas ! lança-t-elle en brandissant son insigne. Lieutenant de la Criminelle du NYPSD. Et je te trouverai. Je vais ouvrir cette foutue porte et te mettre le grappin dessus.

Cette fois, quand elle pivota sur elle-même, insigne à la main, et donna un coup de pied dans la porte, celle-ci céda.

Les cris cessèrent d'un coup, remplacés par des bips insistants.

Brusquement tirée du sommeil, Eve tâtonna dans le noir en quête de son communicateur.

— Merde, merde, merde... Blocage vidéo. Dallas, j'écoute.

— *Dallas, lieutenant Eve, communication du Central. Rendez-vous au croisement de la 53e Rue et de la 179e Rue Ouest. Individu décédé potentiellement en lien avec enquête en cours. Agents déployés sur place.*

— Reçu. Contacte Peabody, inspecteur Delia, et demande que McNab, inspecteur Ian, l'accompagne. Je me mets en route. Dallas, terminé.

Connors lui apporta un mug de café.

— Je viens avec toi, ça te fera deux hommes de la DDE.

— Pour ce que ça vaudra... Pardon, ajouta-t-elle en sortant du lit, la main levée dans un geste d'excuse. Ce n'est pas ce que je voulais dire. Tu es déjà habillé. Quelle heure est-il ?

— Pas tout à fait 5 h 30. Si tu me fais confiance pour choisir ta tenue, ça te laissera le temps de sauter sous la douche.

— D'accord. Bonne idée, merci.

Elle se passa les mains dans les cheveux tout en marchant vers la salle de bains.

— C'est l'ex de Ruzaki. C'est l'adresse d'Arlo. J'avais regardé hier soir.

Elle décida donc de réveiller deux de ses inspecteurs pour aller s'assurer que Ruzaki et Fassley étaient chez elles et les interroger.

Pour ce que ça vaudrait, là aussi...

Lorsqu'elle ressortit, Connors avait disposé les vêtements dont elle avait besoin sur le lit. Un pull fin à mi-chemin entre le gris et le bleu, un pantalon gris foncé, des boots parfaitement assorties et une veste grise avec de discrets rappels de la couleur du pull.

Elle se tourna vers Connors, costume sombre et cravate impeccablement nouée.

— C'est le genre de tenue que tu portes pour aller en réunion, non ?

— Ça peut attendre.

— Ça concerne quoi ?

— La réunion ? La villa hôtel en Italie. C'est presque terminé.

— Ah.

Tout en s'habillant, elle le regarda évaluer les différents choix possibles devant l'autochef. Il opterait, supposa-t-elle, pour quelque chose qu'ils puissent manger sur le trajet, parce qu'il ne voudrait pas qu'elle travaille le ventre vide.

Parce qu'il pensait à elle.

— Je dois mettre fin à tout ça, dit-elle. Je dois arrêter cette femme.

— En effet. Et c'est ce que tu vas faire, assura-t-il sur un ton d'absolue confiance qui fit se gonfler le cœur d'Eve.

— Honnêtement, je n'arrive plus à me rappeler pourquoi je résistais avant, pourquoi je t'en voulais de m'aider, de m'épauler dans mon travail.

Connors avait opté pour des friands à l'omelette. Elle captait le parfum du bacon qu'il avait ajouté en supplément.

— Peut-être mon passé criminel, suggéra-t-il.

Il avait lancé cela sur le ton de la plaisanterie mais Eve sentit l'émotion lui nouer la gorge.

— Connors...

— Hmm ?

Il se tourna vers elle, vit son visage.

— Qu'est-ce qui se passe ?

— Tout va mieux à ton contact, même quand ça ne va pas. Enfin, ce n'est pas exactement ça. Je t'ai dit que je ne m'en remettrais jamais si on se séparait, mais c'est plus que ça. Je lutte comme une folle pour ne pas laisser ce qui m'est arrivé, la partie sombre de moi, interférer avec cette enquête. J'estime que je m'en sors plutôt bien. Mais je sais que ce ne serait pas le cas, que je n'en serais pas capable, si tu n'étais pas sur l'affaire avec moi.

— *A ghrá*.

Il la rejoignit et lui caressa le visage.

— Je suis avec toi sur cette enquête. Et pour tout le reste. Que ça te plaise ou non.

Eve éclata d'un rire empreint de soulagement.

— Je sais. Comme dans ce cas précis où je n'ai aucune envie de croquer dans ce truc aux œufs dont je *sais* qu'il contient des épinards, mais où tu vas insister jusqu'à ce que je le mange.

Elle saisit le friand et mordit dedans.

— Tu vois ? Des épinards, lança-t-elle, la bouche pleine.

— Oh, comme on se connaît bien l'un l'autre.

— Oui, bon. Je dois régler cette affaire, assena-t-elle en s'habillant. Une fois que ce sera fait, que dirais-tu d'aller jeter un coup d'œil à cet hôtel dont tu parlais ?

Connors, qui était en train de leur resservir du café, suspendit son geste.

— Tu veux aller en Italie ?

Oui, ils se connaissaient bien l'un l'autre, se dit Eve. Si bien qu'elle avait entendu la surprise dans sa voix, l'avait ressentie dans son corps.

— Voilà le truc. Deux trucs, en fait. Une fois cette enquête bouclée, j'aurai besoin d'une petite pause. Histoire de me vider la tête, et l'Italie serait très bien pour ça. C'est quelque chose que je n'aurais jamais dit il y a quelques années, ça : « Oh, oui, l'Italie serait très bien pour ça. » Deuxième truc, je sais que tu n'as pas pu t'impliquer autant dans ce projet que tu aurais sans doute aimé le faire. Donc tu pourrais mettre les mains dans le cambouis et moi me vider la tête. Disons deux jours.

Il leva la main, laissant voir quatre doigts.

Le cœur d'Eve se gonfla de nouveau.

— Tu vois, je savais que tu ferais ça, raison pour laquelle je misais sur trois jours. Ça me paraît un bon compromis. Trois jours ensemble, une fois que j'aurai bouclé l'affaire.

— Va pour trois jours.

— Super.

Elle récupéra son insigne, son communicateur, sa radio et le reste de ce qu'elle transportait dans ses poches.

— Je vais réquisitionner Baxter et Trueheart pour aller parler à Ruzaki, vérifier que Fassley et elle n'ont pas les mains dégoulinantes de sang et ainsi de suite.

— Tu n'y crois pas une seconde.

— Non, mais il faut parer à toutes les éventualités.

Avant qu'elle puisse quitter la pièce, il ramassa le friand entamé et sourit.

— À toutes les éventualités, hein ?

Elle roula des yeux mais termina son repas sur le trajet jusqu'au rez-de-chaussée. Après quoi elle contacta Baxter pour lui donner ses instructions.

En mettant le pied dehors, elle constata que le printemps l'avait indéniablement emporté sur l'hiver. Un changement palpable dans la douceur de l'air.

Elle monta dans la voiture – la sienne, cette fois, pas le nouveau bolide – et patienta tandis que Connors programmait l'adresse de leur destination.

— J'ai fait un rêve, dit-elle.

— Oui. J'étais sur le point de t'en sortir quand ta radio a bipé. Tu n'avais pas tant l'air bouleversée que… furieuse.

— J'étais furieuse.

Elle lui raconta tandis qu'il conduisait.

— Je comprends bien le symbolisme subconscient débile. Le noir et le blanc. Je pense de manière manichéenne.

— Pas du tout, répondit Connors. Ton éventail de nuances de gris est peut-être limité – de mon point de vue – mais il existe. C'est la tueuse qui a un regard tout noir, tout blanc.

— Hum… Je crois que je préfère ton interprétation. Elle voit aussi les hommes comme une espèce nuisible, foncièrement mauvaise. J'avais déjà eu cette impression précédemment mais c'est plus net maintenant. Elle a peut-être démarré avec une liste issue du groupe de soutien mais jamais elle ne s'en contenterait. C'est désormais une tueuse en série, affirma Eve. Et elle veut accumuler autant de victimes que possible.

— Elle veut être perçue comme une héroïne, ajouta Connors. Et c'est un élément que tu estimes important, sans quoi tu n'en aurais pas rêvé.

— Je pense que ça a de l'importance, oui. La manière dont elle se perçoit et dont elle veut que les autres la perçoivent.

L'aube n'était pas encore là, il était trop tôt pour les dirigeables publicitaires ou les marchands de rue, pour les coups de Klaxon ou les vociférations des conducteurs excédés. New York semblait presque paisible.

— J'ai oublié de te poser la question. D'après Mavis, tu as rencontré Jake hier ?

— Oui. Il s'est porté volontaire pour enseigner de temps en temps à An Didean. La musique, l'écriture de chansons. De même que les autres membres de son groupe.

— C'est… c'est une très belle action de sa part, de leur part.

— En effet. Mais c'est quelqu'un de bien et qui me semble désireux de donner en retour un peu de ce qu'il a reçu. J'ai immédiatement accepté son offre.

Connors se gara derrière les barricades où s'agglutinaient déjà des lève-tôt curieux.

L'heure n'était semble-t-il jamais trop matinale ni trop tardive pour se pencher sur le destin tragique de quelqu'un d'autre.

Elle accrocha son insigne à sa ceinture, lança son enregistreur et franchit les barricades à grandes enjambées sans se préoccuper de la foule. Elle se dirigea vers les agents chargés de sécuriser la scène de crime.

— Agents ?

— Keller et Andrew, lieutenant.

— Et voici Brigg Cohen, indiqua Keller avec une tape sur l'épaule de l'individu robuste et dégarni qui se tenait entre eux. Brigg est un ancien policier. C'est lui qui a appelé les secours.

— Pris ma retraite il y a dix ans, après vingt ans de carrière, expliqua Cohen à Eve. Je patrouillais dans le quartier avant que ces bleu-bites débarquent. J'habite là, précisa-t-il en désignant l'immeuble derrière eux. Depuis seize ans.

— Vous me faites un topo ?

— Je suis gardien de nuit, entre 20 heures et 4 heures, pour Lisbon Corp. Une fois ma nuit terminée, j'ai pris un petit-déj' dans mon resto habituel et puis je suis rentré à pied. Le corps était disposé comme vous le voyez là. Il était 4 h 58 quand je l'ai trouvé.

Retraite ou non, il savait encore faire son rapport à la manière d'un flic.

« Un avantage pour nous. »

— Je m'intéresse toujours à ce qui se passe en ville, poursuivit-il. Donc j'ai vite vu qu'il avait eu droit au même traitement que les deux autres victimes dont j'ai entendu parler. À poil, passé à tabac et privé de son service trois pièces. Il y a aussi ce message sur lui, une sorte de poème. Les rapports n'en parlaient pas mais je me suis dit que vous gardiez l'info pour vous. Je savais que les bleu-bites devaient pas être loin, occupés à se tourner les pouces, dont j'ai appelé le Central et je suis resté ici jusqu'à ce qu'ils se pointent.

Andrew leva les yeux au ciel ; Keller se contenta de sourire.

Eve repéra Peabody et McNab qui arrivaient. Elle fit signe à McNab de rejoindre Connors et à Peabody d'approcher.

— Le corps est bien amoché, continua Cohen. Mais d'après sa stature et ce qu'on voit de son visage, je dirais que c'est l'enflure qui habite au bout du couloir par rapport à mon appart. Un certain Kagen, Arlo Kagen. Il a un casier, ce qui n'est pas une surprise quand on sait qu'il a l'alcool mauvais.

— Quand avez-vous vu Kagen pour la dernière fois ? demanda Eve.

— Ce soir, en partant bosser. Il devait être à peu près 19 heures, vu que je m'arrête toujours manger un morceau en chemin. Il sortait, lui aussi. Sans doute pour aller se soûler. Il fait généralement ça au *Nulle part*, un boui-boui à deux rues d'ici.

— Avez-vous remarqué quelqu'un dans l'immeuble ou aux alentours qui n'avait rien à faire là ? Quelqu'un qui vous aurait mis en alerte ?

Il secoua la tête.

— Je dors presque tous les jours jusqu'à 14 heures. Parfois je sors un peu s'il fait beau. On a le salon de tatouage, le coiffeur, deux ou trois petits restos pas chers qui voient passer quelques filles de rue en tant que clientes. Je pars bosser à la même heure quasi tous les jours, donc je ne suis pas beaucoup là. Et quand je suis là, je dors.

— D'accord. Merci pour votre aide.

— Pas très fan de tomber sur un macchabée devant ma porte. Je croise les doigts pour que vous clôturiez l'affaire rapidement. Là, je vais aller pioncer un peu. Vous savez où me trouver.

Eve attendit que Cohen soit entré dans l'immeuble avant de demander :

— Un risque qu'il ait pu toucher le corps, compromettre la scène de crime ?

— Aucun, assura Keller. Brigg aime bien se payer notre tête mais il connaît le métier.

— C'est un vieux schnock, intervint Andrew sur un ton où perçait de l'affection. Mais il n'a pas volé sa réputation de bon flic. On a eu de la chance que ce soit lui qui trouve le corps.

— Très bien. Vous pouvez commencer à interroger les voisins.

— On s'arrête officiellement à 6 heures. Vous validez le passage en heures sup ? s'enquit Keller.

Eve hocha la tête.

— Confirmez avec votre lieutenant. J'aimerais autant que ce soit vous. Peabody, identifions le défunt, ce sera fait. McNab – et Connors, si tu veux toujours en être –, vous pourrez vous attaquer aux appareils informatiques dès qu'on aura son identité. L'immeuble est équipé d'une caméra. Allons voir si elle fonctionne.

Elle récupéra son kit de terrain des mains de Connors, s'approcha du cadavre et s'agenouilla pour vérifier son identité. Peabody s'accroupit à côté d'elle.

— Je pensais pas qu'elle refrapperait aussi vite. Qu'elle s'attaquerait à un autre homme, oui, mais pas trois jours d'affilée.

— Elle est axée sur les résultats. Et elle a enchaîné les opérations réussies. Pas question de s'arrêter alors qu'elle est en veine.

» La victime est identifiée comme étant Kagen, Arlo, trente et un ans, domicilié à cette adresse. Tout comme les deux précédentes victimes, son corps présente de graves brûlures et contusions. Il a le bras gauche cassé, sans doute à la suite d'un coup violent. Vérifiez son dossier, Peabody. Voyez s'il était gaucher. Dommages sérieux au visage : nez cassé, plusieurs dents brisées ou manquantes. Ses organes génitaux ont été découpés et retirés.

Elle enfila ses microlunettes et se pencha sur la dépouille.

— Il semble s'agir de la même arme, ou du même type d'arme, et de la même méthode. À confirmer par le médecin légiste. Horaire du décès, 3 h 56. Décès très probablement causé par l'hémorragie due à l'amputation. À confirmer par le légiste.

Eve sortit une pochette de collecte de preuves. Elle y glissa le poème puis la referma et lut à travers le plastique.

Il levait le poing sur sa femme
Cruel, violent, un homme infâme.
Si elle lui avait donné un enfant à choyer,
Lui la terrorisait pour ses espoirs broyer.
Frappé de ma main par une mort méritée,
Désormais mère et fils sont enfin libérés.
LADY JUSTICE

— Elle ne peut pas s'arrêter, marmonna Eve. Le monde qu'elle a créé et la place qu'elle y occupe sont trop importants pour elle.

Un monde tout de noir et de blanc.

— La victime était gauchère, lui indiqua Peabody. C'est pour ça qu'elle lui a cassé le bras gauche. Il levait sans doute la main gauche en premier quand il battait sa femme. Ce qui rend le crime spécifique. Plus spécifique qu'il ne l'était déjà, corrigea-t-elle. Et vous savez quoi ? Ce n'est pas simplement le troisième homme d'affilée, c'est le troisième à avoir fait du mal à son épouse ou à l'avoir trompée. Ils étaient tous mariés. Pettigrew et Kagen étaient divorcés mais ils avaient commis leurs crimes – ceux sur lesquels elle se fonde – durant leur mariage.

Eve redressa le dos, toujours accroupie.

— Vous avez raison. Elle s'attaque d'abord aux hommes qui sont ou ont été mariés. Un critère qui nous aidera à réduire le champ des cibles possibles. Bien joué, Peabody.

» Retournons-le… Attendez, ajouta-t-elle en entendant une voix – ferme et impatiente – l'appeler par son nom. Merde. McNab, par ici ! Retournez-le, McNab et vous, et terminez l'examen du corps. Contactez la police scientifique, la morgue. J'ai une urgence.

— Bonne chance, souffla Peabody.

Eve se dirigea vers les barricades et marcha droit vers une Nadine Furst au menton fièrement levé, parfaitement apprêtée pour passer à l'écran.

La journaliste spécialisée dans les affaires criminelles se classait peut-être parmi ses amis – ses meilleurs amis, même –, mais Eve se serait volontiers passée de sa présence.

Un coup d'œil dans le dos de Nadine lui permit de constater qu'elle était venue en compagnie de son rockeur. Look tranquillement négligé et rayure bleu roi dans sa chevelure d'un noir de jais, Jake discutait avec Connors. À les voir, on aurait pu croire qu'ils trinquaient au martini dans on ne sait quel bar hors de prix.

— Je vous ai appelée une demi-douzaine de fois hier ! lança Nadine.

— J'étais occupée.

Nadine étrécit ses yeux verts de félin.

— Vous n'êtes jamais trop occupée quand il s'agit de faire appel à moi, ou à mon équipe de recherche, sur une enquête.

— J'étais réellement occupée et ce n'est pas le moment de me prendre la tête.

— Ah non ?

— Non.

Eve lui fit signe de franchir la barricade puis l'agrippa par le bras – avec force – et la tira à l'écart du corps, en direction du coin de l'immeuble.

Jake, qui les observait, se balança d'avant en arrière sur les talons de ses bottes usées.

— Elles en viendraient aux mains, tu crois ? demanda-t-il.

— C'est marrant, je me pose à chaque fois la question.

— Nadine est bien remontée. Pareil pour ton flic préféré, on dirait. Tu viens souvent à ce genre... d'événement ?

— Trop souvent. C'est ton premier ?

— Ouais. J'ai fait une nuit blanche au studio. Après quoi je me suis dit : « Hé, j'ai qu'à passer chez Nadine, je la réveillerai. » Sauf qu'elle était déjà debout, habillée et prête à partir. Donc me voilà.

Sa grande taille lui permettait de voir sans mal par-dessus la tête des passants toujours pressés contre les barricades.

— Je pige pas. Je dois avouer que je ne comprends pas comment on peut avoir envie d'un boulot où l'on a affaire au genre de truc étalé dans la rue là-bas. C'est pourtant ce qu'elles ont toutes les deux choisi. Ça m'échappe.

— Celle qui a mis ce type dans cet état croit agir au nom de la justice. Elle se trompe. C'est en revanche ce que font nos deux femmes, chacune à sa manière.

Tandis qu'ils discutaient, leurs compagnes croisaient vigoureusement le fer.

— Je veux une interview en face à face, ici et maintenant.

— Impossible, répliqua Eve. Et vous n'avez même pas de caméra avec vous.

— Je peux faire venir un cameraman en moins de dix minutes.

— Je ne sais pas si vous avez remarqué le mec mort dans la rue, là-bas ?

— J'ai remarqué le mec mort. Le troisième de ce type particulier de mecs morts. J'avais programmé une alerte pour m'avertir quand vous trouveriez un autre cadavre nu et castré. Vous tenez les médias à distance alors que le public...

— Ne commencez pas avec votre rengaine du « droit à savoir ». Trois en trois jours. Vous pensez qu'on est restés le cul sur nos chaises à jouer au mah-jong ?

— Je pense surtout que vous ne savez pas ce qu'est le mah-jong et que vous auriez pu répondre aux appels de quelqu'un qui mérite votre confiance.

— Je n'ai pas eu le temps !

Eve leva les mains dans un geste de frustration et se mit à faire les cent pas.

— Je n'ai pas plus le temps de me disputer avec vous ici et maintenant que je n'en avais pour vous envoyer des petites phrases pour votre chaîne. Laissez-moi travailler en paix.

— Je fais mon boulot tout comme vous faites le vôtre, rétorqua Nadine. Vous savez très bien qu'avec moi les infos que vous voudrez voir diffuser le seront et que ça peut être utile. Tout comme vous savez que je resterai muette sur tout ce que vous me demanderez de garder pour moi.

— Ce n'est pas ça. Rien à voir. Il ne s'agit pas de vous ni de l'accord entre nous. Parfois, il s'agit seulement du métier. Des victimes qui s'accumulent. Et de ne plus avoir le temps de s'occuper de quoi que ce soit d'autre.

Nadine marqua un temps d'arrêt, le doigt levé. Elle aussi se mit à faire les cent pas.

— OK, d'accord. Voilà ce que je vais faire. Je vais commander du café... pour tout le monde. Puis je reviendrai, avec une caméra. Si vous ne pouvez pas me donner d'interview ou faire une déclaration, je demanderai à Peabody ou McNab. Avec trois morts en trois jours, vous aurez besoin du soutien des médias pour obtenir celui de la population, que vous vouliez ou non l'admettre.

C'était vrai, Eve le savait. Ça ne lui plaisait pas, mais elle le savait.

— Je ne sais pas quand nous serons disponibles, les inspecteurs et moi.

— J'attendrai.

Et elle le ferait, se dit Eve. Et puisque ni l'une ni l'autre n'avait tort, elle lâcha elle-même un peu de lest.

— Je ne boirai pas de faux café, prévint-elle. J'ai une certaine exigence en la matière. Où est-ce que vous comptez trouver du vrai café ?

— J'ai mes méthodes. Et en plus d'avoir reçu l'Oscar du meilleur scénario…

— Hmm, ça, ça va vite être lassant.

— Sûrement pas.

L'agacement et la frustration laissèrent place à un petit sourire satisfait.

— Je disais donc : non contente d'avoir eu un Oscar, d'être une auteure à succès et une journaliste aux multiples récompenses, je suis accompagnée d'une authentique rock star. On a les moyens pour le vrai café.

— Pas de vrai café, pas de passage devant la caméra. C'est non négociable.

— On en trouvera.

— En attendant, merci de quitter ma scène de crime. Et dites à Connors de me rejoindre.

Eve tourna les talons pour retourner auprès de Peabody et McNab.

— McNab, Connors et vous pouvez entrer dans l'immeuble. Vérifiez les images prises par la caméra au-dessus de la porte puis occupez-vous de l'appartement de la victime.

Elle s'arrêta, sourcils froncés.

— Qu'est-ce que c'est que ça ?

Peabody lui présenta la pochette de collecte de preuves qu'elle tenait à la main.

— Un cheveu, un cheveu noir. Qui n'appartient pas à la victime, laquelle est brun clair. Il était collé dans du sang séché à l'arrière de son épaule. On a un cheveu, Dallas !

— Bien vu, beau boulot. Négligence, murmura-t-elle. Ils finissent presque toujours par se montrer négligents.

L'enquête venait de prendre un virage important, elle le sentait jusque dans ses tripes.

— Le véhicule de la morgue est en route, lui indiqua McNab. Et la police scientifique aussi.

Il fit un signe de la main à Connors puis pointa du doigt l'immeuble. Eve releva la tête pour les voir s'éloigner ensemble vers l'appartement du mort ; Connors dans son costume de roi du monde des affaires, McNab en pantalon baggy couleur menthe à l'eau et veste bleu électrique.

— Prévenez Harvo que l'analyse de ce cheveu doit passer en priorité.

— C'est déjà fait. Je demanderai à l'un des techniciens de la police scientifique de le lui apporter en urgence. Il provient sans doute d'une perruque mais même dans ce cas, notre reine des cheveux et des fibres l'identifiera.

— J'y compte bien. Désignez un agent en uniforme pour monter la garde près du corps jusqu'à l'arrivée de l'équipe de la morgue. Il faut qu'on aille voir l'appartement. Quand on en aura terminé, vous ferez une interview avec Nadine.

— Moi ? C'est vous qu'elle va vouloir, et...

— Ce n'est pas moi qu'elle aura. Pas devant la caméra. Je lui ferai passer quelques infos supplémentaires en off. Elle les gardera pour elle et peut-être qu'en creusant elle tombera sur quelque chose qu'on aurait raté.

— D'accord. Mince, si j'avais su, j'aurais fait quelque chose pour mon visage.

— Votre visage est comme il est, répondit Eve en se mettant en route. Il faudra vivre avec.

— On peut vivre avec et l'améliorer un peu. Sinon, c'est un moment étrange pour dire ça mais super nouvelle pour Mavis, Leonardo et leur futur bébé, non ? On a fêté ça comme il se doit quand elle nous l'a annoncé. Leonardo est sur un petit nuage.

— Ils sont doués pour ça, pour tout ça. Le couple, la famille, le rôle de parents.

Elles pénétrèrent dans l'immeuble. Étroit et oppressant, le hall d'entrée était loin d'être aussi propre que celui de l'ex de la victime et sentait plus l'urine que le pin. Malgré tout, les mesures de sécurité semblaient assez correctes pour pouvoir espérer tirer quelque chose de la caméra à l'entrée.

Elle n'envisageait même pas d'utiliser l'ascenseur. La victime habitait au deuxième étage.

— On a eu de la chance avec l'homme qui a signalé le corps, dit-elle à Peabody en montant les marches. C'est un ancien policier devenu veilleur de nuit. Il s'est assuré de sécuriser la scène de crime jusqu'à l'arrivée de nos collègues.

— Je connais un peu Keller et Andrew. Ils sont fiables.

— Ils m'ont fait la même impression, confirma Eve.

— J'ai l'impression que la chance tourne en notre faveur.

— Possible. Kagen ne peut pas en dire autant. J'ai parlé à son ex-femme hier soir. Peut-être même au moment où il s'est fait enlever. Merde…

Saisie d'une violente envie de se frotter le visage à deux mains et de s'arracher les cheveux, elle se contint de justesse.

— J'ai tiré Baxter et Trueheart du lit pour qu'ils aillent voir ce qu'elle faisait, ainsi que sa voisine qui fait aussi partie du groupe.

— Rachel Fassley. J'ai lu votre rapport. On a des noms, Dallas. La chance nous sourit, je vous dis.

— Un peu tard, répondit Eve avant d'accéder à l'appartement de Kagen à l'aide de son passe-partout.

Peabody embrassa les lieux du regard : un petit studio avec canapé-lit défait aux draps douteux, vêtements sales éparpillés, bouteilles de bière vides et piles de vaisselle sale. Elle soupira.

— Encore une porcherie. Pourquoi est-ce que l'appartement du mâle moyen tient toujours de la porcherie sentant la bière éventée, les pets et les chaussettes crasseuses ?

— C'est stipulé dans leur contrat. Prenez sur vous, Peabody. On a un boulot à effectuer. Après quoi on ira réveiller le patron du bar du coin où, d'après le témoin qui habite au bout du couloir, Kagen allait écluser toutes les bières nécessaires pour parfumer ensuite son studio.

— Super. Quelle manière géniale de démarrer la journée ! Bon, au moins, l'appartement est petit, dit Peabody en faisant semblant de retrousser ses manches.

Leur travail n'en fut pas pour autant plaisant mais elles eurent le temps de passer les lieux au peigne fin avant l'arrivée de McNab et Connors.

— On a les images, indiqua McNab, un disque à la main. On voit la victime sortir peu après 19 heures. Seul et vêtu d'un blouson et d'un pantalon marron et d'une paire de tennis. Un autre homme est sorti au même moment et parti à pied dans la direction opposée.

— C'est notre témoin, lui répondit Eve. Un ancien flic qui vit plus loin dans le couloir. Il n'est pas impliqué. Pas de communicateur fixe dans l'appartement, ni de communicateur de poche. Vous trouverez un vieil ordinateur portable à examiner. Ni planques, ni drogues, ni indices utiles.

— Ni notions d'hygiène la plus élémentaire, semble-t-il, ajouta Connors. Le champ de la caméra ne couvre pas l'endroit où le corps a été abandonné.

— Et notre tueuse le savait. Elle n'est pas idiote. Elle se renseigne avant d'agir. McNab, demandez que l'ordinateur soit porté au labo. Au cas où. Peabody, descendez et donnez l'interview que Nadine attend. Elle est censée apporter du café.

Le visage de McNab s'éclaira.

— Quel genre de café ?

— Vous en aurez aussi, inspecteur. Faites enlever l'ordinateur et, une fois qu'il sera à la DDE, farfouillez dedans.

Elle se tourna vers Connors.

— Tu devrais rentrer à la maison… ou là où tu avais prévu d'aller. On en a terminé ici pour le moment.

— Je ne dirais pas non à un café.

— Tu y auras droit, toi aussi.

Elle ressortit avec lui.

— Tu te demandes si tu aurais pu le sauver, lâcha Connors alors qu'ils s'engageaient dans l'escalier. La réponse est non. Il était sorti avant que tu connaisses le nom de son ex-femme, avant que tu saches qu'il existait.

— Effectivement, on n'aurait pas pu le sauver. Mais j'ai beau le savoir, ça ne rend pas les choses plus faciles.

Elle se dirigea vers l'endroit où Nadine et Jake patientaient, prit le café noir que Nadine lui tendait.

— Il y a aussi des donuts. Jake a insisté.

— Vous êtes un brave type, Jake, décréta Eve en piochant une pâtisserie.

— Toute personne qui démarre sa journée comme vous l'avez fait mérite un donut.

Eve lança un coup d'œil vers Peabody et secoua la tête en la voyant s'appliquer soigneusement du rouge à lèvres.

— C'est quoi notre devise, inspecteur Beau-visage ?

— Notre dev... ? Oh. Ouais. « Notre journée commence quand la vôtre prend fin. »

Jake secoua la tête à son tour.

— Bon sang... Les flics.

Pendant que Peabody donnait son interview, Eve s'éloigna pour appeler Baxter.

— C'est un donut ? demanda celui-ci dès son apparition à l'écran. Où vous l'avez eu ? Il en reste ?

— Oui. Cadeau d'une star du rock. Non. Au rapport.

— Ah, merde, maintenant j'ai envie d'un donut. À notre arrivée, Mme Ruzaki était levée et faisait petit-déjeuner son fils. Un gamin mignon comme tout, ajouta-t-il. Ils étaient tous les deux encore en pyjama. Mme Fassley aussi était debout et occupée à convaincre son fils de se lever pour manger. Un sacré caractère, celui-là. Trueheart a vérifié les vidéos de sécurité. Rien qui montre l'une ou l'autre quitter les lieux après votre départ en compagnie de Connors hier soir.

Baxter coula un regard vers une porte derrière laquelle Eve entendit clairement des bruits d'enfants en train de se bagarrer.

— Il est à l'intérieur avec eux, chez Ruzaki. Elle est secouée mais c'est plus le choc que du chagrin ou de la peine. Plus une certaine nervosité à l'idée d'être suspecte.

Il s'adossa contre le mur à côté de la porte.

— Les deux femmes ont donné leur accord pour nous montrer leurs communicateurs et nous laisser examiner l'ensemble de leurs échanges sur leurs ordinateurs. On peut s'en charger : c'est plutôt simple et ça évitera de déranger la DDE.

— Faites ça puis bouclez le dossier. Je ne crois pas qu'elles soient impliquées, mais on n'omet aucune piste.

— Vous voulez mon opinion ?

— C'est pour ça que vous êtes sur place.

— Ces deux-là sont trop occupées à élever leur môme et à trouver le moyen de payer leur loyer pour échafauder un plan pour tuer trois mecs.

— Oui, je suis d'accord. Mais on n'omet aucune piste.

— Vous êtes sûre qu'il ne reste pas quelques donuts ?

Eve raccrocha.

Relevant la tête, elle constata que Peabody était toujours en train de parler à Nadine, ce qui la fit froncer les sourcils. Connors s'approcha d'un pas tranquille.

— Elles ont presque terminé. Peabody s'en est bien sortie.

— Tant mieux. Tu as besoin qu'on te conduise quelque part ?

— En fait, je pars avec Jake. Je vais lui faire visiter An Didean avant d'aller travailler... et qu'il aille se coucher. Nadine aussi se rend à son bureau.

— Elle va guetter les actualités.

— Pardon ?

— La tueuse, précisa Eve en se retenant de dire « Darla ». Elle va surveiller les médias, les reportages, les réactions. Elle veut qu'on parle d'elle, qu'on lui accorde de l'attention. C'est ce qu'elle a toujours voulu. C'est pour ça qu'elle a écrit ces poèmes...

» Peabody ! appela-t-elle dès qu'elle vit la caméra s'abaisser. Avec moi. Tout de suite ! Il faut qu'on y aille.

Elle planta un doigt dans la poitrine de Connors avant qu'il puisse se pencher pour l'embrasser.

— Non. Pas d'effusions sur une scène de crime.

Il se contenta de lui prendre le doigt puis haussa un sourcil interrogateur quand Nadine et Jake échangèrent un baiser torride en guise d'au revoir.

— Elle n'est pas de la police, argua Eve.

— Bon, si embrasser ma femme n'est pas autorisé, veille à bien prendre soin de mon flic préféré.

Puis il porta le doigt d'Eve à ses lèvres, ce qui la fit lever les yeux au ciel.

— Elle n'arrivera pas à se montrer plus maligne que vous, lieutenant. Plus pour longtemps.

Tandis qu'il s'éloignait, elle regarda par-dessus son épaule l'équipe de la morgue qui chargeait la housse mortuaire dans l'ambulance. « Plus pour longtemps » n'était pas suffisant.

Eve décida qu'elles remonteraient à pied les quelques pâtés de maisons qui les séparaient du bar. Elle s'épargnerait d'avoir à trouver une place où se garer.

— Ça va être une belle journée, prédit Peabody, le nez levé.

— Allez dire ça à la victime, répondit Eve, les mains fourrées au fond de ses poches.

— À vrai dire, il serait mort même si la journée devait être infecte.

— C'est juste.

— Belle journée, donc, et c'est censé durer un peu. J'ai convaincu Mavis de venir avec moi – et d'emmener Bella – au jardin partagé ce week-end, si l'enquête le permet. Il y a beaucoup de graines qu'on peut aider à planter en ce début de printemps.

Eve tourna la tête vers elle et la dévisagea, déroutée.

— Mavis va planter des trucs ? Dans la terre ?

— C'est amusant de creuser dans la terre. Et ça porte chance pour une femme enceinte de faire des semis.

Eve n'arrivait pas à imaginer en quoi cela pouvait être amusant mais à chacun ses distractions.

— Elle n'a pas déjà eu droit à sa petite graine ?

— Ha ! Bien vu.

Presque sautillante dans ses bottes roses, Peabody gratifia Eve d'un coup de coude complice.

— Ça fait du bien de prendre l'air, de planter du vivant. Et puis Bella apprendra comment faire pousser des fleurs et des légumes, comment s'en occuper.

— Vous essayez de faire d'elle une gamine free age ?

— Tous les adeptes du Free Age sont jardiniers mais tous les jardiniers ne sont pas free age. Bref...

C'est le propriétaire qu'on doit interroger ? Celui du bar ?

— Non, le barman, qui est aussi le gérant. Les propriétaires sont deux types de Newark qui, d'après leurs dires et ceux du barman, n'y ont pas mis les pieds depuis des semaines. On en apprendra plus auprès de celui qui tenait le bar hier soir.

Une fois sur place, Eve examina la façade.

On était loin, très loin, des lieux fréquentés par McEnroy. Le *Nulle part* méritait son nom. L'endroit s'intercalait entre une boutique vide dont une pancarte sur la devanture indiquait qu'elle était à vendre ou à louer et un prêteur sur gages aux portes d'acier fermées.

Son unique fenêtre, noire de crasse, encadrait une enseigne au néon – éteinte en l'occurrence – qui formait les mots NULLE PART. Si les mesures de sécurité comprenaient trois verrous renforcés et un autocollant décoré d'un chien aux crocs saillants proclamant que les lieux étaient protégés par le « système d'alarme Bulldog », elles n'incluaient pas de caméra à l'entrée.

Eve n'avait pas besoin de voir l'intérieur pour reconnaître que c'était le genre d'établissement où les clients venaient enchaîner les verres d'alcool bon marché jusqu'à être assez gris pour sortir, titubants, et affronter une existence pourrie.

Une vague lumière s'alluma dans le bar. Eve capta du mouvement à l'intérieur puis entendit les verrous s'ouvrir d'un coup sec.

L'homme qui se tenait sur le seuil était affublé d'une épaisse tignasse d'un noir d'encre striée de mèches cuivrées qui lui retombait dans le dos. Il était large d'épaules, avec des bras entièrement tatoués aux biceps saillants.

D'épais cernes soulignaient le regard un peu vaseux de ses yeux marron. Même son rictus paraissait fatigué.

— C'est vous, les flics ?

— Lieutenant Dallas et inspecteur Peabody. C'est vous, le barman ?

— Ouais. Bon...

Il les invita à entrer d'un geste agacé du pouce.

— Toutes nos licences sont affichées ici même, dit-il.

Eve les balaya du regard, de même que le reste des lieux. Elle ne s'était pas trompée sur le genre de l'établissement : un rade miteux pour qui voulait boire beaucoup et pour pas cher, y compris en solitaire.

— Nous ne sommes pas ici pour vos licences, monsieur Tiller.

— Alors j'espère que vous avez une vraie bonne raison de me sortir du lit à cette heure.

— Est-ce qu'un meurtre vous semble une raison suffisante ?

— Ah, merde.

Il souleva la partie mobile du plan de travail pour passer derrière le comptoir puis se pencha pour récupérer une bouteille et un verre à shot. Il se versa une rasade et la but cul sec.

— Quel rapport avec moi ?

Eve s'approcha du bar et afficha la photo de Kagen en plein écran sur son mini-ordinateur.

— Vous connaissez cet homme ?

— Il est mort ?

— Oui.

— Ouais, je le connais. Un habitué. Et habitué à faire chier le monde aussi.

— Quand l'avez-vous vu ou lui avez-vous parlé pour la dernière fois ?

Tiller pointa l'un des tabourets du doigt.

— Hier soir. Il était assis ici même, à s'énerver tout seul sur le match qui passait à l'écran. Il aime pas le base-ball. Pas de pot pour lui, moi j'aime et c'est mon bar.

— Il était seul ?

— Il est arrivé seul, comme toujours.

Tiller sortit une autre bouteille et un grand verre. Eve n'aurait pas su dire ce qu'il y versa mais ça sentait les algues. Il y ajouta l'équivalent d'un autre shot.

— À quelle heure s'est-il présenté ?

— Franchement, aucune idée. Il s'est commandé une bière, un whisky et de quoi bouffer. Comme d'habitude. Puis il a remis ça, tout en geignant sur le match. Je lui ai rappelé qu'il pouvait se tirer si ça lui plaisait pas. C'est pas comme s'il donnait des pourboires corrects. Mais il s'est repris à boire. J'avais d'autres habitués qui suivaient le match, donc je lui ai dit de la boucler, sans quoi je le foutrais dehors.

— Je parie qu'il l'a bouclée, commenta Peabody dans une tentative de flatterie.

Tiller haussa les épaules puis engloutit la moitié de sa boisson à l'algue.

— Je l'ai déjà viré une fois, il sait que j'hésiterais pas à le refaire.

— A-t-il parlé ou interagi avec d'autres personnes ? Est-il reparti en compagnie de quelqu'un ?

— Ouais. Une pouffe de rue a débarqué. Elle s'est pris un tabouret et a commandé une bière. Il a voulu jouer les grands seigneurs et m'a dit de la mettre sur son ardoise. Il en ouvre une chaque semaine, avec obligation de la régler, sans quoi je le sers plus.

— À quoi ressemblait-elle ?

— À une meuf de rue.

Eve avait souvent eu affaire à des hommes comme lui. Des durs qui n'aimaient pas les flics et espéraient s'en débarrasser au plus vite.

Ce qui n'arriverait pas.

— Tiller, vous préféreriez qu'on ait cette conversation dans une salle d'interrogatoire au Central ?

— Lâchez-moi les baskets, rétorqua-t-il. Qu'est-ce que vous voulez que j'en sache ? Je sers à boire, je fais tourner ce bar merdique en échange d'un salaire minable, de pourboires encore pires et d'un appartement pourri à l'étage. Et ça ne durera peut-être plus très longtemps vu que ces enfoirés de proprios ne mettent pas un rond et parlent de le revendre. Un investissement bien naze. Je fais mon boulot, quoi, vous pigez ? Et mon boulot implique pas de m'intéresser à toutes les prostituées qui passent. Je lui ai servi sa bière et basta.

— Peut mieux faire. Quel âge avait-elle ?

— Putain...

Malgré son agacement, il savait reconnaître une autre dure à cuire quand elle se trouvait en face lui... surtout avec un insigne.

— En âge de boire, répondit-il. Et sans doute assez pour avoir un gamin en âge de boire.

— Donnez-moi une estimation.

— Merde... La quarantaine, peut-être. Du genre abîmée par la vie.

— Ethnicité ?

— Qui s'en soucie, franchement ?

— Moi.

— Blanche, je dirais. Je garde les éclairages au minimum, OK ? C'est pas comme si on avait une clientèle classieuse.

— Couleur de cheveux ?

— Pfff, j'y crois pas !

Il but le reste de son cocktail bizarre puis fronça les sourcils comme si le goût des algues avait débloqué un souvenir.

— Violets, dit-il.

— Vous êtes sûr ? insista Eve qui repensait au cheveu noir qu'elles venaient de trouver. Clair ou foncé ?

— Merde, violet-violet, quoi. J'y connais rien, moi. Comme les fleurs parfumées, là, sur les gros buissons.

— Les lilas ? suggéra Peabody.

Il leva un verre à moitié approbateur dans sa direction.

— Ouais, c'est ça. Ça lui couvrait la moitié de la tronche, maintenant que j'y pense. Mais on voyait qu'elle avait une cicatrice sur la joue. Pas franchement bandante, si vous voulez mon avis, mais cet enfoiré de Kagen s'arrête pas à ça.

— Il est reparti avec elle ?

— Ouais. Elle a laissé son verre quasi plein pour l'emmener tirer un coup ou lui faire une pipe. Pas mes affaires.

— À quelle heure est-elle arrivée ? Et à quelle heure sont-ils partis ?

Il leva les bras dans un geste d'exaspération qui fit rouler ses muscles et ses tatouages.

— Putain ! J'en sais foutre rien. Vous pouvez m'embarquer pour le Central, j'en saurai pas plus. J'avais d'autres clients, d'accord ? Ces rapaces de proprios veulent même pas payer pour un serveur.

Je gère tout tout seul, tous les soirs de 18 heures à 2 heures du mat'.

— Le match que vous diffusiez, c'était la rencontre Yankees-Red Sox ?

Nouveau rictus fatigué.

— Ouais. On allait pas louper ça.

— À quelle manche en était-on quand elle est arrivée ?

Il ouvrit la bouche puis la referma. Ses yeux s'étrécirent.

— Fin de la cinquième. Strike out, runner en deuxième base. Jeraldo prend une balle puis balance un tir foireux sur le champ droit. Les runners sont sur les coins. Et là, que fait ce con de Murchini ? Il se cogne un double jeu dans la vue. La fille est arrivée à peu près au moment où Murchini s'est posé sur le marbre.

— D'accord. Pendant quelle manche sont-ils partis ?

— Euh… Que je réfléchisse…

Rejouer mentalement le match avait allumé ce qu'il fallait d'intérêt chez lui.

— Au moment où je lui ai servi sa bière, les Sox menaient encore. Donc fin de la sixième. Cecil a foiré son premier lancer, trop bas pour une première balle. Lancer suivant, il loupe le coin. Mais le troisième est le bon. L'arrêt-court des Sox s'est précipité mais Cecil a eu le temps de toucher la première base.

Il hocha la tête pour lui-même.

— Ouais, fin de la sixième. Unger a pris le relais à la batte, avec Duran en place. Le receveur des Sox a pas pu faire grand-chose. Éliminé.

— Unger est une bête, commenta Eve sur le ton de la conversation. Il batte à combien, zéro trois cent trente ?

— Ouais, exactement. Mais ils ont blablaté jusqu'à déclarer un temps mort. Les cons.

— Je ne peux pas dire le contraire. Diriez-vous que Kagen était ivre ?

Tiller haussa de nouveau les épaules mais il semblait un peu plus coopératif.

— Il est jamais sobre en sortant d'ici. Pas mon problème.

— Vous aviez déjà vu cette femme auparavant ?

— Pas dans le bar. Et dehors, franchement, toutes les filles de rue se ressemblent.

Eve fit un signe à Peabody qui afficha les deux portraits-robots sur son mini-ordinateur et les présenta à Tiller.

— Est-ce qu'elle ressemblait à l'une ou l'autre de ces femmes ?

— Elle était loin d'être aussi classe que celle-ci ou aussi sexy que celle-là. Je vais vous dire, je vois pas comment cette prostituée au bout du rouleau aurait pu tuer Kagen. Sauf si elle avait engagé quelqu'un pour, mais pourquoi ? C'est pas comme si le mec avait quoi que ce soit de valeur.

— Est-ce qu'elle s'est installée sur le tabouret à côté du sien ? Y avait-il d'autres sièges, box ou places vides ?

— Ouais, elle s'est assise à côté de lui. Bien sûr qu'il y avait d'autres places. On peut pas dire qu'on fait souvent carton plein, encore moins en semaine.

— Vous pensez qu'ils se connaissaient ? s'enquit Peabody.

— J'en sais rien mais je l'avais jamais vue ici avant. Il y en a qui passent de temps en temps, qui racolent. Kagen mordait parfois à l'hameçon, quand elles étaient pas chères. C'est un foutu radin mais je vois pas comment il aurait pu coucher sans payer.

» Bon, vous comptez me laisser aller dormir avant le siècle prochain ?

— Oui. Merci pour votre coopération enthousiaste et altruiste.

Tout en ayant conscience de la futilité du geste, Eve laissa une carte de visite sur le bar.

— Si vous la revoyez ou vous rappelez autre chose, contactez-moi.

— Ouais, ouais.

Elle supposa qu'il avait jeté la carte avant même que la porte se soit refermée derrière elles.

— Vous ne voulez pas l'envoyer voir Yancy pour faire un nouveau portrait-robot ?

— Il ne coopérerait pas et on ne peut pas le forcer. Et puis il ne l'a pas vraiment bien vue.

— Cette histoire de cicatrice, pourtant…

— Il a vu la cicatrice parce qu'elle voulait qu'il voie la cicatrice. Il se rappelle ce détail, la couleur des cheveux, l'allure de CL de rue usée par la vie, parce que c'est ce qu'elle voulait que les gens voient.

Son long manteau voletant derrière elle, elle fourra les mains dans ses poches.

— Il nous a donné pas mal d'infos. Elle savait que Kagen fréquentait parfois des compagnes de rue, de préférence bon marché. Elle savait qu'il serait en train de boire dans ce bar et qu'à son arrivée il aurait déjà un coup dans le nez. Elle n'avait qu'à lui offrir une prestation à prix réduit pour le convaincre de partir avec elle. Il lui a suffi de le distraire quelques secondes pour verser la drogue dans son verre et il l'a suivie sans faire d'histoires.

— Elle avait une voiture prête à partir, supposa Peabody en reprenant le fil. Pas devant mais au coin de la rue, ou un peu plus loin. Des trois missions, celle-ci était sans doute la plus facile. Pas forcément la plus courte mais la plus simple. Un bar crasseux et mal éclairé, une cible déjà à moitié soûle.

— Vous avez raison. Sur toute la ligne.

De retour à la scène de crime, la police continuait à s'affairer mais la curiosité des badauds s'était émoussée.

Peabody monta dans la voiture.

— C'était bien vu d'utiliser le match de base-ball pour lui rafraîchir la mémoire. Il n'était pas du genre facile comme témoin, mais parler du match l'a fait changer d'attitude. Comment font les gens pour se rappeler tous ces détails ? ajouta-t-elle comme Eve démarrait. Je veux dire, le déroulement des manches, qui fait quoi et même chaque lancer, chaque élimination et tout ça ?

Eve lui décocha un coup d'œil.

— Mais parce qu'il s'agit de base-ball, Peabody.

— Je trouve ça sympa le base-ball, répondit Peabody. Mais je ne vais pas…

Eve leva vivement la main.

— Le base-ball, ce n'est pas *sympa*. Soit on le révère, soit on n'en dit pas un mot.

— Bon, d'accord. Je vais révérer les joueurs qui ont la classe dans leurs tenues sexy.

— Vous m'attristez, Peabody. Vous m'attristez grandement.

Comme Peabody s'apprêtait à répondre, Eve leva de nouveau la main.

— N'allez pas ajouter quelque chose qui m'affligerait au point de vous mettre un coup de poing.

— On pourrait parler des meurtres. Ça devrait m'éviter de me faire taper.

— Ce serait plus sage.

— Ce n'est pas parler de vous-savez-quoi que de demander à quel horaire se sont déroulées les actions évoquées par le barman fan de vous-savez-quoi, si ?

— Dans la mesure où je travaillais pendant le match en question, je ne pourrais pas vous dire car ça varie en fonction des matchs, des joueurs, des décisions d'arbitrage et ainsi de suite. Vous devrez aller chercher l'info par vous-même.

— Aller chercher le... Je peux utiliser les vrais termes sans risquer de me prendre des coups ?

— Pour cette fois. Cherchez le match disputé hier soir par les Yankees et lancez une rediffusion à partir de la seconde partie du cinquième tour de batte.

— Ça, je peux le faire.

Peabody se mit au travail puis, après quelques instants, releva la tête avec une grimace.

— N'allez pas me frapper mais je ne suis pas sûre d'avoir bien compris qui était où durant le match au moment où la suspecte est entrée.

— Murchini arrivait sur le marbre. Avec des coureurs sur la première et la troisième base.

— D'accord, je l'ai... Une seconde. Oh, j'avais raison, il a la classe. L'horloge indique 20 h 53.

— Elle est passée à l'action un peu plus tôt cette fois. Vérifiez la fin de la manche suivante.

— D'accord, oui.

— Les Yankees ont un joueur sur la première base et c'est Unger qui prend la batte. Il va y avoir un temps mort pendant que le receveur des Sox parle à son lanceur.

— Je l'ai, je l'ai. Waouh, ce Unger est super bien fichu. Il était 21 h 17.

— Elle n'a pas perdu de temps, commenta Eve. Elle n'a pas traîné à le faire sortir.

— Dallas, d'après l'heure du décès, elle a passé presque sept heures avec Kagen.

— Elle voulait peut-être avoir plus de temps devant elle. Peut-être qu'elle lui a donné une dose trop importante étant donné l'alcool qu'il avait déjà dans le sang. Ou peut-être qu'elle avait d'autres choses à faire sur place.

Elle s'engagea dans le parking du Central et se gara sur l'emplacement qui lui était réservé.

— Darla Pettigrew, dit Peabody comme elles sortaient de la voiture. Si on s'intéresse à elle comme suspecte. Je sais que vous penchez dans sa direction, donc imaginons que c'est elle... L'un des « peut-être » que vous citiez pourrait être lié à la nécessité de faire quelque chose pour ou avec sa grand-mère. Je veux dire qu'elle a commencé plus tôt et qu'elle a peut-être dû revenir et passer un peu de temps avec Eloise, soit pour se doter d'un alibi, soit parce qu'Eloise en avait besoin, non ? Je ne crois pas que leur relation soit feinte, ni d'un côté ni de l'autre.

— Moi non plus. Et c'est bien vu, Peabody, ajouta Eve une fois dans l'ascenseur. Bien analysé. Ça lui a pris du temps, temps qu'elle a récupéré de l'autre côté. L'heure du décès est estimée à 3 h 56. Le témoin a trouvé le corps et prévenu la police à 4 h 58.

— Si elle a fait des repérages sur l'immeuble – elle a bien dû le faire à un moment ou un autre, non ? –, elle savait sûrement quand le témoin rentrerait chez lui, elle connaissait sa fenêtre de tir. Je veux dire, pourquoi prendre des risques ?

Eve était d'accord.

— Oui, elle savait à quoi s'en tenir. Je parie qu'elle a attendu jusqu'au dernier moment mais elle connaissait sa fenêtre de tir. Il est mort vers 4 heures et elle a dû le charger dans son véhicule, le transporter jusqu'à la 179e Rue et le déposer sur le trottoir avant que Cohen rentre chez lui aux alentours de 5 heures. Elle ne s'est pas laissé beaucoup de marge.

— Pour moi, ça se tient...

Habituée, Peabody émit à peine un soupir quand Eve s'extirpa de l'ascenseur pour emprunter les escaliers roulants.

— Je visualise bien le déroulement, donc ça se tient. En revanche, je ne vois pas comment on va pouvoir le prouver, dit-elle.

— On couche tout ça par écrit et on envoie un mémo à Mira pour mettre à jour le profil. On va aussi interroger les autres femmes du groupe de soutien qu'on a identifiées. On va voir si l'examen du corps a révélé quelque chose d'autre à Morris, puis on harcèlera Harvo autant qu'il le faudra à propos de ce cheveu.

— Autrement dit, une nouvelle journée idyllique.

— On va identifier ce cheveu, Peabody. Et on rendra une nouvelle visite à la légende et à sa petite-fille.

— Vraiment ?

— Oui. Mais faisons les choses dans l'ordre.

Eve se dirigea droit vers son bureau. Café, tableau et dossier.

Elle ne décolérait pas d'avoir à ajouter une troisième victime.

— D'accord, espèce de garce, dit-elle à haute voix, tu as réussi un triplé. Mais pas question de te laisser t'en faire un quatrième.

Installée devant son ordinateur, elle rédigea son rapport puis établit les bases d'un profil de sa suspecte principale à présenter à Mira.

Le sujet est une femme intelligente, organisée, avec des compétences en informatique et en intelligence artificielle. Elle est membre du groupe de soutien De femmes à femmes et, jusqu'ici, en lien avec la femme connectée à chaque victime. C'est une personne mûre ayant accès à des fonds et à une demeure spacieuse à l'abri des regards. En fait, elle est actuellement à la tête de la demeure en question et de ses employés de maison.

Le sujet est la petite-fille d'une actrice de légende, célébrité et activiste connue à travers le monde, principalement pour sa défense des droits et du statut des femmes. Les grands-parents du sujet ont connu un mariage durable, que les témoignages décrivent comme un grand amour romanesque, jusqu'au décès du grand-père. La grand-mère porte toujours son alliance. Un portrait des jeunes mariés est accroché dans le grand salon.

Théorie : le sujet désirait une relation et un mariage semblables à ceux de ses grands-parents. Elle s'attendait à un époux aussi dévoué envers elle que son grand-père paraît l'avoir été envers sa grand-mère. Le sujet voulait également laisser son empreinte sur le monde en créant sa propre entreprise sur la base de ses compétences personnelles.

L'époux du sujet n'a pas été à la hauteur de ces attentes. Il a engagé des CL, a noué une liaison avec une femme plus jeune et a manipulé les fonds de l'entreprise à son profit et forcé sa revente au moment du divorce. Une trahison que l'époux a cimentée en achetant une maison avec l'argent mal acquis pour y vivre avec sa jeune maîtresse.

Si je suis convaincue que ces trahisons auraient fini par pousser tôt ou tard le sujet à la violence, le vrai basculement a eu lieu via le groupe de soutien. C'est là que le sujet a rencontré et noué des liens généralement amicaux avec des femmes ayant souffert non seulement de trahison mais de violences, d'agressions sexuelles ou de viols. Des crimes restés impunis et, au moins dans le cas des trois victimes masculines, des comportements ayant perduré.

À l'image de sa grand-mère – son idole –, elle a trouvé la cause qu'elle voulait défendre. Pas en manifestant ou en faisant des discours mais en se lançant dans ce qu'elle estime être une action réelle et nécessaire. Incarner la justice. En émule là aussi de sa grand-mère, elle endosse divers rôles – incluant déguisements et personnalités – pour attirer les hommes par le sexe ou la promesse de sexe.

Les droguer sert non seulement à les neutraliser, ce qui les empêche de se défendre, de résister ou de se retourner contre elle, mais aussi à les affaiblir, à saper leur puissance. En les dénudant, elle les humilie. La torture lui donne le contrôle de leur souffrance et nourrit également son besoin de les faire souffrir. La castration, bien évidemment, les prive de leur virilité, de l'arme qu'ils employaient contre les femmes. Ils meurent vulnérables, affaiblis et castrés.

Elle les abandonne à l'extérieur de leur domicile, peut-être pour illustrer leur trahison à l'égard de leur foyer. Pour les laisser dehors, à la vue de tous, à jamais privés de foyer. Une ultime humiliation.

Les poèmes décrivent leurs crimes, en termes manichéens. Mais c'est le nom qu'elle s'est choisi – Lady Justice – qui me porte à croire qu'il s'agit d'un autre rôle qu'elle se donne, dans l'espoir d'obtenir attention, reconnaissance et gloire.

Le profil de la tueuse et le profil de Darla Pettigrew me semblent converger. Pouvez-vous le confirmer ou l'infirmer ?

Eve se relut puis hocha la tête. Coucher les choses par écrit était utile, une manière de les mettre au propre. Mira mettrait peut-être sa théorie en morceaux mais, franchement, tout se tenait. Ça sonnait juste. Ça fonctionnait.

Au moment où elle l'envoya, Peabody apparut sur le seuil.

— La première femme du groupe est arrivée. Jacie Pepperdine. Où voulez-vous l'interroger ?

Eve y avait déjà réfléchi.

— Réservez-nous une salle d'interrogatoire.

Peabody haussa les sourcils, surprise.

— D'accord, dit-elle néanmoins en dégainant son communicateur pour vérifier les disponibilités. La salle A est ouverte.

— Prenez-la et escortez-y Pepperdine. J'arrive dans une minute.

— Compris. Si je vous suis, on la traite comme une suspecte.

— Suivez votre instinct.

Eve se leva et rassembla des éléments dans un dossier. Suivant son propre instinct, elle était prête à se montrer dure si nécessaire. Elle s'approcha de sa minuscule fenêtre et prit une minute pour regarder dans la rue.

Beaucoup de femmes, là, en bas – et aussi quelques hommes –, avaient traversé les mêmes expériences que les membres de ce groupe. Voire pire, parce qu'il existait toujours pire.

Elle compatissait, et Dieu savait qu'elle comprenait ce qu'elles avaient vécu. Mais le meurtre ne rétablissait en rien l'équilibre. La loi ne donnait peut-être pas toujours le meilleur résultat, mais tant qu'elle était de son côté, Eve ferait tout pour y parvenir.

Elle récupéra le dossier et sortit. Elle supposa que Jenkinson et sa cravate et Reineke et ses chaussettes étaient sur une nouvelle affaire car ils n'étaient pas à leurs bureaux.

Santiago travaillait au sien, l'air concentré sous son chapeau de cow-boy, les yeux rivés sur son écran. Le chapeau signifiait qu'il avait de nouveau perdu un pari avec Carmichael, laquelle travaillait à son poste, l'air plutôt fière de son coup.

Baxter avait posé les pieds – et ses chaussures à la mode – sur son bureau et conversait sur son communicateur pendant que son jeune équipier rédigeait diligemment un rapport. Les agents en uniforme allaient et venaient de leur côté de la salle.

Eve balaya du regard tous ces policiers sous ses ordres puis leva les yeux vers la banderole affichée au-dessus de la porte de la salle de repos.

Peu importe votre couleur de peau, votre foi, votre sexualité ou vos convictions politiques, nous protégeons et servons car tout le monde peut se faire tuer.*

** Même si vous étiez insupportable de votre vivant*

« C'est ça, songea-t-elle. C'est exactement ça. »

Et tous les flics sous son commandement suivraient à la lettre cette devise absolument parfaite.

Ce qu'elle-même était précisément en train de faire.

Elle s'éloigna en direction de la salle d'interrogatoire A.

En entrant, elle constata que Peabody et Pepperdine avaient toutes les deux un soda et regretta à moitié de ne pas avoir piqué un Pepsi au distributeur automatique.

Jacie Pepperdine, vingt-sept ans, avait tout de l'exemple éblouissant de ce que pouvait donner le métissage sur plusieurs générations. Des yeux en amande asiatiques d'un vert féroce, une peau couleur de caramel saupoudré d'or, de folles boucles brunes qu'elle avait méchées de reflets caramel, un nez long et étroit, une grande bouche aux lèvres pleines.

— Madame Pepperdine, voici mon équipière, le lieutenant Dallas.

— D'accord. Bon, si on pouvait régler ça rapidement, je suis attendue en ville à midi.

Elle avait une voix de velours, ce qui, songea Eve, expliquait pourquoi elle gagnait en partie sa vie en chantant dans divers établissements… et le reste en tant que serveuse dans les mêmes endroits.

— Bien sûr. Merci d'être venue. Vous appartenez à un groupe de soutien appelé De femmes à femmes.

Jacie, dont le visage exprimait jusque-là une vague curiosité, se ferma brusquement.

— Il s'agit d'un groupe confidentiel et anonyme. Vous n'avez pas le droit de vous en mêler !

— Vous avez peut-être remarqué que vous étiez dans les locaux de la Criminelle, répondit Eve du tac au tac. Nous menons l'enquête sur trois meurtres liés entre eux. Des meurtres en rapport avec le groupe de soutien.

— C'est ridicule.

— Suivez-vous un tant soit peu les médias ?

— Je travaille. Et quand je ne travaille pas, je passe des auditions. Quand je ne fais ni l'un ni l'autre, je dors.

— Nigel McEnroy, la première victime, avait drogué et violé de nombreuses femmes, dont deux qui faisaient partie de votre groupe.

— Vous voudriez que je me désole de la mort d'un violeur ? Pourquoi vous ne l'avez pas arrêté ?

— Nous l'aurions peut-être fait si l'une de *ses* victimes avait porté plainte contre lui. La deuxième victime, Thaddeus Pettigrew, était l'ex-mari de l'une des membres du groupe. Il avait quitté son épouse pour une femme plus jeune après l'avoir trompée et, par le biais de manipulations légales, forcée à vendre l'entreprise qu'elle avait fondée... en empochant lui-même la plus grosse part du gâteau.

Eve marqua un temps d'arrêt et dévisagea Jacie.

— Vous connaissez cette histoire. Vous connaissez cette femme.

Jacie se radossa à son siège et croisa les bras dans un geste de repli mâtiné de défi.

— Je refuse de discuter de quoi que ce soit, je dis bien de quoi que ce soit, qui ait été évoqué dans notre groupe.

— La troisième victime, reprit Eve, un dénommé Arlo Kagen, également ex-mari de l'une des membres, agressait physiquement et sexuellement sa femme, menaçait de faire du mal à leur jeune fils. Une histoire dont vous avez là aussi connaissance.

— Même réponse.

— D'accord. Quelle est la vôtre, d'histoire ?

— Je ne vous connais pas. Je n'ai pas à partager ma vie privée avec vous. Si vous avez terminé…

— Asseyez-vous ! aboya Eve quand Jacie fit mine de se lever. Nous allons commencer par déterminer où vous étiez durant les trois nuits concernées. Lundi, mardi et hier soir. Disons entre 21 heures et 4 heures du matin.

— Lundi soir, j'ai chanté pour des spectateurs pas vraiment sympas – mais sur la scène du *Dernière tournée*, quand même – entre 21 heures et 1 heure du matin. J'ai dû arriver vers 20 h 30 et repartir à 1 h 30. Je suis rentrée chez moi, seule, et suis allée me coucher. Même chose la nuit dernière. Mardi, je servais des cocktails et des amuse-bouches super chicos aux clients super chicos du *Bistro East*. Entre 20 heures et 2 heures du matin, à la fermeture. Aujourd'hui, j'ai une autre audition pour chanter dans un autre trou à rats mais plus près de mon appartement. Vous voulez le reste de mon planning ? C'est globalement la même chose, sept soirs par semaine.

— Ça fait une grosse masse de boulot, commenta Peabody. Vous participez encore au groupe ?

— Deux fois par mois. Et je vais directement bosser en sortant. Ce qui ne laisse pas beaucoup de temps pour tuer des violeurs, des infidèles et des maris violents. Mieux, je me fous des violeurs, des infidèles et des maris violents.

Eve ouvrit son dossier et durcit le ton.

— Ce n'est pas le cas de tout le monde, dit-elle. Quelqu'un s'intéressait assez à eux pour faire ceci.

Elle vit Jacie pâlir sous son teint magnifique tandis qu'elle étalait les photos des scènes de crime.

— Assez pour torturer trois êtres humains, quels que soient leurs crimes et leurs péchés, par ailleurs, pendant des heures. Pour les mutiler, pour les tuer. De quel crime avez-vous été victime, Jacie, de quel péché ? Est-ce ainsi que vous voudriez voir finir l'homme qui vous a fait du mal ? Vous seriez prête à en partager la responsabilité ?

— Je vous en prie, rangez ces photos. Je... Ce serait possible d'avoir un peu d'eau ? dit-elle en écartant le soda. Juste un verre d'eau.

— Bien sûr. Je vais vous le chercher.

— Prenez-moi un Pepsi au passage, vous voulez bien ? demanda Eve à Peabody qui se levait.

Elle remit les photos dans le dossier.

— Donnez-moi son nom. Commençons par là. Le nom de cet homme.

— Je n'aime pas en parler. J'ai commencé à fréquenter DFF à l'automne dernier, des mois après ce qui s'est passé. Je ne pensais pas être capable de le raconter mais... Natalia. J'imagine que vous avez parlé à Natalia. Elle a un côté tellement apaisant, tellement empathique. Le mot fait un peu psy de comptoir mais ça lui correspond vraiment. Et les autres femmes, c'est comme avoir des sœurs, des mères, des amies présentes pour vous soutenir. Ça m'a aidée à un point ! Je ne peux pas croire que quelqu'un du groupe ait fait ce que vous dites. Ce qu'il y a dans ce dossier. Impossible.

— Donnez-moi son nom. Commencez par ça, Jacie, parce que ça ne vous aidera en rien s'il finit lui aussi dans ce dossier. Ça ne vous aidera pas s'il est mort.

— Cooke, Ryder Cooke. Vers 10 heures le 8 août de l'année dernière, il m'a violée et a foutu ma vie en l'air.

17

Alors que Peabody revenait, Eve réfléchit à la meilleure approche.

— Jacie, nous pouvons vous poser des questions ou, si c'est plus facile, vous pouvez simplement nous raconter ce qui s'est passé.

— Rien n'est « plus facile ».

Jacie but plusieurs longues gorgées d'eau.

— Je voulais laisser tout ça derrière moi mais il a fait en sorte que ce soit impossible. Je dois m'y confronter tous les jours.

Peabody s'apprêtait à dire quelque chose mais Eve secoua la tête. Elles patientèrent.

— Je suis chanteuse. J'ai une voix, une bonne voix, et j'étais prête à la travailler, à faire tous les efforts pour m'améliorer. D'aussi loin que je me souvienne, j'ai toujours voulu chanter. Je n'avais pas besoin d'être une star, hein. Simplement de chanter, de gagner ma vie en utilisant mes dons. Je m'en sortais pas mal, et puis j'ai eu cette idée de venir à New York, de me pousser dans mes retranchements. J'ai trouvé de bonnes salles, d'ailleurs, de très bonnes salles. Bonnes critiques, une certaine attention. Et l'opportunité de remporter un contrat pour un album. C'était comme un rêve, plus que ce que j'avais jamais osé imaginer, pourtant c'était bien là, à portée de main.

Elle but de nouveau, puis mit le verre de côté.

— Un dénicheur de talents de chez Delray m'a entendue chanter, m'a dit d'envoyer une démo d'audition. J'ai dépensé une grosse part de mes économies pour louer un studio et de bons musiciens. Une occasion s'offrait à moi, j'allais faire les choses comme il fallait. Et ça a marché, ou du moins je l'ai cru.

» Delray, c'est Ryder Cooke. C'est lui qui fait les stars chez eux. Donc quand Ryder Cooke vous demande de passer chez lui pour discuter de votre avenir, pour parler contrat, vous y allez. J'y suis allée. Nous avons bu un verre. Je n'étais pas ivre ! précisa-t-elle immédiatement avec passion.

Ses yeux étaient luisants, mais pas de larmes, plus maintenant.

— Je ne suis pas assez bête pour me soûler durant la plus importante réunion de ma vie. Mais j'ai bu un peu de vin. Nous avons parlé et il a dressé le tableau de ce que je pouvais espérer obtenir, de ce que je pouvais espérer devenir. La concrétisation d'un rêve. Puis il a ajouté qu'il y avait à l'étage quelque chose que je devais voir.

Elle ferma les paupières avec force.

— Était-ce stupide de ma part ? Je ne le sais toujours pas. Il n'avait rien tenté, rien dit qui m'aurait mise mal à l'aise, donc je suis montée. Je n'ai même pas eu de mauvais pressentiment en entrant dans la chambre avec lui. Et puis il m'a agrippée. C'est un type assez massif et je ne m'attendais pas... Peu importe. Il m'a plaquée de force sur le lit. J'ai dit non, je lui ai dit de me lâcher. Sa réponse : « Laisse-toi faire et profite, poupée. » Comme si c'était normal. Laisse-toi faire et profite.

Elle dut s'arrêter pour inspirer puis expirer lentement.

— J'ai essayé de le repousser, d'échapper à sa prise, mais il était plus fort que moi et il a simplement... Après, alors que je pleurais et qu'il me tenait toujours par les poignets, il m'a dit de faire avec. Que c'était comme ça que ça marchait. Que si j'étais une gentille fille, il m'offrirait un contrat, ferait de moi une star. Mais que si j'en parlais à qui que ce soit, si je faisais des histoires, ma carrière serait finie. Que personne ne me croirait et que j'aurais de la chance si j'arrivais à gagner de quoi me payer un sandwich en chantant dans la rue.

» Dès qu'il s'est écarté, je suis partie en courant. Il ne s'était pas donné la peine de m'enlever mes vêtements, seulement ma culotte. Je me suis enfuie à toutes jambes. Je ne sais pas pourquoi je ne suis pas allée voir la police.

Des larmes s'étaient mises à couler et elle les chassa du bout des doigts, d'un geste impatient.

— J'avais honte, j'étais choquée et j'avais peur. J'ai tout fait de travers ce soir-là, d'accord ? J'admets avoir tout fait de travers.

Elle dut s'interrompre quelques instants, boire de nouveau un peu d'eau.

Eve attendit sans rien dire, en faisant signe à Peabody de faire de même.

— Je suis rentrée chez moi et je me suis douchée. J'ai enchaîné douche sur douche, comme pour chasser toute trace de lui. Et j'ai passé la moitié de la nuit en sanglots. Je n'étais qu'une grosse nulle qui ne servait à rien. Puis la colère a commencé à monter et c'était déjà mieux. Le lendemain matin, j'ai foncé directement chez Delray et j'ai raconté à qui voulait l'entendre ce qui m'était arrivé. Et, comme il l'avait prédit, personne ne m'a crue. Ou s'ils m'ont crue, ils n'avaient pas l'intention de s'opposer à Cooke. Et bien entendu, je n'ai pas décroché de contrat.

Elle s'exprimait à présent avec amertume, d'une voix dure et cassante comme la glace.

— J'ai été virée des bonnes salles où je me produisais. Je n'ai plus réussi à trouver de plans dans des salles correctes. Il avait fait courir le bruit que j'étais une fille à problèmes, une alcoolique, une droguée, une voleuse... la totale. Donc maintenant je prends tout ce qui se présente pour pouvoir payer mon loyer.

Eve laissa le silence perdurer quelques instants pour s'assurer que Jacie avait terminé.

— Jacie, voulez-vous porter plainte ?

— Avec quelles preuves ?!

Les mots avaient jailli de ses lèvres comme une explosion.

— C'est ma parole contre la sienne, donc je n'ai aucune chance.

Peabody posa la main sur celle de Jacie.

— Pensez-vous avoir été la seule ?

— Je... Sans doute pas. Non, je ne suis pas la seule, mais ça ne change rien au fait que je ne suis personne. Lui fait et défait des carrières. Qui me croirait ?

— Nous, répondit simplement Eve.

Jacie eut une espèce de hoquet et se remit à pleurer.

— Si je m'attaque à lui maintenant, après tout ce temps, je finirai en chanteuse qui fait la manche au coin de la rue.

— Certainement pas. Mais laissons cela de côté pour le moment. Vous avez raconté cette histoire et identifié l'homme qui vous a violée auprès du groupe de soutien.

— C'est le but même de ce groupe.

— Est-ce que certaines personnes en ont reparlé plus en détail avec vous, à l'extérieur du cercle de parole ?

— Ouais, certaines d'entre nous vont parfois prendre un café et se délester de ce qu'elles ont sur le cœur après les réunions. Ça m'est arrivé d'y aller.

— J'aurai besoin des noms – complets si possible – de ces femmes. Nous devons nous entretenir avec elles de la même manière que nous le faisons avec vous.

— Ça ne serait pas correct de ma part.

— Nous avons déjà pu parler avec Jasmine Quirk, Leah Lester, Darla Pettigrew, Una Ruzaki, Rachel Fassley. Et Natalia. Nous avons d'autres entretiens prévus avec Mae Ming, Sasha Cullins et Bree Macgowan.

Jacie pinça les lèvres.

— Je n'ai jamais rencontré de Jasmine ou de Leah dans le groupe.

— Jasmine a déménagé et Leah n'y participe plus depuis un moment, expliqua Peabody. Connaissez-vous les autres femmes que le lieutenant a mentionnées ? Elles participaient à vos discussions autour d'un café ?

— Ce ne sont pas toujours les mêmes qui viennent. Je ne peux pas y aller après chaque réunion. Mais j'ai déjà pris un café avec toutes les personnes que vous avez mentionnées. Honnêtement, je n'en connais qu'une seule autre qui y participe. Sherri Brinkman. Encore une femme larguée par son ex pour une fille plus jeune, mais pas avant de lui avoir refilé une MST. Après quoi il lui a plus ou moins mis une branlée au moment du divorce parce que c'était lui qui avait l'argent et les avocats. Elle doit avoir la soixantaine, un petit mètre soixante et même pas cinquante kilos. Pas moyen qu'elle ait fait ce que vous avez dans votre dossier.

— D'accord. D'après vous, depuis combien de temps à peu près fréquente-t-elle le groupe ?

— Elle y était déjà avant que je commence à y aller en octobre.

— Jacie, lorsque nous irons lui parler, ainsi qu'à toutes les autres, précisa Peabody d'une voix douce, nous ne le ferons pas en ennemies. Nous devons découvrir qui est derrière ces meurtres, mais cela ne fait pas de nous des ennemies.

Voyant Jacie hausser les épaules et baisser les yeux vers la table, Eve se cala au fond de sa chaise.

— Vous connaissez Mavis Freestone ?

Jacie releva la tête, un sourire narquois aux lèvres.

— Oh, bien sûr. On est super potes. On déjeune ensemble une fois par semaine. Pfff...

Eve sortit l'une de ses cartes de visite.

— Peabody, vous avez de quoi écrire ?

Peabody trouva un stylo et le lui tendit.

— Vous avez toujours cet enregistrement fait pour votre audition ?

— Mon exemplaire perso, oui.

— Donnez-moi une heure, puis appelez Mavis à ce numéro. Racontez-lui-en autant ou aussi peu que vous voudrez mais précisez que Dallas a dit qu'elle devrait écouter votre démo d'audition.

Jacie prit la carte et contempla le numéro.

— Vous vous payez ma tête ?

— Dans quel but ferais-je ça ? Il se trouve que Mavis et moi sommes réellement potes. Ce qui adviendra ensuite ne dépend que de vous.

Les larmes montèrent aux yeux de Jacie mais elle ne pleura pas. Elle dévisagea Eve avec une immense incrédulité derrière laquelle pointait une minuscule lueur d'espoir.

— Pourquoi ? Pourquoi feriez-vous une chose pareille ?

— Parce que nous ne sommes pas vos ennemies. Sachez aussi qu'indépendamment de votre choix de porter ou non plainte contre Ryder Cooke, nous allons enquêter à son sujet. Vous ne devez pas être la première. Je vais faire tout mon possible pour qu'il ne se retrouve pas dans ce dossier… mais aussi tout mon possible pour qu'il finisse derrière les barreaux. C'est tout.

— Je… Il faut que je prenne le temps d'y réfléchir.

— D'accord. Mon numéro est au recto de la carte. Merci d'être venue.

Les yeux embués d'émotion, Peabody regarda s'éloigner une Jacie visiblement encore sous le choc.

— C'est vraiment un truc génial que vous venez de faire, Dallas. Le top !

— Ça ne m'a rien coûté. Vérifiez les antécédents de cette Sherri Brinkman puis contactez-la et demandez-lui de venir.

— Compris.

Peabody se leva et se dirigea vers la sortie.

— On passe l'essentiel de notre temps à courir après les criminels. C'est cool de voir qu'on peut aussi faire des choses positives.

— Courir après les criminels me semble on ne peut plus positif.

— Vous voyez ce que je veux dire.

« Oui, songea Eve une fois Peabody partie. Oui, je vois très bien. »

Elle contacta Mavis et eut droit à un message de répondeur enjoué.

« Salut ! J'aurais trop aimé pouvoir discuter un peu mais je suis en studio. Faites-moi passer le message. À plus ! »

— C'est Dallas. Attends-toi à un appel d'une dénommée Jacie Pepperdine. Je voudrais que tu me fasses une faveur et que tu écoutes sa démo d'audition. Si ce n'est pas nul, transmets-la à Connors. Merci d'avance.

Elle appela ensuite Nadine.

— Prête pour notre tête-à-tête ? demanda la journaliste.

— Vous en avez déjà eu un avec Peabody. J'ai quelque chose partiellement en lien avec l'affaire à vous proposer. Un bon gros poisson bien puant.

— Mmm, mon poisson préféré. Est-ce qu'il a un nom ?

— Ryder Cooke.

Nadine pencha la tête sur le côté, les yeux plissés.

— Ne me dites pas qu'il est à la morgue.

— Non, et j'espère bien éviter que ça arrive. Mais vous aurez sans doute envie de creuser, Nadine. J'ai rencontré une femme qui, à ce stade, ne souhaite pas porter officiellement plainte. Ce qui ne l'empêche pas d'être un témoin très crédible à mes yeux. Elle dit qu'il l'a violée et la façon dont cela s'est passé me pousse à croire qu'elle n'était ni la première ni la dernière.

— Donnez-moi son nom.

— Impossible. Vous non plus ne le donneriez pas, Nadine. Si elle décide de parler publiquement, vous serez la première à le savoir.

— Vous pouvez me situer ça dans le temps ?

— En août dernier. Creusez.

— Je n'y manquerai pas. Merci pour l'info.

— Je compte sur vous pour l'exploiter.

Elle prit ensuite contact avec la brigade des crimes sexuels et leur exposa l'affaire.

— On t'aura d'une manière ou d'une autre, espèce de salopard, marmonna-t-elle ensuite entre ses dents.

De retour à son bureau, elle ajouta les détails de l'entretien dans son dossier puis lança une recherche sur Ryder Cooke.

Métis, quarante-huit ans, fortune estimée à sept milliards tout pile. Producteur et président chez Delray. Vingt-six ans au service de l'entreprise, avec ses propres navettes privées, plusieurs résidences à New York, New Los Angeles, East Hampton et Jamaica. Deux ex-femmes et une réputation d'infatigable coureur de jupons, d'après ce qu'elle put trouver en parcourant la presse spécialisée.

À en croire les mêmes médias, Cooke se trouvait actuellement à New Los Angeles pour produire l'album et les vidéos d'un groupe du nom de Growl.

Ce qui lui éviterait d'être pris pour cible par Lady Justice. Pour l'instant.

Elle se renseigna ensuite sur Sherri Brinkman pour trouver le nom de son ex-mari puis concentra ses recherches sur lui.

Linus Brinkman, individu d'origine caucasienne, soixante-sept ans, divorcé, deux enfants. Actuellement en ménage avec LaDale Gerald, vingt-cinq ans (soit cinq ans plus jeune que la fille de Brinkman).

Domicilié à New York avec une résidence secondaire sur l'île de Grand Cayman et un appartement récemment acquis à Paris.

Cofondateur et directeur général de Lodestar Corporation, une entreprise de promotion événementielle pour des concerts, collectes de fonds et enchères majeures et événements sportifs à la fois en présentiel et en ligne.

Sa fortune estimée atteignait les neuf chiffres.

En revenant par curiosité sur le dossier de son ex-femme, il constata que celle-ci atteignait à peine les six. Si son CV indiquait qu'elle avait été vice-présidente du marketing chez Lodestar pendant vingt-six ans – avec deux parenthèses en tant que mère professionnelle –, il la présentait à présent comme une assistante administrative au service marketing d'une entreprise plus petite, pour un salaire bien inférieur.

— Ouais, il t'a mis dans de beaux draps, hein, Sherri ?

Elle contacta Lodestar qui la balada pendant plusieurs minutes, ce qui avait le don de l'agacer prodigieusement, avant de lui apprendre que M. Brinkman était en déplacement et injoignable.

Eve, qui s'était levée pour faire les cent pas, donna un coup de pied dans le bureau au passage.

Puis elle appela Connors.

— Lieutenant, comment ça va en ce bel après-midi ?

— L'après-midi ? Déjà ? Merde. Tu connais un certain Linus Brinkman de chez Lodestar ?

— Plus ou moins. Plutôt moins.

— Est-ce que tu voudrais bien coiffer ta casquette d'expert consultant civil pour contacter son bureau et établir où il se trouve et quand il est censé rentrer ? Son assistant a lui-même plusieurs assistants et personne ne veut rien me dire.

— Je m'en occupe si de ton côté tu prends le temps de manger un semblant de déjeuner.

— En fait... Bon, d'accord. Rappelle-moi ou envoie-moi simplement un texto si tu obtiens l'info. Merci.

Elle n'avait pas faim mais le reste de sa journée s'annonçait très dense. Elle n'avait pas envie de bloquer du temps pour manger et doutait d'être en mesure de le faire de toute façon.

Mais elle pouvait s'arranger. Il avait dit « un semblant » de déjeuner. Eve estima qu'une barre chocolatée remplirait cette fonction.

Elle ferma la porte à clé, sortit de son bureau la télécommande destinée à désactiver le projecteur de teinture bleue qu'elle avait installé en embuscade à l'intention du tristement célèbre voleur de sucreries. Juchée sur le bureau, elle souleva avec précaution la dalle de plafond... et se retrouva face à un espace vide.

— C'est pas vrai !

Elle tira de sa poche une mini-lampe pour éclairer le faux plafond.

Rien.

— Il est fourbe, l'enfoiré !

Aucune trace d'encre, alors qu'il aurait dû y en avoir partout. Le voleur s'était donc servi lui aussi de la télécommande. Et sans doute d'un scanner en premier lieu, qui l'avait averti de la présence du piège.

Elle sauta de son bureau, fusilla le plafond du regard puis fourra les mains dans ses poches.

Elle était bien obligée d'admettre – même si ce n'était pas bon pour son amour-propre – que son mystérieux voleur l'impressionnait.

Elle rouvrit sa porte et sortit dans la salle commune. Jenkinson et sa cravate étaient de retour. Et, ô Seigneur, celle-ci s'ornait d'arcs-en-ciel probablement nés au cœur d'un réacteur nucléaire. Même chose pour Reineke et ses chaussettes, même si – loué soit le saint-patron des rétines – elles n'étaient pas visibles à ce moment précis.

Santiago et son chapeau avaient roulé jusqu'au bureau de Carmichael pour une conversation animée. Eve supposa que celle-ci concernait soit une affaire en cours, soit un autre pari idiot.

Ni Baxter ni Trueheart n'étaient présents ; sans doute sur une nouvelle enquête.

Peabody semblait occupée à écrire un rapport.

— Je n'ai pas dit mon dernier mot ! annonça Eve.

Tous cessèrent leurs activités et tournèrent la tête vers elle.

— Croyez-moi, je n'ai pas dit mon dernier mot.

De retour à son bureau, elle fusilla de nouveau du regard la dalle de plafond fautive. Elle trouverait un autre moyen. Oh que oui.

Son communicateur bipa pour indiquer l'arrivée d'un texto.

Brinkman est dans le Nevada – à Vegas – pour conclure une affaire. Il rentrera via une navette de son entreprise. Arrivée prévue à Startack, sur un quai privé, à 15h30. Son chauffeur habituel viendra l'y chercher. On s'attend à ce qu'il appelle son bureau avant de rentrer directement chez lui. Il participe à un gala ce soir et a pris rendez-vous pour un massage à domicile, puis la visite de son visagiste, à partir de 16h30. De rien. Pense à manger.

— D'accord, d'accord, c'est bien.

Elle porta son regard perçant sur l'autochef puis tourna de nouveau la tête en entendant un cliquetis de talons à l'extérieur.

Elle ne fut pas surprise de voir arriver Mira, d'une joliesse toute printanière dans son tailleur bleu pastel.

— Je n'ai pas voulu sous-entendre que vous deviez modifier votre planning pour moi, dit Eve.

— Ce n'est pas vraiment une modification. Je sors pour un déjeuner professionnel – avec Natalia Zula – et j'ai quelques minutes devant moi. Je voulais en profiter pour vous demander si vous essayez de me piquer ma place.

— Quoi ?

Sourire aux lèvres, Mira franchit le seuil et passa en revue le tableau d'Eve.

— Votre profil de Darla Pettigrew est très pertinent. Les hypothèses que vous formulez sur sa relation avec sa grand-mère, la nature de ses propres ambitions, le développement émotionnel et les attentes qui découlent de cette relation m'apparaissent très justes.

Mira appuya sa hanche contre le coin du bureau d'Eve.

— Votre récapitulatif, votre théorie s'appuient largement sur votre conviction qu'elle a commis ces meurtres. À quel point en êtes-vous certaine ?

— J'ai lancé une évaluation de probabilités qui…

— Non, je ne parle pas des calculs des ordinateurs. Dans votre for intérieur, jusqu'où en êtes-vous convaincue ?

— À quatre-vingt-quinze pour cent. Je dirais même cent, mais il y a toujours une possibilité pour que je me sois trompée et je me dois d'en tenir compte.

Tout en parlant, Eve pivota vers son tableau et scruta les traits de la photo d'identité de Darla, les pouces accrochés aux passants de son pantalon.

— Je ne dois pas oublier qu'elle m'a tout de suite paru louche. Immédiatement. Et je n'arrive pas à me départir de cette impression. Puisque je la considère suspecte depuis le début, ça a pu m'influencer sur le reste de l'enquête.

— J'aimerais beaucoup avoir l'occasion de lui parler, de l'évaluer à mon tour.

— Je prévois une nouvelle confrontation en salle d'interrogatoire, dit Eve avant de se retourner. Mais il me faut une bonne raison. J'y travaille.

— Dans ce cas, je vous laisse vous y consacrer.

Mira se redressa.

— Jusqu'ici sa violence s'est concentrée sur les hommes, et en particulier les hommes ayant fait du mal aux femmes de son groupe de soutien. Mais il ne fait aucun doute que cette violence s'étendra à quiconque tentera de l'empêcher d'appliquer ce qu'elle considère être une forme de justice. De ce fait, si elle vous perçoit aujourd'hui comme une sorte de collègue, cela changera.

— Oui. C'est un levier sur lequel je compte m'appuyer dans la journée.

— Alors soyez prudente.

— Petite question, ajouta Eve comme Mira s'apprêtait à ressortir. Est-ce qu'un sachet de chips au soja peut compter comme un déjeuner ?

— Non, répondit Mira avant de disparaître.

— Raté.

Eve réfléchit à l'idée de se programmer une pizza, ainsi qu'aux conséquences si l'odeur venait à s'échapper jusqu'à la salle commune. Émeutes et chaos garantis. Par ailleurs, elle n'avait pas suffisamment faim et risquait d'en gâcher une partie. Un sacrilège.

En cherchant une soupe, elle constata que l'appareil en proposait plusieurs sortes. Connors aussi savait se montrer fourbe. Elle opta pour un bol de minestrone... et un sachet de chips au soja.

Peabody entra alors qu'Eve buvait sa soupe.

— La prochaine...

Peabody s'interrompit pour humer l'air.

— Ça sent pas la soupe du distributeur. C'est de la vraie soupe.

— Et ?

— Eh bien, c'est... Ça sent très bon.

Eve se retourna pour programmer un autre bol.

— Voilà. Et plus un mot là-dessus.

— Oh, merci ! Mae Ming est arrivée et je vous ai envoyé les infos de base de mes recherches sur Brinkman.

— Occupez-vous de Ming. Je me charge d'aller à la morgue puis je passerai voir Harvo au labo.

— Je vous laisse cette partie avec plaisir.

— En fonction du timing, vous vous occuperez aussi des deux prochaines personnes convoquées. Puis appelez Brinkman et faites-la venir. Si vous obtenez de nouveaux noms, convoquez-les aussi.

— Compris.

Eve prit son manteau, fourra le sachet de chips dans sa poche.

— Je compte sur vous. Pas touche à l'autochef.

Elle sortit dans la salle commune et balaya du regard ses effectifs puis le tableau où elle constata que Baxter et Trueheart avaient effectivement écopé d'une nouvelle affaire. Deux, même, puisqu'il s'agissait d'un meurtre suivi d'un suicide.

Elle lança un coup d'œil à Trueheart qui rédigeait son rapport, l'air sombre. Il avait perdu beaucoup de l'innocence enthousiaste du débutant, se dit-elle, mais une partie de ce qui faisait de lui un bon flic tenait justement à sa capacité à prendre le métier à cœur.

Cœur qu'il avait visiblement lourd à cet instant précis.

Eve avait conscience d'avoir une tueuse en série à arrêter, mais également des hommes qui avaient besoin de leur patronne.

Elle s'approcha du bureau de Trueheart.

— Inspecteur.

— Lieutenant.

— Où est passé votre coéquipier ?

— Il est allé chercher des cafés en salle de repos. On vient juste de rentrer d'un...

— Oui, j'ai vu le tableau.

— Ça ressemble à une querelle de ménage ayant dégénéré. Ils étaient au milieu d'un divorce contentieux, avec des histoires de garde. Deux enfants de huit et dix ans. Il s'est rendu chez elle. Pas de signe d'effraction, ça donne l'impression qu'elle l'a laissé entrer. Il l'a poignardée à plusieurs reprises puis s'est tranché la gorge.

— Les enfants ?

— Ils étaient à l'école, par chance. Une voisine l'a entendue crier mais elle n'a pas pu entrer parce que l'homme avait verrouillé la porte. La voisine a prévenu police-secours, mais c'était trop tard. La défunte avait une sœur. Les enfants sont auprès d'elle.

— Parfois, Trueheart, nous ne pouvons rien faire d'autre qu'établir un rapport. Il n'y a personne à traquer, à arrêter ni à incarcérer. On ne peut que décrire ce qui s'est passé et refermer l'enquête.

— Je sais, lieutenant. Baxter m'a dit la même chose... Je suis en train de tout mettre par écrit, ajouta-t-il avec un soupir.

« C'est tout ce qu'on peut faire », songea de nouveau Eve en s'éloignant.

Faire face à ces moments où il n'était pas possible d'en faire plus faisait partie du métier. Avec l'espoir que cela vous inciterait à faire le maximum quand vous pouviez effectivement agir.

Elle se laissa submerger par la clameur de New York sur le trajet vers la morgue. Fini l'ambiance paisible, tout n'était que bruit, agitation, couleurs, coups de colère et éclats de rire. Impossible de vivre et travailler dans une ville comme celle-ci, au milieu de toute cette intensité, sans se retrouver face à des situations où il ne restait qu'à écrire le rapport. Ainsi qu'à des situations – majoritaires, elle voulait y croire – où l'on pouvait et devait faire le maximum.

Eve s'engagea donc pour le troisième jour consécutif dans le tunnel blanc de la morgue. Déterminée, résolue... et sérieusement énervée.

Morris apparut sur le seuil de la double porte avant qu'Eve l'atteigne.

— Dallas. Je m'apprêtais à aller déjeuner.

Elle sortit les chips de sa poche.

— Je vous échange ça contre un rapide résumé.

— J'ai un petit faible pour les chips.

Il retourna dans la salle et Eve le suivit.

Elle découvrit trois corps étendus sur trois tables d'examen.

— Un meurtre suivi d'un suicide, expliqua Morris en la voyant regarder les deux autres dépouilles.

— Oui, je sais. Baxter et Trueheart. La façon dont le mari a choisi de régler leur désaccord concernant le divorce et la garde des enfants.

— Elle s'est battue. Je peux vous dire, même sans avoir terminé mon examen approfondi, qu'elle ne s'est pas laissé faire.

Il tapota gentiment le bras d'Eve puis passa à Kagen.

— Lui, en revanche, ne s'est pas débattu. Il n'aurait pas pu car il était drogué en plus d'être soûl. Dans mon compte rendu, j'indique ma conviction que le stimulant donné initialement pour lui faire reprendre ses esprits n'a pas fonctionné. Il était trop anesthésié. Il s'agit du même barbiturique et du même stimulant que chez les deux autres victimes. La différence est que dans son cas la victime avait consommé presque trois pintes de bière et trois rasades de whisky avant le barbiturique.

— C'est pour cela qu'elle ne lui a pas infligé autant de dégâts qu'à la deuxième victime. Enfin, peut-être. Le bras cassé, c'est symbolique. Parce qu'il était gaucher et battait sa femme.

— Oui, gaucher, effectivement. Il avait également un bon début de cirrhose, et divers autres problèmes de santé. Il ne s'est écoulé que trois ou quatre heures entre ses premières blessures et les dernières. Vous avez vu juste : elle n'a pas pu ou pas voulu lui consacrer autant de temps qu'aux autres.

— Inutile de le torturer tant qu'il n'était pas conscient. Et je pense qu'elle a peut-être été obligée de s'interrompre. Après quoi elle a dû le ramener sur place avant que l'un des habitants de l'immeuble rentre de son travail de nuit. Un ancien policier, d'ailleurs, qui nous a été utile.

— Coup de chance.

— De même que le cheveu que Peabody a trouvé. J'espère que Harvo l'identifiera pour nous. Le corps vous a appris autre chose ?

— Les cicatrices sur ses phalanges indiquent qu'il s'est souvent servi de ses poings au fil des années. L'état de son organisme m'apprend qu'il buvait de manière excessive au moins aussi souvent, qu'il se nourrissait mal et que son hygiène dentaire était douteuse. Ce qui ne nous est pas très utile.

— Il faut connaître la victime pour connaître le tueur. Elle était au courant de tout cela. Il constituait sans doute la cible la plus facile des trois et malgré cela, elle a commis des erreurs. Elle lui a donné une dose trop forte et l'a mis à mort précipitamment, au point de laisser une trace derrière elle.

» Elle commence à bâcler le boulot et à prendre de plus gros risques, conclut Eve. Elle s'est assise au bar à côté de celui-ci, assez longtemps pour commander un verre et lui faire la conversation, avec le barman juste à côté. Donc…

Elle lui lança le sachet de chips.

— Merci.

Eve réfléchit sur le chemin du labo. La dose excessive prouvait indéniablement que la tueuse avait bâclé les préparatifs. Elle savait qu'il buvait beaucoup. D'un autre côté, c'était un gros costaud et elle n'avait pas voulu courir le risque qu'il soit encore en état de résister.

La présence d'un cheveu était plus parlante encore.

Il ne provenait pas de la perruque couleur lilas. Elle avait donc ôté son déguisement avant d'entamer la séance de torture.

Il fallait espérer que Harvo pourrait identifier l'ADN du cheveu.

Parvenue au labo, Eve prit la direction de l'espace vitré sur lequel régnait Harvo. La reine des cheveux et des fibres était assise sur son tabouret, sur le coin de sa table de travail. Elle portait ce qu'on pouvait qualifier de blouse blanche… à condition d'en avoir une définition très élargie, dans la mesure où la sienne était d'un vert printanier très vif sur lequel défilaient des amas de symboles incompréhensibles.

Sa chevelure, rassemblée en arrière en une petite queue-de-cheval, était de la même couleur que la blouse. Un petit clou nasal – serti d'une pierre verte, bien entendu – scintillait à l'une de ses narines.

Elle balançait la tête en rythme avec un morceau de musique entraînant tout en pianotant sur l'écran du bout de ses doigts aux ongles vernis d'une touche de vert supplémentaire.

Elle lança un coup d'œil vers la porte et sourit à Eve qui venait d'entrer. Puis elle claqua trois fois des doigts. La musique se tut.

— Salut, Dallas. Toujours en plein boulot ? Je viens de finir votre échantillon. Venez voir ça, proposa-t-elle en désignant un autre tabouret.

— Non, ça ira. Je suis un peu pressée.

— Ouais, ouais, je connais le problème. Donc le cheveu était recouvert du sang et des tissus de la victime. Et on voit qu'une partie a commencé à former une croûte, ce qui indique qu'il respirait encore quand elle s'est déchaînée sur lui… et que le cheveu s'est collé dans l'hémoglobine. Le sang et les tissus sont uniquement à lui, au passage.

— Vous avez pu extraire l'ADN ?

— C'est un vieux cheveu. Un vieux cheveu mort, sans la racine. Ce que vous m'avez apporté est bien un cheveu humain mais ancien. Il provient d'un accessoire.

« Pas d'ADN », comprit Eve.

La chance n'avait pas tourné autant qu'elle l'espérait.

— Une perruque ?

— Il pourrait s'agir d'extensions ou de rajouts mais j'estime à quatre-vingt-cinq pour cent les chances que ce soit une perruque, en effet. Et pas un truc bon marché. Un cheveu humain n'ayant quasiment pas subi de traitement de couleur, donc la personne qui l'a vendue avait d'authentiques cheveux noirs.

— Quasiment ?

Harvo pivota vers l'écran pour zoomer sur le cheveu à l'image.

— Juste une minuscule touche de gris ici. Qui a été rajoutée artificiellement. Difficile de dire dans quelle proportion parce que le cheveu s'est cassé. Il ne va pas de la racine à la pointe.

Eve ne perdit pas de temps à lui demander comment elle savait tout ça. Inutile de mettre la parole de la reine en doute.

— Une coloration de pro, teinte « Coup de foudre » de la marque Numex. J'en conclus qu'il s'agit probablement d'une perruque de théâtre, ajouta Harvo. Parce qu'en dehors de ça il n'y a pas grand monde qui ajouterait du gris à une perruque.

— Parce que la plupart des gens cherchent à recouvrir le gris.

— *Exactamundo* ! s'exclama Harvo, index dressé vers le ciel. Ici, quelqu'un a peut-être voulu s'ajouter quelques années, pour un costume par exemple. En tout cas, la perruque comportera d'autres mèches ou reflets de cette couleur. Pour les cheveux, je dirais d'origine asiatique. Beaux, épais, en bonne santé. Ça coûte cher. Et la perruque a été bien entretenue. Un entretien de qualité professionnelle, avec des produits professionnels. Plus précisément la gamme de soin de chez Allure.

— Là aussi, vous avez la marque ?

Harvo écarta les bras dans un geste de fausse modestie.

— Hé, Dallas, n'oubliez pas à qui vous parlez.

— Vous avez la marque, répéta Eve, cette fois comme une affirmation.

Elle fut tentée de demander si Harvo était sûre de son fait à propos de la perruque mais s'abstint. Elle n'oubliait pas à qui elle parlait.

— Elle s'est fait passer pour une CL de rue. Cheveux violets, lilas précisément, pas noirs. Il était à moins d'un mètre d'elle. Même dans la pénombre, il n'a pas pu se tromper sur la couleur. Pourquoi est-ce qu'elle change de perruque ? Pourquoi porter une perruque pendant qu'elle les torture ?

— Là, on dépasse mes compétences. Peut-être qu'elle aime simplement arborer différents looks pour ses différentes, disons… activités.

— Des costumes ?

Eve se mit à faire les cent pas.

— C'est ce que vous disiez. S'agit-il à chaque fois de costumes ? Ça ferait partie du rôle ? Elle n'aurait pas envie qu'ils la voient telle qu'elle est, même une fois qu'ils sont à sa merci ? Alors qu'ils sont sans défense ? Est-ce qu'elle n'aurait pas... ?

Elle s'interrompit et se tourna vers Harvo.

— Mais si, bon sang... Ils la voient telle qu'elle se voit elle-même ! Sous l'apparence de cette fichue Lady Justice.

— Dans ce cas, Lady Justice portait une perruque haut de gamme à base de vrais cheveux au moment de tuer ce type. Ça, je peux vous l'affirmer.

— Oui. Oui, c'est ça. Merci, Harvo.

— À votre service.

Eve s'arrêta sur le seuil.

— C'est quoi, tout ça ? s'enquit-elle, index tendu en direction de la blouse de Harvo.

— Sur ma blouse ? Voyons, c'est le tableau périodique, Dallas. Qu'est-ce que la vie sans la chimie ?

— Je préfère plutôt une bonne alchimie. À la prochaine.

18

De retour à la Criminelle, Eve constata que Peabody n'était pas à son bureau.

— Peabody ? demanda-t-elle à Baxter.

— En salle d'interrogatoire.

Ça ne valait pas la peine de la déranger, estima-t-elle.

— J'aurai peut-être besoin d'une équipe de surveillance ce soir. Entre 19 heures et 23 heures, à peu près. Trueheart et vous vous êtes portés volontaires.

— Ouais, c'est notre côté altruiste. C'est pour l'affaire de Lady Justice ?

— Elle aligne les meurtres et je ne l'imagine pas s'arrêter. L'une des cibles potentielles est en déplacement loin d'ici mais l'autre participe à une espèce de gala plus tard dans la soirée. Elle pourrait tenter de le kidnapper à ce moment-là.

— J'ai un smoking. Je peux le sortir de l'armoire.

— Vous n'irez pas au gala. Vous allez plutôt surveiller une grande et belle maison. J'ai besoin d'être informée si ma suspecte numéro un en sort. Dans n'importe quel véhicule, sachant qu'elle s'est jusqu'à présent servie d'une grande berline de couleur sombre. Si vous voyez le véhicule en question, un tout-terrain blanc ou une berline gris métallisé quitter la résidence, vous m'appelez et vous les prenez en filature.

— T'as entendu, gamin ? demanda Baxter à Trueheart. C'est l'heure de s'acheter des trucs à grignoter pour une planque.

— Si elle ne prend pas notre homme en chasse d'ici à 23 heures, c'est qu'elle aura préféré attendre. Cela dit… restez quand même sur place une heure de plus.

Elle leur dicta l'adresse avant de retourner à son bureau où elle se programma un café puis sortit son communicateur.

— Mais c'est que vous seriez presque bavarde aujourd'hui, lieutenant, dit Connors.

— Je n'appelle pas pour bavarder. Et tu ne devrais pas être en train de t'acheter un pays du tiers-monde et te couronner roi au lieu de répondre à ton communicateur ?

— Je m'en suis déjà occupé ce matin, répondit Connors en souriant. Là, je sors d'un déjeuner professionnel où j'ai validé les plans de mon futur palais. Que puis-je faire pour toi ?

— C'est quoi, le truc chic auquel se rend Brinkman ce soir ?

— Ah, c'est le gala du printemps organisé par l'association Notre Planète au bénéfice de diverses causes environnementales.

— Super. Tu peux nous faire entrer ?

Il demeura silencieux pendant quelques instants.

— À moins qu'on ne vienne de t'injecter une drogue qui te pousserait à vouloir rencontrer du monde dans une soirée guindée, mon esprit me souffle qu'il s'agit d'une mission professionnelle.

— Ton esprit a vu juste. La tueuse pourrait s'attaquer à Brinkman durant ce gala. Elle aime le risque et elle aime se déguiser. Et c'est tout le principe de ces soirées-là. Une excuse pour sortir ses fringues les plus chics. Peabody interroge deux autres femmes, donc on pourrait identifier d'autres cibles viables. Dans l'immédiat, cela dit, Brinkman est en haut de la liste. Je voudrais avoir la possibilité de le suivre durant la soirée et, avec un peu de chance, d'appréhender la tueuse.

— Te regarder arrêter un suspect fait partie de mes spectacles préférés. D'autant plus quand tu es en robe de soirée. Ça ajoute un piquant indéniable.

— Si tu le dis. Tu pourras nous faire entrer ?

— Puisque l'événement se déroule dans la grande salle de bal de mon palais – je parle cette fois du *Connors Palace* –, ça paraît jouable. Dois-je prendre rendez-vous avec Trina pour qu'elle se charge de ta coiffure et du reste ?

Eve inspira puis expira longuement par le nez.

— C'était méchant.

— Je sais, mais marrant également. On se retrouve à la maison tout à l'heure.

— Oui. N'appelle pas Trina, ajouta Eve avant de raccrocher.

Café à la main et pieds posés sur le bureau, elle se concentra sur le tableau.

— Quel rôle tu jouerais cette fois ? Une serveuse ? C'est ce que je ferais. Facile d'ajouter un petit quelque chose dans une boisson quand on s'occupe de la servir. Tu n'aurais plus qu'à guider ta cible à l'écart. Et faire ça devant tout ce monde, tous ces spectateurs ? Oui, tu adorerais ça. Tellement mieux que la clientèle d'un bar miteux.

Eve but son café en réfléchissant.

La tueuse pourrait également être une invitée. Ça fonctionnerait aussi. Une femme cachée dans la foule des gens riches et très chics.

« Mais comment s'assurer que la grand-mère n'est au courant de rien ? se demanda-t-elle. À moins que je ne me trompe là-dessus ? Est-ce qu'elle est complice ? Dans un cas comme dans l'autre, il va falloir qu'on ait une nouvelle conversation. Que je puisse affiner mon regard sur vous d'ici ce soir. »

Eve ne bougea pas en entendant le bruit des bottes de Peabody dans le couloir.

Sa coéquipière était pâle, constata Eve. Pâle et fatiguée.

— S'il vous plaît, j'aurais besoin d'un café, dit Peabody.

— Servez-vous.

Une fois devant l'autochef, Peabody laissa échapper un long soupir.

— J'ai un autre nom, une autre femme du groupe. C'est la prochaine que je contacterai. J'ai aussi un autre nom de cible potentielle, ou plutôt deux dans ce cas précis.

Devant l'air abattu de son équipière, Eve quitta son siège et le désigna du doigt :

— Asseyez-vous. Et résumez-moi ça.

— Tout d'abord, Ming dispose d'un alibi pour les deux premières nuits. Elle rendait visite à sa famille dans le Maine. Je vérifierai mais je ne doute pas d'avoir confirmation. Elle est revenue hier après-midi. Elle et sa colocataire sont restées chez elles jusqu'à environ 20 heures, puis la colocataire est sortie. Ming déclare être allée se coucher vers 23 heures, fatiguée, et ne pas avoir entendu sa colocataire rentrer. Elle l'a cependant croisée ce matin à 7 h 30 et la colocataire a indiqué être rentrée vers 1 heure. Gros rendez-vous amoureux. Pas le meilleur alibi du monde mais ce n'est pas elle, Dallas.

— Vérifiez quand même. Les cibles ?

— Gregory Sullivan et Devin Noonan. Ils sont tous étudiants à l'université de New York. Il y a eu une fête juste avant Thanksgiving, avec beaucoup d'alcool et de la drogue. Elle a pris les deux, elle ne s'en est pas cachée. Au moment de rentrer chez elle, elle est montée dans une chambre pour récupérer son manteau. Ils sont tous les deux entrés derrière elle et ont fermé la porte à clé. Elle dit que c'est Sullivan qui l'a allongée de force sur le lit mais que Noonan a participé en la tenant pendant que Sullivan lui retirait son pantalon. Il y avait beaucoup de bruit, personne ne l'a entendue appeler à l'aide. Ils l'ont violée chacun à leur tour.

— Elle en a parlé à quelqu'un ?

— Non.

Peabody se passa une main sur le visage.

— Ils lui ont dit qu'elle l'avait cherché en se frottant contre Sullivan sur la piste de danse. Que tout le monde l'avait vue faire, que c'était ce qu'elle voulait. Puis ils l'ont laissée sur place. Elle a remis son pantalon et elle est rentrée chez elle, prise de nausées. La colocataire était déjà repartie dans sa famille, donc elle était toute seule. Elle avait vu des prospectus à propos du groupe de soutien sur le campus et elle a décidé d'y aller en constatant qu'elle n'arrêtait pas de faire des cauchemars. Elle a commencé à s'y rendre début décembre.

— Pettigrew était là quand elle a raconté son histoire et donné le nom des violeurs ?

— Oui. Elle m'a expliqué qu'elle s'était mise à pleurer et n'avait pas pu terminer son récit. Et que Pettigrew s'était approchée et l'avait serrée dans ses bras.

— Elle va porter plainte ?

— J'en doutais mais après notre discussion elle m'a dit vouloir le faire. Elle tient d'abord à en parler à sa mère. Lui raconter ce qui s'est passé. Elle l'a dit à sa colocataire après son entrée dans le groupe mais n'a pas été capable de l'avouer à sa mère. Je pense qu'elle reviendra, Dallas. Et qu'elle portera plainte.

— Bien. Vous n'avez qu'à vous occuper des recherches d'antécédents sur les cibles. Je me charge de la femme suivante.

— Non, ça va, assura Peabody.

Pour le prouver, elle avala d'un trait le reste de son café.

— Ça va. J'avais besoin d'une petite pause, c'est tout. Je peux interroger la prochaine.

— Arrêtez-vous dès que vous en ressentez le besoin.

Peabody se leva.

— Pas encore, dit-elle. Si affreux que ce soit, il y a quelque chose de positif à les laisser en parler, à leur montrer que je les crois. Je vais aller taper le rapport et confirmer les alibis le temps que la suivante arrive.

— Vous faites du bon travail, Peabody.

— J'aurai l'impression de faire du bon travail quand on clôturera cette enquête. Et ça inclut le fait de mettre des sales types comme ce Sullivan et ce Noonan derrière les barreaux.

« Et c'est bien ce que nous allons faire », se dit Eve.

Une recherche sur les deux noms lui permit de constater que Sullivan avait eu plusieurs fois affaire à la police pour des histoires d'alcool et de drogue. Il avait aussi passé plusieurs semaines dans un centre de désintoxication hors de prix. Son historique professionnel se limitait à quelques semaines par an au sein de l'entreprise de son père. Il pratiquait le lacrosse et le tennis et étudiait les affaires et la finance, le tout aux frais de la fortune familiale.

Elle connaissait ce genre d'individu.

Noonan lui ressemblait, à ceci près qu'il jouait au golf et au tennis et travaillait deux mois par an au sein d'un country-club du Connecticut que fréquentaient leurs deux familles.

Elle rassembla les données dont elle disposait et se rendit cette fois directement à la brigade des crimes sexuels pour parler stratégie avec deux des inspecteurs qu'elle connaissait et leur lieutenant.

Elle ressortit satisfaite. Du temps bien employé.

Lorsqu'elle revint à la Criminelle, Peabody était repartie en salle d'interrogatoire. Eve lut le rapport de sa coéquipière auquel elle ajouta ses propres notes à la suite de ses recherches et de son passage aux crimes sexuels.

Constatant que Peabody n'avait pas eu le temps de vérifier l'alibi, elle relut les informations et entama elle-même la démarche.

Tandis qu'Eve s'entretenait avec la colocataire, Linus Brinkman descendait de sa navette privée. Il avait profité du vol pour savourer une salade César, un bol de soupe à la tomate fumée et deux verres de pinot noir.

De quoi le mettre d'excellente humeur, d'autant plus que ce voyage d'affaires avait été un succès.

Son allégresse descendit d'un cran en découvrant le chauffeur qui tenait un écriteau avec son nom.

— C'est moi, Brinkman, annonça-t-il. Où est Viktor ?

— Je suis navré, monsieur, il est tombé malade il y a peu. Je suis ici pour m'assurer que cela ne vous cause aucun désagrément. Permettez-moi de prendre votre bagage.

Brinkman lui tendit sa valise mais fronça un peu plus les sourcils.

— Ils ont envoyé un droïde ? Vous êtes assez ressemblant mais vous êtes un droïde.

— En effet, monsieur. J'étais immédiatement disponible et on m'a envoyé pour être certain que vous n'auriez pas à attendre un autre remplaçant. Je suis évidemment entièrement programmé et certifié en tant que chauffeur. Votre voiture vous attend juste devant.

— D'accord, d'accord. Je n'ai pas de temps à perdre.

— Exactement.

Le droïde fit rouler la valise jusqu'à la voiture et ouvrit la portière arrière côté passager.

En montant à l'intérieur, Brinkman vit qu'une femme s'y trouvait déjà.

— Et qui êtes-vous ?

— Je m'appelle Selina, monsieur. Le siège m'envoie vous tenir compagnie pour compenser le désagrément.

Elle lui tendit la main et injecta la drogue dans la paume de Brinkman.

— Pas une droïde, si ? demanda-t-il d'une voix qui se faisait déjà traînante.

— Pas du tout, assura-t-elle en lui tendant un verre de vin. Je suis faite de chair et de sang, tout comme vous.

Il perdit connaissance avant même que la voiture ait quitté l'aéroport.

— Arrêtons-nous au salon, Wilford, puis nous irons au marché.

— Bien, madame Pettigrew.

— Après quoi tu le feras entrer de la manière habituelle. Enchaîne-le.

— Bien sûr, madame Pettigrew.

— Je lui en ai donné assez pour le maintenir hors d'état de nuire pendant quelques heures. Donc tu pourras te désactiver une fois ta tâche accomplie.

— À votre guise.

« Oui, se dit-elle. À ma guise. »

Entre chaque entretien, Eve demandait à Peabody de l'informer des résultats, de lui communiquer les noms et les détails utiles. Elle fit elle-même les recherches et les vérifications d'alibis... et découvrit que le responsable des prêts qui avait forcé ou tenté de forcer des demandeuses à lui faire une fellation en échange d'une approbation de leur prêt faisait un très bon candidat.

D'accord, il avait – enfin – perdu son poste et passé six mois enfermé mais elle doutait que cela suffise à Lady Justice.

Quand une Peabody aux yeux caves la rejoignit, Eve se leva.

— Faites-moi un topo sur le chemin.

— On va où ?

— Rendre une nouvelle visite à Darla Pettigrew. « Suivi de l'enquête », dirons-nous, répondit Eve en récupérant son manteau. Je vous libérerai ensuite mais je tiens à ce que vous apportiez votre touche de compassion.

— Telle que vous me voyez, je suis tellement gonflée de compassion que j'en ai des brûlures d'estomac. J'ai des frères, Dallas…

Elles s'arrêtèrent au bureau de Peabody pour qu'elle puisse mettre sa veste.

— J'ai un père génial, poursuivit-elle. Des oncles, des cousins. J'ai McNab. Connors, Leonardo, Charles, nos collègues. Je sais que tous les hommes ne sont pas des porcs ou des manipulateurs. Mais là, ces types… Je ne trouve pas de mots assez forts.

— Ils le paieront. Pas de leur vie, mais ils le paieront.

— Je crois que c'est tous ces récits l'un après l'autre, ça fait comme une masse horrible qui m'arrive en pleine poire. On a vu pire, on sait qu'il y a pire, mais toute cette accumulation…

— Ils le paieront, répéta Eve.

Elle prit sur elle pour rester dans l'ascenseur sur tout le trajet jusqu'au parking.

— Dès qu'on en aura terminé avec Darla, rentrez chez vous.

— Je peux continuer, lui assura Peabody. Aller jusqu'au bout.

— Le bout n'est plus très loin, et j'aurai peut-être besoin de vous plus tard dans la soirée. J'ai envoyé Baxter et Trueheart surveiller la résidence des Callahan. Si Darla sort ce soir, je vous ferai intervenir.

— Qu'est-ce que vous ferez après lui avoir parlé ?

— Je compte avoir une petite discussion avec Linus Brinkman. Je n'aurai pas besoin de vous pour ça. Aucun besoin de compassion dans son cas. J'ai fourni des noms à la brigade des crimes sexuels et Nadine va nous trouver tout ce qu'il y a à savoir sur Ryder Cooke. Il aura certainement droit à une surprise à son retour à New York.

— Ça me redonne un peu la pêche, déclara Peabody comme elles traversaient le parking pour rejoindre la voiture. La dernière femme à qui j'ai parlé... Elle est partie vivre chez sa sœur après que son ex-petit ami l'a expédiée à l'hôpital. Le type est en cavale, introuvable. Un peu plus tard, le petit chien de sa sœur est retrouvé empoisonné. Un petit chien, Dallas. Puis c'est la voiture de la sœur qui se fait lacérer les pneus et fendre le pare-brise. Après quoi quelqu'un balance un gros caillou dans la fenêtre du salon, ce genre de trucs.

Elle monta dans la voiture et s'installa sur le siège passager avant de poursuivre :

— Entre-temps, elle a déclaré avoir vu le type – dans le métro ou dans la rue – mais les flics n'ont pas retrouvé sa trace. Elle a peur de rester chez sa sœur mais n'a pas d'autre endroit où aller.

— On va le retrouver. Et l'arrêter. Faites une recherche d'antécédents sur lui tout de suite. Contactez les agents chargés de l'enquête, récupérez le dossier.

« Gardons-la occupée », pensa Eve.

Peabody sortit son mini-ordinateur et se mit au travail.

— Il y a deux autres accusations d'agression... abandonnées toutes les deux quand les plaignants se sont ravisés. Carrière professionnelle en pointillé, pas d'adresse connue.

Peabody tourna son regard vers Eve.

— Vous me laisseriez les rênes sur cette enquête ? Je sais que ça devra attendre à moins que la tueuse ne s'en prenne à lui, mais il s'est vraiment évaporé donc je ne vois pas comment elle aurait pu le retrouver avant les collègues. Si je pouvais bosser sur l'affaire...

— Elle est à vous. Informez-moi de vos besoins au fil de vos investigations.

Eve conduisit pendant que Peabody contactait les enquêteurs en charge de l'agression d'origine, puis ceux qui s'occupaient du chien, de la maison et de la voiture de la sœur dans le Queens.

Eve aurait pu lui rappeler l'importance de préserver son objectivité, laquelle ne se traduisait ni dans la voix ni dans l'expression de son équipière. Mais elle savait que ce genre d'implication, ce genre de détermination, pouvait aussi fournir l'énergie nécessaire pour réorienter et résoudre une affaire.

Et elle devait admettre, songea-t-elle en s'approchant du portail de la demeure des Callahan, qu'elle-même ne se sentait pas particulièrement objective à cet instant précis.

Elle se présenta, obtint le droit d'entrer et pénétra dans la propriété une fois le portail ouvert.

— Notre homme a squatté le canapé d'un ami pendant deux ou trois mois avant l'agression. L'ami affirme ne pas l'avoir vu et n'avoir eu aucune nouvelle depuis. Il a déclaré que la victime de l'agression tombait facilement dans l'hystérie, qu'elle avait tendance à se montrer parano et pot de colle. D'après lui, le sale type avait mis fin à la relation plusieurs jours avant l'agression. Et la victime se serait fait voler par un inconnu dans la rue avant de décider de désigner son ex comme agresseur pour se venger. Bref, il raconte des craques.

— Ce qui fait de lui un complice par assistance.

— Exact.

Peabody releva la tête de son écran quand la voiture s'arrêta.

— Bon, je mets tout ça de côté pour l'instant et je passe en mode compatissante.

Elles sortirent. Avant qu'Eve puisse actionner la sonnette, la droïde leur ouvrit la porte.

— Bonjour, lieutenant, inspecteur. Je vous en prie, entrez. Puis-je vous débarrasser de vos manteaux ?

— Ça ira.

— Si vous voulez bien patienter dans le petit salon. Puis-je vous servir un rafraîchissement ?

— Ça ira, répéta Eve. Nous aimerions parler à Mme Pettigrew.

— Laissez-moi voir si elle est disponible. Mme Callahan a été informée de votre arrivée et elle descend immédiatement. Je vous en prie, asseyez-vous.

— Mme Pettigrew est-elle ici ? demanda Eve.

— Je vais voir si Mme Pettigrew est disponible, répéta la droïde avant de s'éloigner.

Quelques secondes plus tard, les portes de l'ascenseur s'ouvrirent sur Eloise. Elle était accompagnée d'une toute petite femme noire vêtue d'une tunique bleue et d'un ample pantalon noir.

— Lieutenant, inspecteur, quel plaisir de vous revoir ! Je vous présente la merveilleuse – quoique très stricte – Donnalou Harris, mon infirmière et ma gardienne.

— N'exagérons rien, miss Eloise, lança Donnalou avec un grand éclat de rire.

Elle s'avança pour leur serrer la main.

— Ravie de vous rencontrer. Comme vous pouvez le voir, miss Eloise est en pleine forme cet après-midi. Je ne vais pas tarder à me retrouver au chômage.

— N'exagérons rien, Donnalou, lança Eloise dans une imitation presque parfaite. Installons-nous confortablement et prenons un café. Oh, ne me regardez pas comme ça ! dit-elle à l'infirmière. En deux mois, j'ai bu assez de thé pour deux vies entières. Et ne m'avez-vous pas déclarée entièrement remise ce matin ?

— *Presque* entièrement, la reprit Donnalou avec cependant un regard plein d'indulgence à son égard. Une seule tasse. Et c'est bien parce que vous seriez capable de charmer un mur en parpaings.

— Laissez-moi appeler Ariel.

— La droïde est allée voir si votre petite-fille était disponible, lui dit Eve.

— Oh, elle est sortie. Je l'ai convaincue d'aller faire un tour, de passer au salon de beauté. Ça n'a pas été facile mais elle avait besoin de prendre l'air. Elle n'a accepté de sortir qu'avec la promesse de Donnalou de rester jusqu'à son retour. Et puis je suis quasiment remise sur pied.

— Quasiment, confirma Donnalou.

— Je vois, dit Eve. Elle sera bientôt de retour, d'après vous ?

— Je n'en suis pas sûre.

Eloise souleva la télécommande pour faire signe à la droïde.

— Vous êtes là au sujet de Thaddeus ? De votre enquête ? Nous avons entendu qu'un autre homme… J'ai tâché de la maintenir occupée pour qu'elle ne regarde pas les informations mais elle espérait avoir des nouvelles pour Thaddeus. Que vous auriez trouvé celui qui a fait ça.

— Ce doit être difficile pour elle, dit Peabody sur son ton le plus compatissant. J'imagine que pouvoir s'appuyer sur vous, en parler avec vous, doit l'aider.

— Personne n'est plus aimant que miss Eloise, confirma Donnalou. Elle a insisté, très gentiment, auprès de miss Darla pour qu'elle sorte un peu, qu'elle s'occupe un peu d'elle-même. Elle est tellement tournée vers les autres. Elles vont me manquer, toutes les deux.

— Mais non, parce que vous viendrez nous rendre visite. Si Darla n'est pas revenue lorsque nous aurons bu notre café, ou si vous devez partir, je pourrai lui transmettre ce que vous souhaitez lui dire. Cependant, j'essaie de faire en sorte qu'elle pense à autre chose. Mieux, je l'ai convaincue de partir en voyage avec moi d'ici une semaine à peu près.

— Deux semaines, rectifia Donnalou. Interdiction de voler pour encore deux semaines.

Eloise roula des yeux.

— Deux semaines. Nous avons toutes les deux besoin de nous changer les idées et je pense que quelques jours sous le soleil de la Côte d'Azur feront l'affaire. Je vais réserver une villa et rassembler toute la famille.

Son visage s'était illuminé tandis qu'elle parlait.

— Mes enfants me manquent ! Et j'en ai plus qu'assez d'être une invalide.

— Vous ne ressemblez pas à une invalide, fit observer Eve. Vous paraissez plus forte que vous ne l'étiez ne serait-ce qu'il y a deux jours.

— Mon état s'améliore de jour en jour... sous le joug de cette terrible esclavagiste, répondit Eloise en tapotant la main de Donnalou. Et, bien sûr, grâce à l'aide de mon adorable Darla. J'ai seulement... Darla ! s'exclama-t-elle dans un grand sourire en voyant celle-ci entrer d'un pas précipité. Je ne savais pas que tu étais de retour !

— J'étais dans la cuisine. J'ai trouvé des fraises magnifiques au marché et je voulais vous surprendre toutes les deux avec un petit goûter et un thé bien chaud.

— Pas de thé ! répondit Eloise avec un rire. Je t'en prie, fais plutôt du café.

— Euh...

Voyant Donnalou hocher la tête, Darla sourit.

— Café, alors. Laissez-moi simplement appeler Ariel. Elle est venue me prévenir que nous avions des invitées, donc je l'ai chargée de prendre le relais.

Donnalou se leva.

— Asseyez-vous, miss Darla. Je m'en occupe.

— Merci.

Darla s'assit à côté d'Eloise tandis que Donnalou sortait.

— Elle est vraiment formidable. Je ne sais pas ce que nous aurions fait sans elle. J'espère que vous n'avez pas attendu trop longtemps. Je suis allée directement à la cuisine en arrivant sans parler à Donnalou ni à Ariel. J'avais des courses à ranger.

— Nous sommes arrivées il y a peu.

— Mamie m'a convaincue de sortir.

Darla se tourna vers sa grand-mère et agita une main aux ongles rose pâle.

— Et tu avais raison, comme toujours, mamie. Cette petite sortie m'a fait du bien. Mais la semaine prochaine nous irons toutes les deux, on s'offrira la totale. Je nous ai déjà réservé une journée.

Les yeux fermés, Eloise laissa échapper un soupir de bonheur à cette perspective.

— Le paradis, dit-elle. Ce sera le paradis sur terre.

— Pardonnez-moi, lieutenant, inspecteur, je retarde un peu le moment de vous entendre en me raccrochant à ces petits plaisirs. Vous... vous avez des nouvelles pour Thaddeus ? demanda-t-elle en pinçant ses lèvres tremblantes.

Tout en prononçant son nom, Darla avait tendu la main pour prendre celle de sa grand-mère.

— Nous enquêtons activement sur plusieurs pistes. Eloise nous a dit que vous saviez qu'il y avait eu un troisième meurtre.

Darla hocha la tête, les yeux baissés.

— C'est pour ça qu'elle a insisté pour que j'aille me promener. Toute cette histoire est tellement atroce.

— Les trois hommes assassinés ont tous un lien avec des femmes de votre groupe de soutien.

Eloise laissa échapper un hoquet de surprise et Darla porta une main à sa gorge.

— Je... je ne comprends pas.

— McEnroy était lié à la fois à Jasmine Quirk et à Leah Lester. Vous-même étiez liée à Thaddeus Pettigrew. C'est l'ex-mari d'Una Ruzaki, Arlo Kagen, qui a été tué la nuit dernière.

— Mon Dieu, Darla ! Et dire que je te poussais à réintégrer le groupe. Tu ne peux pas, tu ne dois pas y retourner jusqu'à ce que tout cela soit réglé.

— Je ne comprends pas... Je ne comprends vraiment pas, souffla Darla en se massant cette fois la tempe.

— Il est possible qu'une ou plusieurs des femmes du groupe soient derrière ces meurtres.

— Oh, non, non. Ce n'est pas du tout possible. Ces femmes sont des victimes.

— Ce doit être difficile pour vous, dit Peabody d'une voix douce. Dans un groupe comme celui-là, vous vous rapprochez les unes des autres. J'ai parlé en personne à plusieurs de ces femmes et je comprends ce qu'elles ont traversé.

— Mais... comment ? Nous nous appelons seulement par nos prénoms. Comment avez-vous pu les trouver pour leur parler ?

— C'est notre métier, répondit Eve.

Elle s'exprimait d'un ton vif, le regard planté droit dans celui de Darla.

— De les trouver, de les interroger, de vérifier les alibis, les occasions potentielles et leur état d'esprit. Vous connaissiez certaines de ces femmes, et leurs noms complets.

— Oui...

Darla laissa échapper un soupir tremblant, les yeux embués de larmes.

— Mais ça restait complètement confidentiel. C'est une question de confiance.

— Pas dans le cadre d'une enquête criminelle.

— Croyez-moi, intervint Peabody, nous traitons les femmes à qui nous parlons avec toute la compassion possible. Nous ne voudrions pas risquer d'alourdir le traumatisme qu'elles ont déjà subi.

— C'est pourtant ce qui risque d'arriver. À moins d'avoir vécu les trahisons, l'humiliation, la violence, vous ne pouvez pas comprendre. Vous ne pouvez pas savoir.

Eloise reprit la main de sa petite-fille et la massa entre les siennes.

— Il faut qu'elles fassent leur travail, Darla. Quelqu'un tue ces hommes. L'un d'eux était Thaddeus.

— Je sais. Je sais, mais…

Donnalou revint, poussant devant elle un petit chariot.

— Cafés gourmands, annonça-t-elle d'une voix joyeuse.

Elle se figea.

— Qu'y a-t-il ? Miss Eloise…

— Je vais bien. Je vais bien. Mais vous voulez bien apporter un cocktail relaxant à Darla ? Je ne crois pas qu'elle ait besoin de café dans l'immédiat.

— Bien sûr. Tout de suite.

— Vous ne comprenez pas, murmura Darla comme Donnalou repartait d'un pas pressé. Nous partageons des détails intimes de nos vies dans ce groupe. Nous y dévoilons notre âme. Aucune d'entre elles n'a pu faire une chose pareille.

Peabody se pencha vers elle, on ne peut plus compréhensive.

— Ce sont vos amies. Vos sœurs. Il est parfois très dur de porter le regard jusqu'au cœur d'une amie, d'une sœur, qui y cache un très sombre secret.

— Je refuse d'y croire. À moins… que quelqu'un n'ait infiltré le groupe d'une façon ou d'une autre. Avec cet objectif horrible.

— Des suggestions ? s'enquit Eve. Un nom, peut-être ?

— Non, non, je vous jure que non.

— Peabody, faites-nous la liste des noms complets dont nous disposons et des femmes que nous avons déjà interrogées. Si vous êtes en mesure d'en ajouter, Darla, cela nous sera très utile.

Eve l'observa pendant que Peabody lisait, vit les flashs de colère vite dissimulés derrière des yeux baissés. La crispation de la mâchoire. Et, sauf erreur, un minuscule sourire de satisfaction.

— Je… je ne connais pas tous ces noms. Pas leurs noms complets. J'en ai connu quelques-unes, oui. Comme la pauvre Una, et Rachel. Mais je n'y suis pas retournée depuis que mamie est tombée malade. Pas depuis la fin de l'année dernière. Ce doit être une nouvelle venue, quelqu'un que je ne connais pas. Ou alors – pardon de le dire ainsi –, vous faites fausse route, tout simplement.

— Voici un bon cocktail relaxant.

Donnalou était de retour, tout à son rôle d'infirmière.

— Buvez-le en entier, miss Darla. Vous êtes un peu pâle. Buvez-le puis je vous emmènerai à l'étage pour que vous vous allongiez un peu.

— Oui, oui, je crois que m'allonger me ferait du bien. Pardon. Excusez-moi, il faut que j'aille m'allonger. Je me sens… Je ne me sens pas bien.

— Venez avec moi, alors.

Donnalou l'aida à se lever.

— Vous pourrez boire votre relaxant à l'étage. Je vais vous installer pour une bonne petite sieste. Je vous avais bien dit que vous manquiez de sommeil, non ? Le sommeil est réparateur, poursuivit-elle en escortant Darla vers la sortie.

— Ma pauvre petite, murmura Eloise. Tous ces chocs, et tout cela après s'être épuisée à s'occuper de moi. Eh bien, c'est moi qui m'occuperai d'elle à présent. Je suis vraiment navrée que nous n'ayons pas pu vous aider plus.

— Merci du temps que vous nous avez accordé, dit Eve en se levant.

— J'espère que vous trouverez rapidement le coupable. C'est le seul moyen pour que Darla puisse s'en remettre.

— Oui, vous avez raison. Ne vous dérangez pas, nous connaissons le chemin.

Eve attendit d'être de retour à la voiture pour échanger avec Peabody.

— Vous aviez raison, lança celle-ci avant qu'elle puisse dire un mot. Depuis le début ! Ça l'a choquée qu'on ait tous ces noms, qu'on s'intéresse de près au groupe. Ça l'a même carrément mise en colère au départ. Et pas le genre de colère qu'on pourrait avoir face au traitement injuste d'une amie.

— Pas ce genre, non. Là, elle réfléchit à la manière d'orienter notre attention ailleurs. Soit sur quelqu'un sans importance à ses yeux, soit à l'écart du groupe. Elle aura besoin d'un peu de temps pour régler les détails. Tout ce qu'elle fait est soigneusement planifié.

— Elle ne serait pas opposée à l'idée de s'attaquer à l'une d'entre nous, pour se venger de nos tentatives de contrecarrer ses plans.

— Ça aussi, vous l'avez vu ? Bien.

Eve ressortit par le portail.

— Surveillez vos arrières. Et prenez un taxi pour rentrer chez vous.

Eve se gara et sortit de sa poche de quoi payer le trajet.

— Non, j'ai ce qu'il faut, dit Peabody.

— Prenez l'argent et un taxi. Rentrez chez vous, préparez une tarte ou je ne sais quoi pour vous aérer la tête.

— Bonne idée.

— Puis préparez-vous. Elle va vouloir passer à l'action ce soir. On l'a en partie acculée et elle ne voudra pas perdre de temps.

— Je serai prête, assura Peabody en sortant. Surveillez vos arrières, vous aussi.

— Comptez sur moi.

En s'éloignant, Eve contacta Baxter.

— Changement de planning. On avance le début de la surveillance.

— Quelle heure ?

— Immédiatement.

19

Eve partait du principe que Linus Brinkman apprécierait d'être averti qu'il était la cible d'une tarée sadique et meurtrière, même si cela impliquait d'interrompre son massage.

Elle commencerait par lui puis contacterait une par une les autres cibles potentielles. Les interroger en tête à tête à propos de leur emploi du temps, de leurs habitudes et, oui, de leurs comportements répréhensibles, pourrait l'aider à identifier la prochaine cible de Darla et la méthode qu'elle emploierait.

Eve penchait d'ores et déjà pour Brinkman et le gala à venir.

Parce que la circulation était dense et les places de parking hors de prix, elle s'arrêta sur une zone de livraison et alluma son panneau EN SERVICE.

Brinkman habitait un ancien immeuble joliment restauré sur Park Avenue, avec un portier, plusieurs terrasses et une vue qui ne devait pas être donnée.

Le portier, dans son uniforme gris acier aux finitions argentées, l'examina de la tête aux pieds.

— Puis-je vous aider ? Vous rendez visite à l'un de nos résidents ?

— Linus Brinkman.

— Il vous attend ?

— Non.

Elle sortit son insigne.

— Linus Brinkman, répéta-t-elle.

— Il y a un problème, lieutenant ?

— Oui.

Elle n'en dit pas plus et le contourna pour entrer. Elle aurait ouvert la grande porte de verre s'il ne s'était pas lestement précipité pour le faire à sa place.

— Wynona à la réception vous fera monter.

— Bien.

Elle traversa un hall silencieux au sol de marbre blanc, avec des fauteuils d'un gris discret agencés de manière à faciliter les conversations et une immense table surmontée d'une énorme composition florale.

Une femme qu'Eve devina être Wynona se tenait assise derrière un grand comptoir sculpté qui devait avoir été un bar autrefois. Sa chevelure, ramenée en arrière au niveau des tempes, retombait en vagues brunes dans le dos de son sobre tailleur noir.

Elle dégaina un sourire très professionnel.

— Bonjour. Que puis-je faire pour vous ?

Eve se contenta de brandir son insigne.

— Linus Brinkman.

— Bien sûr. Je vais avertir M. Brinkman de votre arrivée.

— Non. Je vais monter directement.

— Je suis navrée, je viens de prendre mon poste il y a vingt minutes. Je ne peux pas vous dire si M. Brinkman est chez lui. Si vous voulez bien me laisser l'appeler...

— Non, répéta Eve.

Et elle se dirigea sans attendre vers l'ascenseur.

— Ouvrez-moi l'accès.

— Très bien.

Wynona n'avait pas l'air ravie mais elle actionna l'ascenseur.

La cabine silencieuse, où flottait une légère odeur de prairie printanière, hissa silencieusement Eve jusqu'au troisième étage.

Le hall du troisième était égayé par un bouquet de fleurs élancées posé sur une table. Il y régnait le même silence que dans l'ascenseur ; l'épaisse moquette grise étouffait le bruit des pas d'Eve. Elle passa devant plusieurs grandes portes blanches, toutes dotées de solides mesures de sécurité.

Elle actionna la sonnette de l'appartement à l'angle de l'immeuble, puis attendit.

— *M. Brinkman et Mme Gerald ne sont pas disponibles actuellement. Vous êtes libre de laisser un message ici ou à la réception dans le hall d'entrée. Bonne journée.*

— NYPSD, dit Eve en présentant son insigne. Dallas, lieutenant Eve, ici dans le cadre d'une enquête de police officielle.

— *Votre pièce d'identité va être scannée pour vérification.*

— Allez, allez…, maugréa-t-elle en patientant de nouveau.

— *Votre identité a été confirmée, Dallas, lieutenant Eve. Merci de patienter.*

Elle patienta.

Une femme vêtue d'un authentique uniforme de soubrette, tablier de dentelle inclus, ouvrit la porte. Avec son petit carré blond coupé court et ses yeux bleus à l'expression stoïque, Eve lui donnait environ quarante-cinq ans.

— Je suis navrée, lieutenant Dallas, M. Brinkman et Mme Gerald ne sont pas disponibles. Puis-je faire quelque chose pour vous ?

— Oui, faire en sorte qu'ils soient disponibles.

— C'est que, voyez-vous, Mme Gerald est dans la suite principale avec ses techniciens et consultants.

— Très bien. Où est Brinkman ?

— Je ne suis pas certaine qu'il soit déjà rentré. Ses techniciens et consultants devraient se trouver dans le salon adjacent.

— Allons-y.

— Mais...

— J'ai l'air d'avoir du temps à perdre ? demanda Eve. Ils pourront continuer à se faire beaux tous les deux après que j'aurai parlé à Brinkman. Montrez-moi le chemin.

Regard stoïque ou non, la femme de chambre semblait déroutée... et intimidée. Elle fit signe à Eve d'entrer et lui fit traverser un grand séjour plein de couleurs et de bibelots. Elles passèrent devant un coin bar équipé de grands fauteuils en cuir jusqu'à une double porte où elle toqua.

— C'est Linus ? lança une voix irritée comme la soubrette ouvrait la porte.

Il s'agissait d'une chambre à coucher – encore plus de bibelots et de couleurs – où une autre blonde se tenait à demi allongée sur un siège de salon de beauté tandis qu'une équipe en blouses rouges s'activait sur ses cheveux – longs de plusieurs kilomètres – son visage – actuellement recouvert d'une espèce de gel rose – et ses pieds.

— Non, Madame Gerald. C'est...

— N'avais-je pas dit que je ne voulais pas être dérangée, Hermine ? Ce n'est pas ce que j'ai dit ?

— Si, Madame. Mais c'est la police.

— Je me fiche de savoir si c'est Dieu en personne. Je suis en train de méditer.

Eve s'avança et examina la femme blottie sous une couverture blanche molletonnée.

— Lieutenant Dallas. Dites-moi où je peux trouver Linus Brinkman et vous pourrez reprendre votre méditation.

— Oh, mais quel toupet ! Et comment voulez-vous que je le sache ?

Elle ouvrit un œil bleu agacé tandis qu'un technicien faisait pénétrer le gel rose par massage sur son visage.

— Déguerpissez, ajouta-t-elle.

Pour régler la question, Eve se tourna vers Hermine.

— La suite adjacente ?

— Euh…

Plus du tout stoïque, Hermine traversa la pièce pour toquer à une autre porte, qu'elle entrouvrit.

— Monsieur Brinkman ?

Une technicienne ouvrit grand la porte.

— Il n'est pas encore arrivé. Le temps presse. Il va rater son massage !

Une alarme s'était déclenchée sous le crâne d'Eve. Elle retourna auprès de LaDale Gerald.

— Vous lui avez parlé depuis qu'il a atterri ?

— Non, parce qu'il ne se donne pas la peine de répondre à son communicateur. Je lui ai parlé pendant le vol, et c'est tout. Là, il est en train de tout gâcher.

— À quel service de chauffeurs fait-il appel ?

— Comment voulez-vous… Hermine !

— Oui, Madame. M. Brinkman fait appel à Luxe Express.

Eve sortit son communicateur et trouva le numéro.

— Vous voulez bien sortir ? Comment voulez-vous que je me détende, là ? Ulysses ! Je vais avoir le visage tout ridé par le stress.

— Mais non, ronronna l'interpellé en retirant le gel avec mille précautions.

Écœurée, Eve quitta la pièce et se posta près de la porte.

— Luxe Express. Abigail à votre écoute.

— Ici le lieutenant Dallas du NYPSD. Je vous contacte au sujet de Linus Brinkman. L'avez-vous pris en charge à l'aéroport cet après-midi ?

— Il s'agit d'informations confidentielles. Pourrais-je avoir votre numéro d'insigne ?

— Bon sang…

Eve lui dicta le numéro.

— Vérifiez-le au plus vite.

— Un instant, je vous prie.

Une image d'attente bleue s'afficha à l'écran pendant qu'Eve faisait les cent pas.

— Merci d'avoir patienté. M. Brinkman a annulé cette prise en charge du fait d'une extension de la durée de son déplacement. Puis-je faire autre chose pour vous ?

— Comment a-t-il annulé ?

— Ah, je vois que nous avons reçu la demande d'annulation de la part de son bureau à 14 h 10 cet après-midi. Il y a un problème ?

— On peut dire ça.

Eve raccrocha. Hermine, qui était restée dans les parages, s'approcha.

— Lieutenant, M. Brinkman a appelé Mme Gerald depuis sa navette après cette annulation. Je sais qu'il était presque 15 heures car les visagistes et les techniciens étaient déjà présents et préparaient les soins. Il a dû y avoir une confusion quelque part.

— Vous croyez ?

Furieuse, Eve quitta l'immeuble, communicateur à la main.

— Baxter ?

— On sera sur place dans quelques minutes.

— Prévenez-moi si vous voyez qui que ce soit entrer ou sortir. Je pense qu'elle détient déjà une nouvelle victime sur place.

— Vous pouvez obtenir un mandat ?

— J'y travaille. S'il y a la moindre activité au portail, quelle qu'elle soit, appelez-moi.

Elle passa ensuite à Peabody tout en traversant au pas de course le hall d'entrée de l'immeuble.

— Elle a changé ses habitudes ! s'exclama-t-elle dès que son équipière décrocha. Je fonce à l'aéroport pour visionner les vidéos de sécurité mais elle a dû aller chercher Brinkman à l'atterrissage.

— Comment vous… ?

— Je vous expliquerai plus tard. Dites au taxi de faire demi-tour. Allez retrouver Baxter et Trueheart à la résidence des Callahan. Ils devraient être en planque sur place sous peu.

— Je sors et je prends le métro. Ce sera plus rapide.

— Comme vous voudrez.

Eve bondit à l'intérieur de sa voiture, tenta de joindre Connors.

— Trois fois en une journée, dit-il. Plus le gala de ce soir.

— Oublie le gala. Elle a kidnappé la cible. Sous mon nez.

Le sourire ravi de Connors s'évanouit.

— Où es-tu ?

— Je file à l'aéroport pour voir comment elle a fait. J'ai besoin d'un truc, n'importe quoi, pour obtenir un mandat. Je suis sûre qu'elle le détient chez elle.

— Je te retrouve à l'aéroport. Tu auras peut-être besoin d'un geek façon DDE, ajouta-t-il avant qu'elle puisse protester.

— Oui. Oui, c'est vrai. Je te laisse.

Songeant à la DDE, elle appela McNab.

— J'ai besoin de vous sur une opé. Validez avec Feeney. Puis rendez-vous avec Baxter, Trueheart et Peabody à l'adresse d'Eloise Callahan. Voyez avec eux pour savoir d'où ils surveillent les lieux.

— Compris. Vous voulez la camionnette ?

Elle réfléchit un instant. Elle espérait qu'ils n'en auraient pas besoin... mais pourquoi prendre le risque ?

— Oui, oui, amenez la camionnette. Faites vite.

Elle raccrocha puis actionna sirène et gyrophare pour faire vite elle aussi.

Malgré cela, un camion de livraison garé en double file puis une équipe d'ouvriers jouant du marteau-piqueur lui firent perdre un temps précieux.

Elle se fraya un chemin jusqu'à l'aéroport et au terminal des navettes privées. Lorsqu'elle se gara le long du trottoir et sauta de la voiture, un agent de sécurité lui barra le passage.

— Vous ne pouvez pas laisser ce véhicule ici.

Elle sortit son insigne.

— Je suis flic. J'ai besoin...

— Alors vous devez connaître la loi, non ? Pas de véhicule laissé sans surveillance dans cette zone. Déplacez-la ou il faudra la récupérer en fourrière.

— Je dois voir la vidéo de…

Il bomba le torse.

— Vous ne verrez rien du tout avant d'avoir déplacé cette voiture. Le parking est juste derrière ce portail.

— Nom d'un…

Eve envisagea d'argumenter et même de lui donner une bonne leçon mais calcula que l'une ou l'autre de ces options prendrait plus de temps que d'aller garer sa voiture.

Elle reprit le volant, franchit le fameux portail et se gara sur un emplacement prioritaire réservé sans se soucier du message automatique qui l'avertissait qu'elle n'en avait pas l'autorisation. Elle actionna son panneau En service, ce qui fit hoqueter la voix de l'ordinateur du parking, obligé de réévaluer la situation.

Eve repartit en courant vers le terminal.

— Alors, c'était pas si difficile, si ? lui demanda l'agent de sécurité avec un petit sourire suffisant.

— Allez vous faire voir, répliqua-t-elle. Mais appelez d'abord votre chargé de la sécurité.

— Flic ou non, vous n'avez pas à me parler comme ça ! Je devrais…

Elle l'agrippa par le col et l'attira à elle.

— Si vous n'avez pas appelé le responsable de la sécurité dans les cinq prochaines secondes, je vous arrête pour obstruction et entrave à agent de police dans le cadre de sa mission. Et si je n'ai pas cette vidéo de sécurité dans les temps, j'y ajouterai complicité de meurtre.

— Hé, du calme !

Elle saisit plutôt ses menottes et l'agent recula, mains levées.

— Ressaisisissez-vous. Je fais mon boulot, c'est tout.

— Cinq, quatre, trois…

— C'est bon, c'est bon.

Il actionna le micro accroché à son revers.

— Envoyez-moi Darren. J'ai un flic qui pète les plombs, là.

Il fallut moins d'une minute pour que le fameux Darren fasse son apparition, son imposant mètre quatre-vingt-dix moulé dans un costume noir… avec un léger renflement à l'endroit où il rangeait son arme de poing. Il avait la peau foncée, des yeux noirs et durs, le crâne rasé et un air coriace qui inspira le respect à Eve.

— Voyons un peu votre insigne.

Eve le lui présenta.

— NYPSD. J'enquête sur une série d'homicides et je pense que l'un de vos passagers a été kidnappé à la sortie de cet aéroport cet après-midi. Il risque d'être la prochaine victime.

— Kidnappé ? Ça me paraît improbable.

— Linus Brinkman. Il devrait être arrivé dans une navette privée Lodestar en partance de Las Vegas aux alentours de 15 h 30 cet après-midi. Quelqu'un qui n'était pas Brinkman a annulé la réservation du véhicule chargé de venir le chercher et envoyé quelqu'un d'autre. Je dois consulter les vidéos à la porte d'arrivée et ici dans la zone de prise en charge. Vérifiez le manifeste, bon sang !

— Les lois sur la vie privée nécessitent un mandat pour…

Une vague de colère submergea Eve, suffisamment palpable pour que Darren s'interrompe.

— Trois hommes kidnappés, torturés et castrés. Vous vous tenez informé de ce qui se passe à New York, Darren ?

Quelque chose passa dans le regard du responsable de la sécurité.

— Ouais, j'en ai entendu parler.

— Vérifiez le manifeste de vol. Si Brinkman est descendu de cette navette, il est actuellement suspendu en l'air par les poignets, nu comme un ver.

— C'est des conneries, Darren ! Elle est dingue.

— Ça suffit, Len. Venez avec moi, lieutenant. On va commencer par regarder le manifeste.

Alors qu'ils se tournaient pour partir, une autre voiture s'arrêta le long du trottoir. Connors en sortit, la voiture poursuivit sa route.

— Monsieur, dit Darren. J'ignorais que vous preniez un vol aujourd'hui.

— Je ne suis pas là pour ça. Lieutenant.

— Tu es propriétaire du terminal ? demanda Eve.

— Pas entièrement. Darren, j'espère que vous fournissez au lieutenant toute l'assistance requise.

— Oui, monsieur. Nous nous apprêtions à consulter le manifeste. J'avais pas fait le rapprochement, maugréa-t-il en les escortant à l'intérieur. J'ai vu le film l'année dernière mais j'ai pas fait le rapprochement.

— En quoi est-ce que ça devrait changer les choses ? grogna Eve.

— Je disais ça comme ça.

Il se rendit directement au comptoir d'enregistrement.

— Monika, vérifiez l'arrivée d'un certain Linus Brinkman.

— Pas besoin. Je connais M. Brinkman. Il est arrivé à l'horaire prévu. Je lui ai même fait un signe de la main quand il est passé pour aller rejoindre son chauffeur.

— Les vidéos de sécurité. Tout de suite.

— Quelle porte d'embarquement, Monika ?

— Une. La porte une.

— Suivez-moi.

Darren traversa le terminal, franchit une porte à l'aide d'un badge et poursuivit sa marche d'un pas rapide. Il ouvrit une autre porte au fond d'une sorte de tunnel et les fit entrer dans la salle de contrôle de la sécurité.

Il congédia l'un des deux hommes chargés de surveiller les différentes portes et points d'accès, s'assit à sa place et se mit au travail.

— 15 h 30, vous disiez ?

— C'est ça.

— D'après Monika, le vol était à l'heure, donc...

Il tapota l'écran, fit défiler les images, changea de caméra.

Eve vit Brinkman, en pantalon de ville et veste légère, franchir la porte avec un sac de voyage à roulettes et une serviette à la main. Il fit un petit signe de la main en direction du comptoir d'enregistrement et continua son chemin.

— Suivez-le, ordonna Eve.

— Je passe sur une autre caméra. On peut voir qu'il est sorti par lui-même et... voilà, ce doit être son chauffeur.

— Ce n'est pas lui. Maximisez la résolution et zoomez. Zoomez sur le chauffeur... et je veux une version imprimée, une en pied et une en gros plan sur son visage.

Comme Darren zoomait, Eve lâcha un juron.

— C'est un droïde.

— Il n'a pas l'air d'un droïde.

— Plus près. Rapprochez-vous au plus près.

— Si vous voulez mais… Bon sang, vous avez raison.

Darren laissa échapper un petit sifflement admiratif.

— On est dans le top du top en matière de droïde.

— Des droïdes. C'est comme ça qu'elle s'y prend, marmonna Eve. Brinkman le questionne. Sans doute pour savoir où est son chauffeur habituel. Le droïde a dû être programmé pour fournir une réponse raisonnable. Et Brinkman le suit. Passez sur une caméra extérieure.

— Ils se dirigent vers l'espace de prise en charge. L'îlot. C'est là qu'un VTC l'attendrait, en tout cas. Donnez-moi… Ouais, ils y sont. Le droïde ouvre la portière arrière.

— Zoomez le plus possible sur l'intérieur du véhicule.

— Je doute qu'on distingue grand-chose.

Mais Eve aperçut malgré tout deux jambes féminines croisées alors que Brinkman hésitait un instant, puis une main tendue pour serrer la sienne lorsqu'il se glissa sur la banquette.

— C'est son mode opératoire. Elle vient de lui inoculer la drogue. Gros plan sur la main, figez la vidéo et améliorez l'image. Vous voyez ? Dans sa paume.

— Mini-seringue, constata Connors. Je doute qu'il l'ait même sentie.

— Il me faut la marque et le modèle de la voiture, son année de production. Et la plaque minéralogique.

— C'est une berline de luxe Vulcan. Le modèle de l'année dernière. C'est nous qui les fabriquons, expliqua Connors.

— Faites une capture de la plaque, ordonna Eve à Darren comme la voiture s'en allait.

— Écho, Charlie, Zoulou, huit, quatre, trois, huit. Imprimez les gros plans et envoyez-moi une copie des vidéos, intérieure et extérieure.

Elle se retourna et sortit son mini-ordinateur pour lancer une recherche sur l'immatriculation.

— Faux nom et fausse adresse. J'aurais dû m'en douter.

— Donnez-moi deux minutes, je vous apporte ce qu'il vous faut, promit Darren. Cela dit, ça reste quasi impossible de programmer un droïde pour faire du mal à un humain.

— Quasi impossible n'est pas impossible. J'ai posté Baxter et Trueheart devant la maison, indiqua-t-elle à Connors. Et Peabody a dû les rejoindre. McNab arrive avec la camionnette de la DDE. Je vais devoir me contenter de ce qu'on a ici pour obtenir un mandat. Il va falloir compter sur Reo et un juge très coopératif parce que rien n'est directement lié à Darla Pettigrew. Aucune preuve de son implication.

Elle consulta sa montre.

— Elle est forcée d'attendre que l'infirmière s'en aille. Elle doit la faire sortir puis trouver le moyen d'envoyer sa grand-mère au lit pour la nuit. Il est trop tôt mais elle sait que je suis sur sa piste. Elle le sait, donc elle va vouloir s'y mettre au plus vite.

Elle se mit à faire les cent pas tout en réagençant les événements dans sa tête.

— Elle l'a capturé plus tôt, elle était prête à changer de mode opératoire pour ça. J'étais concentrée sur la soirée et elle en a profité pour atteindre Brinkman avant moi. Elle me laisse voir la voiture, la plaque et ce fichu droïde parce que je ne peux pas établir de lien avec elle. Pas encore.

» Il me faut un mandat, et vite. Que je puisse entrer dans leur garage, dans la maison, à la cave. Bon sang, elle le tient prisonnier là-bas et je ne peux rien faire ! La grand-mère pensait qu'elle était sortie pour une manucure. Qu'elle a faite, d'ailleurs. Une manière de se couvrir. Elle venait juste de ramener Brinkman chez elle alors que j'étais sur place. J'y étais !

— Tu peux te flageller et te traiter d'idiote, suggéra Connors.

Il lui mit une main sur l'épaule parce qu'elle paraissait prête à lui mettre son poing dans la figure.

— Ce que tu n'es pas, car une idiote n'aurait pas identifié cette suspecte parmi toutes les autres ni placé une équipe en planque devant chez elle.

— Ce qui ne sert à rien si on ne peut pas entrer.

— Voici, lieutenant, dit Darren en lui tendant un petit paquet. Impressions et copies des vidéos. J'espère vraiment que vous arriverez à temps pour le secourir.

— Merci. Tu veux bien conduire ? dit-elle en repartant avec Connors. Je dois réfléchir à la manière de convaincre Reo.

— Tu y arriveras, je n'en doute pas. Sous quel nom a-t-elle enregistré la voiture ? Il y a peut-être un lien avec le groupe de soutien, par exemple.

— Maura Fitzgerald n'est pas sur notre liste. Pas à ce stade.

Elle lui désigna l'endroit où elle avait garé la voiture et vit le sourire de Connors s'élargir.

— Pourquoi tu souris ?

— Ça paie d'être cinéphile et fan de longue date d'Eloise Callahan. Raisons pour lesquelles je sais qu'elle a remporté son premier Oscar à seulement vingt-deux ans pour son interprétation d'une jeune femme du nom de Maura Fitzgerald dans le célèbre film *Au cœur de la nuit*.

— Tu plaisantes.

— Pas le moins du monde. Je ne serais pas surpris qu'on découvre que l'adresse dont elle s'est servie apparaît aussi dans l'un des films de sa grand-mère.

Il lui ouvrit la portière pour qu'elle s'installe dans la voiture.

— Ça t'aidera pour l'obtention du mandat ?

— Ça ne fera pas de mal, c'est sûr.

Enthousiaste, elle contrevint à sa propre règle et agrippa Connors pour l'embrasser avec fougue.

— Toi, je vais te faire ta fête en Italie. Tu vas en perdre la tête.

— J'ai hâte, répondit-il. Avec peut-être une petite mise en bouche avant l'Italie ?

— Si j'arrête cette folle ce soir, on s'en donnera à cœur joie.

Tandis qu'il conduisait, elle fit une recherche sur l'adresse.

— Eh bien, tu avais vu juste. C'est l'adresse utilisée dans *Appartement 8B* dont Eloise Callahan tient le premier rôle. Allez, Reo, au boulot maintenant !

Eve exposa ses arguments à la substitut du procureur Cher Reo qui l'écouta avant de repousser nerveusement quelques mèches de ses cheveux blonds.

— Si j'ai bien compris, Dallas, vous voulez que je persuade un juge d'émettre un mandat de perquisition sur la base d'un nom et d'une adresse qui apparaissent dans de vieux films, de votre instinct et d'un groupe de soutien pour femmes ? Pour perquisitionner la demeure new-yorkaise d'une légende hollywoodienne parce que vous pensez que sa petite-fille – qui n'a pas de casier – est une tueuse en série déjantée ?

— Je ne le pense pas, je le sais. Ce sont des preuves indirectes, Reo, mais elles s'accumulent et se complètent. Et je vous dis qu'un homme – dont le crime central est selon elle d'avoir largué sa femme pour une autre plus jeune – se trouve actuellement suspendu nu dans la cave de cette maison. Il va être torturé et castré puis se vider de son sang si vous ne me permettez pas d'entrer dans cette maison. Vous avez vu les photos des précédentes scènes de crime ?

— Oui..., répondit Reo avec un soupir. Oui, je les ai vues.

— Il finira de la même manière, et nous en serons responsables.

— D'accord, d'accord, laissez-moi voir ce que je peux faire.

Et Reo raccrocha avant qu'Eve puisse ajouter quoi que ce soit.

— Elle va nous l'obtenir, assura Eve.

— Elle te connaît, dit Connors. Elle sait que tu ne racontes pas d'histoires dans ce genre de situations. Donc, oui, elle obtiendra le mandat.

— Il faut que tu te gares suffisamment loin du portail, reprit Eve. Là ! C'est Baxter et Trueheart, range-toi derrière eux.

Connors manœuvra, passa en mode vertical pour traverser l'avenue, puis se posa derrière le véhicule de police.

Eve sortit d'un bond et se précipita vers la vitre côté passager que Trueheart avait déjà abaissée.

— Aucun mouvement, lieutenant.

— Peabody va nous rejoindre. McNab arrive avec la camionnette de la DDE. Reo travaille à l'obtention d'un mandat. On va... Le portail s'ouvre. C'est l'infirmière. À pied. Attendez...

Marchant d'un pas tranquille et occupée à discuter sur son communicateur, Donnalou ne vit Eve que lorsqu'elles furent presque face à face.

— Oh, lieutenant Dallas. Je ne m'attendais pas à vous voir... Non, Harry, je rentre à la maison. Je nous prendrai quelque chose sur le chemin. À tout à l'heure. Pardon, reprit-elle pour Eve en rangeant le communicateur. Je prévenais mon mari que j'étais sur le point de rentrer. Vous retournez les voir ?

— Quelle est la situation dans la maison ?

— La situation ? Je ne suis pas sûre de...

— Où est Darla ?

— Oh, le relaxant et la petite sieste lui ont fait du bien. Elle se sent mieux. Miss Eloise et elle vont pouvoir prendre leur petit goûter.

Son regard passa d'Eve à Connors et à la seconde voiture.

— Il y a un problème ?

— Où prennent-elles leur goûter ?

— Je ne comprends pas vraiment mais elles sont dans le petit salon de miss Eloise.

— La maison dispose d'une cave ?

— Je... Pas à proprement parler. Il y a un sous-sol. C'est l'atelier de miss Darla. Accès interdit, ajouta-t-elle avec un sourire perplexe. Elle n'y descend que quand je m'occupe de miss Eloise.

— Vous n'y êtes jamais descendue ?

— Eh bien, non. Je n'avais pas de raisons de le faire. Vous voulez bien me dire ce qui se passe ? Vous me faites un peu peur.

— Je vais appeler une voiture de patrouille pour vous ramener chez vous. Vous ne devrez contacter personne dans la résidence des Callahan, ni demander à quiconque de les contacter. Si vous le faites, je serai contrainte de vous inculper pour entrave à la justice.

— Mon Dieu...

— Regardez-moi. Qu'est-ce qui est prioritaire pour vous dans cette maison ?

— La santé et le bien-être de miss Eloise, bien sûr. C'est ma patiente.

— Ce que je vous dis là vise à protéger sa santé et son bien-être. Ne détournez pas les yeux, insista Eve. Donnez-moi, en tant que professionnelle, votre évaluation médicale de Darla Pettigrew.

— Je ne crois pas que cela relève de ma fonction. Je...

— J'en fais votre fonction.

— Je... Elle est dévouée à miss Eloise. Je dirais qu'elle peut se montrer un peu secrète, qu'elle a des périodes d'excitation et d'autres de dépression. Les deux dernières années ont été difficiles pour elle, avec le divorce, la perte de son entreprise et maintenant tout cela. Elle... elle dit travailler sur un nouveau projet au sous-sol. D'après ce que j'ai vu, ça l'aide à rester active et heureuse.

— Je vous fais venir une escorte.

— Je... je n'appellerai ni miss Eloise ni miss Darla. Je ne veux pas d'ennuis avec la police et, si ce que vous me dites est vrai, je ne veux pas faire quoi que ce soit qui puisse nuire à miss Eloise. Mais il faut qu'elle puisse me joindre en cas de besoin.

— Si elle a besoin de vous, je vous contacterai personnellement. Vous avez ma parole.

20

Peabody arriva à petites foulées au moment où Donnalou montait dans le véhicule de patrouille.

— On attend McNab et la camionnette de la DDE, lui dit Eve.

— Compris. C'était l'infirmière ?

— Oui. Elle ne nous posera pas de problèmes. Reo travaille sur le mandat et, d'après l'infirmière, Darla se sent mieux et prend le goûter avec Eloise.

— Elle va en profiter pour lui refiler un sédatif.

Eve hocha la tête.

— Oui. Elle mettra sa grand-mère au lit, s'assurera qu'elle dort, puis elle rejoindra ce que l'infirmière a appelé son « atelier » au sous-sol. Accès interdit, elle travaillerait sur un nouveau projet.

— Tu as très bien géré Donnalou, commenta Connors.

— C'est une professionnelle, habitée par sa vocation. C'est en tout cas comme ça que je la vois. Eloise est sa patiente, pas Darla. Tu as le moyen d'examiner la sécurité du portail en restant hors de portée des caméras ?

Connors haussa un unique sourcil en guise de réponse puis se dirigea tranquillement vers le portail.

Baxter sortit de la voiture, s'appuya contre son flanc et observa la scène.

— Il me faut McNab et sa camionnette. Et il me faut surtout ce fichu mandat. Trueheart.

Elle lui fit signe de sortir à son tour.

— McNab nous fera son petit tour de passe-passe à la sauce DDE pour localiser les individus et droïdes présents dans la maison. Une fois munis de cette info et du mandat, on passe à l'action. Rapides et discrets. Connors va désactiver la sécurité du portail.

— Je n'en doute pas, répondit Baxter. C'est du top niveau d'après ce que j'ai vu, mais je sais qu'il y arrivera.

— Une fois que nous serons à l'intérieur, Trueheart, McNab et vous passerez par l'arrière. Il y a forcément plusieurs points d'accès dans une bâtisse de cette taille, donc répartissez-vous, restez en lien par radio et entrez à mon signal. Si vous tombez sur un droïde, désactivez-le. Eux aussi sont top niveau, donc vous aurez peut-être besoin de McNab pour ça.

— On passe par l'entrée principale ? demanda Peabody.

— Vous, Connors et moi. On aura besoin de lui pour nous faire entrer discrètement et gérer les éventuels droïdes.

Elle s'interrompit en voyant Connors revenir.

— Je peux nous faire entrer, dit-il.

— De combien de temps auras-tu besoin ?

— C'est un excellent système. Entre dix et quinze minutes.

Baxter laissa échapper un éclat de rire.

— Si seulement on s'était rencontrés durant ma folle jeunesse.

Connors lui rendit son sourire.

— Sans un brin de folie, la jeunesse ne serait plus la jeunesse. Je me mets au travail, lieutenant ?

— Pas encore. Je dois attendre le mandat. Voilà la camionnette.

Elle n'aurait pas dû être surprise de voir Feeney en sortir. Son ancien équipier, désormais capitaine de la DDE, portait l'une de ses vestes marronnasses par-dessus une chemise beige froissée et une cravate d'une teinte terreuse. Des mèches bouclées de cheveux roux émaillés de gris encadraient un visage à l'expression tombante de chien battu.

— Je ne m'attendais pas à la visite d'un haut gradé tel que toi, dit Eve.

— Tu t'imagines que je raterais l'occasion d'entrer chez Eloise Callahan ? J'ai grandi avec ses films, petite. C'était – et c'est sans doute encore – le fantasme de mon père. Il va déprimer si je participe à son arrestation.

— Il n'aura pas à s'inquiéter. Pour moi, elle n'a rien à voir avec cette affaire, si ce n'est qu'elle a été dupée. McNab, il faut que je sache combien il y a de personnes et de droïdes sur place, leurs positions et leurs déplacements.

L'agent Callendar de la DDE émergea à son tour de la camionnette.

— Compris, lieutenant, dit-elle.

— Elle était sur place avec nous, expliqua Feeney. On ira plus vite s'ils s'y mettent tous les deux.

— Très bien. Une fois que Connors nous aura fait franchir le portail, il faudra encercler la maison. Un membre de la DDE dans chaque équipe pour pénétrer par les différentes portes si le passe-partout ne suffit pas et pour désactiver des droïdes haut de gamme. La victime et la suspecte se trouveront à l'étage inférieur. Je n'ai pas pu étudier la maison de près donc je ne sais pas, à ce stade, comment on y accède.

Les mains sur les hanches, Eve tourna son attention vers le portail.

— Elle doit garder un œil sur sa grand-mère. Elle dispose sûrement de caméras à l'intérieur de la maison.

Feeney se frotta le menton.

— On pourrait les désactiver mais elle le remarquera sûrement quand ses moniteurs s'éteindront.

— On ne pourra pas faire autrement. Mieux vaut ça plutôt qu'elle voie un groupe de flics envahir sa maison.

Elle regarda l'heure, lutta pour contenir son impatience.

— On entre, on trouve l'accès au sous-sol. La maison comprend des ascenseurs. Il y en a forcément un qui descend. Logiquement le premier qu'elle doit bloquer, non ?

Feeney opina du chef.

— Elle n'aura pas envie d'avoir de la visite au moment où elle découpe les valseuses d'un pauvre type.

— Oui, donc à nous de le débloquer. Une équipe passe par l'ascenseur, une autre par l'escalier. S'il existe un accès extérieur, on le couvre aussi. Elle sera armée. Elle n'a jamais fait usage d'un pistolet paralysant sur ses victimes mais elle aura un aiguillon électrique. Et Dieu sait si elle est dangereuse. Par ailleurs, et je ne dis pas ça de gaieté de cœur, elle est folle. Pas seulement dérangée. Folle. Elle sera sûrement déclarée cliniquement irresponsable.

— Ça, c'est bien dommage, commenta Feeney.

— À qui le dis-tu.

Quand son communicateur sonna, elle y répondit en une fraction de seconde.

— Dites-moi ce que j'ai envie d'entendre, Reo.

— Le mandat est en route. Quant à moi, j'ai besoin d'un verre… et vous m'en devez un, voire deux.

— Je vous les paierai. Vous voudrez peut-être rester disponible. Je ne vais pas tarder à vous livrer une tueuse en série.

— Alors j'attends de vos nouvelles avant de me mettre à boire. À vous de jouer, Dallas !

— Comptez sur moi. Connors, on y va.

Elle pivota vers Feeney.

— Donnez-moi des chiffres, localisez les occupants.

Il eut un geste du pouce en direction de la camionnette où McNab et Callendar actionnèrent le scanner.

— Il va nous falloir une minute, Dallas, pour établir les différents angles, l'avertit McNab. Callendar, tu mets en place le suivi à distance ?

— Je m'en occupe. S'ils bougent, on le saura.

Eve se glissa derrière Callendar sans quitter des yeux le moniteur principal de la camionnette.

— Coordonnez les infos des capteurs de chaleur et d'activité, leur ordonna Feeney.

— Je suis dessus, capitaine.

La forêt d'anneaux aux lobes des oreilles de McNab s'agitait en rythme avec les mouvements de sa tête et de ses épaules. La danse intérieure du geek en pleine concentration.

— On y sera dans une seconde… Ça y est. Deux droïdes au rez-de-chaussée, à l'arrière, au nord. Aucune présence au premier étage. Une présence synthétique et une personne humaine au second.

— Allongée, dit Eve. Elle est au lit. C'est la grand-mère, avec un droïde pour monter la garde. Et là, en bas, c'est Pettigrew, à l'est. Et cette silhouette-là, ce doit être Brinkman : il est en position verticale, les bras au-dessus de la tête. Elle l'a suspendue au plafond. Il est au centre de la zone. C'est un synthétique à côté de lui ?

— Ouais, présence d'un droïde au sous-sol.

— Le module de suivi est opérationnel. Je les vois tous dessus, indiqua Callendar.

— On s'équipe, ordonna Feeney en sortant des oreillettes d'un tiroir. McNab, tu restes dans la camionnette. Callendar peut faire équipe avec Baxter, j'irai avec Trueheart. Peabody, Connors et toi passez par l'avant. Ça te va ? demanda-t-il à Eve.

— Ça me va.

Elle prit l'oreillette que Feeney lui tendait et descendit de la camionnette.

— Trueheart, vous êtes avec Feeney. Passez par le flanc ouest, trouvez un accès pour entrer. Baxter, Callendar et vous filerez du côté est. Bloquez toutes les sorties éventuelles sur le flanc est, puis continuez jusqu'à l'arrière de la maison. Il y a deux droïdes côté nord. Neutralisez-les si Peabody et moi ne sommes pas déjà arrivées sur place. J'aurais aussi besoin que quelqu'un désactive les ascenseurs.

— Je peux le faire, assura Callendar.

— On ferme toutes les issues depuis le sous-sol. Qu'elle n'ait aucun moyen de s'enfuir.

Elle distribua les oreillettes tout en établissant le plan.

— La maison est vaste. Elle a peut-être d'autres droïdes sur place, qu'elle aura éteints. Elle pourrait les activer via une télécommande ?

— S'ils sont programmés pour ça, répondit Feeney.

— Fouillez toute la maison, étage par étage. Rez-de-chaussée, premier, second. Trouvez tous les droïdes présents et désactivez-les. Connors ?

— Encore une ou deux minutes.

— Connors entrera par l'entrée principale avec Peabody et moi, puis montera jusqu'au deuxième étage. Il désactivera le droïde qui s'y trouve et vérifiera l'état de la grand-mère.

Impatiente, Eve se balançait d'avant en arrière sur ses talons.

— Une fois le portail franchi, nous devrons court-circuiter toutes les caméras extérieures. Nous attendrons d'être entrés pour faire de même avec les caméras extérieures.

— Elle se déplace vers le centre du sous-sol, Dallas, souffla McNab à son oreille.

— Connors !

— On y est presque, répondit-il d'une voix parfaitement calme. Deux secondes et…

Le portail coulissa en silence pour les laisser entrer.

— J'ai supposé que tu ne tenais pas forcément à nous le faire escalader.

— Bien vu.

— Super boulot, estima Baxter.

— Faisons vite, ordonna Eve en remettant la dernière oreillette à Connors. Si elle remarque que les caméras s'éteignent, il y a un risque pour qu'elle tue directement la victime. Elle a peut-être d'autres armes. Agissez rapidement, désactivez tous les droïdes susceptibles de se montrer hostiles ou programmés pour l'alerter. Trouvez l'accès au sous-sol. On y va !

Elle s'élança à petites foulées sur le chemin menant à la maison tout en gardant un œil sur ses équipes qui s'éloignaient vers leurs objectifs respectifs.

— Connors, dès que nous serons rentrés, prends l'escalier jusqu'au deuxième étage. Tu auras au moins un droïde déjà détecté à neutraliser et il faudra voir comment va la grand-mère.

— J'appelle une ambulance si elle est en détresse ?

— Si c'est grave, oui. Sinon, vérifie le communicateur de la maison ou celui d'Eloise. Le numéro de l'infirmière s'y trouve forcément. Donnalou Harris. Contacte-la.

Elle s'arrêta devant la porte d'entrée.

— Alarmes, verrous.

— Un instant, dit-il avant de se mettre au travail.

— Attendez l'extinction du système de sécurité, intima Eve aux autres équipes. Je vous donnerai le feu vert.

La lumière avait changé à l'approche du crépuscule. Une brise printanière se leva, agitant les bourgeons gonflés de fleurs prêtes à éclore. Eve écouta les échanges de ses équipes dans son oreillette et songea à l'homme suspendu par les poignets à l'étage du dessous.

— Très malin, ça, maugréa Connors, mais je m'y attendais. Nous y voilà, oui, nous y voilà. Il est temps de faire dodo. Et... hop. Le système est désactivé, annonça-t-il. Tous les verrous externes aussi.

— Tous ?

— Oui, chez Connors, on n'aime pas faire les choses à moitié.

Elle se contenta de secouer la tête et de raffermir sa prise sur l'arme qu'elle avait déjà dégainée.

— Vous avez entendu ? Feu vert. Allez-y, allez-y !

Elle entendit Baxter admirer une fois de plus le « beau boulot » de Connors tandis qu'elle entrait en position basse, avec lui et Peabody en position haute.

Un silence absolu. C'est ce qui la frappa en premier, cette absence de bruit qui ne se rencontrait que dans ce genre de demeures cossues. Elle fit signe à Connors d'emprunter le grand escalier puis orienta Peabody dans la direction opposée.

— On doit trouver l'accès au sous-sol. Callendar, les ascenseurs.

— Je suis dessus.

— Du mouvement ?

— Uniquement en bas, les deux humains se trouvent toujours dans la zone centrale. Ils bougent tous les deux.

— Elle tourne autour de lui, Dallas, précisa McNab. Il a des spasmes. Toujours à la verticale, il est parcouru de tremblements, il vacille… Merde.

Brinkman passait un très mauvais moment, comprit Eve, mais Darla était trop occupée pour remarquer l'absence d'images sur ses moniteurs.

— Deux droïdes neutralisés, indiqua Feeney. Deux très chouettes droïdes.

— Un autre au deuxième étage, rapporta Connors. De type médical. Désactivé. Mme Callahan semble dormir paisiblement.

— Pas d'appel au personnel médical pour l'instant. Vérifie qu'il n'y a personne d'autre à l'étage.

— Rien de notre côté, indiqua Baxter. Et je pense que nous avons trouvé la porte d'accès que vous cherchiez.

— J'en ai une ici aussi, dit Feeney. Une sorte de garde-manger chic accessible depuis la cuisine principale.

— On fait marche arrière. Vérifiez chaque pièce sur le trajet, Peabody.

— C'est tellement calme…

Peabody pivota, arme dressée, vers une autre embrasure de porte.

— Sacrée insonorisation. Rien ici.

— Comme vous dites. Rien non plus.

— Nouveau droïde, éteint et désormais enfermé, annonça Connors. Dans le placard de ce que j'imagine être la suite de Pettigrew. Plus rien à voir au deuxième étage. Je descends.

— Fouille le premier au passage.

— Est-ce que Baxter et Trueheart pourraient s'en occuper, plutôt ? demanda Feeney au moment où Eve et Peabody atteignaient enfin la cuisine. Ça nous ferait pas de mal d'avoir un geek en renfort pour s'occuper de ces portes. J'ai connu des chambres fortes plus faciles à pirater.

— Baxter, Trueheart, fouillez le premier étage. Connors, rejoins-nous au rez-de-chaussée, à l'arrière de la maison. Quel est le problème avec la porte ? demanda Eve à Feeney.

— Je l'ai scannée, répondit-il. Elle l'a verrouillée, avec une alarme associée à deux dispositifs de sécurité différents. Il va falloir y aller couche par couche. Si on essaie de la forcer directement, de désactiver l'alarme, on déclenchera des avertisseurs secondaires et la porte se bloquera.

— Même chose de mon côté, attesta Callendar d'une voix teintée d'un mélange de frustration et d'admiration. La crème de la crème niveau matos.

— Merde, merde. McNab, sécurisez la camionnette et rejoignez-nous. Vous travaillerez en tandem avec Callendar. Qu'est-ce qu'on peut faire ?

— Donnez-moi un peu d'espace, lui dit Feeney.

Il fit courir son scanner le long de la porte, tâta le sol du bout de sa chaussure marronnasse et tapa quelques commandes sur son écran.

— Pas par ici, maugréa-t-il.

Il releva la tête en entendant Connors arriver.

— On a un capteur d'intrusion et un capteur de mouvement, les deux équipés d'alarmes internes et d'un verrouillage d'urgence.

— Vraiment ?

« Défi accepté », semblait vouloir dire le sourire de Connors.

— J'ai déjà travaillé sur ce genre de dispositif, dit-il.

— Ouais, moi aussi, mais il y a une sécurité intégrée entre l'alarme et le verrouillage, plus une autre vers le système de déclenchement secondaire.

Feeney plissa les yeux face à la réaction de Connors.

— Pourquoi ce petit air satisfait ? demanda-t-il.

— C'est l'un de mes systèmes. J'ai participé à sa conception. C'est une vraie réussite. Mais pour qui en connaît tous les tenants et les aboutissants…

Feeney lui tendit son scanner.

— Merci, mais j'ai le mien.

— Vous pourrez expliquer à mes gars comment faire ?

— On va voir. Laissez-moi un peu d'espace, lieutenant, ajouta Connors à l'intention d'Eve qui se penchait par-dessus son épaule.

— Un homme est en train d'être torturé derrière cette porte.

— J'en suis bien conscient mais ça va demander une certaine délicatesse.

Eve recula.

— On peut peut-être l'attirer hors de son repaire, dit-elle à Peabody. Si on rallume les caméras du deuxième étage et...

— Et chut ! grogna Connors.

Eve répondit par un sifflement agacé mais fit signe à Peabody de la suivre hors de la pièce.

— Si on peut la faire sortir...

— On se grille si on rallume les caméras du rez-de-chaussée. Et elle pourrait paniquer et tuer Brinkman, comme vous le disiez.

Eve se mit à faire les cent pas.

— Je sais, je sais... Il doit y avoir un moyen. Elle va finir par regarder ses moniteurs, sans doute bientôt, et se demandera ce qui se passe. Ça pourrait l'inciter à remonter, mais... Non.

Eve se passa les doigts dans les cheveux dans un geste de frustration et d'impatience.

— Elle doit avoir un moyen de vérifier ce qui se passe, elle s'y connaît suffisamment. Elle comprendra que son système a été désactivé.

— Alors là, ça me coupe la chique !

C'était la voix de Feeney. Eve se rapprocha.

— Vous avez compris, McNab ?

— On avance en même temps que vous... Bon, disons un ou deux pas derrière vous, mais ça marche. Rarement vu une manœuvre aussi classe.

— On ne court-circuite pas tout de suite, prévint Connors. Elle est trop maligne pour ça. Donc vous reculez et vous renégociez le tournant tout en douceur. Une borne plus haut, deux en arrière, une à gauche, deux à droite.

— Bien reçu, annonça joyeusement Callendar. C'est plus top que le top du top ! Les protections nous fondent entre les doigts !

— Encore un peu. Elle va dresser un bouclier, donc on va passer en dessous. Vous le voyez ?

— Je l'ai.

— C'est presque sexy, commenta Peabody. Des geekeries sexy.

Eve se contenta de fermer les yeux.

— Du mouvement au sous-sol ?

— Toujours du même type, lui répondit Callendar. Les deux sont dans la zone centrale.

— Et vous allez vous-mêmes y être maintenant, dit Connors en ouvrant et refermant les doigts. Vous la tenez, McNab ?

— Plus que la dernière à… Ouais ! Elle a cédé.

— À mon signal. Tâchons que cet homme reste en vie. Baxter, Trueheart, l'équipe de la DDE en arrière. Peabody, avec moi !

Peabody vint se placer à côté d'elle, prit une profonde inspiration et expira.

— Mettons cette garce hors d'état de nuire.

— Go !

Elle entendit les cris dès l'instant où Connors lui ouvrit la porte. Des hurlements de terreur et de douleur à vous vriller les tympans. Et cette voix qui tonnait entre les cris :

— Pourquoi est-ce qu'on n'est jamais assez bien pour vous ?! On donne, on donne, mais vous vous servez de nous, vous nous violez, vous nous larguez. Il est temps de payer. Vous allez tous payer !

Eve dévala les marches et fonça droit vers la salle principale, avec son mur d'écrans, ses établis, ses droïdes à moitié terminés. Et son sol de béton peint.

Darla se dressait là, l'aiguillon électrique levé, prête à frapper son prisonnier au visage contusionné et déformé par la peur. Du sang s'écoulait de ses poignets comme il se débattait contre les liens qui l'enchaînaient au plafond.

Eve était rarement surprise face aux tueurs mais elle ne s'était pas attendue à trouver Darla revêtue d'une combinaison moulante et d'un plastron, avec une somptueuse perruque brune émaillée d'argent qui lui retombait sur les épaules et un loup argenté sur le visage.

— Qu'est-ce que c'est que ce look ?

Les traits de Darla se déformèrent à leur tour, mais sous l'effet de la fureur.

— Non ! Vous ne m'arrêterez pas. Je suis Lady Justice et Linus Brinkman a été jugé coupable et condamné à mort !

— Écartez-vous de lui, Darla.

— Justice ! Mon nom est Justice, et c'est ce que lui et tous ceux qui lui ressemblent devront subir.

— Lâchez votre arme et éloignez-vous de lui. Ce n'est pas une suggestion.

— Wilford ! Défends-moi !

Le droïde se jeta brusquement en avant... et Connors aussi. Sur une commande de son appareil portable, le droïde se figea et s'éteignit.

— Salopard ! Tu seras le prochain à connaître la véritable justice. Sortez d'ici, partez, ou je lui enfonce cet aiguillon dans le gosier. Vous ne m'arrêterez pas !

Elle brandit son arme vers le plafond.

— Vous ne m'arrêterez…

Eve lui envoya une décharge paralysante.

— Je vous arrête, dit-elle alors que Darla tressautait sur place.

L'aiguillon retomba bruyamment à terre et Connors s'avança prestement pour rattraper Darla avant qu'elle s'écroule sur le béton.

— Baxter, Trueheart, détachez-le. Peabody, appelez une ambulance et contactez l'infirmière pour Eloise.

Elle s'approcha et s'accroupit à côté de Darla comme Connors l'étendait au sol.

— Elle est complètement timbrée, non ? dit-il.

Eve sortit ses menottes.

— Ce n'est pas à moi d'en décider, répondit-elle en attachant les poignets de la tueuse inconsciente. Mais oui, complètement.

— Je vous en prie… Je vous en prie…, sanglotait Brinkman. Ne la laissez plus me faire de mal.

— Vous êtes en sécurité maintenant. C'est terminé… Je peux essayer de lui trouver une couverture, lieutenant ? demanda Trueheart. Il est en état de choc.

— Oui. Puis Baxter et vous emmènerez la suspecte et la placerez en détention. Je vous rejoindrai dès que nous en aurons terminé ici.

Baxter inclina la tête en examinant Darla.

— C'est une sorte de costume de super-héroïne. Un soupçon de la Wonder Woman d'origine, un peu de *Dark Angel*.

— Et un chouïa de Rose and Thorn.

— Exact, ouais, approuva Baxter avec un hochement de tête en direction de Connors.

— Les médecins sont en route, indiqua Peabody. Et l'infirmière également. Bien vu, Dallas. Eloise aura besoin d'elle.

Quand les paupières de Darla se mirent à papillonner, Eve s'accroupit.

— Vous avez drogué votre propre grand-mère.

— Mamie ? Mamie ! s'exclama-t-elle en commençant à se débattre. Non, non, non, je n'en ai pas terminé !

— Oh que si. Vous avez le droit de garder le silence.

Un droit que Darla n'exerça pas pendant qu'Eve lui récitait le code Miranda révisé, préférant continuer à vociférer, à jurer et à verser des larmes de frustration.

— Donnez-leur peut-être un coup de main, McNab.

McNab, qui était déjà penché sur l'équipement informatique de Darla, se tourna vers elle, l'air accablé.

— Aidez-les à l'escorter jusqu'à la voiture. Puis vous pourrez revenir ici pour jouer.

— Reçu, répondit-il en se dirigeant vers l'escalier.

Feeney, qui s'intéressait lui aussi aux stations de travail, se frotta les mains.

— Faisons l'inventaire de tout cela, Callendar. Après quoi on pourra commencer à s'amuser.

— Avec plaisir, capitaine.

Eve appela la police scientifique pendant que Peabody aidait Brinkman, désormais enveloppé dans une couverture, à se lever et à s'asseoir sur un sofa.

— Vous vous occupez de lui, Peabody ?

— Oui. Il va se remettre. Vous allez vous remettre, monsieur Brinkman.

— Elle m'a frappé. Elle m'a fait du mal. Je ne comprends pas...

— Je remonte attendre les techniciens de la police scientifique et l'ambulance, dit Eve.

— J'arrive, lieutenant.

Le pied sur la première marche, elle échangea un regard avec Connors.

— Tu sais comme moi que tu as envie de rester pour jouer avec tous ces appareils.

— C'est vrai, et je le ferai. Mais dans l'immédiat...

— Comment as-tu fait pour neutraliser ce droïde ?

— Oh. J'avais rapidement analysé l'un de ceux qui se trouvent à l'étage. Un travail brillant, au passage. C'est triste. Bref, j'ai pu programmer une mise hors circuit. Ça aurait été dommage que tu le mettes en pièces.

— Je crois que je m'en serais remise.

— Ta nuit s'annonce déjà longue, dit-il en lui caressant les cheveux.

— Mais elle sera beaucoup plus tranquille que les deux dernières, et sans passage à la morgue au petit matin.

McNab réapparut, si pressé qu'il volait presque au-dessus des marches. Il eut la décence de s'arrêter et gratifia Eve d'un sourire penaud.

— Euh... Vous avez besoin d'aide ici, Dallas ?

— Allez jouer au geek.

— Je suis né geek, je vis geek et je mourrai geek. Vous venez, Connors ?

— Va jouer au geek, dit-elle, à Connors cette fois, en entendant les sirènes. Je vous enverrai les ambulanciers pour qu'ils s'occupent de Brinkman.

— Si tu insistes.

Une fois seule, Eve fit entrer l'équipe médicale et leur donna ses instructions. Elle contacta Reo puis Mira.

« Oui, la nuit va être longue. Pour tout le monde », se dit-elle en observant le taxi qui venait de franchir le portail.

— Miss Eloise ? s'enquit Donnalou à peine sortie de la voiture.

— À l'étage. Sous sédatif.

— Vous lui avez donné un sédatif !

— Non. Darla, sans doute peu de temps après votre départ. Elle le faisait régulièrement pour qu'Eloise ne sache pas ce qu'elle trafiquait au sous-sol.

— Qu'est-ce qui se passait au sous-sol ?

— Darla y tuait des hommes.

Donnalou recula d'un pas, vacillante.

— Ce n'est pas vrai.

— Dites ça à l'homme que l'équipe médicale est en train de prendre en charge en bas parce que nous sommes arrivés à temps pour le sauver. Je vais devoir m'entretenir avec Eloise.

— Il faut que j'aille voir comment elle va. Il faut…

Elle s'interrompit et parut se ressaisir progressivement.

— Vous savez ce qui lui a été administré ?

— Non, mais j'imagine que Darla stockait ses drogues au sous-sol. Je vous tiendrai informée.

Donnalou monta l'escalier tandis qu'Eve redescendait. Elle trouva tous les geeks rassemblés autour des stations de travail, droïdes et autres gadgets.

— Peabody ? demanda-t-elle.

Callendar pointa le doigt vers la gauche.

Avant de suivre la direction indiquée, Eve s'approcha de Brinkman et des médecins.

— Monsieur Brinkman.

— Il est un peu dans les vapes, la prévint l'un des ambulanciers. On a dû lui donner un calmant. On va l'emmener, l'hôpital le gardera sans doute pour la nuit, le temps de traiter ses brûlures et lacérations. Il devrait être plus communicatif une fois pris en charge et revenu à lui.

— D'accord. Ça peut attendre.

Elle se dirigea vers Peabody au moment même où celle-ci se tournait vers elle.

— Venez voir ça, Dallas.

— Vous avez trouvé les vêtements de Brinkman, le reste de ses affaires ?

— Oui. Elle aurait de quoi remplir un entrepôt. J'ai commencé à marquer ce qui pourrait être les habits, communicateurs, portefeuilles et autres effets appartenant aux précédentes victimes. Puis je me suis laissé emporter par ma curiosité et j'ai fureté un peu. Cet endroit est immense.

Peabody désigna le vaste espace devant elles d'un geste du bras.

— Un vrai entrepôt. Les affaires des victimes sont rangées de ce côté et la, disons, « garde-robe » de Darla est là. On se croirait dans les locaux d'une costumière de cinéma.

Eve vit une dizaine de perruques de styles variés alignées sur une étagère. Le poste de maquillage, équipé d'un miroir triptyque éclairé et d'un fauteuil réglable, comprenait des dizaines de tiroirs garnis de poudres, faux cils, fards à paupières, implants, rajouts en silicone, tatouages et teintures épidermiques temporaires. Un large éventail de vêtements allant du tailleur professionnel à la tenue de soirée, ainsi que chaussures et sacs à main étaient suspendus à plusieurs portants. Des bijoux scintillaient dans les tiroirs transparents d'un présentoir vitré.

Il y avait un autre miroir triptyque, en pied celui-là, un tableau présentant des photos de Darla portant différentes tenues… « Non, corrigea Eve, différents déguisements. » Un autre tableau reliait ces déguisements, ces personnages, à des victimes. Celles qu'elle avait tuées et d'autres déjà dans son viseur.

— Vous voulez bien demander aux techniciens de la police scientifique de descendre ? Il faut que je détermine où elle rangeait ses drogues.

— Dans ce cas, vous devriez venir par ici. Je n'ai pas très envie d'y retourner mais…

Peabody la conduisit vers une autre partie de la pièce. Eve découvrit un ordinateur et d'autres moniteurs de surveillance de la maison. Derrière la porte de verre d'une armoire réfrigérée, elle aperçut des flacons de médicaments et des tiroirs remplis de seringues.

Une lame cérémonielle, comme Morris l'avait suggéré, était posée sur un plan de travail. Le manche était orné des mêmes lettres que le plastron de son costume : LJ. Au-dessus trônait la raison des réticences de Peabody. Une étagère exposait plusieurs bocaux dans lesquels flottaient les organes génitaux prélevés sur les victimes. Tous soigneusement étiquetés.

— Complètement timbrée, souffla Eve.

La soirée serait longue, songea-t-elle de nouveau sur le chemin du deuxième étage.

Donnalou s'y trouvait, au chevet d'Eloise.

— L'examen complet du sous-sol et des autres espaces que Darla a pu utiliser demandera un certain temps. Mieux vaudrait qu'Eloise séjourne ailleurs pour quelques jours au moins.

— Je ne comprends rien à ce qui se passe.

— Vous pouvez la réveiller ?

— Il serait préférable qu'elle revienne naturellement à elle. Le sédatif que votre équipière m'a indiqué n'est pas très puissant, mais…

— Elle va avoir besoin d'explications. Je vais devoir partir sous peu et elle mérite qu'on lui explique la situation. Par ailleurs, je pense qu'elle aura besoin que vous soyez auprès d'elle.

— Je resterai avec elle aussi longtemps qu'elle aura besoin de moi. Je vais la réveiller. Mais, je vous en prie, ne la brusquez pas. Tout ça va lui briser le cœur.

Donnalou tira de sa sacoche d'infirmière un petit flacon qu'elle déboucha sous le nez d'Eloise.

Les paupières de la vieille dame papillonnèrent et elle poussa un léger soupir. Comme elle faisait mine de rouler sur le flanc, Donnalou lui prit la main.

— Miss Eloise ? Miss Eloise, il est l'heure de se réveiller. C'est Donnalou.

— Oh, je me suis encore endormie ? Donnalou, je crois que je deviens paresseuse avec l'âge.

Elle soupira de nouveau, ouvrit les yeux… et vit Eve.

— Lieutenant Dallas ?

Eloise se redressa en position assise tandis que Donnalou se hâtait d'arranger les coussins dans son dos.

— Eh bien, aurais-je fait une rechute ?

— Non.

Eve approcha une chaise à côté du lit afin qu'Eloise voie plus facilement son visage.

— Ô mon Dieu… Il est arrivé quelque chose à Darla.

— Elle n'est pas blessée. Elle a été placée en détention.

— Je… Quoi ?

— Eloise, je vais vous dire quelque chose qu'à mon avis vous savez ou suspectez déjà. Darla a été et est encore malade, mentalement et émotionnellement. Il y avait sans doute des signes. Vous l'avez accueillie chez vous parce que vous l'aimez. Et vous avez probablement pensé que ce serait bénéfique, que ça suffirait. Mais il y avait sans doute des signes.

Aussi pâle que son linge de lit, Eloise tendit la main pour agripper celle d'Eve.

— Qu'est-ce qu'elle a fait ? S'il vous plaît, dites-moi. Qu'est-ce qu'elle a fait ?

Eve le lui dit.

21

Eloise ne souffla mot pendant qu'Eve lui exposait les faits et les preuves dont elle disposait. Les larmes lui montèrent aux yeux à plusieurs reprises et Eve mesura la volonté d'acier qu'il fallait pour les retenir plutôt que de les laisser couler.

— Je dois…

Parce que sa voix trahissait son émotion, Eloise s'interrompit un instant.

— Pouvez-vous m'excuser quelques instants ? J'aimerais que Donnalou m'aide à me lever et à me faire présentable. Si vous voulez bien patienter quelques minutes dans le boudoir à côté ?

Eve se rappela tout le travail qui l'attendait encore. Mais cette volonté de fer imposait le respect.

— D'accord, dit-elle en se levant.

— Ça ne prendra pas longtemps.

Eve entra dans l'élégant petit salon attenant et referma la porte derrière elle. Des photos, d'innombrables photos. La famille d'Eloise, comprit Eve, et des clichés de l'actrice elle-même au fil des années, à divers événements, avec d'autres sommités, dans des manifestations ou sur le tapis rouge.

Une vie bien pleine et pleinement vécue, d'après ce qu'Eve pouvait en voir.

Son communicateur sonna. En voyant que l'appel provenait de Nadine, elle faillit ne pas répondre.

« Ce ne serait pas complètement fair-play », estima-t-elle néanmoins avant de décrocher.

— Je suis en plein travail, Nadine.

— Moi aussi. J'ai jugé important de vous informer que j'ai déjà convaincu deux femmes de témoigner officiellement contre Cooke. L'affaire va exploser d'ici quelques jours et c'est moi qui vais allumer la mèche.

— Ce ne sera que justice, répondit Eve. La vraie, espérons-le.

Une idée lui vint alors.

— Un autre scandale va éclater, dit-elle. Donc gardez une place, du temps d'antenne ou je ne sais quoi. Ce sera du lourd.

Une lueur de compréhension passa dans le regard félin de Nadine.

— Vous avez arrêté Lady Justice.

— Je la tiens. Je ne vais pas vous donner les détails immédiatement parce que l'arrestation affecte aussi d'autres personnes qui ne le méritent pas. Vous aurez les infos dès que j'en aurai terminé ici. Je sais que vous saurez ménager les personnes en question, utiliser votre influence dans le bon sens.

— Dans ce cas, je me tiens prête.

— Je vous rappelle.

Eve remit le communicateur dans sa poche.

Quelques instants plus tard, elle fut rejointe par Eloise, accompagnée de Donnalou. Elle avait enfilé ce qu'Eve supposa être une robe de chambre, qu'un certain glamour discret empêchait de qualifier de peignoir.

Le tissu bleu doux et chaud enveloppait sa frêle silhouette jusqu'aux chevilles. Elle avait coiffé ses cheveux en arrière et appliqué quelques subtiles touches de maquillage.

— Merci d'avoir patienté. Donnalou, vous voulez bien nous préparer un café à toutes les trois ?

— Bien sûr. Commencez par vous asseoir.

L'infirmière aida Eloise à s'installer dans un fauteuil bleu paon avant de se rendre jusqu'au petit bar.

— Je voudrais vous dire que je vous suis reconnaissante, Eve. J'ai envie de vous appeler Eve et j'espère que vous m'y autoriserez parce qu'il existe désormais une forme d'intimité entre nous. Je respecte votre grade, votre travail, mais je ressens le besoin de vous parler en tant que femme autant que policière.

— Pas de problème.

— Vous aviez raison de penser que je savais que Darla souffrait… souffre d'une maladie. Je pensais que vivre ici et même s'occuper de moi – et elle le faisait avec beaucoup de dévouement – quand je suis tombée malade l'aidait à faire face. Je vous donne ma parole que je n'avais pas idée de l'ampleur de sa souffrance, de la gravité de sa maladie. Elle l'avait très bien dissimulée.

Sa voix se brisa et elle batailla pour se maîtriser puis prit le café que Donnalou lui tendait. Elle se laissa aller contre le dossier du fauteuil, but une gorgée et se redressa, le dos droit.

— Je vous le jure, je ne soupçonnais pas cela chez elle. J'avais craint la tentation de l'autodestruction après l'effondrement de la vie qu'elle avait tant désirée, mais je n'ai jamais perçu cette violence en elle. Sans quoi je lui aurais trouvé de l'aide. Son père aussi – mon fils – lui aurait porté assistance.

— Je vous crois, répondit sans hésitation Eve. Je l'ai vu tout de suite lors de notre rencontre. Vous n'êtes en rien responsable.

— Oh, mais comment pourrais-je ne pas l'être ? C'est l'enfant de mon enfant. Vous avez perçu ce qui se cachait en elle, n'est-ce pas ? Comment l'avez-vous vu ?

— C'est différent. Je suis formée à ça et… je n'ai pas d'amour pour elle, termina Eve.

Eloise hocha la tête, les yeux fixés sur sa tasse.

— Il est trop tard pour obtenir l'aide qui aurait sauvé les vies qu'elle a détruites, pour épargner le deuil aux personnes qui aimaient ces hommes. Mais elle reste l'enfant de mon enfant. Je vais engager le meilleur avocat, les meilleurs médecins.

— J'ai demandé à la psychiatre du Central de venir l'évaluer. Le Dr Charlotte Mira. Il n'y a pas plus compétent qu'elle.

— Je la connais grâce au livre et au film, mais…

— Vous devriez engager vos propres spécialistes. Je vous dis simplement que le Dr Mira va évaluer votre petite-fille et que vous pouvez lui faire confiance. Je me rends sur place pour interroger Darla et le Dr Mira sera présente en tant qu'observatrice.

— Pourrai-je la voir, lui parler ?

— Oui, plus tard. Avez-vous un autre endroit où séjourner pendant quelque temps ? Je ne crois pas qu'il soit bon pour vous de rester ici pour le moment.

— Oui, j'ai des amis. Donnalou m'aidera à faire mes bagages. Vous vous êtes montrée très gentille et très patiente avec moi. Je ne l'oublierai pas.

— Je ne fais que mon travail.

— La gentillesse n'est pas un travail, Eve, c'est un choix. Mais me voilà en train de vous retenir alors que vous avez tant à faire.

Elle se leva et lui tendit la main.

— Merci. Je vais prendre quelques affaires et contacter mon fils. Il voudra venir à New York.

— Je vous préviendrai quand vous serez autorisée à la voir.

Eve redescendit l'escalier. La police scientifique, les agents en uniforme et les techniciens sillonnaient à présent la maison. Elle aurait aimé pouvoir éviter à Eloise d'avoir à se déplacer au milieu de tous ces policiers, mais elle allait devoir traverser cette épreuve supplémentaire.

Le sous-sol était plus peuplé encore.

Peabody se détacha d'une conversation avec deux techniciens en blouse blanche.

— Je leur ai demandé de faire des prélèvements sur le sol pour comparaison. On l'a prise la main dans le sac mais accumuler les preuves ne peut pas faire de mal.

— Plus on en aura, mieux ce sera. Allons lui poser quelques questions en salle d'interrogatoire.

Comme Eve se remettait en route, elle lança un coup d'œil vers l'équipe de la DDE qui s'activait toujours autour des appareils électroniques.

— Je crois qu'ils aimeraient pouvoir vivre ici, soupira Peabody.

— Une seconde...

Eve traversa la pièce dans leur direction.

— Ce droïde, là. C'est sans doute celui qu'elle employait pour la conduire jusqu'à ses cibles et pour l'aider à transporter leur dépouille jusqu'à leur domicile. J'aurai besoin de ses banques de mémoire.

— On s'en occupera, lui assura Feeney, les joues rosies d'excitation. On a un paquet d'éléments ici aussi. Documents, emplois du temps, photos, plans de secours au cas où elle aurait raté son coup la première fois, itinéraires bis, la totale.

— Elle tenait aussi une sorte de journal, précisa McNab.

— Oui, ça lui correspond. Du genre à tout planifier, à alimenter sa rancœur en passant chaque détail au filtre de son obsession.

— Elle travaillait aussi sur les grandes articulations d'un business plan, ajouta Connors. Du genre solide, même si encore à ses prémices. Et un peu barré aussi, il faut le dire.

Il dévisagea Eve.

— Tu vas au Central, j'imagine ?

— Oui. Je vais la faire passer en salle d'interrogatoire, donc il me faudra des copies de tout ce que vous trouverez sur les ordinateurs et les droïdes.

— Je reviens dans une minute, dit-il sans s'adresser à personne en particulier.

Il guida Eve à l'écart jusqu'à trouver un coin relativement tranquille.

— Il faut vraiment que ce soit ce soir ? Elle n'ira plus nulle part, après tout.

— Oui, j'ai besoin de la présence de Mira en tant qu'observatrice. Et j'ai fait venir Reo. Et puis je veux m'attaquer à Darla alors qu'elle est déstabilisée de ne pas avoir pu aller jusqu'à la mise à mort. Elle sera plus prompte à parler.

— Alors mange quelque chose d'abord.

— Oh, c'est pas vrai…

Il se contenta de la saisir gentiment par le menton.

— Tu es tellement pâle que tu deviens presque transparente. Une fois sur place, prends un moment dans ton bureau avec ta fidèle coéquipière pour partager une foutue pizza. Le temps de définir votre stratégie et de regarder ce qu'on vous enverra.

Dit comme ça...

— Je ne savais pas que l'autochef faisait de la foutue pizza, ça a l'air bon.

— Crevée mais encore capable de blaguer. Qu'est-ce qui s'est passé à l'étage qui t'a rendue si triste ?

— J'ai été témoin d'une démonstration de force et d'élégance dans l'épreuve et, pour une raison que je ne m'explique pas, ça m'a mis les nerfs à vif. Je mangerai de ta foutue pizza.

— Bon. Et pas la peine de t'agacer de ce qui vient, parce que j'en ai besoin autant que toi...

Ce disant, il l'attira à lui et la serra dans ses bras. Il la sentit se raidir un instant avant de s'abandonner.

— Bon, si tu en as besoin...

— Oui.

Il lui effleura le front du bout des lèvres.

— Je serai avec mes copains de la DDE jusqu'à ce que tu aies terminé, dit-il.

— Ça va être...

— ... une très longue soirée, termina-t-il pour elle. Ce ne sera pas la première.

« Ni la dernière », songea Eve en s'éloignant.

— Peabody, on y va !

Elle mangea effectivement de la pizza. Mais plutôt que dans son bureau avec la seule Peabody, ce fut dans une salle de réunion avec Peabody, Mira et Reo.

— Eloise Callahan va embaucher un avocat de haut vol, annonça-t-elle en préambule. Je veux profiter de la fenêtre disponible avant que ce soit fait pour tirer ce que je pourrai de Darla.

— Vos collègues et vous l'avez surprise en train de torturer sa quatrième victime, dit Reo.

Elle mordit dans sa part de pizza avec un « hmm » ravi.

— Nous établirons le lien entre le cheveu et la perruque dont il provient, ainsi que les prélèvements sur le sol. Nous avons son journal, les documents qu'elle avait rassemblés. Sa grand-mère peut bien engager le fantôme de Clarence Darrow[1], elle est cuite.

— Je ne prétends pas le contraire. Des aveux restent ce qu'il y a de mieux et je la crois assez dérangée pour tout nous raconter par le menu. Jamais elle ne finira dans une cellule de béton hors-planète.

— Ce n'est pas à vous de statuer sur son état d'aliénation mentale.

— Ça ne m'empêche pas de savoir le reconnaître.

— Elle a raison, Reo, dit Peabody qui grignotait sa part pour la faire durer.

— Ça ne signifie pas qu'elle n'ira pas dans une prison de haute sécurité, dit Eve. Mais ce sera dans l'aile réservée aux malades mentaux. Bref.

Elle se tourna vers Mira.

— Si nous faisons erreur, vous saurez nous le dire.

— Elle a planifié chaque meurtre avec précision, argumenta Reo. Avec des plans B, plusieurs itinéraires pour s'échapper, des méthodes pour ne pas

---

1. Célèbre avocat américain de la fin du XIXe siècle ayant entre autres lutté contre la peine de mort. *(N.d.T.)*

se faire détecter. Elle savait différencier le bien du mal.

— J'observerai l'interrogatoire. Et j'aurai un entretien en tête à tête avec elle, intervint Mira. Dites-moi, Eve, qu'est-ce que c'est que cette pizza ? Je n'en avais jamais goûté d'aussi bonne.

— Foutue, apparemment.

— Pardon ?

— C'est l'une des recettes de Connors. Il se charge de garnir l'autochef de mon bureau parce qu'il a constamment peur que je meure de faim.

— Ooh, s'émurent Reo et Peabody en stéréo.

— L'amour s'accompagne parfois de mozzarella, commenta Mira avec un sourire.

— Je suppose, oui. Je dois appeler quelqu'un, puis nous commencerons l'interrogatoire. Peabody, on est au clair sur notre approche ?

— Oui.

— Faites-la monter de détention. Je vous rejoins sur place.

Eve se rendit jusqu'à son bureau et appela Nadine.

— En fin d'après-midi, annonça-t-elle, des policiers de la Criminelle et de la DDE sont entrés au domicile d'Eloise Callahan...

— Quoi ?!

— ... dans le cadre d'un mandat de perquisition officiel, poursuivit Eve. Ils y ont appréhendé Darla Pettigrew. Mme Pettigrew est inculpée d'enlèvement, de torture et de meurtre sur Nigel McEnroy, Thaddeus Pettigrew et Arlo Kagen, ainsi que d'enlèvement et de torture sur Linus Brinkman. Mme Callahan, la grand-mère de Mme Pettigrew, était sous l'influence d'un sédatif donné par sa petite-fille et n'est ni suspecte ni visée en aucune façon par cette enquête.

» Je crois que ça résume l'essentiel.

— Nom d'un droïde, Dallas !

— Je tiens à ce qu'Eloise Callahan soit protégée, Nadine. Que vous lui serviez de bouclier. Elle aussi est une victime dans cette affaire.

— Vous êtes sûre qu'elle n'était pas... ?

— À cent pour cent. Pettigrew la droguait en douce et la laissait sous la surveillance d'un droïde médical de sa conception. Elle accomplissait ses basses œuvres dans un sous-sol aux accès tellement sécurisés qu'il a fallu à Connors plusieurs minutes pour nous y faire entrer... alors qu'il avait lui-même conçu le système de sécurité.

— D'accord, compris. Donnez-moi...

— Je m'apprête à démarrer l'interrogatoire. Je ne peux pas vous en donner plus. Faites votre travail, je ferai le mien.

— Et bonne chance à nous deux.

Eve remit le communicateur dans sa poche, fit rouler ses épaules pour les décrisper et sortit rejoindre Peabody.

— Elle est installée, indiqua celle-ci devant la porte de la salle d'interrogatoire B. Elle n'a pas demandé à être représentée par un avocat, ni à contacter qui que ce soit. D'après les agents en uniforme qui l'ont fait monter, elle a hâte de nous parler.

— Dans ce cas, ne la faisons pas attendre.

Eve entra dans la salle.

— Enfin !

Darla fit tinter les chaînes de ses menottes en levant les deux mains. Elle paraissait calme, en pleine possession de ses moyens, assise à la table dans sa tenue orange de détenue.

— Enregistrement, ordonna Eve. Dallas, lieutenant Eve, et Peabody, inspecteur Delia, débutent l'interrogatoire de Pettigrew, Darla au sujet des affaires H-33491, H-33495, H-33498 et H-33500.

Eve posa son dossier sur la table puis s'assit, de même que Peabody.

— Madame Pettigrew...

— Allons, appelez-moi Darla.

— D'accord. Darla, on vous a lu vos droits. Comprenez-vous ces droits et obligations ?

— Oui, bien sûr. Je comprends que nous devons en passer par ces formalités, tenir compte de toutes ces petites règles pointilleuses, mais je suis ici pour vous parler, à toutes les deux.

— Très bien.

« Oh oui, elle va tout nous dire. Par le menu », estima Eve en observant le visage animé de Darla.

— Vous êtes accusée d'enlèvement, d'administration non consentie de barbituriques, d'emprisonnement forcé, de torture et de meurtre sur Nigel McEnroy, Thaddeus Pettigrew et Arlo Kagen. Vous êtes aussi accusée d'enlèvement, d'administration non consentie de barbituriques, d'emprisonnement forcé et d'agression sur Linus Brinkman.

Darla roula des yeux avec l'expression d'une adolescente à qui l'on reprocherait de rentrer après minuit.

— C'est stupide.

— En quoi est-ce stupide ? s'enquit Peabody sur un ton tranquille et raisonnable. Nous vous avons appréhendée en pleine agression sur Linus Brinkman, nous avons trouvé des articles appartenant à McEnroy, Pettigrew et Kagen dans votre atelier. Nier les charges retenues contre vous ne fonctionnera pas, Darla.

— Ces chefs d'accusation sont stupides, insista Darla.

— Vous êtes en train de nier avoir torturé et tué trois hommes et que vous vous apprêtiez à ôter la vie à un quatrième ? traduisit Eve.

— Absolument pas. Je ne nie ni mes choix ni mes actes, bien sûr que non ! Ce sont les chefs d'accusation qui n'ont aucun sens. J'ai rendu justice, une justice que personne d'autre n'avait pu rendre. La ville devrait organiser une parade en mon honneur. Où toutes les femmes qui ont été harcelées, violées, battues, trompées applaudiraient.

Darla s'inclina vers elles.

— Vous êtes mieux placées que quiconque pour comprendre. Vous êtes empêtrées dans ces formalités, ces règlements, mais vous êtes des femmes, des femmes qui doivent constater presque quotidiennement la souffrance, l'humiliation et la déchéance que les hommes nous causent. J'ai fait ce que vous n'êtes pas capables de faire, ce que – je le comprends maintenant – vous avez peur de faire. Je les ai empêchés de causer plus de tort, de se repaître des souffrances infligées. Aucun d'eux ne méritait de vivre.

— Et vous estimez que c'est à vous d'en décider ? demanda Eve. C'est vous qui déterminez qui doit vivre et qui doit mourir ?

— Il faut bien que quelqu'un décide. Que quelqu'un agisse ! s'emporta Darla en cognant du poing sur la table. Vous avez conscience de ce que les femmes de mon groupe ont subi tandis que ces hommes restaient impunis ? Impunis ! J'ai fait le nécessaire. Je leur ai fait payer. Chacun d'eux a choisi de se tourner vers moi, de m'accepter, dirigés par leur entrejambe, tous autant qu'ils sont.

L'éclat brillant qui s'était allumé dans son regard se fit de plus en plus fiévreux.

— Vous pensez vraiment que les hommes à qui vous vous offrez sont fidèles ? Êtes-vous assez aveugles pour les imaginer loyaux ? Ils sont faits pour tromper, voler, frapper et faire main basse sur tout. C'est leur nature.

— Vous aviez prévu de tuer tous les hommes ? demanda Peabody. Il y avait une limite d'âge ?

Darla la gratifia d'un regard amusé.

— L'idéal serait d'étouffer les garçons à la naissance. Mais tant qu'on n'a pas trouvé le moyen de nous reproduire sans eux ? (Elle haussa les épaules.) Les jeunes garçons deviennent des hommes et la programmation des hommes souffre d'une erreur fatale. La solution viendra peut-être des droïdes, ou d'hybrides humains-droïdes. Je compte travailler sur cette solution dès que cette phase initiale sera terminée.

Le business plan dont Connors avait parlé, comprit Eve. Complètement toquée.

— D'accord. Mais tenons-nous-en pour le moment à la phase initiale. Commençons par McEnroy. Racontez-nous précisément le travail que vous avez mené avec lui.

— Très bien. À vrai dire, j'en suis assez fière. Et j'ai de bonnes raisons.

Elle leur raconta tout, chaque étape, avec pour seule émotion la fierté en question.

Quelques poussées de colère se firent sentir lorsqu'elle parla ensuite de son ex-mari.

— Je ne devrais pas me mettre dans de tels états à son sujet...

Elle leva une main comme pour demander une pause, prit plusieurs longues inspirations, puis laissa échapper un petit rire nerveux.

— C'est grâce à lui si j'ai ouvert les yeux et trouvé ma voie, je devrais donc lui en être reconnaissante. Jusqu'à sa trahison, je n'avais pas de souci à rester sous son joug, à organiser ma vie – et même mon travail – en fonction de ses besoins et de ce qui lui faisait plaisir. S'il ne m'avait pas trahie, ne m'avait pas volée, n'avait pas piétiné mon cœur et ma dignité, je serais toujours sa femme et il se servirait toujours de moi.

— C'est à ce moment que vous avez emménagé chez Eloise, intervint Eve.

— Oui. Ma très chère mamie m'a ouvert la porte de sa maison, m'a réconfortée. C'est la créature la plus douce et la plus aimante qui soit. Mais elle est naïve. Elle croit, depuis toujours, que l'homme qu'elle aimait était fidèle, qu'il n'a jamais fauté, n'a jamais fait de tort à quiconque.

Elle abattit de nouveau le poing sur la table.

— Ça restait un homme, non ? Je la laisse néanmoins s'accrocher à cette illusion, parce qu'accepter la réalité ne la conduirait qu'à la souffrance. Et jamais je ne ferais souffrir ma grand-mère.

— Vous l'avez droguée, lui rappela Peabody. À de multiples reprises.

— Elle avait besoin de repos, alors je lui ai offert du repos. Le sommeil est réparateur. Elle était très malade. Jamais je ne l'ai laissée seule, jamais ! J'ai fabriqué un droïde médical pour s'occuper d'elle quand je ne pouvais pas être présente. En ce moment même, elle est endormie et en sécurité. Mais il faudra que je rentre avant qu'elle se réveille. Elle a besoin de moi.

— Passons à Kagen, dit Eve.

— Un homme répugnant.

Darla agita une main devant son visage comme si une odeur nauséabonde l'incommodait.

— C'était d'une facilité déconcertante mais... quelle corvée d'être en sa présence !

Eve l'écouta sans l'interrompre. Elle n'eut pas besoin de poser de questions même quand Darla, de son propre chef, aborda ensuite les détails concernant Brinkman.

— Honnêtement, j'avais à peine commencé avec lui. J'avais démarré un peu plus tôt qu'avec les autres mais, pour tout vous dire, je voulais en finir vite et aller dormir un peu. Ça fait plusieurs jours que je dors très peu et au bout d'un moment l'usage de stimulants me rend légèrement instable.

— J'imagine. Et il restait d'autres hommes dont vous deviez vous occuper.

— Bien sûr, mais ce sera pour demain. Je suis une décoratrice d'intérieur qui va rencontrer un homme marié ayant une maîtresse. Encore un qui a jugé nécessaire d'exploiter une autre femme, de profiter de son amour mal placé avant de détruire sa carrière. Il possède une propriété qu'il veut redécorer. Je serai Roweena Carson et j'ai prévu un merveilleux costume pour cette scène.

— Vous avez bien conscience que nous ne sommes pas dans un film ? demanda Peabody.

À présent qu'elle ne faisait plus semblant, la folie se lisait dans le regard de Darla. Un regard franc, constata Eve, mais empreint d'une authentique folie.

— Bien sûr, mais je joue les rôles et m'habille conformément aux attentes de ces hommes avant de révéler qui je suis vraiment.

— Lady Justice.

Darla sourit largement à Eve.

— Voilà, exactement. Maintenant que tout est clair et que vous comprenez, il faut vraiment que je rentre pour voir comment va mamie.

— Donnalou est avec elle.

— Oh...

Darla fronça les sourcils.

— Alors ça va, dit-elle. Mais...

— Nous allons devoir vous demander de rester. Vous pourrez vous reposer, dormir, et demain le Dr Mira viendra vous parler.

— Oh, j'adorerais la rencontrer. Je l'ai trouvée fantastique dans le film. Mais mamie...

— Donnalou va rester auprès d'elle, assura Peabody en se levant. Elle s'occupera bien d'elle.

— C'est une merveilleuse infirmière. Cela dit...

— Mamie dort à cette heure.

Peabody fit le tour de la table pour détacher la chaîne et aida Darla à se lever.

— Elle est en sécurité et elle dort. Un peu de sommeil nous fera du bien à toutes.

— Vous avez raison. Je suis franchement exténuée. Contente d'avoir pu mettre les choses au clair. J'ai d'abord été en colère contre vous, ajouta-t-elle comme Peabody la guidait vers le couloir. Mais ensuite je me suis dit que nous autres, femmes, nous devions nous entraider. De femmes à femmes.

Une fois la porte refermée, Eve laissa échapper un long soupir.

— Peabody, inspecteur Delia, quitte la salle d'interrogatoire avec Pettigrew, Darla. Fin de l'interrogatoire.

Elle resta assise et demeura à sa place même quand Mira et Reo entrèrent et s'installèrent en face d'elle.

Mira prit la parole en premier.

— Je m'entretiendrai avec elle et l'évaluerai formellement demain, mais d'après mes premières observations, elle est sous le seuil légal de discernement et n'est ni mentalement ni émotionnellement à même d'être jugée.

— Je suis forcée d'acquiescer, dit Reo. Si tout cela n'est pas un numéro…

— Tout ce qu'elle fait est un numéro, l'interrompit Eve. Mais elle était aussi sincère qu'elle puisse l'être. Elle pense que nous la laisserons repartir, au prétexte que nous sommes toutes sœurs, afin qu'elle puisse ressortir et accomplir ce que ces règles stupides nous empêchent de faire nous-mêmes. J'imagine qu'on peut dire qu'elle s'est trouvé le rôle de sa vie avec Lady Justice.

— Vous l'avez arrêtée et ce, vous avez sans doute sauvé d'autres vies, dont la sienne. Elle n'aurait pas pu maintenir cette façade pendant très longtemps. Vous pouvez désormais la laisser entre nos mains, à Reo et moi.

Mira se pencha par-dessus la table pour toucher la main d'Eve.

— Peabody et vous devriez vous offrir une pause. Reposez-vous, profitez un peu du retour du printemps.

— Oui. Bonne idée, admit Eve en se levant. Je vais rédiger le rapport d'interrogatoire puis je filerai d'ici avant que nos chefs décident que je dois tenir une conférence de presse.

Reo eut un petit rire.

— Dépêchez-vous parce que ça ne va pas tarder.

Eve travailla d'arrache-pied sur le rapport. Le temps de le terminer et de l'envoyer, elle se retrouva avec un méchant mal de tête. Heureusement, Connors apparut sur le seuil.

— Tu as pu finir ?

— Oui, c'est terminé.

— On a eu droit à un résumé à la DDE. La tenue d'un procès semble peu probable.

— Très peu probable. Elle n'est pas bien dans sa tête, Connors, c'est un fait. Mira va prendre le relais.

— Et ça te va ?

— C'est comme ça, dit-elle d'abord avant de secouer la tête. Ça me va. C'est… justice. La vraie justice. Tu joues toujours au geek de la DDE ?

— Je suis tout à vous, lieutenant.

— Super. Alors tirons-nous d'ici.

Il sortit un flacon de comprimés.

— Prends un antalgique pour ton mal de tête.

— Sortons d'abord. Si j'en ai encore besoin dans cinq minutes, j'en prendrai un. D'accord ?

— D'accord.

Il lui prit la main et l'embrassa.

— Dès qu'on sera rentrés, une soupe, un verre de vin et au lit.

— Ça me paraît acceptable.

Elle sortit avec lui, trop fatiguée pour émettre une objection face à l'ascenseur bondé.

— Il faudra que je suive l'avancée de l'affaire de temps en temps. J'imagine que tu as encore plein de jouets avec lesquels t'amuser, ou peut-être que tu dois rattraper le temps perdu dans ta quête d'appropriation de tout l'univers connu.

— Ou les deux. J'aime bien faire du multitâche.

— Tu es doué pour ça.

Arrivée à la voiture, elle monta côté passager, inclina le siège en arrière.

— On avait parlé de prendre quelques jours.

— En effet.

— Donc j'ai fait la demande.

— Ah oui ? Et ça commence quand ?

— Maintenant.

Il lui lança un coup d'œil tout en les conduisant vers la sortie du parking.

— Vraiment ?

— J'ai dit à Peabody de prendre sa journée demain, et le lendemain si elle veut. Quant à nous, on pourrait rentrer à la maison, fourrer quelques affaires dans un sac et décoller pour l'Italie. Et même faire quelques galipettes dans la navette. Multitâche, parce que les galipettes m'éviteront de penser qu'on est dans les airs.

— Donne-moi une demi-heure, que je nous organise tout ça.

— J'ai envie de me réveiller ailleurs. D'être ailleurs pendant deux jours sans penser à des femmes tristes et détraquées qui estiment que tuer des hommes est non seulement nécessaire mais héroïque. Tu as sans doute mille choses à faire mais…

— Le projet de villa hôtel en Italie est important pour moi et bénéficiera de mon attention directe sur place. Et j'aime l'idée de consacrer quelques jours à ma femme quand elle n'est pas en train de se tuer à la tâche.

— Ça ne sert à rien de te dire de ne pas t'inquiéter pour moi, mais je veux profiter de cet instant pour te dire que j'apprécie que tu t'inquiètes pour moi. Même quand tu m'énerves à m'en arracher les cheveux, je t'en suis reconnaissante.

— Ton mal de crâne a disparu.

— Tu vois ? Rien que la façon dont tu sens ces choses-là, c'est à la fois très agaçant et très apprécié. Donc… Je t'aime. Je t'aime à la folie et jamais je ne voudrais te remplacer par un hybride humain-droïde.

— Là, c'est moi qui apprécie.

— Je ne suis pas naïve, murmura Eve. Je sais ce que j'ai, avec qui j'ai la chance d'être. Bref, est-ce qu'on pourrait échanger la soupe contre des spaghettis aux boulettes de viande ? Comme un avant-goût d'Italie. Boire du vin, manger des spaghettis, faire l'amour, dormir. Ou bien faire l'amour d'abord et le reste ensuite. Ou…

Il lui prit la main et l'embrassa de nouveau alors qu'ils franchissaient le portail de leur demeure.

— Faisons comme on le sent.

— Ça me va.

Ils firent tout ce qu'ils venaient d'évoquer, par ordre de préférence. Plus tard, Eve se réveilla sous un soleil de printemps digne de l'Italie, blottie contre lui.

Elle décida que l'une des activités de la veille méritait répétition.

DU MÊME AUTEUR AUX ÉDITIONS J'AI LU

EN POCHE

Les illusionnistes (n° 3608)
Un secret trop précieux (n° 3932)
Ennemies (n° 4080)
L'impossible mensonge (n° 4275)
Meurtres au Montana (n° 4374)
Question de choix (n° 5053)
La rivale (n° 5438)
Ce soir et à jamais (n° 5532)
Comme une ombre dans la nuit (n° 6224)
La villa (n° 6449)
Par une nuit sans mémoire (n° 6640)
La fortune des Sullivan (n° 6664)
Bayou (n° 7394)
Un dangereux secret (n° 7808)
Les diamants du passé (n° 8058)
Les lumières du Nord (n° 8162)
Coup de cœur (n° 8332)
Douce revanche (n° 8638)
Les feux de la vengeance (n° 8822)
Le refuge de l'ange (n° 9067)
Si tu m'abandonnes (n° 9136)
La maison aux souvenirs (n° 9497)
Les collines de la chance (n° 9595)
Si je te retrouvais (n° 9966)
Un cœur en flammes (n° 10363)
Une femme dans la tourmente (n° 10381)
Maléfice (n° 10399)
L'ultime refuge (n° 10464)
Et vos péchés seront pardonnés (n° 10579)
Une femme sous la menace (n° 10745)
Le cercle brisé (n° 10856)
L'emprise du vice (n° 10978)
Un cœur naufragé (n° 11126)
Le collectionneur (n° 11500)
Le menteur (n° 11823)
Obsession (n° 12192)
Un cœur à l'abri (n° 12672)

LIEUTENANT EVE DALLAS

Lieutenant Eve Dallas (n° 4428)
Crimes pour l'exemple (n° 4454)
Au bénéfice du crime (n° 4481)
Crimes en cascade (n° 4711)
Cérémonie du crime (n° 4756)
Au cœur du crime (n° 4918)
Les bijoux du crime (n° 5981)
Conspiration du crime (n° 6027)
Candidat au crime (n° 6855)
Témoin du crime (n° 7323)
La loi du crime (n° 7334)
Au nom du crime (n° 7393)
Fascination du crime (n° 7575)
Réunion du crime (n° 7606)
Pureté du crime (n° 7797)
Portrait du crime (n° 7953)
Imitation du crime (n° 8024)
Division du crime (n° 8128)
Visions du crime (n° 8172)
Sauvée du crime (n° 8259)
Aux sources du crime (n° 8441)
Souvenir du crime (n° 8471)
Naissance du crime (n° 8583)
Candeur du crime (n° 8685)
L'art du crime (n° 8871)
Scandale du crime (n° 9037)
L'autel du crime (n° 9183)
Promesses du crime (n° 9370)
Filiation du crime (n° 9496)
Fantaisie du crime (n° 9703)
Addiction au crime (n° 9853)
Perfidie du crime (n° 10096)
Crimes de New York à Dallas (n° 10271)
Célébrité du crime (n° 10489)
Démence du crime (n° 10687)

Préméditation du crime (n° 10838)
Insolence du crime (n° 11041)
De crime en crime (n° 11217)
Crime en fête (n° 11429)
Obsession du crime (n° 11546)
Crimes par trois (n° 11614)
Crimes sans fin (n° 11615)
Pour l'amour du crime (n° 11672)
Confusion du crime (n° 11888)
Crimes et chaos (n° 11983)
Crimes sous silence (n° 12064)
Les noces du crime (n° 12266)
Le crime est une œuvre (n° 12724)
Crime et complot (n° 12879)
Les dessous du crime (n° 13062)
Crime de minuit (numérique)
Interlude du crime (numérique)
Hanté par le crime (numérique)
L'éternité du crime (numérique)
Crime rituel (numérique)
Mémoire du crime (numérique)
L'ombre du crime (numérique)
Dans l'enfer du crime (numérique)
Crimes pour vengeance (numérique)

LES TROIS SŒURS
Maggie la rebelle (n° 4102)
Douce Brianna (n° 4147)
Shannon apprivoisée (n° 4371)

TROIS RÊVES
Orgueilleuse Margo (n° 4560)
Kate l'indomptable (n° 4584)
La blessure de Laura (n° 4585)

LES FRÈRES QUINN
Dans l'océan de tes yeux (n° 5106)
Sables mouvants (n° 5215)
À l'abri des tempêtes (n° 5306)
Les rivages de l'amour (n° 6444)

MAGIE IRLANDAISE
Les joyaux du soleil (n° 6144)
Les larmes de la lune (n° 6232)
Le cœur de la mer (n° 6357)

L'ÎLE DES TROIS SŒURS
Nell (n° 6533)
Ripley (n° 6654)
Mia (n° 8693)

LES TROIS CLÉS
La quête de Malory (n° 7535)
La quête de Dana (n° 7617)
La quête de Zoé (n° 7855)

LE SECRET DES FLEURS
Le dahlia bleu (n° 8388)
La rose noire (n° 8389)
Le lys pourpre (n° 8390)

LE CERCLE BLANC
La croix de Morrigan (n° 8905)
La danse des dieux (n° 8980)
La vallée du silence (n° 9014)

LE CYCLE DES SEPT
Le serment (n° 9211)
Le rituel (n° 9270)
La Pierre Païenne (n° 9317)

QUATRE SAISONS DE FIANÇAILLES
Rêves en blanc (n° 10095)
Rêves en bleu (n° 10173)
Rêves en rose (n° 10211)
Rêves dorés (n° 10296)

L'HÔTEL DES SOUVENIRS
Un parfum de chèvrefeuille (n° 10958)
Comme par magie (n° 11051)
Sous le charme (n° 11209)

LES HÉRITIERS DE SORCHA
À l'aube du grand amour (n° 11109)
À l'heure où les cœurs s'éveillent (n° 11406)

Au crépuscule des amants
(n° 11562)

LES ÉTOILES DE LA FORTUNE
Sasha (n° 11738)
Annika (n° 11967)
Riley (n° 12073)

EN GRAND FORMAT

ABÎMES ET TÉNÈBRES
L'éclipse
La prophétie
L'élue

INTÉGRALES

Affaires de cœurs
L'île des trois sœurs
L'hôtel des souvenirs
Le cercle blanc
Le cycle des sept
Le secret des fleurs
Les étoiles de la fortune
Les frères Quinn
Les héritiers de Sorcha
Les trois sœurs
Les trois clés
Magie irlandaise
Trois rêves
Quatre saisons de fiançailles

13108

Composition
NORD COMPO

Achevé d'imprimer en Espagne
par BLACKPRINT
le 10 janvier 2021.

Dépôt légal : février 2021
EAN 9782290250839
OTP L21EPLN002947N001

ÉDITIONS J'AI LU
87, quai Panhard-et-Levassor, 75013 Paris
Diffusion France et étranger : Flammarion